O PAI GORIOT

Livros do autor publicados pela **L&PM** EDITORES:

Como fazer a guerra – máximas e pensamentos de Napoleão
  (**L&PM** POCKET)

A COMÉDIA HUMANA:

História dos treze (Ferragus, o chefe dos devoradores; A duquesa de Langeais; A menina dos olhos de ouro)

Coleção **L&PM** POCKET:

Ascensão e queda de César Birotteau
O coronel Chabert seguido de *A mulher abandonada*
A duquesa de Langeais
Esplendores e misérias das cortesãs
Estudos de mulher
Eugénie Grandet
Ferragus, o chefe dos devoradores
Ilusões perdidas
O lírio do vale
A menina dos olhos de ouro
A mulher de trinta anos
O pai Goriot
A pele de Onagro
A vendeta seguido de *A paz conjugal*

Leia na SÉRIE BIOGRAFIAS **L&PM** POCKET:

Balzac – François Taillandier

Honoré de Balzac

A COMÉDIA HUMANA
ESTUDOS DE COSTUMES
Cenas da vida privada

O PAI GORIOT

Tradução de
Celina Portocarrero e Ilana Heineberg

Texto de acordo com a nova ortografia.
Título original: *Le Père Goriot*

Também disponível na Coleção L&PM POCKET (2006)

Tradução: Celina Portocarrero e Ilana Heineberg
Capa e foto da imagem de Balzac: Ivan Pinheiro Machado. *Foto*: Busto de Balzac em seu túmulo no Cemitério Père-Lachaise em Paris.
Revisão: Bianca Pasqualini e Renato Deitos

CIP-Brasil. Catalogação na publicação
Sindicato Nacional dos Editores de Livros, RJ

B158p

Balzac, Honoré de, 1799-1850
    O pai Goriot / Honoré de Balzac; tradução Celina Portocarrero, Ilana Heineberg. – Porto Alegre [RS]: L&PM, 2022.
    288 p. ; 21 cm. (A comédia humana: estudos de costumes: cenas da vida privada)

    Tradução de: *Le Père Goriot*
    ISBN 978-65-5666-225-1

    1. Ficção francesa. I. Portocarrero, Celina. II. Heineberg, Ilana. III. Título. IV. Série.

21-75258   CDD: 843
                           CDU: 82-3(44)

Camila Donis Hartmann - Bibliotecária - CRB-7/6472

© da tradução, introdução e notas, L&PM Editores, 2006

Todos os direitos desta edição reservados a L&PM Editores
Rua Comendador Coruja, 314, loja 9 – Floresta – 90.220-180
Porto Alegre – RS – Brasil / Fone: 51.3225.5777

PEDIDOS & DEPTO. COMERCIAL: vendas@lpm.com.br
FALE CONOSCO: info@lpm.com.br
www.lpm.com.br

Impresso no Brasil
Verão de 2022

Sumário

APRESENTAÇÃO: A comédia humana – *Ivan Pinheiro Machado* 7

INTRODUÇÃO: Ouro e prazer – *Ivan Pinheiro Machado* 11

O PAI GORIOT 15

CRONOLOGIA 281

Apresentação

A comédia humana

Ivan Pinheiro Machado

A comédia humana é o título geral que dá unidade à obra máxima de Honoré de Balzac e é composta de 89 romances, novelas e histórias curtas.[1] Este enorme painel do século XIX foi ordenado pelo autor em três partes: "Estudos de costumes", "Estudos analíticos" e "Estudos filosóficos". A maior das partes, "Estudos de costumes", com 66 títulos, subdivide-se em seis séries temáticas: *Cenas da vida privada, Cenas da vida provinciana, Cenas da vida parisiense, Cenas da vida política, Cenas da vida militar* e *Cenas da vida rural*.

Trata-se de um monumental conjunto de histórias, considerado de forma unânime uma das mais importantes realizações da literatura mundial de todos os tempos. Cerca de 2,5 mil personagens se movimentam pelos vários livros de *A comédia humana*, ora como protagonistas, ora como coadjuvantes. Genial observador do seu tempo, Balzac soube como ninguém captar o "espírito" do século XIX. A França, os franceses e a Europa no período entre a Revolução Francesa e a Restauração

---

1. A ideia de Balzac era que *A comédia humana* tivesse 137 títulos, segundo seu *Catálogo do que conterá A comédia humana*, de 1845. Deixou de fora, de sua autoria, apenas *Les cent contes drolatiques*, vários ensaios e artigos, além de muitas peças ficcionais sob pseudônimo e esboços que não foram concluídos. (N.E.)

têm nele um pintor magnífico e preciso. Friedrich Engels, numa carta a Karl Marx, disse: "Aprendi mais em Balzac sobre a sociedade francesa da primeira metade do século, inclusive nos seus pormenores econômicos (por exemplo, a redistribuição da propriedade real e pessoal depois da Revolução), do que em todos os livros dos historiadores, economistas e estatísticos da época, todos juntos".

Clássicos absolutos da literatura mundial como *Ilusões perdidas, Eugénie Grandet, O lírio do vale, O pai Goriot, Ferragus, Beatriz, A vendeta, Um episódio do terror, A pele de onagro, Mulher de trinta anos, A fisiologia do casamento*, entre tantos outros, combinam-se com dezenas de histórias nem tão célebres, mas nem por isso menos deliciosas ou reveladoras. Tido como o inventor do romance moderno, Balzac deu tal dimensão aos seus personagens que já no século XIX mereceu do crítico literário e historiador francês Hippolyte Taine a seguinte observação: "Como William Shakespeare, Balzac é o maior repositório de documentos que possuímos sobre a natureza humana".

Balzac nasceu em Tours em 20 de maio de 1799. Com dezenove anos convenceu sua família – de modestos recursos – a sustentá-lo em Paris na tentativa de tornar-se um grande escritor. Obcecado pela ideia da glória literária e da fortuna, foi para a capital francesa em busca de periódicos e editoras que se dispusessem a publicar suas histórias – num momento em que Paris se preparava para a época de ouro do romance-folhetim, fervilhando em meio à proliferação de jornais e revistas. Consciente da necessidade do aprendizado e da sua própria falta de experiência e técnica, começou publicando sob pseudônimos exóticos, como Lord R'hoone e Horace de Saint-Aubin. Escrevia histórias de aventuras, romances policialescos, açucarados, folhetins baratos, qualquer coisa que lhe desse o sustento. Obstinado com seu futuro, evitava usar o seu verdadeiro nome para dar autoria a obras que considerava (e de fato eram) menores. Em 1829, lançou o primeiro livro a ostentar seu nome na capa – *A Bretanha em 1800* –, um romance histórico em que tentava seguir o estilo de *Sir* Walter Scott (1771-1832), o grande romancista escocês autor de romances históricos clássicos, como *Ivanhoé*. Nesse momento, Balzac sente que começou um grande projeto literário e lança-se fervorosamente na sua execução.

Paralelamente à enorme produção que detona a partir de 1830, seus delírios de grandeza levam-no a bolar negócios que vão desde gráficas e revistas até minas de prata. Mas fracassa como homem de negócios. Falido e endividado, reage criando obras-primas para pagar seus credores numa destrutiva jornada de trabalho de até dezoito horas diárias. "Durmo às seis da tarde e acordo à meia-noite, às vezes passo 48 horas sem dormir...", queixava-se em cartas aos amigos. Nesse ritmo alucinante, ele produziu alguns de seus livros mais conhecidos e despontou para a fama e para a glória. Em 1833, teve a antevisão do conjunto de sua obra e passou a formar uma grande "sociedade", com famílias, cortesãs, nobres, burgueses, notários, personagens de bom ou mau-caráter, vigaristas, camponeses, homens honrados, avarentos, enfim, uma enorme galeria de tipos que se cruzariam em várias histórias diferentes sob o título geral de *A comédia humana*. Convicto da importância que representava a ideia de unidade para todos os seus romances, escreveu à sua irmã, comemorando: "Saudai-me, pois estou seriamente na iminência de tornar-me um gênio". Vale ressaltar que nesta imensa galeria de tipos, Balzac criou um espetacular conjunto de personagens femininos que – como dizem unanimemente seus biógrafos e críticos – tem uma dimensão muito maior do que o conjunto dos seus personagens masculinos.

Aos 47 anos, massacrado pelo trabalho, pela péssima alimentação e pelo tormento das dívidas que não o abandonaram pela vida inteira, ainda que com projetos e esboços para pelo menos mais vinte romances, já não escrevia mais. Consagrado e reconhecido como um grande escritor, havia construído em frenéticos dezoito anos este monumento com quase uma centena de livros. Morreu em 18 de agosto de 1850, aos 51 anos, pouco depois de ter casado com a condessa polonesa Ève Hanska, o grande amor da sua vida. O exímio intelectual Paulo Rónai

(1907-1992), escritor, tradutor, crítico e coordenador da publicação de *A comédia humana* no Brasil, nas décadas de 1940 e 1950, escreveu em seu ensaio biográfico "A vida de Balzac": "Acabamos por ter a impressão de haver nele um velho conhecido, quase que um membro da família – e ao mesmo tempo compreendemos cada vez menos seu talento, esta monstruosidade que o diferencia dos outros homens".[2]

A verdade é que a obra de Balzac sobreviveu ao autor, às suas idiossincrasias, vaidades, aos seus desastres financeiros e amorosos. Sua mente prodigiosa concebeu um mundo muito maior do que os seus contemporâneos alcançavam. E sua obra projetou-se no tempo como um dos momentos mais preciosos da literatura universal. Se Balzac nascesse de novo dois séculos depois, ele veria que o último parágrafo do seu prefácio para *A comédia humana*[3], longe de ser um exercício de vaidade, era uma profecia:

> A imensidão de um projeto que abarca a um só tempo a história e a crítica social, a análise de seus males e a discussão de seus princípios autoriza-me, creio, a dar à minha obra o título que ela tem hoje: *A comédia humana*. É ambicioso? É justo? É o que, uma vez terminada a obra, o público decidirá.

---

2. RÓNAI, Paulo. "A vida de Balzac". In: BALZAC, Honoré de. *A comédia humana*. Vol. 1. Porto Alegre: Globo, 1940. Rónai coordenou, prefaciou e executou as notas de todos os volumes publicados pela Editora Globo. (N.E.)
3. Publicado na íntegra em *Estudos de mulher*, volume 508 da Coleção L&PM POCKET. (N.E.)

Introdução

Ouro e prazer

"*Jacques Collin (nome verdadeiro de Vautrin) e sua horrível influência são a coluna vertebral que liga* O pai Goriot *a* Ilusões perdidas *e* Ilusões perdidas *a* Esplendores e misérias das cortesãs."

HONORÉ DE BALZAC

Na pensão da senhora Vauquer reúnem-se perdedores, pessoas de vida inconfessável e misteriosa – como o cínico Vautrin –, jovens candidatos à glória ou ao fracasso, enfim, alguns representantes da vasta "classe média" que passa a se formar na França no início do século XIX. São aposentados, funcionários públicos, comerciantes que com a revolução francesa rompem com o odioso estigma da servidão e passam a ter um "futuro", coisa que até rolar a cabeça de Luis XVI na guilhotina em 1793, quatro anos depois da queda da Bastilha, era um privilégio dos nobres e aristocratas. Mas afora o estudante de medicina Horace Bianchon, o jovem provinciano Eugène de Rastignac e o misterioso Vautrin, ninguém tem futuro naquele lugar insalubre de aluguel barato. Muito menos o pai Goriot, tratado como um idiota pelos seus colegas de pensão, mas que ganha a terna condescendência do jovem Rastignac. Este jovem ambicioso e generoso vai se tornar um dos personagens favoritos de Balzac, surgindo em vários romances ao lado de Henri de Marsay, Luciano de Rubempré, todos belos, brilhantes e capazes de (quase) tudo para usufruir do "ouro e do prazer" que Paris oferece a uma casta de iluminados.

O pai Goriot enriqueceu durante a revolução francesa comprando trigo e vendendo por dez vezes mais. Humilde (mas esperto), aproveitou-se dos tempos conturbados. Viúvo precocemente, Goriot criou suas duas filhas, Delphine e Anastasie, dedicando a elas sua alma e sua energia, cobrindo-as de luxo. Enquanto o pai trabalhava de sol a sol, as moças desfilavam no Faubourg Saint-Germain, o bairro exclusivo da aristocracia, onde, por sua beleza, conquistaram um barão e um banqueiro, entrando para esse fechado círculo como condessa de Restaud e baronesa de Nucingen. Mas aquele pai ignorante, com aspecto de operário envelhecido, por mais que as ame, é um detalhe do passado que incomoda as jovens emergentes. Tanto o barão de Nucingen como o conde de Restaud só toleraram o "velho" enquanto ele teve dinheiro. Ao aposentar-se, o dinheiro minguou, e ele se tornou apenas uma lembrança "ruim" da origem das moças, que, para evitar os mexericos parisienses, esconderam o pai.

Como fizera em seu romance *A vendeta* – um *Romeu e Julieta* balzaquiano –, em *O pai Goriot* ele buscou também uma clara inspiração shakespeariana no rei Lear e seu drama com as filhas.

O pai Goriot é a história do impressionante e obsessivo amor de um pai por suas filhas. Para enfatizar a sua contundente crítica à sociedade de então, o autor contrapõe esse amor à indiferença das moças. O amor ao pai burguês (falido) não valia o sacrifício das filhas de serem alijadas da sociedade aristocrática. Mais uma vez a insaciável busca por "ouro e prazer". Este binômio irresistível, que segundo Balzac era o começo e o fim de tudo. Capaz de atropelar os amores e destruir famílias.

Eufórico com a ideia de fazer uma monumental "comédia humana" que seria o conjunto de toda a sua obra, unificada pelo fato de formar um poderoso retrato da sua época, Balzac inaugura com *O pai Goriot* o genial estratagema de promover a volta de personagens em seus romances. A duquesa de Langeais, formosa dama que é protagonista do romance *A duquesa de Langeais,* é amiga e confidente da prima de Eugène Rastignac (que aparece em uma dezena de romances), a baronesa de Beauséant que, por sua vez, será a protagonista de *A mulher abandonada*. O cínico, enigmático e diabólico Vautrin volta em *Ilusões perdidas*, *Esplendores e misérias das cortesãs* e *Contrato de casamento*. Delphine e Anastasie, as filhas de Goriot, frequentam uma dúzia de romances, assim como Henri de Marsay, o irresistível canalha, protagonista de *A menina dos olhos de ouro*, é personagem de vários romances e um dos personagens favoritos de Balzac.

Este recurso cria um clima mágico para o leitor de *A comédia humana*, que verá os personagens, como velhos conhecidos, indo e vindo no espaço e no tempo.

O pai Goriot, *Ilusões perdidas* e *Esplendores e misérias das cortesãs* formam praticamente um livro só. Poderoso, imenso (quase 1.500 páginas), este conjunto de romances autônomos formam um verdadeiro "guerra e paz" da sociedade francesa da primeira metade do século XIX. O próprio Balzac, em *Esplendores* (...), reconhece isto. Ao fim deste vasto e inesquecível périplo literário tem-se a clara e definitiva noção do gênio de Balzac. Os fundamentos de *A comédia humana* lá estão. A incrível universalidade da obra balzaquiana faz com que seja admirado pelo mundo todo. Mesmo quando vivo, já era o escritor francês mais lido na Europa. Seu retrato da sociedade francesa é, num plano muito mais profundo, um mergulho na alma humana. Balzac, muito mais do que retratar as perplexidades e perversidades da sociedade do seu tempo, expressou para sempre a alma do ser humano daquela época. E ao lê-lo vemos que homem e sociedade – tecnologias à parte – seguem os mesmos, com suas imperfeições, egoísmos e singelas mesquinharias. Tudo se resume a "ouro e prazer". Esta busca incessante e desgastante. Ilusões que se criam e se esvaem diante de um mundo contraditório, que prega as boas ações mas que redunda em fortuna para muito poucos e sofrimento e frustrações para quase todos. Pelo menos assim pensava Honoré de Balzac.

I.P.M.

O PAI GORIOT

*Ao grande e ilustre Geoffroy Saint-Hilaire
como testemunho de admiração
por seus trabalhos e por seu gênio.*

De Balzac

A sra. Vauquer, de Conflans em solteira, é uma senhora de idade que, há quarenta anos, dirige em Paris uma pensão burguesa situada na Rue Neuve-Sainte-Geneviève, entre o Quartier Latin e o Faubourg Saint-Marceau. Essa pensão, conhecida pelo nome de Casa Vauquer, admite igualmente homens e mulheres, jovens e velhos, sem que nunca a maledicência tenha atacado os costumes desse respeitável estabelecimento. Mas é verdade que há trinta anos nunca se viu ali jovem algum e, para que um rapaz more lá, deve ser bastante magra a pensão que recebe de sua família. Entretanto, em 1819, época na qual tem início esse drama, ali se encontrava uma pobre moça. Seja qual for o descrédito em que tenha caído a palavra drama pela forma abusiva e angustiante com que tem sido tratada nesses tempos de dolorosa literatura, é preciso empregá-la aqui: não que esta história seja dramática no verdadeiro sentido da palavra, mas, consumada a leitura, talvez algumas lágrimas tenham sido vertidas *intra* e *extramuros*. Será acaso compreendida fora de Paris? Cabe a dúvida. As particularidades desse cenário cheio de observações e de cores locais só podem ser apreciadas entre as colinas de Montmartre e as alturas de Montrouge, nesse ilustre vale de escombros sempre prestes a desabar e riachos negros de lama; vale repleto de sofrimentos reais, de alegrias muitas vezes falsas, tão terrivelmente agitado que é preciso algo de exorbitante para que se produza uma sensação de alguma durabilidade. No entanto, lá se encontram, aqui e ali, dores que a aglomeração dos vícios e das virtudes torna grandes e solenes: diante delas, os egoísmos, os interesses se detêm e se apiedam; mas a sensação que delas recebem é como um fruto saboroso prontamente devorado. O carro da civilização, qual o do ídolo de Jaggernat¹, apenas atrasado por um coração menos fácil de ser esmagado do que os outros e que lhe freia a roda, logo o quebrou e continua seu desfile glorioso. Assim farão vocês, vocês que seguram este livro com uma mão branca, que afundam numa poltrona macia dizendo a si mesmos: talvez isto me divirta. Depois de ler os secretos infortúnios do pai Goriot, jantarão com apetite, debitando sua insensibilidade ao autor, taxando-o de exagerado, acusando-o de poesia. Ah! Pois fiquem sabendo: este drama não é uma ficção, nem um romance. *All is true*², ele é tão verdadeiro que todos podem reconhecer seus elementos em si mesmos, talvez em seu coração.

A casa na qual está estabelecida a pensão burguesa pertence à sra. Vauquer. Ela fica na parte baixa da Rue Neuve-Sainte-Geneviève, no local em que o terreno se inclina em direção à Rue de l'Arbalète com uma ladeira tão íngreme e tão difícil que os cavalos raramente a sobem ou descem. Tal circunstância é favorável ao silêncio que reina naquelas ruas apertadas entre a cúpula do Val-de-Grâce e a cúpula do Panthéon, dois monumentos que alteram as condições da atmosfera nela lançando tons amarelados, escurecendo-a por completo com os tons severos que projetam suas abóbadas. Ali, as ruas são secas, os riachos não têm lama nem água, a erva cresce ao longo dos muros. O mais indiferente dos homens ali se entristece como todos os caminhantes, o ruído de um veículo torna-se um acontecimento, as casas são melancólicas, as muralhas cheiram a prisão. Um parisiense perdido só veria ali pensões burguesas ou instituições, miséria ou enfado, velhice que morre, juventude alegre obrigada a trabalhar. Nenhum bairro de Paris é mais horrível, nem, digamos, mais desconhecido. A Rue Neuve-Sainte-Geneviève, sobretudo, é como uma moldura de bronze, o único que convém a este relato, para o qual o espírito nunca estaria bem preparado

---

1. Jaggernat ou Jaggernaut (em sânscrito Jaggannatha, "senhor do universo"): Deus hindu, cuja estátua, em gigantesco carro triunfal, era rolada para fora do templo e cujos devotos muitas vezes morriam por se curvar em êxtase religioso diante do carro. (N.T.)
2. Tudo é verdade. Em inglês no original. (N.T.)

por cores escuras, ideias graves; assim como, de degrau em degrau, o dia declina e o canto do condutor se aprofunda, quando o viajante desce às Catacumbas. Comparação verdadeira! Quem decidirá o que é mais horrível de se ver, corações ressecados ou crânios vazios?

A fachada da pensão dá para um jardinzinho, de modo que a casa forma um ângulo reto com a Rue Neuve-Sainte-Geneviève, de onde a vemos em profundidade. Ao longo dessa fachada, entre a casa e o jardinzinho, reina um leito de seixos, medindo uma toesa[3], diante do qual há uma aleia arenosa, margeada por gerânios, louros-rosas e romãzeiras plantados em grandes vasos de porcelana azul e branca. Entra-se nessa aleia por uma porta transversal, encimada por uma placa na qual está escrito: CASA VAUQUER e, abaixo: *Pensão burguesa para ambos os sexos etc.* Durante o dia, uma porta com postigo, equipada com uma campainha estridente, deixa entrever, ao final do pequeno caminho, no muro oposto à rua, uma arcada pintada em mármore verde por um artista do bairro. Sob a cavidade simulada por essa pintura, eleva-se uma estátua representando o Amor. Diante do verniz lascado que a recobre, os amantes de símbolos talvez descobrissem um mito do amor parisiense do qual se trata a alguns passos dali. Sob o pedestal, esta inscrição meio apagada lembra o tempo ao qual remonta aquele enfeite pelo entusiasmo que demonstra por Voltaire, que voltou a Paris em 1777[4]:

Quem quer que sejas, eis aqui teu mestre:
Ele assim é, foi, ou deve ser.

Ao cair da noite, a porta com postigo é substituída por uma porta maciça. O jardinzinho, tão longo quanto o comprimento da fachada, fica encerrado entre o muro da rua e o muro meeiro

---

3. Antiga medida francesa equivalente a seis pés, ou seja, quase dois metros. (N.T.)
4. Na realidade, é em 1778 que Voltaire (1694-1778), procedente de Ferney, foi triunfalmente recebido em Paris. Esse dístico foi composto para o castelo de Maisons, mas também pode ser encontrado nos de Cirey e Sceaux. (N.T.)

da casa vizinha, ao longo da qual pende um manto de hera que a esconde por completo e atrai os olhos dos passantes pelo efeito pitoresco em Paris. Cada um daqueles muros é forrado de treliças e vinhas cujas frutificações delicadas e poeirentas são o objeto dos receios anuais da sra. Vauquer e de suas conversas com os pensionistas. Ao longo de cada muralha reina uma estreita aleia que leva a um coberto de tílias, palavra que a sra. Vauquer, embora nascida de Conflans, pronuncia obstinadamente *tilhias*, apesar das observações gramaticais de seus hóspedes. Entre as duas aleias laterais, há um canteiro de alcachofras ladeado por árvores frutíferas podadas em forma de roca e rodeado de azedinhas, alfaces ou salsinhas. Sob o coberto de tílias, fica uma mesa redonda pintada de verde e cercada de cadeiras. Ali, durante as horas caniculares, os convivas suficientemente ricos para se permitirem tomar café vão saboreá-lo num calor capaz de chocar ovos. A fachada, com três andares de altura e encimada por mansardas, é construída em pedras e recoberta daquela cor amarela que dá um aspecto ignóbil a quase todas as casas de Paris. As cinco janelas abertas em cada andar têm pequenos caixilhos e são guarnecidas de gelosias, das quais nenhuma é armada da mesma maneira, de modo que todas as suas linhas brigam entre si. A profundidade dessa casa comporta duas janelas que, no térreo, têm por ornamento barras de ferro com treliças aramadas. Atrás do imóvel há um pátio com cerca de seis metros de largura, onde vivem em boa harmonia porcos, galinhas e coelhos e no fundo do qual se ergue um alpendre para serrar madeira. Entre esse alpendre e a janela da cozinha, está suspensa a despensa, sob a qual caem as águas gordurosas da pia. Esse pátio tem, dando para a Rue Neuve-Sainte-Geneviève, uma porta por onde a cozinheira elimina os dejetos da casa, limpando essa latrina com a ajuda de muita água, sob pena de pestilência.

Naturalmente destinado à exploração da pensão burguesa, o térreo se compõe de um primeiro cômodo iluminado pelas duas sacadas da rua e no qual se entra por uma porta-janela. Esse salão se comunica com uma sala de refeições que fica separada da cozinha pelo vão de uma escada cujos degraus são de madeira com ladrilhos coloridos e esfregados. Nada é mais triste de se ver do que esse salão mobiliado de poltronas e cadeiras estofadas de crinolina com listras foscas e brilhantes alternadas. No meio fica uma mesa redonda com tampo de mármore Sant'Ana, decorada com uma licoreira em porcelana branca enfeitada com filetes de ouro semiapagados, que hoje se encontra por toda parte. Esse cômodo, bastante mal-assoalhado, é revestido de lambris até a altura dos ombros. O excedente das paredes é recoberto por um papel envernizado representando as principais cenas de *Telêmaco*, cujos clássicos personagens são coloridos. O painel entre as janelas gradeadas oferece aos pensionistas o quadro do festim oferecido ao filho de Ulisses por Calipso. Há quarenta anos, essa pintura vem estimulando os gracejos dos jovens pensionistas, que se acreditam superiores a sua situação ao zombar do jantar ao qual a miséria os condena. A lareira em pedra, cuja fornalha sempre limpa testemunha que ali só se faz fogo nas grandes ocasiões, é enfeitada por dois vasos cheios de flores artificiais, envelhecidas e apertadas, que acompanham um relógio de pêndulo em mármore azulado de péssimo gosto. Esse primeiro cômodo exala um odor sem nome no idioma e que se deveria chamar *odor de pensão*. Cheira a fechado, a mofado, a rançoso; dá frio, é úmido para o nariz, penetra nas roupas; tem o gosto de uma sala na qual se jantou, fede a serviço, a ofício, a hospício. Talvez pudesse ser descrito se inventássemos um procedimento para avaliar as quantidades elementares e nauseabundas que ali lançam as atmosferas catarrais e peculiares de cada pensionista, jovem ou velho. Pois bem, apesar de todos esses horrores vulgares, se comparado à sala de jantar, que lhe é contígua, considerarão esse salão elegante e perfumado como deve ser uma alcova. Tal sala, inteiramente forrada de madeira, foi outrora pintada numa cor hoje indistinta, que cria um fundo sobre o qual a sujeira imprimiu suas camadas de modo a nele desenhar figuras estranhas. É revestida de aparadores engordurados sobre os quais há garrafas esculpidas, manchadas, argolas com reflexos metálicos, pilhas de pratos de porcelana grossa, de bordas azuis, fabricados em Tounai. Num canto, está colocada uma caixa com divisórias numeradas que serve para guardar os guardanapos, manchados de comida ou vinho, de cada pensionista. Ali se encontram daqueles móveis indestrutíveis, proscritos em toda parte, mas lá colocados como são as sobras da civilização para os Incurables[5]. Ali verão um barômetro com um capuchinho que sai quando chove, gravuras execráveis que tiram o apetite, todas emolduradas em madeira envernizada com filetes dourados; um relógio de parede em tartaruga incrustada de cobre, um fogareiro verde, candeeiros de Argand nos quais a poeira se combina ao óleo, uma mesa comprida coberta de um pano encerado, engordurado o bastante para que um forasteiro espirituoso nele escreva seu nome usando o dedo como pena, cadeiras estropiadas, pequenos capachos lastimáveis em fibras que sempre desfiam e nunca se desfazem e mais escalfetas miseráveis com nichos quebrados e gonzos desconjuntados, nas quais a madeira carboniza. Para explicar como esse mobiliário é velho, rachado, apodrecido, bambo, corroído, estropiado, mutilado, inválido, agonizante, seria preciso dele fazer uma descrição que retardaria por demais o interesse desta história e que os apressados não perdoariam. O chão vermelho está cheio de vales produzidos pelo esfregar ou pelas camadas de cor. Enfim, ali reina a miséria sem poesia, uma miséria avara, concentrada, usada. Se ainda não está imunda, está manchada; se não está esburacada ou andrajosa, vai cair de podridão.

    Esse cômodo está em todo o seu esplendor no momento em que, por volta das sete horas da manhã, o gato da sra. Vauquer precede sua dona, salta sobre os aparadores, fareja o leite contido em diversas tigelas cobertas por pratos e faz ouvir seu ronrom matinal. Logo se apresenta a viúva, ataviada com sua touca de tule sob a qual pende um tufo malcolocado de cabelos falsos; ela caminha arrastando seus chinelos enrugados. Seu rosto envelhecido, rechonchudo, do meio do qual sai um nariz em bico de papagaio; suas mãozinhas gorduchas, seu corpo roliço como um rato de igreja, seu corpete apertado demais e oscilante

---

5. Incurables, hospital parisiense que recebia não apenas doentes desenganados, mas também idosos, indigentes e paralíticos. (N.T.)

estão em harmonia com essa sala da qual a infelicidade exsuda, na qual se refugia a especulação e cujo ar ardentemente fétido a sra. Vauquer respira sem ficar nauseada. Seu rosto fresco como uma primeira geada de outono, seus olhos enrugados cuja expressão passa do sorriso prescrito às dançarinas à amarga carranca do agiota, enfim, toda sua pessoa explica a pensão, como a pensão implica sua pessoa. Os trabalhos forçados não existem sem o beleguim, não se imaginaria um sem o outro. A corpulência macilenta dessa mulherzinha é o produto dessa vida, como o tifo é a consequência das exalações de um hospital. Sua anágua de lã tricotada, que aparece sob sua primeira saia feita com um vestido velho e cujo acolchoado escapa pelas fendas do tecido puído, resume o salão, a sala de jantar, o jardinzinho, anuncia a cozinha e faz pressentir os pensionistas. Quando ela ali está, o espetáculo está completo. Com cerca de cinquenta anos, a sra. Vauquer se parece com todas as *mulheres que passaram por dificuldades*. Ela tem os olhos sem brilho, o ar inocente de uma alcoviteira que vai se enfurecer para receber mais, mas que está disposta a tudo para se dar melhor, a entregar Georges ou Pichegru[6], se Georges ou Pichegru ainda pudessem ser entregues. Ainda assim, ela é *no fundo boa pessoa*, dizem os pensionistas, que a imaginam sem fortuna ao ouvi-la gemer e tossir como eles. Quem fora o sr. Vauquer? Ela nunca dava explicações a respeito do falecido. Como perdera sua fortuna? Em dificuldades, respondia ela. Ele se conduzira mal com ela, só lhe tinha deixado os olhos para chorar, aquela casa para viver e o direito de não se apiedar de qualquer infortúnio, porque, dizia ela, já sofrera tudo o que alguém pode sofrer. Ao ouvir os passinhos de sua patroa, a gorda Sylvie, a cozinheira, apressava-se em servir o almoço dos pensionistas internos.

Geralmente, os hóspedes externos só se inscreviam para o jantar, que custava trinta francos por mês. Na época em que tem início esta história, os internos eram sete. O primeiro andar

---

6. Georges Cadoudal (1771-1804) e Jean Charles Pichegru (1761-1804), monarquistas franceses que, por conspirarem contra Napoleão Bonaparte, foram denunciados e presos em 1804. (N.T.)

tinha os dois melhores apartamentos da casa. A sra. Vauquer vivia no menor e o outro pertencia à sra. Couture, viúva de um fiscal da Receita da República Francesa. Morava com ela uma mocinha bastante jovem, chamada Victorine Taillefer[7], a quem servia de mãe. A pensão de ambas custava 1.800 francos. Os dois apartamentos do segundo andar eram ocupados, um por um velhote chamado Poiret, o outro por um homem com cerca de quarenta anos que usava uma peruca preta, pintava as suíças, dizia-se ex-comerciante e se chamava sr. Vautrin[8]. O terceiro andar compunha-se de quatro quartos, dois dos quais estavam alugados, um por uma solteirona chamada srta. Michonneau[9], o outro por um antigo fabricante de aletrias, massas italianas e de amido, que se fazia chamar de pai Goriot. Os dois outros quartos destinavam-se às aves de arribação, aos desafortunados estudantes que, como o pai Goriot e a srta. Michonneau, só podiam destinar 45 francos por mês a sua alimentação e moradia; mas a sra. Vauquer fazia pouco gosto de sua presença e só os admitia quando não havia coisa melhor: eles comiam pão demais. Naquele momento, um desses quartos pertencia a um rapaz vindo dos arredores de Angoulême a Paris para estudar Direito e cuja numerosa família se submetia às mais duras privações a fim de lhe enviar mil e duzentos francos por ano. Eugène de Rastignac[10], como se chamava, era um desses jovens acostumados ao trabalho pelo infortúnio, que compreendem desde a mais tenra idade as esperanças neles depositadas por seus pais e que se preparam um belo destino calculando desde cedo a importância de

---

7. Victorine Taillefer, personagem de *A comédia humana* (*Esplendores e misérias das cortesãs* e *A estalagem vermelha*). (N.T.)
8. Sr. Vautrin, falso nome de Jacques Collin, personagem de *A comédia humana* (*Ilusões perdidas*, *Esplendores e misérias das cortesãs*, *Contrato de casamento*). (N.T.)
9. Srta. Michonneau, futura sra. Poiret, personagem de *A comédia humana* (*Esplendores e misérias das cortesãs*, *Os pequenos-burgueses*). (N.T.)
10. Eugène de Rastignac, personagem central de *A comédia humana* (*A casa Nucingen*, *Ilusões perdidas*, *Esplendores e misérias das cortesãs*, *O gabinete das antiguidades*, *Ursule Mirouët*, *Uma filha de Eva*, *O deputado de Arcis*, *Um príncipe da Boêmia*). (N.T.)

seus estudos e adaptando-os de antemão ao movimento futuro da sociedade, para serem os primeiros a explorá-la. Sem suas observações curiosas e a habilidade com a qual soube se conduzir nos salões de Paris, este relato não se teria colorido dos tons verdadeiros devidos, sem dúvida, a seu espírito sagaz e a seu desejo de penetrar nos mistérios de uma situação aterradora, tão cuidadosamente oculta por aqueles que a criaram quanto por aquele que a ela era submetido.

Acima desse terceiro andar havia um sótão para pendurar a roupa e duas mansardas nas quais dormiam um criado para todo serviço, de nome Christophe, e a gorda Sylvie, a cozinheira. Além dos sete pensionistas internos, a sra. Vauquer contava, ano após ano, com oito estudantes de Direito ou de Medicina e dois ou três outros frequentadores habituais que moravam no bairro, todos pagando apenas pelo jantar. A sala recebia dezoito pessoas para jantar e poderia receber vinte; mas pela manhã ali se viam somente os sete inquilinos cuja reunião oferecia, durante o almoço, o quadro de uma refeição familiar. Todos desciam de chinelos, permitiam-se observações confidenciais sobre a roupa ou o aspecto dos externos e sobre os acontecimentos da noite anterior, exprimindo-se com a confiança da intimidade. Esses sete pensionistas eram os queridinhos da sra. Vauquer, que lhes dispensava, com precisão de astrônomo, cuidados e deferências, conforme o montante de suas pensões. Uma mesma consideração pesava sobre aqueles seres reunidos pelo acaso. Os dois inquilinos do segundo andar pagavam apenas 72 francos por mês. Tal preço baixo, que só pode ser encontrado no Faubourg Saint-Marcel, entre a Bourbe e a Salpêtrière, e do qual a sra. Couture era a única exceção, demonstra que tais pensionistas deveriam estar sob o peso de dificuldades mais ou menos aparentes. E o espetáculo desolador apresentado pelo interior da casa repetia-se na vestimenta de seus frequentadores, igualmente em mau estado. Os homens vestiam sobrecasacas cuja cor se tornara problemática, calçados como os que se atiram fora nos bairros elegantes, camisas puídas, roupas das quais só restavam as almas. As mulheres usavam vestidos ultrapassados, tingidos, desbotados, rendas velhas e remendadas, luvas lustrosas pelo uso, babados sempre encardidos e lenços desfiados. Se assim eram os trajes, quase todos apresentavam corpos solidamente rijos, constituições que haviam resistido às tempestades da vida, rostos frios, duros, apagados como os de moedas fora de circulação. As bocas enrugadas eram armadas de dentes ávidos. Tais pensionistas faziam pressentir dramas passados ou em ação; não desses dramas representados sob as luzes da ribalta e entre telas pintadas, mas dramas vivos e mudos, dramas glaciais que agitavam com fervor o coração, dramas sem intervalo.

A velha srta. Michonneau mantinha sobre seus olhos cansados um chapéu imundo em tafetá verde, rodeada por um fio de arame que teria assustado o anjo da Misericórdia. Seu xale de franjas magras e chorosas parecia cobrir um esqueleto, tão angulosas eram as formas que escondia. Que ácido teria despojado aquela criatura de suas formas femininas? Ela devia ter sido bonita e bem-feita: teria sido o vício, a tristeza, a cupidez? Teria ela amado demais, teria sido vendedora de moda ou apenas cortesã? Estaria expiando os triunfos de uma juventude insolente ao encontro da qual se haviam atirado os prazeres através de uma velhice da qual fugiam os passantes? Seu olhar branco dava frio, seu corpo mirrado ameaçava. Ela tinha a voz esganiçada de uma cigarra gritando em seu arbusto à chegada do inverno. Dizia ter cuidado de um senhor idoso atacado de catarro na bexiga e abandonado pelos filhos que o acreditaram sem recursos. Esse velho lhe havia legado mil francos de renda vitalícia, periodicamente disputados pelos herdeiros, de cujas calúnias ela era alvo. Embora os jogos das paixões lhe tivessem devastado as feições, ainda se viam alguns vestígios de brancura e elegância em sua estrutura, que permitiam supor que o corpo conservasse resquícios de beleza.

O sr. Poiret[11] era uma espécie de autômato. Ao vê-lo se estender como uma sombra cinzenta ao longo de uma aleia no Jardin des Plantes, a cabeça coberta por uma velha boina molenga, mal

---

11. Sr. Poiret, personagem de *A comédia humana* (*Os empregados*, *Esplendores e misérias das cortesãs*). (N.T.)

mantendo na mão sua bengala com cabo de marfim amarelado, deixando flutuar as abas murchas de sua sobrecasaca que mal ocultava as calças quase vazias e pernas com meias azuis que cambaleavam como as de um homem embriagado, mostrando seu colete branco sujo e seu jabô de musselina grosseira e retorcida que se unia imperfeitamente a sua gravata enrolada em torno de seu pescoço de peru, muita gente se perguntava se aquele espectro pertenceria à raça audaciosa dos filhos de Jafé[12] que borboleteiam no Boulevard Italien[13]. Que trabalho poderia tê-lo encarquilhado daquela maneira? Que paixão havia arroxeado seu rosto bulboso que, desenhado em caricatura, teria parecido exagerado? O que havia sido? Mas talvez tivesse sido funcionário do Ministério da Justiça, na seção para onde os algozes enviam seus relatórios de despesas, a conta do fornecimento de véus negros para os parricidas, de farelo para as cestas, de cordéis para as facas. Talvez tenha sido recebedor na porta de um matadouro, ou subinspetor de salubridade. Enfim, aquele homem parecia ter sido um dos burros de carga do nosso grande moinho social, um desses Ratons parisienses que sequer conhecem seus Bertrands[14], algum pivô sobre quem desabaram os infortúnios ou as sujeiras públicas, enfim, um desses homens dos quais dizemos, ao vê-los: *Afinal, é preciso que essa gente exista!* A bela Paris ignora tais figuras pálidas de sofrimentos morais ou físicos. Mas Paris é um verdadeiro oceano. Atire a sonda e jamais conhecerá sua profundidade. Percorra-a, descreva-a! Por mais cuidado que tenha ao percorrê-la, ao descrevê-la, por mais

---

12. Balzac provavelmente pretendia fazer alusão a um verso célebre ("Ao navio", Odes) do poeta latino Horácio (65 a.C-8 a.C.). O trecho "à raça audaciosa dos filhos de Jafé" seria uma tradução de "audax Iapeti genus". Na ode de Horácio, a descendência de Jáspeto designa não somente Prometeu, mas todos os homens, considerados filhos deste último. Ao errar a grafia do nome, Balzac acaba por remeter erroneamente ao personagem bíblico Jafé, filho caçula de Noé, do qual descende a raça branca. No entanto, a referência bíblica não parece fazer sentido algum nesse contexto. (N.T.)
13. O Boulevard Italien era, na época de Balzac, o ponto de encontro da boemia parisiense. (N.T.)
14. Referência à fábula de La Fontaine "O macaco e o gato", animais cujos nomes eram, respectivamente, Bertrand e Raton. (N.T.)

numerosos e interessados que sejam os exploradores desse mar, sempre se encontrará um lugar virgem, um antro desconhecido, flores, pérolas, monstros, algo extraordinário, esquecido pelos mergulhadores literários. A Casa Vauquer é uma dessas monstruosidades curiosas.

Duas figuras ali criavam um contraste chocante com a massa dos pensionistas e dos frequentadores. Embora a srta. Victorine Taillefer fosse de uma brancura doentia semelhante à das moças anêmicas e se ligasse ao sofrimento geral que constituía o fundo desse quadro por uma tristeza habitual, por uma atitude constrangida, por um ar pobre e franzino, ao menos seu rosto não era velho, seus movimentos e sua voz eram ágeis. Essa jovem infelicidade se parecia com um arbusto de folhas amareladas, decididamente plantado em terreno impróprio. Sua fisionomia arruivada, seus cabelos louros avermelhados, seu corpo muito magro exprimiam essa graça que os poetas modernos encontravam nas estatuetas da Idade Média. Seus olhos cinzentos raiados de negro exprimiam suavidade e resignação cristãs. Suas roupas simples, pouco dispendiosas, traíam formas jovens. Ela era bela por justaposição. Feliz, teria sido deslumbrante: a beleza é a poesia das mulheres, assim como o traje é sua maquiagem. Se a alegria de um baile refletisse seus tons rosados sobre aquele rosto pálido, se as doçuras de uma vida elegante preenchessem, avermelhassem aquelas faces já ligeiramente encovadas, se o amor reanimasse aqueles olhos tristes, Victorine teria podido lutar com as mais belas moças. Faltava-lhe aquilo que cria pela segunda vez a mulher, belas roupas e frases enamoradas. Sua história teria sido o enredo de um livro. Seu pai acreditava ter razões para não reconhecê-la, recusava-se a tê-la por perto, só lhe concedia seiscentos francos por ano e havia falseado sua fortuna a fim de poder transmiti-la por inteiro a seu filho. Parente distante da mãe de Victorine, que fora outrora morrer de desespero em sua casa, a sra. Couture cuidava da órfã como de uma filha. Infelizmente a viúva do fiscal da Receita das Forças Armadas da República nada tinha no mundo além de seu dote e sua pensão; poderia deixar um dia aquela pobre menina, sem experiência e sem recursos, à mercê do mundo. A boa mulher levava Victorine à missa todos os domingos, à confissão a cada quinze dias, para de algum modo dela fazer uma moça piedosa. Tinha razão. Os sentimentos religiosos ofereciam um futuro àquela filha renegada, que amava seu pai, que todos os anos o procurava para levar a ele o perdão de sua mãe; mas que, todos os anos, dava de encontro com a porta inexoravelmente fechada da casa paterna. Seu irmão, seu único mediador, não fora vê-la uma só vez em quatro anos e não lhe enviava ajuda alguma. Ela implorava a Deus que abrisse os olhos de seu pai, que enternecesse o coração de seu irmão, e rezava por eles sem acusá-los. A sra. Couture e a sra. Vauquer não encontravam no dicionário injúrias suficientes para qualificar aquela conduta bárbara. Quando elas malziziam aquele milionário infame, Victorine deixava ouvir palavras doces, semelhantes ao canto do torcaz ferido, cujo grito de dor ainda expressa amor.

Eugène de Rastignac tinha um rosto inteiramente meridional, pele branca, cabelos negros, olhos azuis. Seu porte, suas maneiras, sua pose habitual revelavam o filho de uma família nobre, no qual a primeira educação só comportara tradições de bom gosto. Se era econômico em seus trajes, se nos dias comuns acabava de usar suas roupas do ano anterior, ainda assim ele podia às vezes sair arrumado como um rapaz elegante. Em geral usava uma velha sobrecasaca, um colete ordinário, a terrível gravata preta, amarrotada, mal-amarrada do estudante, uma calça no mesmo estilo e botas com meia-sola.

Entre esses dois personagens e os outros, Vautrin, o homem de quarenta anos, de suíças pintadas, servia de transição. Ele era uma dessas pessoas das quais o povo diz: "Eis um fulano em boa forma!". Tinha ombros largos, peito bem-desenvolvido, músculos aparentes, mãos fortes, quadradas e fortemente marcadas nas falanges por tufos de pelos grossos e de um vermelho ardente. Seu rosto, sulcado por rugas prematuras, oferecia sinais de dureza que eram desmentidos por suas maneiras dóceis e amáveis. Sua voz de barítono, em harmonia com sua gargalhada, não era desagradável. Ele era atencioso e divertido. Se alguma fechadura funcionava mal, ele logo a tinha desmontado, arrumado, lubrificado, limado, remontado, dizendo:

– Isso eu conheço.

Conhecia tudo, aliás, os navios, o mar, a França, o estrangeiro, os negócios, os homens, os acontecimentos, as leis, os hotéis e as prisões. Se alguém se queixava demais, logo oferecia seus préstimos. Emprestara muitas vezes dinheiro à sra. Vauquer e a alguns pensionistas; mas seus devedores prefeririam morrer a não lhe pagar, tanto medo, apesar de seu ar benevolente, ele causava com um certo olhar profundo e cheio de resolução. Pelo modo como lançava um jato de saliva, anunciava um sangue-frio imperturbável que não deveria fazê-lo recuar diante de um crime para sair de uma posição equivocada. Como um juiz severo, seu olhar parecia ir ao fundo de todas as questões, de todas as consciências, de todos os sentimentos. Seus hábitos consistiam em sair depois do almoço, voltar para jantar, desaparecer e voltar cerca de meia-noite, com a ajuda de uma chave-mestra que lhe havia confiado a sra. Vauquer. Apenas ele gozava daquele favor. Mas também ele se dava às maravilhas com a viúva, que chamava de mamãe segurando-a pela cintura, adulação pouco compreendida! A boa mulher imaginava a coisa ainda fácil, enquanto Vautrin era o único a ter os braços bastante compridos para envolver aquela pesada circunferência. Um traço de seu caráter era pagar generosamente quinze francos por mês pelo ponche que tomava com a sobremesa. Pessoas menos superficiais do que eram aqueles jovens arrastados pelos turbilhões da vida parisiense, ou aqueles velhos indiferentes ao que não lhes dizia diretamente respeito, não se deteriam na impressão duvidosa que lhes causava Vautrin. Ele sabia ou adivinhava os problemas daqueles que o rodeavam, enquanto ninguém conseguia penetrar nem em seus pensamentos nem em suas ocupações. Ainda que tivesse colocado sua aparente bonomia, sua constante complacência e sua alegria como uma barreira entre os outros e ele, muitas vezes deixava desvendar-se a espantosa profundidade de seu caráter. Muitas vezes um gracejo digno de Juvenal[15], e com

---

15. Decimus Iunius Iuvenalis, conhecido apenas como Juvenal, poeta satírico romano do século I. (N.T.)

o qual parecia se divertir em ridicularizar as leis, em espicaçar a alta sociedade, em convencê-la de inconsequência para com ela mesma, deveria deixar supor que ele guardava rancor do estado social e que havia no fundo de sua vida um mistério cuidadosamente escondido.

Atraída, talvez sem se dar conta, pela força de um ou pela beleza de outro, a srta. Taillefer dividia seus olhares furtivos, seus pensamentos secretos, entre esse quarentão e o jovem estudante; mas nenhum deles parecia pensar nela, embora da noite para o dia o acaso pudesse mudar sua condição e torná-la um bom partido. Aliás, nenhuma dessas pessoas se dava ao trabalho de verificar se as dificuldades alegadas por uma delas eram falsas ou verdadeiras. Todas tinham umas para com as outras uma indiferença mesclada de desconfiança que resultava de suas respectivas situações. Sabiam-se impotentes para aliviar seus males e todos haviam, de tanto os contarem, esgotado sua cota de condolências. Como velhos cônjuges, elas nada mais tinham a se dizer. Só lhes restavam, então, as relações de uma vida mecânica, o jogo de engrenagens sem óleo. Todas deviam, na rua, passar direto por um cego, ouvir sem emoção o relato de um infortúnio e ver numa morte a solução para um problema de miséria que as deixava frias diante da mais terrível agonia. A mais feliz dessas almas desoladas era a sra. Vauquer, que reinava naquele hospício livre. Apenas para ela aquele pequeno jardim, que o silêncio e o frio, a secura e a umidade tornavam vasto como uma estepe, era um pequeno bosque aprazível. Apenas para ela aquela casa amarela e insípida, que cheirava ao azinhavre de um balcão, tinha suas delícias. Aquelas celas lhe pertenciam. Ela alimentava aqueles forçados condenados a penas perpétuas, exercendo sobre eles uma autoridade respeitada. Onde em Paris teriam aqueles pobres seres encontrado, pelo preço que ela lhes cobrava, comida sadia e suficiente e um apartamento que tinham o direito de tornar, senão elegante ou confortável, ao menos limpo e salubre? Tivesse ela se permitido uma flagrante injustiça, a vítima a teria suportado sem queixas.

Semelhante reunião deveria oferecer e oferecia em pequena escala os elementos de uma sociedade completa. Entre os dezoito convivas havia, como nos colégios, como na sociedade, uma pobre criatura rejeitada, um bode expiatório sobre quem choviam as brincadeiras. No início do segundo ano, tal figura se tornou, para Eugène de Rastignac, a mais notável de todas aquelas em meio às quais ele estava condenado a viver por mais dois anos. Esse pobre-coitado era o antigo macarroneiro, o pai Goriot, sobre cuja cabeça um pintor teria, como o historiador, feito incidir toda a luz do quadro. Por que motivo aquele desprezo semirrancoroso, aquela perseguição mesclada de piedade, aquele desrespeito pela infelicidade haviam atingido o mais antigo pensionista? Seria devido a alguns desses ridículos ou dessas esquisitices que se perdoam menos do que se perdoam os vícios? Tais questões estão muito próximas de não poucas injustiças sociais. Talvez seja próprio da natureza humana fazer sofrer tudo a quem tudo suporta por verdadeira humildade, por fraqueza ou por indiferença. Não gostamos todos de provar nossa força às custas de alguém ou de alguma coisa? O mais frágil dos seres, o moleque de rua, bate em todas as portas quando congela, ou se arrasta para escrever seu nome num monumento virgem.

O pai Goriot, velhote de mais ou menos 69 anos, retirara-se para a casa da sra. Vauquer em 1813, depois de ter abandonado seus negócios. Habitara a princípio o apartamento ocupado pela sra. Couture e pagava então mil e duzentos francos de pensão, como um homem para quem cinco luíses[16] a mais ou a menos eram uma bagatela. A sra. Vauquer restaurara os três quartos daquele apartamento mediante uma indenização prévia que pagou, ao que se diz, o valor de um medíocre mobiliário composto de cortinas em percalina amarela, poltronas em madeira envernizada cobertas de veludo de Utrecht, algumas pinturas a cola e papéis de parede que seriam recusados pelos cabarés dos subúrbios. Talvez a crédula generosidade com que se deixou engabelar o pai Goriot, que naquela época era respeitosamente chamado de sr. Goriot, a tenha feito considerá-lo um imbecil que nada entendia de negócios. Goriot chegou

---

16. Luís, antiga moeda de ouro francesa que, até 1828, equivalia a vinte francos. (N.T.)

munido de um rico guarda-roupa, enxoval magnífico do negociante que nada se recusa ao se retirar do comércio. A sra. Vauquer admirara dezoito camisas de Holanda, cuja finura era ainda mais notável porque o macarroneiro usava sobre seu jabô fixo dois alfinetes unidos por uma correntinha, cada um deles montado com um grande diamante. Em geral vestido com um terno azul-claro, ele usava a cada dia um colete de fustão branco, sob o qual flutuava seu ventre piriforme e proeminente, que ressaltava uma pesada corrente de ouro guarnecida de berloques. Sua tabaqueira, também de ouro, continha um medalhão cheio de cabelos que o tornavam aparentemente culpado de alguma boa sorte. Quando sua hospedeira o acusou de ser um janota, ele deixou pousar em seus lábios o sorriso contente do burguês que foi bajulado. Seus *armáros* (ele pronunciava essa palavra como fazia a plebe) foram recheados com a abundante prataria de sua casa. Os olhos da viúva se iluminaram quando ela o ajudou amavelmente a desembalar e arrumar as conchas, as colheres de servir, os talheres, os galheteiros, as molheiras, diversos pratos, aparelhos em *vermeil*, enfim, peças mais ou menos belas, pesando um certo número de marcos, e das quais ele não se queria desfazer. Aqueles presentes lhe recordavam as solenidades de sua vida doméstica.

– Este – disse ele à sra. Vauquer segurando um prato e uma pequena tigela cuja tampa representava duas rolinhas que se beijavam – foi o primeiro presente que me deu minha mulher, no dia de nosso aniversário. Pobrezinha! Empregou aqui suas economias de solteira. A senhora compreende? Eu preferiria cavar a terra com minhas unhas a me separar disso. Graças a Deus poderei tomar nesta tigela o meu café, todas as manhãs, até o fim de meus dias. Não posso me queixar, tenho do que viver por muito tempo.

Enfim, a sra. Vauquer tinha visto muito bem, com seu olho de lince, algumas inscrições no Grande Livro que, vagamente somadas, poderiam dar àquele excelente Goriot uma renda de mais ou menos oito a dez mil francos. Desde aquele dia, a sra. Vauquer, de Conflans em solteira, que tinha então 48 anos e só admitia 39, teve suas ideias. Embora o canal lacrimal dos olhos de Goriot estivesse destruído, inchado, vermelho, o que o obrigava a enxugá-los com muita frequência, ela o achou com um aspecto agradável e em forma. Aliás, sua panturrilha carnuda, saliente, prognosticava, tanto quanto seu nariz comprido e largo, qualidades morais às quais a viúva parecia dar importância e que eram confirmadas pelo rosto lunar e naturalmente simplório do homenzinho. Ali deveria estar um animal solidamente constituído, capaz de empregar toda sua alma em sentimentos. Seus cabelos como asas de pombo, que o barbeiro da Escola Politécnica vinha empoar todas as manhãs, desenhavam cinco pontas sobre sua testa baixa e decoravam bem o seu semblante. Embora um pouco rústico, ele andava tão bem-posto, era tão entendido em tabaco, aspirava-o como um homem tão certo de ter sempre sua tabaqueira cheia de macouba[17] que, no dia em que o Sr. Goriot se instalou em sua casa, a sra. Vauquer deitou-se à noite aquecendo-se, como uma perdiz em seu ninho, ao fogo do desejo de abandonar o sudário de Vauquer para renascer como Goriot. Casar-se, vender a pensão, dar o braço àquela fina flor de burguesia, tornar-se uma senhora importante no bairro, pedir ajuda para os indigentes, fazer aos domingos pequenos passeios em Choisy, Soissy, Gentilly; ir aos espetáculos quando quisesse, em camarote, sem esperar pelos convites que lhe davam alguns de seus pensionistas no mês de julho: ela sonhou todo o Eldorado dos casaizinhos parisienses convencionais. A ninguém ela confessara possuir quarenta mil francos economizados vintém a vintém. Certamente se acreditava, sob o aspecto da fortuna, um bom partido. "Quanto ao resto, estou à altura do homenzinho!", falou sozinha, virando-se na cama, como para provar a si mesma os encantos que a gorda Sylvie via todas as manhãs cuidadosamente modelados.

A partir daquele dia, durante cerca de três meses, a viúva Vauquer aproveitou o barbeiro do sr. Goriot e fez algumas despesas com a toalete, desculpadas pela necessidade de dar a sua casa um certo decoro em harmonia com as pessoas distintas que a frequentavam. Teceu muitas intrigas para mudar seus pensionistas,

---

17. Macouba, variedade de tabaco da Martinica com perfume de rosas. (N.T.)

alegando a aspiração de só aceitar dali em diante pessoas eminentes sob todos os aspectos. Um estrangeiro se apresentou, ela se vangloriou da preferência que lhe havia concedido o sr. Goriot, um dos mais notáveis e mais respeitáveis comerciantes de Paris. Distribuiu prospectos nos quais se lia: CASA VAUQUER.

– Tratava-se – dizia ela – de uma das mais antigas e mais consideradas pensões burguesas da região do Quartier Latin. Tinha uma vista das mais agradáveis para o vale dos Gobelins (podia-se vê-lo do terceiro andar) e um *belo* jardim, ao fim do qual se estendia uma aleia de tílias.

Falava ainda do ar puro e da solidão. Esse prospecto trouxe-lhe a sra. condessa de Ambermesnil, mulher de 36 anos que esperava o fim da liquidação e a fixação de uma pensão que lhe era devida, na qualidade de viúva de um general morto no campo de batalha. A sra. Vauquer melhorou as refeições, acendeu a lareira nos salões por quase seis meses e cumpriu tão bem as promessas de seu prospecto que *botou dinheiro do seu*. E a condessa dizia à sra. Vauquer, chamando-a de *cara amiga*, que lhe enviaria a baronesa de Vaumerland e a viúva do coronel conde Picquoiseau[18], duas amigas suas, que estavam no fim de seu contrato com uma pensão no Marais, mais cara do que a Casa Vauquer. Tais damas estariam aliás muito bem de vida quando a Secretaria de Guerra terminasse seu trabalho.

– Mas – dizia ela – a Secretaria não acaba coisa alguma.

As duas viúvas subiam juntas depois do jantar para o quarto da sra. Vauquer e ali conversavam bebendo cassis e comendo guloseimas reservadas para a boca da proprietária. A sra. de Ambermesnil aprovou inteiramente as intenções de sua hospedeira a respeito de Goriot, intenções excelentes, que ela, aliás, já adivinhara desde o primeiro dia; achava-o um homem perfeito.

– Ah! Minha cara senhora! Um homem saudável como meus olhos – dizia-lhe a viúva. – Um homem muito bem conservado e que ainda pode dar muitas alegrias a uma mulher.

---

18. Condessa de Ambermesnil, baronesa de Vaumerland e conde Picquoiseau: personagens fictícios. (N.E.)

A condessa fez generosamente observações à sra. Vauquer sobre suas roupas, que não estavam em harmonia com suas pretensões.

– É preciso estar em pé de guerra – disse a ela.

Depois de muitos cálculos, as duas viúvas foram juntas ao Palais-Royal, onde compraram, nas Galeries du Bois, um chapéu de plumas e uma boina. A condessa levou sua amiga à loja La Petite Jeannette, onde escolheram um vestido e uma echarpe. Quando tais munições foram empregadas e a viúva ficou armada para a batalha, ela se parecia exatamente com o cartaz do restaurante Boeuf à la Mode[19]. Mas ela se sentiu tão mudada para melhor que se julgou devedora da condessa e, embora pouco generosa, pediu-lhe que aceitasse um chapéu de vinte francos. Pretendia, na verdade, pedir-lhe o favor de sondar Goriot e de valorizá-la a seus olhos. A sra. de Ambermesnil prestou-se de boa vontade àquelas manobras e cercou o velho macarroneiro, com o qual conseguiu obter uma audiência; mas, depois de tê-lo achado pudico, para não dizer refratário às tentativas sugeridas pelo seu desejo particular de seduzi-lo por sua própria conta, saiu revoltada com sua grosseria.

– Meu anjo – disse ela a sua cara amiga –, você não vai conseguir tirar coisa alguma daquele homem! Ele é ridiculamente desconfiado, um mão de vaca, um animal, um idiota que só lhe trará aborrecimentos.

Houve entre o sr. Goriot e a sra. de Ambermesnil coisas tais que a condessa nem mesmo quis mais se encontrar com ele. No dia seguinte, ela partiu, esquecendo-se de pagar seis meses de pensão e deixando umas roupas velhas avaliadas em cinco francos. Por mais acirradas que tenham sido as buscas da sra. Vauquer, nenhuma informação conseguiu obter em Paris a respeito da condessa de Ambermesnil. Por muito tempo ela falou desse deplorável acontecimento, lamentando seu excesso de confiança, embora fosse mais desconfiada do que uma gata; mas ela se parecia com muitas pessoas que desconfiam de

---

19. O cartaz do célebre restaurante Boeuf à la Mode, situado na Rue du Lycée, exibia um boi ornado de xale e chapéu. (N.T.)

seus próximos e se entregam ao primeiro recém-chegado. Fato moral, estranho, mas real, cuja raiz é fácil de se encontrar no coração humano. Talvez algumas pessoas nada mais tenham a ganhar perto das pessoas com as quais vivem; depois de lhes ter mostrado o vazio de sua alma, sentem-se por elas secretamente julgadas com uma severidade merecida; mas, tendo uma invencível necessidade de elogios que lhes faltam, ou devoradas pelo desejo de parecer possuir as qualidades que não possuem, esperam surpreender a estima ou o coração daqueles que lhes são estranhos, com o risco de se decepcionarem um dia. Enfim, há indivíduos que nasceram mercenários e não fazem bem algum a seus amigos ou a seus parentes porque eles lhes devem; ao passo que, ao prestar serviços a desconhecidos, disso recolhem um ganho de amor-próprio: mais o círculo de seus afetos está próximo, menos o amam; mais se amplia, mais prestativos são. A sra. Vauquer sem dúvida pertencia a essas duas categorias, essencialmente mesquinhas, falsas, execráveis.

– Se eu estivesse aqui – dizia-lhe então Vautrin –, essa tragédia não lhe teria acontecido! Eu teria desmascarado logo, logo essa farsante. Conheço essas *manhas*.

Como todos os espíritos limitados, a sra. Vauquer tinha o hábito de não sair do círculo dos acontecimentos e não julgar suas causas. Gostava de atribuir aos outros a culpa de seus próprios erros. Quando tal perda ocorreu, ela considerou o honesto macarroneiro como a origem de seu infortúnio e começou, desde então, assim dizia ela, a perder as ilusões a respeito dele. Quando reconheceu a inutilidade de suas provocações e de suas despesas de representação, não tardou a adivinhar-lhe a razão. Percebeu então que seu pensionista tinha lá, em suas palavras, suas manias. Ficou enfim provado que suas esperanças tão delicadamente acalentadas repousavam sobre uma base quimérica e que ela jamais tiraria coisa alguma daquele homem, nas palavras enérgicas da condessa, que parecia ser uma conhecedora do assunto. Foi necessariamente mais longe na aversão do que fora em sua amizade. Seu ódio não resultou de seu amor, mas de sua expectativa frustrada. Se o coração humano encontra repouso escalando as alturas do afeto, poucas vezes se detém na rápida ladeira dos sentimentos odiosos. Mas o sr. Goriot era seu pensionista, e a viúva foi então obrigada a reprimir as explosões de seu amor-próprio ferido, a enterrar os suspiros que aquela decepção lhe causou e a devorar seus desejos de vingança, como um monge humilhado por seu superior. Os espíritos pequenos satisfazem seus sentimentos, bons ou maus, por mesquinharias incessantes. A viúva empregou sua malícia feminina para inventar surdas perseguições contra sua vítima. Começou por suprimir os supérfluos introduzidos na pensão.

– Nada de pepinos em conserva, nada de anchovas: são embustes! – disse ela a Sylvie na manhã em que voltou a seu antigo esquema.

O sr. Goriot era um homem frugal, para quem a parcimônia necessária às pessoas que constroem sua própria fortuna havia degenerado em hábito. A sopa, o caldo, um prato de legumes haviam sido, continuariam sempre a ser, seu prato predileto. Foi portanto muito difícil para a sra. Vauquer atormentar seu pensionista, cujas preferências absolutamente não conseguia contrariar. Desesperada por encontrar um homem inatacável, começou a desprezá-lo e assim fez com que partilhassem de sua aversão por Goriot seus pensionistas que, por diversão, serviram a suas vinganças. Ao fim do primeiro ano, a viúva atingira um tal grau de desconfiança que se perguntava por que aquele comerciante, com sete a oito mil libras de renda, que possuía uma prataria lindíssima e joias tão belas quanto as de uma cortesã, vivia em sua casa, pagando-lhe uma pensão tão módica em relação a sua fortuna. Durante a maior parte desse primeiro ano, Goriot havia muitas vezes jantado fora uma ou duas vezes por semana; depois, insensivelmente, chegara a só jantar na cidade duas vezes por mês. As pequenas saídas do sr. Goriot convinham muito bem aos interesses da sra. Vauquer para que ela não ficasse incomodada com a exatidão progressiva com que seu pensionista fazia as refeições em sua casa. Tais mudanças foram atribuídas tanto a uma lenta redução da fortuna quanto ao desejo de contrariar sua hospedeira. Um dos mais detestáveis hábitos desses espíritos liliputianos é o de supor suas mesquinharias nos outros. Infelizmente, no fim do segundo ano, o sr. Goriot justificou as bisbilhotices das quais era objeto, ao pedir à Sra. Vauquer para se mudar para o segundo andar e reduzir sua pensão para novecentos francos. Precisou fazer tanta economia que não mais acendeu a lareira em seu quarto durante o inverno. A viúva Vauquer quis o pagamento adiantado, com o que concordou o sr. Goriot, que desde então ela passou a chamar de pai Goriot. Começaram as adivinhações quanto às causas daquela decadência. Especulação difícil! Como dissera a falsa condessa, o pai Goriot era dissimulado, taciturno. Pela lógica das pessoas de cabeça oca, todas indiscretas porque só têm ninharias a dizer, aqueles que não falam de seus negócios devem ter culpa no cartório. Aquele comerciante tão distinto tornou-se então um tratante, aquele janota um esquisitão. Num dia, segundo Vautrin, que foi naquela época morar na Casa Vauquer, o pai Goriot era um homem que frequentava a Bolsa e que, de acordo com uma expressão um tanto enérgica da língua financeira, *extorquia* suas rendas depois de se ter arruinado. Às vezes era um desses pequenos jogadores que vão arriscar e ganhar todas as noites dez francos no jogo. Outras, faziam dele um espião ligado às altas esferas; mas Vautrin julgava que ele não era suficientemente astuto para isso. O pai Goriot era ainda um avarento que emprestava dinheiro a juros diários, um homem que engordava os números na loteria. Atribuíam-lhe tudo o que o vício, a vergonha e a impotência engendram de mais misterioso. Só que, por mais ignóbeis que fossem sua conduta ou seus vícios, a aversão que inspirava não ia a ponto de bani-lo: ele pagava sua pensão. Além disso era útil, cada um exercia sobre ele seu bom ou mau humor com gracinhas ou empurrões. A opinião que parecia a mais provável, e que foi em geral adotada, era a da sra. Vauquer. Pelo que dizia, aquele homem tão bem conservado, saudável como seus olhos e com quem ainda se podia ter muitas alegrias, era um libertino de gostos estranhos. Eis os fatos sobre os quais a viúva Vauquer apoiava suas calúnias. Alguns meses depois da partida daquela desastrosa condessa que conseguira viver seis meses às suas custas, numa manhã, antes de se levantar, ela ouviu em sua escada o frufru de um vestido de seda e os passinhos miúdos de uma mulher jovem e ágil que corria para o quarto de Goriot, cuja porta prontamente se abrira. Logo depois, a gorda Sylvie veio dizer à sua patroa que uma moça bonita demais para ser honesta, *vestida como uma deusa*, calçando borzeguins de abrunheiro[20] sem sombra de sujeira, deslizara como uma enguia da rua até a cozinha e lhe perguntara pelo apartamento do sr. Goriot. A sra. Vauquer e sua cozinheira se puseram à escuta e surpreenderam várias palavras pronunciadas com ternura durante a visita, que durou algum tempo. Quando o sr. Goriot reconduziu sua dama, a gorda Sylvie pegou imediatamente seu cesto e fingiu ir ao mercado, para seguir o casal de namorados.

– Senhora – disse ela à patroa ao voltar –, o sr. Goriot deve ser estupidamente rico, afinal de contas, para sustentá-las naquele padrão. Imagine que na esquina da Rue de l'Estrapade havia uma esplêndida carruagem na qual ela subiu.

Durante o jantar, a sra. Vauquer foi puxar uma cortina para impedir que Goriot fosse incomodado pelo raio de sol que lhe batia nos olhos.

– A beleza o ama, sr. Goriot, o sol vai ao seu encontro – disse ela fazendo alusão à visita que ele recebera. – Caramba! O senhor tem bom gosto, ela era bem bonita.

– Era minha filha – disse ele com uma espécie de orgulho no qual os pensionistas preferiram ver a vaidade de um velhote que mantém as aparências.

Um mês depois daquela visita, o sr. Goriot recebeu outra. Sua filha que, da primeira vez, viera em trajes matinais, veio depois do jantar e vestida como para ir a uma festa! Os pensionistas, ocupados em conversas no salão, puderam ver nela uma bela loura, de corpo esbelto, graciosa e refinada demais para ser a filha de um pai Goriot.

– E são duas! – disse a gorda Sylvie que não a reconheceu.

---

20. Abrunheiro, tecido de lã ou seda, em geral preto, feita da casca do arbusto de mesmo nome. (N.T.)

Alguns dias depois, uma outra filha, alta e bem feita de corpo, morena, de cabelos negros e olhos vivos, perguntou pelo sr. Goriot.

– E são três! – disse Sylvie.

Essa segunda filha, que também da primeira vez fora ver seu pai pela manhã, voltou alguns dias depois, à noite, em traje de baile e de carruagem.

– E são quatro! – disseram a sra. Vauquer e a gorda Sylvie, que não reconheceram naquela grande dama qualquer vestígio da moça vestida com simplicidade na manhã em que fizera sua primeira visita.

Goriot ainda pagava mil e duzentos francos de pensão. A sra. Vauquer achou perfeitamente natural que um homem rico tivesse 45 amantes, e até o achou muito hábil por fazê-las passar por suas filhas. Não se escandalizou por ele as mandar vir à Casa Vauquer. Só que, como essas visitas lhe explicavam a indiferença de seu pensionista em relação a ela, permitiu-se, no início do segundo ano, chamá-lo de *velho tarado*. Depois, quando seu pensionista caiu para os novecentos francos, perguntou-lhe com muita insolência o que ele pretendia fazer em sua casa, ao ver chegar uma daquelas damas. O pai Goriot respondeu-lhe que aquela dama era sua filha, a mais velha.

– O senhor então tem umas 36 filhas? – perguntou com aspereza a sra. Vauquer.

– Só tenho duas – replicou o pensionista com a suavidade de um homem arruinado que atinge toda a docilidade da miséria.

Ao final do terceiro ano, pai Goriot reduziu ainda mais suas despesas, subindo para o terceiro andar e passando a 45 francos de pensão por mês. Abandonou o fumo, despediu seu peruqueiro e não mais se empoou. Quando o pai Goriot apareceu pela primeira vez sem estar empoado, sua hospedeira deixou escapar uma expressão de surpresa ao perceber a cor de seus cabelos, de um cinza sujo e esverdeado. Sua fisionomia, que mágoas secretas haviam insensivelmente tornado mais triste a cada dia, parecia a mais desolada de todas as que guarneciam a mesa. Não houve então mais qualquer dúvida. O pai Goriot era um velho libertino cujos olhos só haviam sido preservados da maléfica influência dos remédios necessários às suas enfermidades pela habilidade de um médico. A cor repugnante de seus cabelos provinha de seus excessos e das drogas que ele tomara para continuar com eles. O estado físico e moral do homenzinho dava razão a tais disparates. Quando seu enxoval envelheceu, ele comprou percalina a catorze vinténs para substituir seus belos lençóis. Seus diamantes, sua tabaqueira de ouro, sua corrente, suas joias desapareceram um a um. Ele abandonara o terno azul-claro, todo o seu traje de luxo, para usar, verão ou inverno, um casacão de pano grosseiro marrom, um colete de pele de cabra e uma calça cinza de lã grossa. Foi emagrecendo pouco a pouco; suas panturrilhas murcharam; seu rosto, inflado pelo contentamento de uma alegria burguesa, esvaziou-se desmedidamente; sua testa franziu-se, seu maxilar se desenhou. No quarto ano de sua hospedagem na Rue Neuve-Sainte-Geneviève, ele não se parecia mais com ele mesmo. O bom macarroneiro de 62 anos que não parecia ter quarenta, o burguês grande e gordo, brincalhão, cujo ar galhofeiro alegrava os passantes, que tinha alguma coisa de jovem no sorriso, parecia ser um setuagenário idiota, vacilante, macilento. Seus olhos azuis outrora tão vivos ganharam tons desbotados e cinzentos, haviam empalidecido, não lacrimavam mais, e suas bordas vermelhas pareciam chorar sangue. A alguns ele dava horror, a outros, piedade. Jovens estudantes de Medicina, tendo observado a descida de seu lábio inferior e medido o vértice de seu ângulo facial, declararam-no portador de cretinismo, depois de muito maltratá-lo sem nada concluir. Uma noite, depois do jantar, tendo a sra. Vauquer lhe dito em tom de pilhéria:

– Pois então! Aquelas suas filhas não vêm mais vê-lo? – ao colocarem em dúvida sua paternidade, o pai Goriot estremeceu como se sua hospedeira lhe tivesse espetado com um ferro.

– Elas vêm de vez em quando – respondeu ele com voz emocionada.

– Ah! Ah! O senhor ainda as vê de vez em quando! – exclamaram os estudantes. – Muito bem, pai Goriot!

Mas o velhote não ouviu as brincadeiras que sua resposta provocava, voltara a cair num estado meditativo que os que o observavam superficialmente tomavam por um entorpecimento senil devido a sua falta de inteligência. Se o tivessem conhecido bem, teriam talvez se interessado bastante pelo problema que apresentava sua situação física e moral, mas nada era mais difícil. Embora fosse simples saber se Goriot fora realmente macarroneiro e qual era o montante de sua fortuna, os velhos cuja curiosidade a seu respeito fora despertada não saíam do bairro e viviam na pensão como ostras sobre um rochedo. Quanto às outras pessoas, a engrenagem característica da vida parisiense fazia com que esquecessem, ao sair da Rue Neuve-Sainte-Geneviève, o pobre velhote do qual zombavam. Para aquelas mentes estreitas, bem como para aqueles jovens indiferentes, a seca miséria do pai Goriot e sua atitude estúpida eram incompatíveis com qualquer fortuna ou habilidade. Quanto às mulheres que ele chamava de suas filhas, todos partilhavam da opinião da sra. Vauquer, que dizia, com a lógica severa que o hábito de tudo conjeturar dá às mulheres velhas ocupadas em conversar durante as tardes:

– Se o pai Goriot tivesse filhas tão ricas como pareciam ser todas as damas que foram vê-lo, ele não estaria na minha casa, no terceiro andar, a 45 francos por mês, e não andaria vestido como um pobre.

Nada podia desmentir tais deduções. Assim, ao final do mês de novembro de 1819, época na qual explodiu este drama, todos na pensão tinham ideias formadas sobre o pobre velho. Ele jamais tivera filha ou mulher; o abuso de prazeres fazia dele um caracol, um molusco antropomorfo a ser classificado entre os *boiníferos*, dizia um empregado do Museu, um dos frequentadores habituais do jantar da pensão. Poiret era uma águia, um cavalheiro, perto de Goriot. Poiret falava, argumentava, respondia, nada dizia, a bem da verdade, ao falar, argumentar, responder, pois tinha o hábito de repetir com outros termos o que os outros diziam; mas contribuía para a conversa, era rápido, parecia sensível, enquanto o pai Goriot, dizia ainda o empregado do Museu, estava sempre a zero grau Réaumur[21].

 Eugène de Rastignac voltara à pensão numa disposição de espírito que devem ter conhecido os jovens superiores, ou aqueles aos quais uma situação difícil confere momentaneamente as qualidades dos homens de elite. Durante seu primeiro ano em Paris, o pouco estudo requerido pelos primeiros exames na Faculdade deixara-o livre para aproveitar as delícias visíveis da Paris material. Um estudante não dispõe de muito tempo se quiser conhecer o repertório de cada teatro, estudar as saídas do labirinto parisiense, conhecer os usos, aprender a língua e se familiarizar com os prazeres característicos da capital; sondar os bons e maus lugares, frequentar os cursos que divertem, inventariar as riquezas dos museus. Um estudante se apaixona então por ninharias que lhe parecem grandiosas. Tem o seu grande homem, um professor do Collège de France, pago para estar à altura de seu auditório. Arruma sua gravata e faz pose para a mulher das primeiras galerias da Opéra-Comique[22]. Nessas sucessivas iniciações, despoja-se de seu âmago, amplia o horizonte de sua vida e acaba concebendo a superposição das camadas humanas que compõem a sociedade. Se começou admirando os carros no desfile em Champs-Elysées sob um belo sol, em pouco tempo começa a desejá-los. Eugène passara sem perceber por esse aprendizado, quando partiu de férias, após ter completado seu bacharelado em Letras e em Direito. Suas ilusões de infância, suas ideias provincianas, haviam desaparecido. Sua inteligência modificada e sua ambição exaltada fizeram-no ver as coisas de forma clara no ambiente do lar paterno, no seio da família. Seu pai, sua mãe, seus dois irmãos, suas duas irmãs e uma tia, cuja fortuna consistia de pensões, viviam no pedaço de terra dos Rastignac. Aquela propriedade que rendia cerca de três mil francos estava submetida à incerteza que rege

---

21. Da escala de temperatura concebida pelo cientista francês René-Antoine Ferchault de Réaumur (1683-1757), amplamente usada na França nos séculos XVIII e XIX. (N.T.)

22. Opéra-comique, teatro musical de Paris onde se representavam operetas. (N.T.)

o produto tipicamente industrial da vinha, embora fosse preciso dela extrair anualmente duzentos francos para ele. O aspecto dessa constante angústia que lhe era generosamente oculta, a comparação que foi obrigado a fazer entre suas irmãs, que lhe pareciam tão belas em sua infância, e as mulheres de Paris, que haviam tornado real o tipo de uma beleza sonhada, o futuro incerto daquela família numerosa que dependia dele, a cautela parcimoniosa com que viu serem consumidos os mais ínfimos produtos, a bebida feita por sua família com o bagaço da prensa, enfim, um sem-número de circunstâncias que não vale a pena consignar aqui, decuplicaram seu desejo de ter sucesso e lhe deram sede de privilégios. Como acontece às almas grandiosas, nada quis dever senão a seu mérito. Mas seu espírito era eminentemente meridional; na execução, suas resoluções deveriam ser, portanto, abaladas por aquelas hesitações que acometem os jovens quando eles se encontram em alto-mar sem saber para que lado dirigir suas forças, nem a que ângulo içar suas velas. Se ele a princípio desejou se atirar de corpo e alma no estudo, seduzido pela necessidade de fazer relações, percebeu o quanto as mulheres são influentes na vida social e de repente resolveu se lançar no mundo, a fim de conseguir protetoras: poderiam elas faltar a um rapaz ardente e espirituoso cujo espírito e ardor eram realçados por uma aparência elegante e por uma espécie de beleza nervosa à qual as mulheres se deixam prender sem reclamar? Tais ideias o assaltaram no meio dos campos, durante os passeios que antes dava alegremente com suas irmãs, que o acharam muito mudado. Sua tia, a sra. de Marcillac, outrora apresentada à Corte, lá conhecera a alta aristocracia. De repente o ambicioso rapaz reconheceu, nas lembranças com que sua tia tantas vezes o embalara, os elementos de várias conquistas sociais, no mínimo tão importantes quanto as que ele conseguia na Escola de Direito; interrogou-a quanto aos laços de parentesco que poderiam ser ainda retomados. Depois de ter sacudido os galhos da árvore genealógica, a velha senhora avaliou que, de todas as pessoas que poderiam servir a seu sobrinho, entre aquela gente egoísta que eram os parentes ricos, a sra. viscondessa de

Beauséant[23] seria a menos recalcitrante. Escreveu a ela uma carta no velho estilo e entregou-a a Eugène dizendo-lhe que, se fosse bem-sucedido com a viscondessa, ela o faria encontrar seus outros parentes. Alguns dias depois de sua chegada, Rastignac enviou a carta de sua tia à sra. de Beauséant. A viscondessa respondeu-lhe com um convite para o baile do dia seguinte.

Assim era a situação geral da pensão burguesa no fim do mês de novembro de 1819. Alguns dias mais tarde, Eugène, depois de ter ido ao baile da sra. de Beauséant, chegou por volta das duas horas da madrugada. A fim de recuperar o tempo perdido, o corajoso estudante se prometera, enquanto dançava, estudar até a manhã seguinte. Passaria pela primeira vez a noite em meio àquele silencioso bairro, pois se colocara sob o encantamento de uma falsa energia ao presenciar os esplendores da sociedade. Não havia jantado na casa da sra. Vauquer. Os pensionistas puderam então acreditar que ele só voltaria do baile na manhãzinha do dia seguinte, como voltara algumas vezes das festas do Prado ou dos bailes do Odéon, enlameando suas meias de seda e entortando seus sapatos. Antes de passar os ferrolhos na porta, Christophe a abrira para olhar a rua. Rastignac se apresentou nessa ocasião e pôde subir para seu quarto sem fazer barulho, seguido por Christophe que fazia muito. Eugène se despiu, colocou os chinelos, vestiu um casaco feioso, acendeu sua lareira com pedaços de cascas de árvore e preparou-se rapidamente para o trabalho, de modo que Christophe ainda abafou com o som de seus sapatões os preparativos pouco ruidosos do rapaz. Eugène ficou por alguns instantes pensativo antes de mergulhar em seus livros de Direito. Acabara de reconhecer na sra. viscondessa de Beauséant uma das rainhas da moda em Paris, cuja casa tinha fama de ser a mais agradável do Faubourg Saint-Germain[24]. Ela era, aliás, por seu nome e sua fortuna, uma das sumidades do mundo aristocrático. Graças a

---

23. Viscondessa de Beauséant, personagem de *A comédia humana* (*Gobseck, O gabinete das antiguidades, A mulher abandonada, Albert Savarus, Os segredos da princesa de Cadignan*). (N.T.)
24. Saint-Germain, bairro parisiense no qual vivia a aristocracia. (N.T.)

sua tia de Marcillac, o pobre estudante fora bem recebido naquela casa, sem avaliar a extensão daquele favor. Ser admitido naqueles salões dourados equivalia a um título de alta nobreza. Ao se mostrar naquela sociedade, a mais exclusiva de todas, ele conquistara o direito de ir a toda parte. Deslumbrado por aquela brilhante assembleia, mal tendo trocado algumas palavras com a viscondessa, Eugène contentara-se em divisar, entre a multidão de deidades parisienses que se acotovelavam naquele festim, uma daquelas mulheres que um rapaz deve adorar acima de tudo. A condessa Anastasie de Restaud[25], alta e bem-feita, tinha fama de ser uma das mais belas figuras de Paris. Imaginem grandes olhos negros, uma mão magnífica, um pé bem-desenhado, fogo em seus movimentos, uma mulher que o marquês de Ronquerolles[26] chamava de um cavalo puro-sangue. Tal delicadeza de tendões não lhe desprovia de qualquer vantagem, ela tinha formas cheias e roliças, sem que pudesse ser acusada de corpulência. *Cavalo puro-sangue, mulher de raça*, tais expressões começavam a substituir os anjos do céu, as figuras ossiânicas[27], toda a antiga mitologia amorosa afastada pelo dandismo. Mas, para Rastignac, a sra. Anastasie de Restaud foi a mulher desejável. Ele conseguira duas inserções na lista de cavaleiros escrita no leque e conseguira lhe falar durante a primeira contradança.

– Onde posso encontrá-la, minha senhora? – dissera-lhe bruscamente com aquela força de paixão que tanto agrada às mulheres.

– Ora – respondeu ela –, no Bois[28], no Bouffons[29], em minha casa, em todo lugar.

---

25. Anastasie de Restaud, personagem de *A comédia humana* (*Gobseck, A pele de onagro, Deputado de Arcis*). (N.T.)
26. Marquês de Ronquerolles, personagem de *A comédia humana* (*Ferragus, A duquesa de Langeais, O lírio do vale, Contrato de casamento, A menina dos olhos de ouro*). (N.T.)
27. Relativas a Ossian (séc. III d.C.), legendário guerreiro e bardo gaélico, ou a suas poesias. (N.T.)
28. Referência ao Bois de Boulogne, bosque localizado no extremo oeste de Paris. (N.T.)
29. Teatro bufo italiano, apresentado na Opéra-Comique. (N.T.)

E o aventureiro meridional apressara-se em se unir àquela deliciosa condessa, tanto quanto pode um rapaz se ligar a uma mulher durante uma contradança e uma valsa. Ao se dizer primo da sra. de Beauséant, foi convidado por aquela mulher, que tomou por uma grande dama, e lhe foram abertas as portas de sua casa. No último sorriso que ela lhe lançou, Rastignac considerou necessária uma visita. Ele tivera a felicidade de encontrar um homem que não zombara de sua ignorância, defeito mortal em meio aos ilustres impertinentes da época, os Maulincourt[30], os Ronquerolles[31], os Maxime de Trailles[32], os de Marsay[33], os Ajuda-Pinto[34], os Vandenesse[35], que lá estavam no auge de suas fatuidades e mesclados às mulheres mais elegantes, *Lady* Brandon[36], a du-

---

30. A família Maulincourt, composta pela baronesa Charbonnon de Maulincourt e por seu neto, barão Auguste Charbonnon de Maulincourt, faz parte de *A comédia humana* (*Ferragus, Contrato de casamento, A duquesa de Langeais*). (N.T.)
31. Além do marquês de Ronquerolles, as irmãs dele também integram *A comédia humana*. (N.T.)
32. Conde Maxime de Trailles, personagem de *A comédia humana* (*César Birotteau, Contrato de casamento, Gobseck, O gabinete das antiguidades, Ilusões perdidas, Ursule Mirouët, Os segredos da princesa de Cadignan, Um homem de negócios, Um príncipe da Boêmia*). (N.T.)
33. A família de Marsay aparece em diversos títulos de *A comédia humana*, sobretudo o conde Henri de Marsay, um de seus principais personagens. (*A menina dos olhos de ouro, Contrato de casamento, César Birotteau, Ilusões perdidas, O lírio do vale, O gabinete das antiguidades, A duquesa de Langeais, Memórias de duas jovens esposas, Ursule Miroët, Modeste Mignon, Esplendores e misérias das cortesãs, Outro estudo de mulher, O deputado de Arcis, Os segredos da princesa de Cadignan*) (N.T.)
34. A família de origem nobre portuguesa, sobretudo o marquês Miguel de Ajuda-Pinto, faz parte de *A comédia humana* (*A duquesa de Langeais, O lírio do vale, O gabinete das antiguidades, Os segredos da princesa de Cadignan, Béatrix*). (N.T.)
35. A família Vandenesse, sobretudo o abade, o marquês, o conde, Emilie, Félix-Amédée, faz parte de *A comédia humana* (*O lírio do vale, Contrato de casamento, Uma filha de Eva, César Birotteau, O gabinete das antiguidades, Gobseck, Memórias de duas jovens esposas, Esplendores e misérias das cortesãs, Outro estudo de mulher, Um caso tenebroso, A casa Nucingen*). (N.T.)
36. Lady Brandon, personagem de *A comédia humana* (*Memórias de duas jovens esposas, A romeiral*). (N.T.)

quesa de Langeais[37], a condessa de Kergarouët[38], a sra. de Sérisy[39], a duquesa de Carigliano[40], a condessa Ferraud[41], a sra. de Lanty[42], a marquesa de Aiglemont[43], a sra. Firmiani[44], a marquesa de Listomère[45] e a marquesa de Espard[46], a duquesa de Maufrigneuse[47] e as Grandlieu[48]. Felizmente então, o ingênuo estudante se deparara com o marquês de Montriveau[49], amante

---

37. Duquesa Antoinette de Langeais, personagem de *A comédia humana* (*A duquesa de Langeais, O lírio do vale, Ferragus*). (N.T.)
38. Condessa de Kergarouët, personagem de *A comédia humana* (*Béatrix, A bolsa*). (N.T.)
39. Sra. Sérisy ou condessa de Sérisy, personagem de *A comédia humana* (*Esplendores e misérias das cortesãs, Uma estreia na vida, Ferragus, A duquesa de Langeais, Ilusões perdidas, O gabinete das antiguidades, Ursule Mirouët, Modeste Mignon, Outro estudo de mulher, A falsa amante*). (N.T.)
40. Duquesa de Carigliano, personagem de *A comédia humana* (*O deputado de Arcis, Ao "Chat-qui-pelotte", Os camponeses, Ilusões perdidas, O gabinete das antiguidades*). (N.T.)
41. Condessa Ferraud, personagem de *A comédia humana* (*Coronel Chabert, Os funcionários, Contrato de casamento*). (N.T.)
42. Sra. de Lanty ou condessa de Lanty, personagem de *A comédia humana* (*Sarrasine*). (N.T.)
43. Marquesa de Aiglemont, personagem de *A comédia humana* (*A mulher de trinta anos*). (N.T.)
44. Sra. Firmiani, personagem de *A comédia humana* (*Madame Firmiani, Os segredos da princesa de Cadignan, Ilusões perdidas, O baile de Sceaux*). (N.T.)
45. Marquesa de Listomère, personagem de *A comédia humana* (*Memórias de duas jovens esposas, Estudo de mulher, O gabinete das antiguidades, O contrato de casamento, Uma filha de Eva, A mulher de trinta anos*). (N.T.)
46. Marquesa de Espard, personagem de *A comédia humana* (*A interdição, César Birotteau, O lírio do vale, O gabinete das antiguidades, Esplendores e misérias das cortesãs, O baile de Sceaux, Memórias de duas jovens esposas, Contrato de casamento, Modeste Mignon, Os segredos da princesa de Cadignan, Outro estudo de mulher, A falsa amante*). (N.T.)
47. Duquesa de Maufrigneuse, futura princesa de Cadignan, personagem de *A comédia humana* (*A princesa de Cadignan, Um caso tenebroso*). (N.T.)
48. Os Grandlieu, sobretudo o duque e a duquesa, são personagens de *A comédia humana* (*Esplendores e misérias das cortesãs, A duquesa de Langeais, Ilusões perdidas, Os segredos da princesa de Cadignan, O gabinete das antiguidades, Uma filha de Eva*). (N.T.)
49. Marquês de Montriveau, personagem de *A comédia humana* (*A duquesa de Langeais, Memórias de duas jovens esposas, Contrato de casamento, Outro estudo de mulher, Os celibatários: Pierrette, A musa do departamento, Os segredos da princesa de Cadignan*). (N.T.)

da duquesa de Langeais, um general simples como uma criança, que lhe informou que a condessa de Restaud morava na Rue du Helder. Ser jovem, ter sede de sociedade, ter fome de uma mulher e ver se abrirem para ele duas casas! Botar um pé no Faubourg Saint-Germain, na casa da viscondessa de Beauséant, um joelho na Chaussée d'Antin, na casa da condessa de Restaud, mergulhar o olhar nos sucessivos salões de Paris e se achar encantador o suficiente para neles encontrar ajuda e proteção num coração de mulher! Sentir-se ambicioso o suficiente para dar um belo pontapé na corda bamba sobre a qual é preciso andar com a segurança do equilibrista que não vai cair e ter encontrado numa mulher encantadora o melhor dos contrapesos! Com esses pensamentos e diante daquela mulher que se erguia sublime diante de um fogo de cascas, entre o Código e a miséria, quem não teria, como Eugène, sondado o futuro com uma meditação, quem não o teria povoado de sucessos? Seu pensamento errante esboçava tão vivamente suas alegrias futuras que ele se imaginava aos pés da sra. de Restaud quando um suspiro semelhante a um lamento de São José perturbou o silêncio da noite, ecoou no coração do rapaz de tal modo que o fez tomá-lo pelo estertor de um moribundo. Ele abriu suavemente a porta e, quando chegou ao corredor, percebeu uma linha de luz traçada embaixo da porta do pai Goriot. Eugène temeu que seu vizinho estivesse indisposto, aproximou seu olho da fechadura, olhou para o quarto e viu o velhote ocupado com trabalhos que lhe pareceram por demais criminosos para que não acreditasse estar prestando um serviço à sociedade examinando bem o que maquinava no meio da noite o assim chamado macarroneiro. O pai Goriot, que sem dúvida havia amarrado sobre a tábua de uma mesa de cabeça para baixo um prato e uma espécie de sopeira em *vermeil*, enrolava uma espécie de cabo em torno desses objetos ricamente esculpidos, apertando-os com tanta força que os retorcia aparentemente para convertê-los em lingotes.

– Peste! Que homem! – disse a si mesmo Rastignac ao ver os braços nervosos do velhote que, com a ajuda daquela corda, amassava sem ruído a prata dourada, como uma massa.

Mas seria ele então um ladrão ou um receptador que, para se dedicar com mais segurança a seu comércio, simularia insanidade e impotência e viveria na mendicância?, pensou Eugène pondo-se de pé por um momento. O estudante colou outra vez seu olho à fechadura. O pai Goriot, que havia desenrolado seu cabo, apanhou a massa de prata, colocou-a sobre a mesa depois de ter sobre ela estendido seu cobertor e nele enrolou-a para arredondá-la em forma de barra, operação que realizou com maravilhosa facilidade. Seria ele então tão forte quanto Auguste, rei da Polônia?, pensou Eugène quando a barra arredondada estava quase moldada. O pai Goriot olhou tristemente para sua obra, lágrimas saíram de seus olhos, assoprou o pavio à luz do qual torcera aquele *vermeil*, e Eugène ouviu-o se deitar dando um suspiro. Enlouqueceu, pensou o estudante.

– Pobre criança! – disse em voz alta o pai Goriot.

Diante dessa frase, Rastignac julgou prudente manter silêncio a respeito daquele incidente e não condenar levianamente seu vizinho. Ia voltar para seu quarto quando, de repente, distinguiu um barulho um tanto difícil de descrever e que devia ser produzido por homens calçados de pantufas subindo as escadas. Eugène apurou o ouvido e reconheceu com efeito o som alternado da respiração de dois homens. Sem ter ouvido nem o ranger da porta nem os passos dos homens, viu subitamente uma claridade fraca no segundo andar, no quarto do sr. Vautrin.

"Há muitos mistérios numa pensão burguesa!", pensou.

Desceu alguns degraus, pôs-se à escuta e o som do ouro golpeou-lhe os ouvidos. Logo a luz se extinguiu, as duas respirações se fizeram ouvir outra vez sem que a porta tivesse rangido. Então, à medida que os homens desciam, o ruído foi enfraquecendo.

– Quem está aí? – gritou a sra. Vauquer abrindo a janela de seu quarto.

– Sou eu que estou chegando, mamãe Vauquer – disse Vautrin com sua voz grossa.

"É curioso! Christophe tinha passado o ferrolho", disse Eugène a si mesmo voltando para seu quarto. É preciso ficar acordado para saber o que se passa ao nosso redor em Paris. Desviado por esses pequenos incidentes de sua meditação ambiciosamente amorosa, entregou-se ao estudo. Distraído pelas suspeitas que lhe vinham a respeito do pai Goriot, mais distraído ainda pela figura da sra. de Restaud, que de tempos em tempos surgia à sua frente como a mensageira de um brilhante destino, acabou se deitando e dormindo como uma pedra. De cada dez noites prometidas ao trabalho pelos jovens, sete são dedicadas ao sono. É preciso ter mais de vinte anos para passar as noites em claro.

Na manhã seguinte, reinava em Paris um desses espessos nevoeiros que a envolvem e recobrem tão bem que as pessoas mais pontuais são enganadas pelo tempo. Os encontros de negócios não se realizam. Todos se imaginam às oito horas quando bate o meio-dia. Eram nove e meia, e a sra. Vauquer ainda não havia saído da cama. Christophe e a gorda Sylvie, também atrasados, tomavam tranquilos seu café, preparado com as camadas superiores do leite destinado aos pensionistas e que Sylvie fervia por muito tempo para que a sra. Vauquer não percebesse aquele dízimo ilegalmente suprimido.

– Sylvie – disse Christophe, molhando sua primeira torrada –, o sr. Vautrin, que afinal de contas é um bom homem, recebeu outra vez duas pessoas essa noite. Se a patroa quiser saber, é melhor não dizer nada.

– Ele te deu alguma coisa?

– Ele me deu cem vinténs para este mês, um jeito de me dizer "fique calado".

– Fora ele e a sra. Couture, que não são sovinas, os outros gostariam de nos tirar com a mão esquerda o que nos dão com a direita no primeiro do ano – disse Sylvie.

– E ainda por cima, o que é que eles dão? – fez Christophe – Uma porcaria de moeda, *e ainda* de cem vinténs! Lá se vão dois anos que o pai Goriot cuida sozinho dos sapatos dele. Esse unha de fome do Poiret não quer saber de encerar, e era capaz de beber a cera em vez de passar nas chinelas. Quanto ao pobre-diabo do estudante, me dá quarenta vinténs. Quarenta vinténs não pagam as minhas escovas, e ele vende os ternos velhos por trás dos panos. Que cortiço!

– Bolas! – fez Sylvie bebendo pequenos goles de café. – Nossos empregos ainda são os melhores do bairro: nós vivemos bem. Mas, por falar no gordo papai Vautrin, Christophe, alguém lhe falou alguma coisa dele?

– É, encontrei há uns dias um senhor na rua, que me disse: "Não é em sua casa que mora um senhor gordo que pinta as suíças?". E eu falei: "Não, senhor, ele não pinta. Um homem alegre como ele, ele não tem tempo para isso". Então contei isso ao sr. Vautrin, que me respondeu: "Você fez muito bem, menino! Responda sempre assim. Nada é mais desagradável do que dar a conhecer nossas enfermidades. Isso pode estragar casamentos".

– Pois é! Comigo, no mercado, quiseram me engabelar também, para me fazer dizer se eu o via passar a camisa. Tem graça? Ih... – disse ela, interrompendo-se – 9h45 batendo no Val-de-Grâce e ninguém se mexe.

– Ora, bolas! Saíram todos. A sra. Couture e sua mocinha foram comer o bom Deus na Saint-Etienne desde as oito horas. O pai Goriot saiu com um pacote. O estudante só vai voltar depois da aula, às dez horas. Eu os vi sair quando limpava as minhas escadas; o pai Goriot me deu um esbarrão com o que estava carregando e que era duro como ferro. O que faz afinal esse homenzinho? Os outros tratam ele como um pião, mas ele é um homem bom, no fim das contas, e vale mais do que todos eles. Ele não paga grande coisa, mas as damas nas casas de quem ele às vezes me manda dão umas belas gorjetas, e andam muito bem arrumadas.

– Aquelas que ele chama de filhas, né? São uma dúzia.

– Eu só fui na casa de duas, as mesmas que vieram aqui.

– Olha a patroa se mexendo; ela vai fazer um escarcéu: tenho que ir. Preste atenção ao leite, Christophe, olho no gato.

– Como, Sylvie, 9h45 e você me deixou dormir como uma marmota! Nunca me aconteceu uma coisa dessas.

– É o nevoeiro, que está de se cortar com faca.

– Mas e o almoço?

53

– Ah! Seus pensionistas estavam com o diabo no corpo; deram no pé assim que raiou o dia.

– Fale direito, Sylvie – corrigiu a sra. Vauquer. – A gente diz "eles partiram assim que raiou o dia".

– Ah, patroa, digo como a senhora quiser. O que importa é que a senhora pode almoçar às dez horas. A Michonneau e o Poiret não deram sinal de vida. Só tem os dois na casa e eles dormem que nem os legumes que são.

– Mas Sylvie, você bota os dois juntos, como se...

– Como se o quê? – continuou Sylvie deixando escapar uma risada idiota. – Os dois combinam.

– É curioso, Sylvie, como o sr. Vautrin entrou esta noite depois que Christophe passou os ferrolhos.

– Muito pelo contrário, patroa. Ele ouviu o sr. Vautrin e desceu para abrir a porta. E a senhora é que pensou...

– Dê aqui minha camisola e vá logo cuidar do almoço. Arrume o resto do carneiro com batatas e faça peras cozidas, daquelas que custam dois vinténs cada uma.

Alguns instantes depois, a sra. Vauquer desceu no momento em que seu gato acabava de virar com uma batida da pata o prato que cobria uma vasilha de leite e o devorava o mais depressa que podia.

– Bichano – exclamou ela. O gato fugiu, depois voltou para se esfregar em suas pernas. – É, é, vem bajular, seu velho covarde! – disse ela. – Sylvie! Sylvie!

– Mas o que é, patroa?

– Olha aí o que o gato bebeu.

– Culpa daquele animal do Christophe, que eu mandei botar a tampa. Onde é que ele foi? Não se preocupe, patroa, será o café do pai Goriot. Botarei água dentro, ele não vai perceber. Ele nunca presta atenção em nada, nem no que come.

– E onde é que foi aquele esquisitão? – perguntou a sra. Vauquer, arrumando os pratos.

– E quem sabe? Aquele ali faz negócio com todos os diabos.

– Eu dormi demais – disse a sra. Vauquer.

– Mas também agora a patroa está fresca como uma rosa...

Nesse momento a campainha se fez ouvir, e Vautrin entrou no salão cantando com sua voz grossa

Por muito tempo percorri o mundo,
E me viram por toda parte...

– Ah! Ah! Bom dia, sra. Vauquer – disse ele ao ver a hospedeira, a quem tomou galantemente nos braços.

– Ora, vamos, pare com isso.

– Diga: impertinente – recomeçou ele. – Vamos, diga. Quer fazer o favor de dizer? Veja, vou botar os talheres com a senhora. Ah! Sou gentil, não sou?

Cortejar a morena e a loura, amar, suspirar...

– Acabo de ver uma coisa curiosa.

... por aí.

– O quê? – disse a viúva.

– O pai Goriot estava às oito e meia na Rue Dauphine, no ourives que compra talheres e galões velhos. Ele vendeu por uma boa quantia um objeto em *vermeil*, muito bem torcido para um homem que não é do ramo.

– Ora! É mesmo?

– É. Eu estava voltando para cá depois de ter levado um de meus amigos que deixou o país pelos Transportes Reais; esperei pelo pai Goriot só para ver o que fazia: para me divertir. Ele voltou para este bairro, pela Rue des Grès, onde entrou na casa de um agiota conhecido, chamado Gobseck[50], um tipo estranho, capaz de jogar dominó com os ossos de seu pai; um judeu, um árabe, um grego, um cigano, um homem difícil de se roubar, ele guarda seus trocados no Banco.

– Mas o que é que faz esse pai Goriot?

– Ele não faz – disse Vautrin –, ele desfaz. É um imbecil tão idiota a ponto de se arruinar por amar as garotas que...

---

50. Jean-Esther van Gobseck, personagem de *A comédia humana* (*Gobseck, César Birotteau, Contrato de casamento, Os camponeses*). (N.T.)

– Olha ele aí! –disse Sylvie.
– Christophe – gritou o pai Goriot. – Suba comigo.
Christophe seguiu o pai Goriot e desceu logo depois.
– Aonde você vai? – perguntou a sra. Vauquer a seu empregado.
– Fazer uma entrega para o sr. Goriot.
– O que é isso? – perguntou Vautrin arrancando das mãos de Christophe uma carta na qual leu: *À sra. condessa Anastasie de Restaud.* – E você vai aonde? – continuou, estendendo a carta para Christophe.
– Rue du Helder. Tenho ordens de só entregar isso à sra. condessa.
– O que tem aí dentro? – disse Vautrin botando a carta contra a luz. – Uma nota? Não – entreabriu o envelope. – Uma promissória paga! – exclamou. – Ora, ora! É galante, o bode velho. Vai, bonitão! – disse ele cobrindo com sua mão enorme a cabeça de Christophe, que fez girar sobre si mesmo como um dado – você vai ganhar uma bela gorjeta.

Os talheres estavam postos. Sylvie fervia o leite. A sra. Vauquer acendia a lareira, ajudada por Vautrin, que continuava a cantarolar:

*Por muito tempo percorri o mundo,
E me viram por toda parte...*

Quando tudo estava pronto, entraram a sra. Couture e a srta. Taillefer.
– De onde vêm tão cedo, minha bela senhora? – perguntou a sra. Vauquer à sra. Couture.
– Acabamos de fazer nossas orações em Saint-Etienne--du-Mont, pois não devemos ir hoje à casa do sr. Taillefer? Pobre menina, está tremendo como uma folha – continuou a sra. Couture sentando-se diante do aquecedor, à boca do qual apresentou seus sapatos, dos quais saía fumaça.
– Aqueça-se, Victorine – disse a sra. Vauquer.
– Faz bem, senhorita, em pedir ao bom Deus que enterneça o coração de seu pai – disse Vautrin, trazendo uma cadeira

para a órfã. Mas não é o bastante. A senhorita precisa de um amigo que se encarregue de dizer umas verdades a esse monstro, um selvagem que tem, ao que dizem, três milhões e que não lhe dá um dote. Uma moça bonita precisa de um dote nos tempos que correm.

– Pobre criança – disse a sra. Vauquer. – Vamos, meu bem, o monstro do seu pai atrai tudo de ruim para ele.

Com essas palavras, os olhos de Victorine se molharam de lágrimas, e a viúva se calou a um sinal que lhe fez a sra. Couture.

– Se conseguíssemos ao menos vê-lo, se eu pudesse falar com ele, entregar-lhe a última carta de sua mulher – continuou a viúva do fiscal da Receita. Nunca tive a coragem de me arriscar a mandá-la pelo correio; ele conhece a minha letra...

– *Oh! Mulheres inocentes, infelizes e perseguidas* – exclamou Vautrin interrompendo. – Então chegaram a esse ponto? Daqui a alguns dias cuidarei de seus negócios, e tudo dará certo.

– Ah! Senhor! – disse Victorine lançando um olhar ao mesmo tempo úmido e ardente a Vautrin, que não se emocionou. – Se souber como chegar até meu pai, diga-lhe que seu afeto e a honra de minha mãe me são mais preciosos do que todas as riquezas do mundo. Se conseguir de algum modo suavizar sua severidade, rezarei a Deus pelo senhor. Conte com a minha gratidão.

– *Por muito tempo percorri o mundo* – cantou Vautrin numa voz irônica.

Nesse momento, Goriot, a srta. Michonneau e Poiret desceram, atraídos talvez pelo cheiro do ensopado que fazia Sylvie para acomodar os restos do carneiro. No instante em que os sete convivas se sentaram à mesa desejando-se um bom dia, dez horas soaram e ouviram-se na rua os passos do estudante...

– Muito bem, sr. Eugène – disse Sylvie –, hoje o senhor vai almoçar com todo mundo.

O estudante cumprimentou os pensionistas e sentou-se ao lado do pai Goriot.

– Acaba de me acontecer uma aventura curiosa – disse, servindo-se abundantemente do carneiro e cortando um pedaço de pão que a sra. Vauquer sempre media com os olhos.

– Uma aventura! – disse Poiret.
– E daí? Por que está tão surpreso, meu velho? – disse Vautrin a Poiret. – O rapaz tem tudo para vivê-las.

A srta. Taillefer lançou um tímido olhar ao jovem estudante.

– Conte-nos a sua aventura – pediu a sra. Vauquer.
– Eu estava ontem no baile em casa da sra. viscondessa de Beauséant, minha prima, que tem uma casa magnífica, salas cobertas de seda, enfim, que nos ofereceu uma festa esplêndida, na qual me diverti como um rei...

– Congo – disse Vautrin interrompendo.
– O que o senhor quer dizer com isso? – reagiu rapidamente Eugène.
– Eu disse congo, porque os reis-congos se divertem muito mais do que os reis.
– É verdade, eu gostaria muito mais de ser essa ave sem preocupações do que um rei, porque... – disse Poiret, o idemista[51].
– Enfim – prosseguiu o estudante cortando-lhe a palavra –, dancei com uma das mais belas mulheres do baile, uma condessa deslumbrante, a criatura mais deliciosa que já vi na vida. Ela tinha flores de pessegueiro nos cabelos, tinha no ombro o mais belo buquê de flores, flores naturais que perfumavam... mas, ah! seria preciso que a vissem, é impossível descrever uma mulher animada pela dança. Pois bem! Hoje pela manhã encontrei essa divina condessa, por volta das nove horas, a pé, na Rue des Grès. Ai! Meu coração disparou, imaginei...

– Que ela vinha aqui – disse Vautrin atirando um olhar profundo ao estudante. – Ela sem dúvida ia à casa do papai Gobseck, um agiota. Se algum dia formos vascular o coração das mulheres em Paris, encontraremos o agiota antes do amante. Sua condessa se chama Anastasie de Restaud e mora na Rue du Helder.

Ao ouvir esse nome, o estudante olhou fixo para Vautrin. O pai Goriot levantou bruscamente a cabeça e lançou sobre os dois interlocutores um olhar luminoso e cheio de inquietação, que surpreendeu os pensionistas.

---

51. Neologismo de Balzac, de "idem": idemista seria aquele que repete o que dizem os outros. (N.T.)

– Christophe chegará tarde demais, ela já terá saído – exclamou dolorosamente Goriot.

– Adivinhei – disse Vautrin inclinando-se aos ouvidos da sra. Vauquer.

Goriot comia maquinalmente e sem saber o que comia. Nunca ele parecera mais estúpido e mais absorto do que naquele momento.

– Quem diabos, sr. Vautrin, poderia ter-lhe dito o nome dela? – perguntou Eugène.

– Ora, ora, aí estamos! – respondeu Vautrin. – O pai Goriot sabia muito bem. Porque eu não saberia?

– Sr. Goriot – exclamou o estudante.

– O quê? – disse o pobre velhote – Ela então estava linda ontem?

– Quem?

– A sra. de Restaud.

– Veja como se acendem os olhos do velho babão – disse a sra. Vauquer a Vautrin.

– Então ele a sustenta? – disse em voz baixa a srta. Michonneau ao estudante.

– Ah! Estava! Estava furiosamente linda – continuou Eugène, para quem o pai Goriot olhava com avidez. – Se a sra. de Beauséant não estivesse lá, minha divina condessa teria sido a rainha do baile, os jovens só tinham olhos para ela, eu era o décimo segundo inscrito em sua lista. Ela dançava todas as contradanças. As outras mulheres morriam de raiva. Se uma criatura foi feliz ontem, essa criatura foi ela. Está bem certo quem diz que nada pode ser mais bonito do que fragata a todo pano, cavalo ao galope e mulher que dança.

– Ontem no alto da roda, em casa de uma duquesa – disse Vautrin. – Esta manhã no último grau da escala, em casa de um usurário: assim são as parisienses. Quando os maridos não podem manter seu luxo desenfreado, elas se vendem. Quando não sabem se vender, estripariam suas mães em busca de algo para brilhar. Enfim, fazem de um tudo. Velha história!

O rosto do pai Goriot, que se iluminara como o sol de um dia bonito ao ouvir o estudante, ficou sombrio com essa cruel observação de Vautrin.

– Muito bem! – disse a sra. Vauquer. – Onde está a sua aventura? Falou com ela? Perguntou-lhe se ela queria estudar Direito?

– Ela não me viu – disse Eugène. – Mas encontrar uma das mais belas mulheres de Paris na Rue des Grès, às nove horas, uma mulher que deve ter voltado do baile às duas da manhã, isso não é curioso? Só mesmo em Paris há aventuras assim.

– Ora! Há muito mais divertidas – exclamou Vautrin.

A srta. Taillefer mal ouvira, tão preocupada estava com a tentativa que ia fazer. A sra. Couture lhe fez sinal para se levantar e ir se vestir. Quando as duas mulheres saíram, o pai Goriot fez o mesmo.

– Muito bem! Os senhores viram? – disse a sra. Vauquer a Vautrin e a seus outros pensionistas. – É evidente que ele se arruinou por essas mulheres.

– Nunca me farão acreditar – exclamou o estudante – que a bela condessa de Restaud pertence ao pai Goriot.

– Mas – disse Vautrin interrompendo-o – não queremos que acredite. Você é ainda muito jovem para conhecer bem Paris, saberá mais tarde que aqui se encontram o que chamamos de homens de paixões... (A essas palavras, a srta. Michonneau olhou para Vautrin com um ar inteligente. Poderíamos dizer um cavalo de regimento ao ouvir o som da trombeta.) – Ah! Ah! – fez Vautrin interrompendo-se para lançar-lhe um olhar profundo – e não é que nós também tivemos as nossas paixonites? (A solteirona baixou os olhos como uma religiosa que vê uma estátua.) – Muito bem – continuou ele –, essas pessoas adotam uma ideia e não desistem dela. Só têm sede de uma determinada água apanhada numa determinada fonte e, muitas vezes, estagnada. Para bebê-la, venderiam suas mulheres, seus filhos; venderiam sua alma ao diabo. Para uns, essa fonte é o jogo, a Bolsa, uma coleção de quadros ou de insetos, a música; para outros, é uma mulher que sabe lhe preparar guloseimas. Para esses, pode-se oferecer todas as mulheres da terra, eles pouco se importam, só querem aquela que satisfaz sua paixão. Muitas vezes tal mulher não gosta deles, maltrata-os, vende muito caro migalhas de satisfação. Pois bem, os fantoches não se cansam e empenhariam seu último cobertor para lhes dar seu último vintém. O pai Goriot é um desses. A condessa o explora porque ele é discreto, e tudo é festa! O pobre coitado só pensa nela. Fora de sua paixão, vemos nele um animal embrutecido. Se o colocamos nesse terreno, seu rosto brilha como um diamante. Não é um segredo difícil de adivinhar. Ele levou hoje pela manhã *vermeil* para fundir, e eu o vi entrando na casa do papai Gobseck, na Rue des Grès. Preste atenção! Ao voltar, ele mandou à casa da condessa de Restaud esse palerma do Christophe que nos mostrou o endereço da carta na qual havia uma promissória paga. É claro que, se a condessa iria à casa do velho agiota, havia urgência. O pai Goriot galantemente financiou sua dívida. Não é preciso juntar dois pensamentos para ver claro nessa história. Isso prova, meu jovem estudante, que, enquanto sua condessa ria, dançava, fazia macaquices, balançava suas flores de pessegueiro e repuxava o vestido, estava na ponta dos pés, como se diz, pensando nas letras de câmbio protestadas, ou nas de seu amante.

– Você está me dando uma vontade furiosa de saber a verdade. Vou amanhã à casa da sra. de Restaud – exclamou Eugène.

– É – disse Poiret –, é preciso ir amanhã à casa da sra. de Restaud.

– Talvez encontre lá o pobre Goriot que terá ido apanhar a paga por suas galanterias.

– Mas – disse Eugène com ar de nojo – então a sua Paris é um lamaçal.

– E um lamaçal bem estranho – retrucou Vautrin. – Os que nele se sujam de carruagem são pessoas honestas, os que se sujam a pé são vagabundos. Tenha a infelicidade de pegar seja o que for, você vai ser exposto na praça do Palácio da Justiça como uma curiosidade. Roube um milhão, será apontado nos salões como uma preciosidade. Pagam-se trinta milhões à polícia e à justiça para manter essa moral. Bonito!

– Como? – exclamou a sra. Vauquer. – Teria o pai Goriot fundido sua sopeira de *vermeil*?

– Havia duas rolinhas na tampa? – perguntou Eugène.

– Isso mesmo.

– Então ele gostava muito dela, ele chorou quando amassou a terrina e o prato. Eu vi por acaso – disse Eugène.

– Ele gostava deles como de sua vida – respondeu a viúva.

– Vejam o pobre homem, como está apaixonado – exclamou Vautrin. – Essa mulher sabe lhe dar esperanças.

O estudante subiu para seu quarto. Vautrin saiu. Alguns instantes depois, a sra. Couture e Victorine subiram num fiacre que Sylvie foi buscar para elas. Poiret ofereceu o braço à srta. Michonneau e os dois foram passear no Jardin des Plantes, durante as duas horas de sol do dia.

– Muito bem! Aí estão os dois quase casados – disse a gorda Sylvie. – Estão saindo juntos hoje pela primeira vez. Os dois são tão secos que, se se baterem, vão fazer fogo que nem um isqueiro.

– Cuidado com o xale da srta. Michonneau – disse rindo a sra. Vauquer –, vai arder como um pavio.

Às quatro horas da tarde, quando Goriot voltou, ele viu, à luz de dois lampiões fumegantes, Victorine, cujos olhos estavam vermelhos. A sra. Vauquer ouvia o relato da visita infrutífera feita ao sr. Taillefer pela manhã. Aborrecido por receber sua filha e aquela velha, Taillefer as tinha deixado ir até ele para se explicar com elas.

– Minha cara senhora – dizia a sra. Couture à sra. Vauquer –, imagine que ele nem mesmo mandou Victorine se sentar, ela ficou todo o tempo de pé. A mim, ele disse, sem se deixar levar pela raiva, com toda a frieza, que nos poupássemos do trabalho de ir à casa dele; que a senhorita, sem dizer sua filha, fazia mal a sua alma ao importuná-lo (uma vez por ano, o monstro!); que, tendo a mãe de Victorine se casado sem fortuna, ela nada tinha a reclamar; enfim, as coisas mais duras, que fizeram desabar em lágrimas essa pobrezinha. A menina se atirou então aos pés de seu pai e lhe disse, com coragem, que só estava insistindo em nome da mãe, que obedeceria às vontades dele sem um murmúrio, mas que lhe suplicava que lesse o testamento da pobre defunta; ela apanhou a carta e mostrou-a dizendo as coisas mais bonitas do mundo, e mais sentidas, não sei de onde as tirou, Deus as ditava, porque a pobre criança estava tão inspirada que, ouvindo-a, eu chorava como um animal. A senhora sabe o que fazia aquele horror de homem? Ele cortava as unhas. Ele pegou a carta que a pobre sra. Taillefer encharcara de lágrimas e a atirou na lareira, dizendo "Está bem!". Quis levantar a filha que lhe segurava as mãos, para beijar, mas ele as puxou. Não é uma crueldade? O grande imbecil do filho dele entrou sem cumprimentar a irmã.

– Mas são monstros? – disse o pai Goriot.

– E então – disse a sra. Couture sem dar atenção à exclamação do homenzinho – pai e filho saíram me cumprimentando e me pedindo que os desculpasse, eles tinham negócios urgentes. Assim foi nossa visita. Pelo menos, ele viu a filha. Não sei como ele pode renegá-la, ela e ele são iguais como duas gotas d'água.

Os pensionistas, internos e externos, chegaram uns depois dos outros, saudando-se mutuamente e dizendo entre si esses nadas que constituem, em certas classes parisienses, um espírito recreativo no qual a bobagem entra como elemento principal e cujo mérito consiste sobretudo no gesto ou na pronúncia. Esse tipo de gíria varia continuamente. A brincadeira que lhe deu origem nunca tem um mês de existência. Um evento político, um processo no tribunal, uma canção popular, os gracejos de um ator, tudo serve para alimentar esse passatempo que consiste sobretudo em pegar as ideias e palavras como bolas e mandá-las de volta com raquetes. A recente invenção do diorama, que levava a ilusão de ótica a um grau mais alto do que os panoramas[52], levara a alguns ateliês de pintura a brincadeira

---

52. Os panoramas, invenção de Robert Fulton, eram pintados sobre telas transparentes instaladas nas rotundas e estavam expostos em Paris no Passage des Panoramas. O diorama, criado por Louis Daguerre, animou esses grandes quadros (cenas históricas, cerimônias, paisagens etc.) por meio de jogos de luz (foi instalado na Rue Samson e inaugurado em 1822). (N.T.)

de falar em "rama", pilhéria com que um jovem pintor, assíduo da pensão Vauquer, a havia contaminado.

– Então, *senhoire* Poiret – disse o funcionário do Museu –, como vamos de sauderama? – E, sem esperar pela resposta, disse à sra. Couture e a Victorine: – As senhoras estão tristes.

– Vamos *jantaire*? – exclamou Horace Bianchon[53], um estudante de Medicina, amigo de Rastignac, meu estomaguinho já *tá lá na otura dus pé*.

– Está fazendo um friorama dos diabos! – disse Vautrin. – Mexa-se, pai Goriot! Que droga! Seu pé ocupa toda a saída do fogo.

– Ilustre sr. Vautrin – disse Bianchon –, por que o senhor diz friperama? Tem um erro aí, é friorama.

– Não – falou o empregado do Museu –, é friperama, pela regra: estou com frio nos pés.

– Ha! Ha!

– Eis sua excelência o marquês de Rastignac, doutor em Direito Contestatório – exclamou Bianchon agarrando Eugène pelo pescoço e apertando-o como para sufocá-lo. – Ei! Vocês! Ei!

A srta. Michonneau entrou suavemente, cumprimentou os convivas sem nada dizer e foi se colocar junto das três mulheres.

– Essa velha morcega sempre me dá arrepios – disse em voz baixa Bianchon a Vautrin, apontando a srta. Michonneau. Eu que estou estudando o sistema de Gall[54], vejo nela as bossas de Judas.

– O senhor a conhece? – perguntou Vautrin.

– Mas quem não cruzou com ela? – respondeu Bianchon. – Palavra de honra, essa solteirona branca me faz o efeito daqueles vermes compridos que acabam roendo uma viga.

– É o que é, meu rapaz – disse o quadragenário penteando as suíças.

---

53. Horace Bianchon, personagem de *A comédia humana* (*A musa do departamento, César Birotteau, A casa Nucingen, A missa do ateu, Outro estudo de mulher*). (N.T.)
54. Franz Joseph Gall (1758-1828), médico alemão, inventor da frenologia, ciência que estudava, de acordo com a conformação da caixa craniana, a constituição do cérebro e as faculdades dos indivíduos. (N.T.)

E rosa viveu o que vivem as rosas,
O tempo de uma manhã...

– Ah! Ah! Temos aí uma bela soparama – disse Poiret ao ver Christophe que entrava carregando respeitosamente a sopa.
– Desculpe, senhor – disse a sra. Vauquer –, é uma sopa de repolho.
Todos os jovens caíram na gargalhada.
– Ferrou-se, Poiret!
– Poirrrrrrette se ferrou!
– Marquem dois pontos para a mamãe Vauquer – disse Vautrin.
– Alguém prestou atenção ao nevoeiro de hoje de manhã? – falou o funcionário.
– Era – disse Bianchon – um nevoeiro frenético e sem igual, um nevoeiro lúgubre, melancólico, verde, asmático, um nevoeiro Goriot.
– Goriorama – disse o pintor –, porque ninguém via bulhufas.
– Ei, lorde Goriote, tão falando do sinhô.
Sentado no final da mesa, perto da porta pela qual se servia, o pai Goriot ergueu a cabeça farejando um pedaço de pão que tinha debaixo do guardanapo, por um velho hábito comercial que às vezes reaparecia.
– E aí? – gritou-lhe asperamente a sra. Vauquer, com uma voz que dominou o barulho das colheres, dos pratos e das vozes – não está achando o pão bom?
– Pelo contrário, minha senhora – respondeu ele –, o pão é feito com farinha de Etampes, primeira qualidade.
– Como sabe disso? – perguntou Eugène.
– Pela brancura, pelo gosto.
– Pelo gosto do nariz, se está cheirando – disse a sra. Vauquer. – O senhor está ficando tão econômico que vai acabar encontrando um jeito de se alimentar chupando o ar da cozinha.
– Daí tire patente da invenção – exclamou o funcionário do Museu –, o senhor vai fazer fortuna.

— Esqueçam, ele faz isso para nos convencer de que foi macarroneiro – disse o pintor.

— Então seu nariz é uma retorta – continuou o funcionário do Museu.

— Re o quê? – perguntou Bianchon.

— Re-tórica.

— Re-corte.

— Re-colho.

— Re-colhedor.

— Re-colhimento.

— Re-gaço.

— Re-alejo.

— Re-torama.

Essas oito respostas partiram de todos os lados da sala com a rapidez do fogo num rastilho e foram motivo ainda maior de riso porque o pobre pai Goriot olhava para os convivas com cara de bobo, como um homem que tenta entender uma língua estrangeira.

— Re? – disse ele a Vautrin que estava a seu lado.

— Realidade, meu velho! – disse Vautrin enterrando o chapéu do pai Goriot com um tapa que lhe deu na cabeça e que o fez descer até os olhos.

O pobre velhote, estupefato com aquele ataque repentino, ficou imóvel por um momento. Christophe levou o prato do homem, achando que ele tinha acabado a sopa; de modo que, quando Goriot, depois de levantar o chapéu, apanhou a colher, deu com ela na mesa. Todos os convivas estouraram de rir.

— Senhor – disse o velhote –, o senhor é um inconveniente, e se continuar a me dar tapas como esse...

— Então o que, papai? – disse Vautrin interrompendo-o.

— Então, algum dia vai pagar bem caro...

— No inferno, não é mesmo? – disse o pintor. – Naquele cantinho escuro para onde vão as crianças malvadas!

— E então, senhorita? – disse Vautrin a Victorine. – Não está comendo. O papai bancou o teimoso?

— Um horror – disse a sra. Couture.

– É preciso chamá-lo à razão – disse Vautrin.

– Mas –, disse Rastignac, que estava bem perto de Bianchon –, a senhorita poderia mover uma ação de alimentos, porque não come mesmo. Ei! Vejam só como o pai Goriot examina a srta. Victorine.

O velho se esquecia de comer para contemplar a pobre mocinha cujos traços emanavam uma dor verdadeira, a dor do filho não reconhecido que ama seu pai.

– Meu caro – disse Eugène em voz baixa –, nós nos enganamos quanto ao pai Goriot. Ele não é nem um imbecil nem um homem sem nervos. Aplique nele o seu sistema de Gall e diga-me o que deduzirá. Eu o vi esta noite torcer um prato de *vermeil* como se fosse de cera, e naquele momento o ar de seu rosto traía sentimentos extraordinários. Sua vida me parece ter sido misteriosa demais para que não valha a pena estudá-la. É verdade, Bianchon, pode rir, eu não estou brincando.

– Esse homem é um caso médico, – disse Bianchon. – Concordo, se ele deixar, vou dissecá-lo.

– Não, tateie-lhe a cabeça.

– Olhe lá! Sua idiotice pode ser contagiosa.

No dia seguinte, Rastignac vestiu-se com toda a elegância e foi, por volta das três horas da tarde, à casa da sra. de Restaud, entregando-se no caminho a essas esperanças levianamente loucas que tornam a vida dos jovens tão cheia de emoções: eles não calculam nem os obstáculos nem os perigos, veem em tudo o sucesso, poetizam sua existência pelo simples jogo de sua imaginação e ficam infelizes ou tristes pelo fracasso de projetos que só viviam então em seus desejos desenfreados; se não fossem ignorantes ou tímidos, a vida social seria impossível. Eugène caminhava com mil precauções para não se sujar, mas caminhava pensando no que diria à sra. de Restaud, abastecia-se de graça, inventava as respostas prontas numa conversa imaginária, preparava suas tiradas, suas frases à la Talleyrand[55], supondo pequenas circunstâncias favoráveis à

---

55. Charles-Maurice de Talleyrand (1754-1838), político e diplomata francês. (N.T.)

declaração na qual fundamentava seu futuro. O estudante sujou-se, foi obrigado a mandar encerar suas botas e escovar sua calça no Palais-Royal. "Se eu fosse rico", pensou ele trocando uma moeda de trinta vinténs que apanhara para o caso de uma desgraça, "eu teria ido de carruagem, poderia pensar o quanto quisesse." Chegou afinal à Rue du Helder e perguntou pela condessa de Restaud. Com a raiva fria de um homem seguro de triunfar um dia, recebeu o olhar de desprezo das pessoas que o tinham visto atravessar o pátio a pé, sem terem ouvido o ruído de um veículo na porta. Tal olhar magoou-o ainda mais porque já compreendera sua inferioridade ao entrar naquele pátio, no qual bufava um belo cavalo ricamente atrelado a um desses cabriolés engalanados que ostentam o luxo de uma existência dissipadora e subentendem o hábito de todas as felicidades parisienses. Ficou, por sua própria culpa, de mau humor. As gavetas abertas em seu cérebro e que ele contava encontrar cheias de humor se fecharam, tornou-se um bobo. Esperando a resposta da condessa, a quem um criado de quarto foi dizer os nomes do visitante, Eugène colocou-se num pé só sobre uma sacada da antecâmara, apoiou o cotovelo sobre uma ferragem e olhou maquinalmente para o pátio. Estava achando a espera muito longa, teria ido embora não fosse dotado daquela tenacidade meridional que cria prodígios quando segue em linha reta.

– Senhor – disse o criado de quarto –, a senhora está em seu toucador e está muito ocupada, ela não me deu resposta; mas se o senhor quiser passar ao salão, já há alguém ali.

Admirando o espantoso poder dessas pessoas que, com uma só palavra, acusam ou julgam seus patrões, Rastignac abriu deliberadamente a porta pela qual saíra o criado de quarto, com certeza a fim de fazer aqueles insolentes criados acreditarem que ele conhecia os seres da casa; mas desembocou com enorme espanto num cômodo no qual se encontravam lâmpadas, aparadores, um aparelho para aquecer toalhas para o banho e que levava por sua vez a um corredor escuro e a uma escada secreta. Os risos abafados que ouviu na antecâmara levaram sua confusão ao cúmulo.

– Senhor, o salão é por aqui – disse-lhe o criado de quarto com aquele respeito que parece uma zombaria a mais.

Eugène recuou com tal precipitação que bateu numa banheira, mas segurou com bastante felicidade seu chapéu para impedi-lo de cair na água do banho. Naquele momento, uma porta se abriu no fundo do longo corredor iluminado por um pequeno lampião, Rastignac ouviu de lá, ao mesmo tempo, a voz da sra. de Restaud, a do pai Goriot e o ruído de um beijo. Ele entrou na sala de jantar, atravessou-a, seguiu o criado de quarto e entrou num primeiro salão, onde ficou plantado diante da janela, percebendo que ela dava para o pátio. Queria ver se aquele pai Goriot era mesmo o seu pai Goriot. Seu coração batia estranhamente, ele se lembrava das terríveis reflexões de Vautrin. O criado de quarto esperava Eugène à porta do salão, mas dali saiu de repente um elegante rapaz, que disse com impaciência

– Vou-me embora, Maurice. Diga à sra. condessa que esperei por ela mais de meia hora.

Esse impertinente, que sem dúvida tinha o direito de sê-lo, cantarolou alguma coisa italiana dirigindo-se para a janela na qual estacionava Eugène, tanto para ver o rosto do estudante quanto para olhar para o pátio.

– Mas o sr. conde deveria esperar ainda um instante, a senhora já terminou – disse Maurice voltando para a antecâmara.

Nesse momento, o pai Goriot desembocava junto ao portão da cocheira pela saída da pequena escada. O homenzinho esticava seu guarda-chuva e se dispunha a abri-lo, sem prestar atenção que o portão estava aberto para dar passagem a um rapaz condecorado que dirigia um tílburi. O pai Goriot só teve tempo de se jogar para trás, para não ser esmagado. O tafetá do guarda-chuva havia espantado o cavalo, que se desviou pulando na direção da escadaria. O rapaz virou a cabeça com ar de raiva, olhou para o pai Goriot e lhe fez, antes de sair, um cumprimento que demonstrava a consideração forçada que se concede aos usurários dos quais se precisa, ou aquele respeito necessário devido a um homem desacreditado, do qual mais tarde se tem vergonha. O pai Goriot respondeu com uma pequena saudação amistosa, cheia de bonomia. Tais acontecimentos se deram com a rapidez de um raio. Atento demais para perceber que não estava sozinho, Eugène ouviu de repente a voz da condessa.

– Ah! Maxime, estava indo embora? – disse ela num tom de reprovação ao qual se mesclava um pouco de decepção.

A condessa não prestara atenção à entrada do tílburi. Rastignac virou-se de repente e viu a condessa graciosamente vestida com um robe de caxemira branco, com fitas cor-de-rosa, penteada com negligência, como são as mulheres de Paris pela manhã; ela estava cheirosa, tinha sem dúvida tomado um banho, e sua beleza, por assim dizer atenuada, parecia mais voluptuosa; seus olhos estavam úmidos. O olhar dos jovens sabe ver tudo: seus espíritos se unem às emanações da mulher como uma planta aspira no ar as substâncias que lhe são próprias. Eugène sentiu então o frescor difundido pelas mãos daquela mulher sem precisar tocá-las. Ele via, através da caxemira, as cores rosadas do busto que o robe, ligeiramente entreaberto, às vezes desnudava e com o qual seu olhar se regalava. Os recursos das barbatanas eram inúteis para a condessa, a cintura marcava sozinha seu corpo flexível, seu pescoço convidava ao amor, seus pés eram lindos nos chinelos. Quando Maxime segurou aquela mão para beijar, Eugène viu Maxime, e a condessa viu Eugène.

– Ah! É o senhor, sr. Rastignac, estou muito satisfeita em vê-lo – disse ela com um ar ao qual sabem obedecer as pessoas inteligentes.

Maxime olhava alternadamente Eugène e a condessa de um modo bastante significativo para fazer desaparecer o intruso. "Ah! Minha cara, espero que vá botar para fora esse engraçadinho!" Essa frase era uma tradução clara e inteligível dos olhares do rapaz impertinentemente orgulhoso que a condessa Anastasie chamara de Maxime e cujo rosto ela consultava com aquela intenção submissa que traduz todos os segredos de uma mulher sem que ela se dê conta. Rastignac sentiu por aquele rapaz um ódio violento. Primeiro, os belos cabelos louros e bem-frisados de Maxime lhe mostraram como os seus estavam horríveis. Depois, Maxime calçava botas finas e limpas, enquanto as suas, apesar do cuidado que tomara ao andar, se haviam impregnado de uma leve camada de lama. Finalmente, Maxime usava uma sobrecasaca que lhe marcava com elegância a cintura e o fazia se parecer com uma bela mulher, enquanto Eugène vestia, às duas e meia, um terno preto. O espirituoso filho da Charente sentiu a superioridade que a roupa dava àquele janota, magro e alto, de olhos claros, de tez pálida, um daqueles homens capazes de arruinar órfãos. Sem esperar pela resposta de Eugène, a sra. de Restaud fugiu como que batendo asas para o outro salão, deixando flutuar as abas de seu robe que se enrolavam e desenrolavam de modo a lhe dar a aparência de uma borboleta. E Maxime seguiu-a. Eugène, furioso, seguiu Maxime e a condessa. Esses três personagens viram-se então frente a frente, na altura da lareira, no meio do grande salão. O estudante sabia que iria incomodar aquele odioso Maxime, mas, arriscando-se a desagradar a sra. de Restaud, quis aborrecer o janota. De repente, lembrando-se de ter visto aquele rapaz no baile da sra. de Beauséant, adivinhou o que era Maxime para a sra. de Restaud e, com aquela audácia juvenil que faz cometer grandes bobagens ou obter grandes sucessos, disse a si mesmo: "Eis o meu rival, quero vencê-lo". Imprudente! Ele ignorava que o conde Maxime de Trailles[56] se deixava insultar, atirava primeiro e matava seu homem. Eugène era um caçador hábil, mas ainda não conseguira acertar no alvo vinte vezes das vinte e duas. O jovem conde atirou-se numa poltrona ao lado do fogo, apanhou as pinças e remexeu na lareira com um movimento tão violento, tão emburrado que o belo rosto de Anastasie entristeceu-se de repente. A moça voltou-se para Eugène e lançou-lhe um desses olhares friamente interrogativos que dizem tão bem "Por que não vai embora?" e que as pessoas bem-educadas sabem de imediato dizer uma daquelas frases que seria preciso chamar de frases de saída.

Eugène assumiu um ar agradável e disse:
– Senhora, eu tinha pressa em vê-la para...

---

56. Personagem fictício, que figura também em *Ascensão e queda de César Birotteau*, *Ursule Mirouët*, entre vários outros romances de *A comédia humana*. (N.E.)

Parou então. Uma porta se abriu. O senhor que dirigia o tílburi surgiu de repente, sem chapéu, não cumprimentou a condessa, olhou impaciente para Eugène e estendeu a mão para Maxime, dizendo bom-dia com uma expressão fraternal que muito surpreendeu Eugène. Os jovens provincianos ignoram o quanto é doce a vida a três.

– O sr. de Restaud – disse a condessa ao estudante, indicando seu marido.

Eugène inclinou-se profundamente.

– Esse senhor – disse ela continuando e apresentando Eugène ao conde de Restaud – é o sr. de Rastignac, parente da sra. viscondessa de Beauséant do lado dos Marcillac e que eu tive o prazer de encontrar no último baile que ela ofereceu.

Parente da sra. Viscondessa de Beauséant do lado dos Marcillac! Tais palavras, que a condessa pronunciou quase enfaticamente, por conta da cota de orgulho que sente uma dona de casa ao provar que só recebe em sua casa pessoas distintas, tiveram um efeito mágico, o conde abandonou seu ar friamente cerimonioso e saudou o estudante.

– É um prazer poder conhecê-lo, senhor – disse ele.

O próprio conde Maxime de Trailles lançou a Eugène um olhar inquieto e abandonou de imediato seu ar impertinente. Aquele toque de varinha de condão, devido à poderosa intervenção de um nome, abriu trinta compartimentos no cérebro do sulista e devolveu-lhe o brilhantismo que havia preparado. Uma súbita luz fez com que visse claro na atmosfera da alta sociedade parisiense, ainda tenebrosa para ele. A Casa Vauquer e o pai Goriot estavam então bem longe de seu pensamento.

– Pensei que os Marcillac estivessem extintos – disse o conde de Restaud a Eugène.

– É verdade, senhor – respondeu ele. – Meu tio-avô, o cavaleiro de Rastignac, desposou a herdeira da família de Marcillac. Só teve uma filha, que desposou o marechal de Clarimbault, avô materno da sra. de Beauséant. Somos o ramo caçula, ramo ainda mais pobre porque meu tio-avô, vice-almirante, perdeu tudo a serviço do rei. O governo revolucionário não quis admitir nossos créditos na liquidação que fez da Companhia das Índias.

– O senhor seu tio-avô não comandava o *Vengeur* antes de 1789?

– Exatamente.

– Então ele conheceu meu avô, que comandava o *Warwick*.

Maxime ergueu levemente os ombros olhando para a sra. de Restaud e pareceu dizer-lhe: "Se ele começar a falar de marinha com esse aí, nós estamos perdidos". Anastasie compreendeu o olhar do sr. de Trailles. Com aquele admirável poder que possuem as mulheres, ela começou a sorrir dizendo:

– Venha, Maxime, tenho uma coisa a lhe pedir. Senhores, nós os deixaremos navegar juntos a bordo do *Warwick* e do *Vengeur*.

Ela se levantou e fez um gesto cheio de infidelidade maliciosa a Maxime, que tomou com ela o caminho do toucador. Tão logo aquele casal *morganático*, bela expressão alemã que não tem equivalente em francês, chegara à porta, o conde interrompeu sua conversa com Eugène.

– Anastasie! Fique, minha cara – exclamou ele com humor. – Sabe muito bem que...

– Já volto, já volto – disse ela interrompendo-o. – Só preciso de um instante para dizer a Maxime o que quero que faça.

Ela voltou depressa. Como todas as mulheres que, obrigadas a observar o caráter de seus maridos para poderem se conduzir de acordo com sua fantasia, sabem reconhecer até onde podem ir a fim de não perder uma confiança preciosa e que então jamais os contrariam nas pequenas coisas da vida, a condessa percebera nas inflexões da voz do conde que não haveria segurança em ficar no toucador. Esses contratempos se deviam a Eugène. E a condessa indicou o estudante com um ar e por meio de um gesto cheios de decepção a Maxime, que disse com mordacidade ao conde, à sua mulher e a Eugène:

– Ouçam, vocês estão ocupados, não quero perturbá-los; adeus. – E saiu.

– Mas fique, Maxime! – gritou-lhe o conde.

– Venha jantar – disse a condessa, que, deixando mais uma vez Eugène e o conde, seguiu Maxime ao primeiro salão, onde ficaram juntos tempo suficiente para imaginar que o sr. de Restaud despacharia Eugène.

Rastignac ouviu-os sucessivamente dando gargalhadas, conversando, calando-se; mas o malicioso estudante dizia coisas espirituosas ao sr. de Restaud, adulava-o ou enredava-o em discussões, a fim de rever a condessa e saber quais eram suas relações com o pai Goriot. Aquela mulher, evidentemente apaixonada por Maxime, aquela mulher, senhora de seu marido, secretamente unida ao velho macarroneiro, parecia-lhe um grande mistério. Queria penetrar naquele mistério, esperando assim poder reinar como soberano sobre aquela mulher tão eminentemente parisiense.

– Anastasie – disse o conde chamando mais uma vez sua mulher.

– Vamos, meu pobre Maxime – disse ela ao rapaz. – É preciso resignar-se. Até a noite...

– Espero, *Nasie* – disse-lhe ele ao ouvido –, que você se livre desse homenzinho cujos olhos se acendiam como brasas quando seu robe se entreabria. Ele vai fazer declarações, vai comprometê-la, e eu serei obrigado a matá-lo.

– Está louco, Maxime? – perguntou ela. – E esses estudantezinhos não são, pelo contrário, excelentes para-raios? Farei com que, sem dúvida, implique com Restaud.

Maxime deu uma gargalhada e saiu acompanhado pela condessa, que se pôs à janela para vê-lo subir na carruagem, empinar o cavalo e agitar o chicote. Só voltou quando o portão foi fechado.

– Mas veja só – gritou-lhe o conde quando ela entrou –, minha cara, a terra onde vive a família desse senhor não fica longe de Verteuil, na Charente. O tio-avô dele e meu avô se conheciam.

– É um prazer estar entre amigos – disse a condessa distraída.

– Nem imagina quanto – disse Eugène em voz baixa.

– Como? – perguntou ela vivamente.

– Mas – continuou o estudante – acabo de ver sair de sua casa um senhor com o qual estou vivendo na mesma pensão, o pai Goriot.

Diante daquele nome enfeitado com a palavra pai, o conde, que atiçava o fogo, atirou as pinças na lareira, como se elas lhe tivessem queimado as mãos, e se levantou.

– Meu senhor, o senhor poderia ter dito senhor Goriot! – exclamou.

A condessa primeiro empalideceu, ao ver a impaciência de seu marido, depois enrubesceu e ficou claramente embaraçada; ela respondeu com uma voz que quis tornar natural e um ar falsamente despojado:

– É impossível conhecer alguém de quem gostemos mais...

Interrompeu-se, olhou para o piano como se ele despertasse nela alguma fantasia, e disse:

– O senhor gosta de música?

– Muito – respondeu Eugène vermelho e idiotizado com a ideia confusa de que teria cometido alguma grande bobagem.

– O senhor canta? – exclamou ela indo para seu piano, do qual atacou com vivacidade todas as teclas, sacudindo-as desde o dó de baixo até o fá de cima. – Rrrrah!

– Não senhora.

O conde de Restaud andava de um lado para o outro.

– É uma pena, o senhor está privado de um grande trunfo de sucesso. *Ca-a-ro, ca-a-ro, ca-a-a-a-ro, non dubita-re* – cantou a condessa.

Ao pronunciar o nome do pai Goriot, Eugène fizera um gesto com a varinha mágica, mas o efeito foi o inverso daquele que haviam conseguido aquelas palavras: parente da sra. de Beauséant. Ele se encontrava na situação de um homem introduzido de favor na casa de um amador de curiosidades e que, tocando sem querer num armário cheio de figuras esculpidas, faz caírem três ou quatro cabeças malcoladas. Gostaria de se atirar num buraco. O rosto da sra. de Restaud estava seco, frio, e seus olhos agora indiferentes fugiam dos daquele indesejado estudante.

– Senhora – disse ele –, a senhora precisa conversar com o sr. de Restaud, queira aceitar meus cumprimentos e me permitir...

– Sempre que vier – disse precipitadamente a condessa interrompendo Eugène com um gesto –, esteja certo de nos dar, ao sr. de Restaud e a mim, o maior prazer.

Eugène cumprimentou profundamente o casal e saiu acompanhado pelo sr. de Restaud que, apesar de seus protestos, o acompanhou até a antecâmara.

– Sempre que este senhor se apresentar – disse o conde a Maurice –, nem a senhora nem eu estaremos em casa.

Quando Eugène pôs o pé no patamar, percebeu que chovia.

– Ora – disse a si mesmo –, vim cometer uma gafe cuja causa e cujo alcance ignoro e ainda por cima estragarei meu terno e meu chapéu. Eu deveria ter ficado num canto esmiuçando o Direito e só pensar em me tornar um rude magistrado. Posso frequentar a sociedade quando, para nela manobrar como se deve, é preciso um monte de cabriolés, botas enceradas, apetrechos indispensáveis, correntes de ouro, luvas de camurça brancas desde de manhã que custam seis francos e sempre luvas amarelas à noite? Velho estranho esse pai Goriot, ora!

Quando ele estava à porta da rua, o cocheiro de uma carruagem de aluguel, que vinha sem dúvida de entregar recém-casados e que não pedia mais do que roubar de seu patrão algumas corridas de contrabando, fez a Eugène um sinal ao vê-lo sem guarda-chuva, de terno preto, colete branco, luvas amarelas e botas enceradas. Eugène estava sob o domínio dessas raivas surdas que levam um rapaz a se afundar cada vez mais no abismo em que entrou, como se ali esperasse encontrar uma saída feliz. Consentiu com um movimento da cabeça ao oferecimento do cocheiro. Sem ter mais do que 22 vinténs no bolso, subiu na carruagem onde alguns grãos de flor de laranjeira e pedaços de canutilhos atestavam a passagem dos noivos.

– Aonde o senhor vai? – perguntou o cocheiro, que já não usava mais suas luvas brancas.

"Bolas!", disse Eugène consigo mesmo. "Se estou perdido, que ao menos isso me sirva para alguma coisa!"

– Vá à mansão de Béauséant – acrescentou em voz alta.
– Qual delas? – disse o cocheiro.
Palavra sublime que confundiu Eugène. Aquele jovem elegante não sabia que havia duas mansões de Beauséant, não tinha ideia de como era rico de parentes que não sabiam que ele existia.
– O visconde de Beauséant, Rue...
– De Grenelle – disse o cocheiro sacudindo a cabeça e interrompendo-o. – Veja, há ainda a mansão do conde e do marquês de Beauséant, na Rue Saint-Dominique – acrescentou levantando o estribo.
– Eu sei disso – respondeu Eugène num tom seco. "Estão todos zombando de mim hoje!", pensou atirando seu chapéu sobre as almofadas dianteiras. "Eis uma escapulida que vai me custar o resgate de um rei. Mas, ao menos, vou fazer uma visita a minha por assim dizer prima de uma forma solidamente aristocrática. O pai Goriot já está me custando pelo menos dez francos, velho celerado! Palavra de honra, vou contar minha aventura à sra. de Beauséant, talvez eu a faça rir. Ela sem dúvida há de saber o mistério das ligações criminosas entre esse velho rato sem rabo e essa bela mulher. É melhor agradar minha prima do que me bater contra essa mulher imoral, que me dá a impressão de custar tão caro. Se o nome da bela viscondessa é tão poderoso, que peso deverá ter sua pessoa? Vamos ao alto escalão. Quando queremos algo do céu, é preciso visar Deus."
Tais palavras são a fórmula breve de mil e um pensamentos entre os quais ele flutuava. Recuperou um pouco de calma e segurança ao ver cair a chuva. Disse a si mesmo que, se ia dissipar duas das preciosas moedas de cem vinténs que lhe restavam, elas seriam bem empregadas na conservação de seu terno, de suas botas e de seu chapéu. Ouviu, não sem um momento de divertimento, seu cocheiro gritando: "A porta, por favor!". Um suíço vermelho e dourado fez grunhir em seus gonzos a porta da mansão, e Rastignac viu com doce satisfação sua carruagem passar sob o pórtico, rodar pelo pátio e parar sob a marquise do patamar. O cocheiro com seu grande capote azul bordado de vermelho veio desdobrar o estribo. Ao descer de sua carruagem,

Eugène ouviu os risos abafados que partiam de debaixo do peristilo. Três ou quatro criados já haviam gracejado a respeito daquele carro vulgar de casamento. Seu riso esclareceu o estudante no momento em que comparou aquele veículo a um dos mais elegantes cupês de Paris, atrelado a dois cavalos fogosos que traziam rosas nas orelhas e mordiam o freio e que um cocheiro empoado, bem-engravatado, segurava pelas rédeas como se eles quisessem fugir. Na Chausée d'Antin, a sra. de Restaud tinha em seu pátio o elegante cabriolé do homem de 26 anos. No Faubourg Saint-Germain aguardava o luxo de um grão-senhor, uma carruagem que trinta mil francos não teriam pagado.

"Quem estará aí?", perguntou-se Eugène compreendendo um pouco tardiamente que deveria haver em Paris muito poucas mulheres que não estivessem ocupadas e que a conquista dessas rainhas custava mais do que o sangue. "Diachos! Minha prima com certeza também tem o seu Maxime."

Ele subiu a escadaria com a morte na alma. Quando chegou, abriram a porta envidraçada; ele encontrou os criados sérios como asnos escovados. A festa à qual comparecera fora dada nos grandes salões de recepção, situados no térreo da mansão de Beauséant. Não tendo tido tempo, entre o convite e o baile, de fazer uma visita a sua prima, não havia ainda penetrado nos apartamentos da sra. de Beauséant; iria então ver pela primeira vez as maravilhas daquela elegância pessoal que trai a alma e os costumes de uma mulher distinta. Estudo ainda mais curioso porque o salão da sra. de Restaud lhe fornecia um termo de comparação. Às quatro horas e meia, a viscondessa podia ser vista. Cinco minutos antes, não teria recebido seu primo. Eugène, que nada sabia a respeito das diversas etiquetas parisienses, foi conduzido através de uma grande escadaria cheia de flores, de cor branca, com rampa dourada, tapete vermelho, em casa da sra. de Beauséant, da qual ignorava a biografia verbal, uma dessas mutáveis histórias que se contam todas as noites de ouvido a ouvido nos salões de Paris.

A viscondessa estava há três anos ligada a um dos mais famosos e mais ricos senhores portugueses, o marquês d'Ajuda-Pinto. Era uma dessas ligações inocentes que tantos atrativos possuem para as pessoas assim ligadas, que não podem suportar qualquer estranho. Também o próprio visconde de Beauséant[57] dera exemplo ao público ao respeitar, por bem ou por mal, aquela união morganática. As pessoas que, nos primeiros dias daquela amizade, foram visitar a viscondessa às duas horas, lá encontraram o marquês d'Ajuda-Pinto. A sra. de Beauséant, incapaz de fechar sua porta, o que teria sido um tanto inconveniente, recebia tão friamente as pessoas e contemplava com tanta afetação sua cornija que todos compreendiam o quanto a aborreciam. Quando se soube em Paris que se incomodava a sra. de Beauséant indo visitá-la entre duas e quatro horas, ela se viu na mais completa solidão. Ela ia aos Bouffons ou à Ópera em companhia do sr. de Beauséant e do sr. d'Ajuda-Pinto; mas, como homem que sabe viver, o sr. de Beauséant sempre lá deixava sua mulher e o português depois de tê-los instalado. O sr. d'Ajuda deveria se casar. Desposaria uma senhorita de Rochefide[58]. Em toda a alta sociedade uma única pessoa ignorava ainda aquele casamento, sendo tal pessoa a sra. de Beauséant. Algumas de suas amigas lhe haviam falado vagamente a respeito; ela rira, achando que suas amigas queriam perturbar uma felicidade invejada. Mas os proclamas iriam ser publicados. Embora tivesse ido para informar a viscondessa de tal casamento, o belo português ainda não ousara dizer uma só palavra. Por quê? Nada era com certeza mais difícil do que informar a uma mulher semelhante *ultimato*. Alguns homens ficam mais à vontade no campo de batalha, diante de um homem que lhe ameaça o coração com uma espada, do que perante uma mulher que, depois de declamar suas elegias durante duas horas, se faz de morta e pede os sais. Naquele momento então o sr. d'Ajuda-Pinto pisava em ovos e queria sair, dizendo-se que a sra. de Beauséant ficaria sabendo daquela novidade, que ele escreveria, que seria mais confortável

---

57. Visconde e depois marquês de Beauséant, personagem de *A comédia humana* (*A mulher abandonada*, *Esplendores e misérias das cortesãs*, *Estudo de mulher*). (N.T.)
58. Berthe de Rochefide, futura marquesa d'Ajuda-Pinto, personagem de *A comédia humana* (*A duquesa de Langeais*). (N.T.)

cometer aquele galante assassinato por correspondência do que de viva voz. Quando o criado de quarto da viscondessa anunciou o sr. Eugène de Rastignac, fez estremecer de alegria o marquês d'Ajuda-Pinto. Fiquem sabendo que uma mulher que ama é ainda mais engenhosa em se criar dúvidas do que é hábil em variar o prazer. Quando está prestes a ser deixada, adivinha mais depressa o sentido de um gesto do que o corcel de Virgílio fareja os longínquos corpúsculos que lhe anunciam o amor. Saibam então que a sra. de Beauséant surpreendeu aquele estremecimento involuntário, leve, mas ingenuamente apavorante. Eugène ignorava que nunca alguém se deve apresentar em casa de quem quer que seja em Paris sem ter ouvido contar, por amigos da casa, a história do marido, a da mulher ou dos filhos, a fim de não cometer qualquer inconveniência das quais se diz pitorescamente na Polônia: *Atrele cinco bois a sua carroça!*, com certeza para tirá-lo do mau passo com o qual se atolou. Se tais desgraças da conversa ainda não têm nome na França, supõe-se que sejam sem dúvida impossíveis, devido à enorme publicidade que lá obtêm as maledicências. Depois de se ter atolado na casa da sra. de Restaud, que nem mesmo lhe deixara o tempo de atrelar os cinco bois a sua carroça, só Eugène era capaz de recomeçar seu ofício de boiadeiro ao se apresentar em casa da sra. de Beauséant. Mas, se havia terrivelmente incomodado a sra. de Restaud e o sr. de Trailles, tirava de apuros o sr. d'Ajuda.

– Adeus – disse o português, apressando-se em ganhar a porta quando Eugène entrou num lindo salãozinho, cinza e rosa, onde o luxo só parecia existir em função da elegância.

– Ora, até hoje à noite – disse a sra. de Beauséant virando a cabeça e lançando ao marquês um olhar. – Não vamos aos Bouffons?

– Eu não posso – disse ele segurando a maçaneta da porta.

A sra. de Beauséant levantou-se. Chamou-o para perto dela, sem dar a menor atenção a Eugène, que, de pé, atordoado pelas cintilações de uma riqueza maravilhosa, acreditava na realidade dos contos árabes e não sabia onde se enfiar ao se ver na presença daquela mulher sem ser por ela notado. A viscondessa levantara o indicador de sua mão direita e, com um movimento bonito, indicava ao marquês um lugar diante dela. Houve naquele gesto um tão violento despotismo de paixão que o marquês soltou a maçaneta da porta e voltou. Eugène olhou-o não sem inveja.

"Eis aí", pensou, "o homem do cupê. Mas é então preciso ter cabelos bem cuidados, librés e ouro aos borbotões para obter o olhar de uma mulher de Paris?"

O demônio do luxo mordeu-lhe o coração, a febre do ganho tomou conta dele, a sede do ouro secou-lhe a garganta. Ele tinha 130 francos para o trimestre. Seu pai, sua mãe, seus irmãos, suas irmãs, sua tia não gastavam duzentos francos por mês, todos juntos. Esta rápida comparação entre sua situação atual e o objetivo que seria preciso atingir contribuíram para deixá-lo pasmo.

– Por que – perguntou rindo a viscondessa – *o senhor* não pode ir aos Italiens?

– Negócios! Janto em casa do embaixador da Inglaterra.

– Abandone-o.

Quando um homem engana, é invencivelmente obrigado a acumular mentiras sobre mentiras. O sr. d'Ajuda disse então, rindo:

– É uma exigência?

– Claro que é.

– Eis o que eu queria ouvir – respondeu ele lançando um daqueles olhares que teriam tranquilizado qualquer outra mulher. Ele tomou a mão da viscondessa, beijou-a e partiu.

Eugène passou a mão nos cabelos e se retorceu para cumprimentar, imaginando que a sra. de Beauséant pensaria nele; de repente ela se ergue, precipita-se para a galeria, corre à janela e observa o sr. d'Ajuda enquanto ele sobe na carruagem; apura o ouvido para a ordem e ouve o grumete repetir para o cocheiro: "À casa do sr. de Rochefide[59]". Tais palavras, e a maneira como d'Ajuda mergulhou em seu carro, foram como raios e relâmpagos para aquela mulher, que voltou presa de apreensões mortais.

---

59. Sr. de Rochefide, personagem de *A comédia humana* (*Béatrix*, *A prima Bette*, *A musa do departamento*, *Ao "Chat-qui-pelotte"*). (N.T.)

As mais horríveis catástrofes são apenas essas na alta sociedade. A viscondessa entrou em seu quarto de dormir, pôs-se à mesa e apanhou um belo papel.

Considerando que – escrevia ela – *o senhor vai jantar em casa dos Rochefide e não na embaixada inglesa, está me devendo uma explicação. Estou à espera.*

Depois de redesenhar algumas letras desfiguradas pelo tremor convulsivo de sua mão, ela colocou um C, que queria dizer Claire de Bourgogne, e tocou a campainha.

– Jacques – disse a seu criado de quarto que veio de imediato –, vá às sete e meia à casa do sr. de Rochefide e pergunte pelo marquês d'Ajuda. Se o senhor marquês lá estiver, mande entregar-lhe este bilhete sem pedir resposta; se não estiver, volte e me devolva a carta.

– Sra. Viscondessa, tem alguém no salão.

– Ah! É verdade – disse ela empurrando a porta.

Eugène começava a se sentir muito desconfortável. Viu afinal a viscondessa que lhe disse num tom emocionado que abalou as fibras de seu coração:

– Desculpe-me, senhor, eu precisava escrever um bilhete, agora sou toda sua.

Ela não sabia o que dizia, pois eis o que pensava: "Ah! Ele quer se casar com a srta. de Rochefide. Mas ele por acaso é livre? Esta noite esse casamento será desfeito, ou eu... Mas amanhã isso não vai mais existir".

– Minha prima... – respondeu Eugène.

– Hã? – disse a viscondessa lançando-lhe um olhar cuja impertinência gelou o estudante.

Eugène compreendeu aquele hã. Nas últimas três horas ele aprendera tanta coisa que estava pronto para o que desse e viesse.

– Senhora – recomeçou ele, enrubescendo. Hesitou, depois disse continuando: – Perdoe-me; preciso tanto de proteção que um pouco de parentesco não me faria mal.

A sra. de Beauséant sorriu, mas com tristeza: ela já sentia a desgraça que rosnava em sua atmosfera.

– Se conhecesse a situação na qual se encontra minha família – prosseguiu –, a senhora iria gostar de fazer o papel de uma dessas fadas fabulosas que se compraziam em dissipar os obstáculos ao redor de seus afilhados.

– Muito bem, meu primo! – disse ela rindo. – Em que lhe posso ser útil?

– Mas o que sei? Estar ligado à senhora por um laço de parentesco que se perde nas sombras já é toda uma fortuna. A senhora me perturbou, não sei mais o que lhe vinha dizer. A senhora é a única pessoa que conheço em Paris. Ah! Eu queria consultá-la pedindo que me aceitasse como uma pobre criança que deseja se colar a sua saia e que poderia morrer pela senhora.

– Mataria alguém por mim?

– Mataria dois – disse Eugène.

– Criança! É, o senhor é uma criança – disse ela reprimindo algumas lágrimas –, o senhor seria sincero no amor!

– Oh! – exclamou ele sacudindo a cabeça.

A viscondessa interessou-se muito pelo estudante devido à audácia de sua resposta. O sulista fazia seu primeiro cálculo. Entre o toucador azul da sra. de Restaud e o salão rosa da sra. de Beauséant ele cursara três anos daquele Direito parisiense do qual não se fala, embora constitua uma alta jurisprudência social que, bem aprendida e bem praticada, leva a tudo.

– Ah! Aqui estou – disse Eugène. – Eu havia observado a sra. de Restaud no seu baile, fui esta manhã à casa dela.

– Deve tê-la aborrecido bastante – disse sorrindo a sra. de Beauséant.

– Pois é! Sou um ignorante que colocará todos contra ele, se a senhora me recusar sua ajuda. Acho que será muitíssimo difícil encontrar em Paris uma mulher jovem, bela, rica, que não esteja ocupada, e preciso de uma que me ensine o que as mulheres sabem tão bem explicar: a vida. Encontrarei por toda parte um sr. de Trailles. Eu vinha então lhe pedir a solução de um enigma e implorar-lhe que me diga de que natureza é a bobagem que fiz. Falei de um pai...

– A sra. duquesa de Langeais – disse Jacques cortando a palavra do estudante, que fez o gesto de um homem violentamente contrariado.

– Se quiser ter sucesso – disse a viscondessa em voz baixa –, antes de tudo não demonstre tanto o que sente.

– Ora, bom dia, minha cara – continuou ela, levantando-se e indo ao encontro da duquesa, cujas mãos apertou com a efusão acariciante que teria demonstrado por uma irmã e à qual a duquesa respondeu com os melhores gestos de carinho.

"Eis duas boas amigas", disse consigo mesmo Rastignac. "Terei desde então duas protetoras; essas duas mulheres devem ter os mesmos gostos, e essa aí com certeza se interessará por mim."

– A que feliz pensamento devo a felicidade de vê-la, minha querida Antoinette? – disse a sra. de Beauséant.

– Pois eu vi o sr. d'Ajuda-Pinto entrando em casa do sr. de Rochefide e então pensei que você deveria estar sozinha.

A sra. de Beauséant não mordeu os lábios, não enrubesceu, seu olhar permaneceu o mesmo, seu rosto pareceu se iluminar enquanto a duquesa pronunciava essas palavras fatais.

– Se eu soubesse que estava ocupada... – acrescentou a duquesa voltando-se para Eugène.

– Este senhor é o sr. Eugène de Rastignac, um de meus primos – disse a viscondessa. – Tem notícias do general Montriveau? – perguntou ela. – Sérizy me disse ontem que ninguém mais o via, recebeu-o hoje em sua casa?

A duquesa, que passava por ter sido abandonada pelo sr. de Montriveau, por quem estava perdidamente apaixonada, sentiu no coração a pontada dessa pergunta e enrubesceu ao responder:

– Ele estava ontem no Elysée.

– A serviço – disse a sra. de Beauséant.

– Clara, tenho a certeza de que sabe – recomeçou a duquesa jorrando borbotões de malignidade pelos olhos –, que amanhã serão publicados os proclamas do casamento do sr. d'Ajuda-Pinto e da srta. de Rochefide.

O golpe era violento demais; a viscondessa empalideceu e respondeu rindo:

– Um desses boatos que divertem os idiotas. Por que o sr. d'Ajuda levaria para os Rochefide um dos mais belos nomes de Portugal? Os Rochefide são gente que virou nobre ontem.

– Mas Berthe reunirá, ao que dizem, duzentas mil libras de renda.

– O sr. d'Ajuda é rico demais para fazer cálculos.

– Mas, minha cara, a srta. de Rochefide é encantadora.

– Ah!

– Enfim, ele janta lá hoje, as condições estão definidas. Acho bastante estranho que saiba tão pouco a respeito.

– Mas que bobagem fez então, senhor? – disse a sra. de Beauséant. – Essa pobre criança foi há tão pouco tempo atirada no mundo que nada compreende, minha cara Antoinette, do que dizemos. Seja bondosa com ele, voltemos a falar disso amanhã. Amanhã, veja só, tudo será oficial e você poderá ser oficiosa com boas bases.

A duquesa voltou para Eugène um daqueles olhares impertinentes que envolvem um homem dos pés à cabeça, achatam-no e o reduzem ao estado de zero.

– Senhora, eu, sem saber, enfiei um punhal no coração da sra. de Restaud. Sem saber, eis meu erro – disse o estudante a quem a inteligência bem servira e que havia descoberto os mordazes epigramas ocultos sob as frases afetuosas daquelas duas mulheres. – Continuamos a ver e receamos talvez as pessoas que conhecem o segredo do mal que nos fazem, enquanto aquele que fere ignorando a profundidade de sua ferida é visto como um tolo, um desastrado que de nada sabe se aproveitar, e todos os desprezam.

A sra. de Beauséant lançou ao estudante um daqueles olhares delicados nos quais as grandes almas sabem colocar ao mesmo tempo reconhecimento e dignidade. Tal olhar foi como um bálsamo que acalmou a chaga que haviam acabado de abrir no coração do estudante os olhos de escrutinador com que a duquesa o avaliara.

– Imagine que eu acabava – disse Eugène continuando – de obter a boa vontade do conde de Restaud; pois – disse ele voltando-se para a duquesa com um ar ao mesmo tempo humilde e malicioso – é preciso que lhe diga, minha senhora, que ainda não passo de um pobre-diabo de estudante, muito só, muito pobre...

– Não diga isso, sr. de Rastignac. Nós mulheres nunca desejamos aquilo que ninguém deseja.

– Ora! – exclamou Eugène. – Tenho apenas 22 anos, é preciso saber suportar as desgraças de sua idade. Aliás, estou em confissão; é impossível estar de joelhos em mais belo confessionário: aqui se cometem pecados que no outro se acusam.

A duquesa assumiu um ar frio perante esse discurso antirreligioso, cujo mau gosto baniu dizendo à viscondessa:

– Este senhor chega...

A sra. de Beauséant começou a rir francamente de seu primo e da duquesa.

– Ele acaba de chegar, minha cara, e busca uma professora que lhe ensine bom gosto.

– Senhora duquesa – prosseguiu Eugène –, não é natural desejar iniciar-se nos segredos do que nos seduz? ("Vamos", disse consigo mesmo, "tenho certeza de que estou dizendo frases de cabeleireiro.")

– Mas a sra. de Restaud é, acho eu, a aprendiz do sr. de Trailles – disse a duquesa.

– Eu de nada sabia, senhora – continuou o estudante. – Então me atirei sem modos entre os dois. Enfim, eu estava em bons termos com o marido, estava sendo suportado por algum tempo pela mulher, quando resolvi dizer-lhes que conhecia um homem que eu acabara de ver saindo por uma escada secreta e que, no fundo de um corredor, havia beijado a condessa.

– Quem é? – perguntaram as duas mulheres.

– Um velhote que vive por dois luíses por mês, no fundo do Faubourg Saint-Marceau, como eu, pobre estudante; um verdadeiro infeliz de quem todos zombam e a quem chamamos de pai Goriot.

– Mas, que criança está sendo! – exclamou a viscondessa.
– A sra. de Restaud é uma senhorita Goriot.

– Filha de um macarroneiro – continuou a duquesa –, uma mulherzinha que foi apresentada à Corte no mesmo dia que a filha de um confeiteiro. Lembra-se, Clara? O rei começou a rir e disse em latim uma piada sobre farinha. Gente, como era? Gente...

– *Ejusdem farinae* – disse Eugène.

– Isso! – disse a duquesa.

– Ah! É pai dela – prosseguiu o estudante fazendo um gesto de horror.

– É sim; esse homenzinho tem duas filhas pelas quais é quase louco, embora ambas praticamente o tenham renegado.

– A segunda não é – disse a viscondessa olhando para a sra. de Langeais – casada com um banqueiro cujo nome é alemão, um barão de Nucingen[60]? Não se chama Delphine? Não é uma loura que tem um camarote lateral na Ópera, que também vai aos Bouffons e ri alto para se fazer notar?

A duquesa sorriu dizendo:

– Ora, minha cara, estou admirada. Por que se ocupa tanto dessa gente? Era preciso estar loucamente apaixonado, como estava Restaud, para se enfarinhar com a srta. Anastasie. Ah! Ele vai se dar mal. Ela está nas mãos do sr. de Trailles, que vai perdê-la.

– Elas renegaram o pai – repetia Eugène.

– Pois é! É, seu pai, o pai, um pai – continuou a viscondessa –, um bom pai que, dizem, deu a cada uma quinhentos ou seiscentos mil francos para fazê-las felizes casando-as bem e que só guardara para si mesmo oito ou dez mil libras de renda, acreditando que suas filhas continuariam a ser suas filhas, que ele havia criado em suas casas duas existências, duas casas nas quais seria adorado, mimado. Em dois anos, seus genros o expulsaram de suas vidas como o último dos miseráveis.

Algumas lágrimas rolaram dos olhos de Eugène, recém--reanimado pelas puras e santas emoções da família, ainda sob

---

60. Barão de Nucingen, personagem de *A comédia humana* (*A casa Nucingen*, *César Birotteau* e *Esplendores e misérias das cortesãs*). (N.T.)

o encanto das crenças jovens, e estava apenas em seu primeiro dia no campo de batalha da civilização parisiense. As emoções verdadeiras são tão comunicativas que por um momento aquelas três pessoas se entreolharam em silêncio.

– Ah! Meu Deus! – exclamou a sra. de Langeais. – É, isso parece mesmo horrível, entretanto assistimos a isso todos os dias. Não haverá uma razão para isso? Diga, minha querida, alguma vez pensou no que é um genro? Um genro é um homem para quem educaremos, você ou eu, uma criaturinha querida à qual estaremos unidas por mil laços, que será por dezessete anos a alegria da família, que é sua alma branca, nas palavras de Lamartine, e que dela se tornará a peste. Quando esse homem a tiver levado de nós, começará por brandir seu amor como um machado, a fim de cortar a sangue-frio no coração desse anjo todos os sentimentos pelos quais ela estava ligada a sua família. Ontem, nossa filha era tudo para nós, nós éramos tudo para ela; amanhã ela se torna nossa inimiga. Não vemos essa tragédia acontecer todos os dias? Aqui, a nora trata com o maior desprezo o sogro, que tudo sacrificou por seu filho. Ali, um genro expulsa de sua casa a sogra. Ouço perguntas sobre o que há hoje em dia de dramático na sociedade; mas esse drama do genro é apavorante, sem contar nossos casamentos, que se tornaram coisas realmente grotescas. Compreendo perfeitamente o que aconteceu com esse velho macarroneiro. Acho que me lembro de que esse Foriot...

– Goriot, minha senhora.

– É, esse Moriot foi presidente de um departamento durante a Revolução; ficou a par do segredo da famosa escassez e começou sua fortuna vendendo naquela época as farinhas por um preço dez vezes maior do que lhe custavam. Conseguia todas as que queria. O intendente da minha avó vendeu-lhe grãos por preços altíssimos. Esse Noriot com certeza dividia o lucro, como toda aquela gente, com o Comitê de Saúde Pública. Lembro que o intendente dizia a minha avó que ela podia ficar em Grandvilliers em segurança, porque seus grãos eram um excelente atestado cívico. Pois bem, esse Loriot, que vendia trigo aos cortadores de cabeças, só teve uma paixão. Adora as filhas, é o que se diz. Pendurou a mais velha na casa de Restaud e enxertou a outra no barão de Nucingen, um banqueiro rico que banca o monarquista. Vocês compreendem que, no Império, os dois genros não se importaram muito de ter em casa aquele velho Noventa-e-três[61]; com Bonaparte, podia-se aguentar esse tipo de coisa. Mas quando os Bourbon voltaram, o homenzinho incomodou o sr. de Restaud e mais ainda o banqueiro. As filhas, que talvez ainda amassem o pai, quiseram jogar com pau de dois bicos, agradar ao pai e ao marido; recebiam Goriot quando não havia ninguém em casa; imaginaram pretextos de ternura. "Papai, venha, será melhor porque seremos só nós dois!" etc. Acho, minha cara, que os sentimentos verdadeiros têm olhos e inteligência: o coração desse pobre Noventa-e-três foi partido. Ele viu que suas filhas se envergonhavam dele; que, se elas amavam seus maridos, ele desagradava os genros. Então era preciso se sacrificar. Sacrificou-se, porque era pai: ele mesmo se baniu. Vendo as filhas contentes, compreendeu que fizera o certo. Pai e filhas foram cúmplices desse pequeno crime. Vemos isso por todo lado. Não seria esse pai Doriot uma mancha de gordura no salão de suas filhas? Ele teria ficado embaraçado, teria se aborrecido. O que acontece com esse pai pode acontecer à mais bela das mulheres com o homem que ela mais amar: se ela o aborrece com seu amor, ele se vai, é capaz de covardias para fugir dela. Todos os sentimentos estão em jogo. Nosso coração é um tesouro, se o esvaziarmos de repente, estamos arruinados. Não perdoamos mais um sentimento que se revelou por inteiro do que a um homem sem um centavo. Esse pai havia dado tudo. Deu, durante vinte anos, suas entranhas, seu amor; deu sua fortuna num dia. Uma vez bem espremido o limão, suas filhas largaram a casca pelas esquinas.

– O mundo é infame – disse a viscondessa envolvendo-se em seu xale e sem erguer os olhos, pois havia sido profundamente atingida pelas palavras que lhe dissera a sra. de Langeais ao contar aquela história.

---

61. O insulto faz alusão ao ano de 1793, quando os revolucionários assassinaram os girondinos. (N.T.)

– Infame? Não... – replicou a duquesa. – Ele segue seu curso, só isso. Se lhes falo desse modo é para lhes mostrar que não me deixo lograr pelo mundo. Penso como você – disse ela apertando a mão da viscondessa. – O mundo é um pântano, tratemos de nos manter nas alturas.

Levantou-se, beijou na testa a sra. de Beauséant, dizendo:

– Está muito bonita hoje, minha cara. Tem as mais belas cores que já vi – saiu então, depois de ter inclinado levemente a cabeça na direção do primo.

– O pai Goriot é sublime! – disse Eugène, lembrando-se de tê-lo visto amassando seu *vermeil* à noite.

A sra. de Beauséant não ouviu, estava pensativa. Alguns momentos de silêncio transcorreram, e o pobre estudante, por uma espécie de estupor envergonhado, não ousava sair, ou ficar, ou falar.

– O mundo é infame e mau – disse finalmente a viscondessa. – Tão logo algo de ruim nos acontece, há sempre um amigo disposto a vir nos contar o que houve e a nos revolver o coração com um punhal, obrigando-nos a lhe admirar o cabo. Logo o sarcasmo, logo as zombarias! Ah! Eu me defenderei. Ela ergueu a cabeça como a grande dama que era, e faíscas saíram de seus olhos orgulhosos. – Ah! – disse ao ver Eugène – O senhor está aí!

– Ainda – disse ele, sentindo-se miserável.

– Pois muito bem, sr. de Rastignac, trate o mundo como ele merece. O senhor quer vencer, eu o ajudarei. O senhor sondará a profundidade da corrupção feminina, medirá o comprimento da miserável vaidade dos homens. Ainda que eu tivesse lido muita coisa desse livro do mundo, havia páginas que ainda me eram desconhecidas. Agora sei tudo. Quanto mais friamente o senhor calcular, mais longe chegará. Bata sem piedade, e será temido. Só aceite os homens e mulheres como cavalos de sela, que abandonará a cada parada, assim chegará ao ápice de seus desejos. Veja bem, o senhor nada será aqui se não tiver uma mulher que se interesse pelo senhor. Ela precisa ser jovem, rica, elegante. Mas se tiver um sentimento real, esconda-o como um tesouro, nunca deixe que dele suspeitem, o senhor estaria perdido. Não seria mais o carrasco, iria tornar-se a vítima. Se vier a amar, guarde bem o seu segredo! Não o entregue antes de ter certeza a respeito da pessoa a quem abrirá seu coração. Para preservar de antemão esse amor que não existe ainda, aprenda a desconfiar deste mundo. Ouça, Miguel... (Ela se enganava de nome, inocentemente, sem perceber o que fazia.) Há algo mais terrível do que o abandono do pai por suas duas filhas, que gostariam de vê-lo morto. É a rivalidade entre as duas irmãs. Restaud tem berço, sua mulher foi adotada, foi apresentada; mas sua irmã, sua rica irmã, a bela sra. Delphine de Nucingen, mulher de um homem rico, morre de tristeza; o ciúme a devora, ela está a cem léguas de sua irmã; sua irmã não é mais sua irmã; essas duas mulheres renegam uma à outra como renegam o pai. E mais, a sra. de Nucingen lamberia toda a lama que há entre a Rue Saint-Lazare e a Rue de Grenelle para entrar em meus salões. Ela imaginou que de Marsay a faria atingir seus objetivos, ela se tornou a escrava de de Marsay, ela perturba de Marsay. De Marsay pouco liga para ela. Se o senhor a apresentar a mim, será o seu Benjamin, ela irá adorá-lo. Ame-a depois, se puder, se não, sirva-se dela. Eu a verei uma ou duas vezes, em noites de gala, quando houver muita gente; mas jamais a receberei pela manhã. Irei cumprimentá-la, será o bastante. O senhor fechou a porta da condessa por ter pronunciado o nome do pai Goriot. É, meu caro, se for vinte vezes à casa da sra. de Restaud, vinte vezes ela estará ausente. O senhor foi descartado. Muito bem! Que o pai Goriot o apresente à sra. Delphine de Nucingen. A bela sra. de Nucingen será para o senhor uma tabuleta. Seja o homem a quem ela prefere, as mulheres sonharão com o senhor. Suas rivais, suas amigas, suas melhores amigas desejarão roubá-lo dela. Há mulheres que amam o homem já escolhido por uma outra, como há pobres burguesas que, ao ficar com nossos chapéus, esperam ter nossas maneiras. O senhor fará sucesso. Em Paris, o sucesso é tudo, é a chave do poder. Se as mulheres o considerarem espirituoso, talentoso, os homens acreditarão, se não os decepcionar. O senhor poderá então querer tudo, entrará em toda parte. Saberá então o que é o mundo, uma reunião de simplórios e canalhas. Não se coloque entre os primeiros, nem entre os segundos. Eu lhe dou meu nome como um fio de Ariadne para entrar nesse labirinto. Não o comprometa – disse ela, curvando o pescoço e lançando um olhar de rainha ao estudante. – Devolva-o limpo. Vá, deixe-me sozinha. Nós mulheres também temos batalhas a lutar.

– Se precisar de um homem de boa vontade para começar um incêndio... – disse Eugène interrompendo.

– Então?... – disse ela.

Ele bateu sobre o coração, sorriu ao sorriso de sua prima e saiu. Eram cinco horas. Eugène tinha fome, receou não chegar a tempo para a hora do jantar. Esse receio o fez sentir a felicidade de ser transportado com rapidez pelas ruas de Paris. Esse prazer puramente maquinal permitiu que se entregasse por completo aos pensamentos que o assaltavam. Quando um rapaz de sua idade é atingido pelo desprezo, ele se descontrola, se enfurece, ameaça com o punho toda a sociedade, quer se vingar e ao mesmo tempo duvida de si mesmo. Rastignac estava naquele momento mortificado por aquelas palavras: "O senhor fechou a porta da condessa...".

"Irei lá", disse consigo mesmo. "E se a sra. de Beauséant tiver razão, se eu for dispensado... eu... a sra. de Restaud irá me encontrar em todos os salões que frequentar. Aprenderei a lidar com armas, a atirar com a pistola, matarei o seu Maxime!"

"E o dinheiro?", gritava-lhe sua consciência. "Onde irá consegui-lo?"

De repente, toda a riqueza ostentada na casa da condessa de Restaud brilhou diante de seus olhos. Ele vira ali o luxo que uma srta. Goriot devia adorar, dourações, objetos caros em evidência, o luxo pouco inteligente do arrivista, o desperdício da mulher sustentada. Essa fascinante imagem foi subitamente esmagada pela grandiosa mansão de Beauséant. Sua imaginação, transportada para as altas regiões da sociedade parisiense, inspirou-lhe ao coração mil ideias maldosas, ampliando-lhe a cabeça e a consciência. Ele viu o mundo como é: as leis e a moral impotentes entre os ricos, e viu na fortuna a *ultima ratio mundi*[62]. "Vautrin tem razão, a fortuna é a virtude!", pensou.

Chegando à Rue Neuve-Sainte-Geneviève, subiu depressa a seu quarto, desceu para dar dez francos ao cocheiro e foi àquela nauseabunda sala de jantar onde avistou, como animais na manjedoura, os dezoito convivas se alimentando. O espetáculo daquelas misérias e o aspecto daquela sala lhe pareceram horrendos. A transição era brusca demais, o contraste absoluto demais, para que nele não se desenvolvesse além da conta o sentimento da ambição. De um lado, as frescas e encantadoras imagens da mais elegante natureza social, figuras jovens, vivas, emolduradas pelas maravilhas da arte e do luxo, cabeças apaixonadas cheias de poesia; do outro, quadros sinistros debruados de lama e rostos nos quais as paixões nada haviam deixado além de suas cordas e seu mecanismo. Os ensinamentos que a cólera de uma mulher abandonada haviam arrancado à sra. de Beauséant e suas ofertas capciosas voltaram-lhe à memória e a miséria as interpretou. Rastignac decidiu abrir duas vias paralelas para chegar à fortuna, apoiar-se na ciência e no amor, ser um médico sábio e um homem da moda. Era ainda muito criança! Essas duas linhas são assíntotas que jamais se encontram.

– Está muito sombrio, senhor marquês – disse Vautrin, que lhe lançou um daqueles olhares com os quais esse homem parecia iniciar-se nos segredos mais ocultos do coração.

– Não estou disposto a me submeter a brincadeiras dos que me chamam de senhor marquês – respondeu. – Aqui, para ser realmente marquês, é preciso ter cem mil libras de renda, e quando se vive na Casa Vauquer não se é exatamente o favorito da Fortuna.

Vautrin olhou para Rastignac com um ar paternal e desdenhoso, como se dissesse: "Pirralho! Acabo com você numa mordida só!" E então respondeu:

– Está de mau humor porque com certeza não conseguiu nada com a bela condessa de Restaud.

---

62. O argumento definitivo. Em latim no original. (N.T.)

– Ela me fechou as portas porque lhe disse que seu pai come na mesma mesa que nós – exclamou Rastignac.

Todos os convivas se entreolharam. O pai Goriot baixou os olhos e se virou para enxugá-los.

– Jogou-me fumo nos olhos – disse ele a seu vizinho.

– De hoje em diante, quem maltratar o pai Goriot terá que se ver comigo – respondeu Eugène, olhando para o vizinho do antigo macarroneiro. – Ele vale mais do que todos nós. Não me refiro às senhoras – disse voltando-se para a srta. Taillefer.

Tal frase foi um choque, Eugène a pronunciara num tom que impôs silêncio aos convivas. Apenas Vautrin falou, provocando-o:

– Para tomar o pai Goriot sob sua proteção e se declarar seu editor responsável, é preciso manejar bem uma espada e atirar bem com a pistola.

– Assim farei – disse Eugène.

– Então hoje está declarando guerra?

– Talvez – respondeu Rastignac. – Mas não devo conta de meus negócios a ninguém, visto que não tento adivinhar o que os outros fazem durante a noite.

Vautrin olhou de lado para Rastignac.

– Menino, quando não se quer ser joguete de marionetes, é preciso entrar com tudo na barraca e não se contentar em olhar pelos buracos das tapeçarias. Falamos o bastante – acrescentou ao ver Eugène prestes a reagir. – Teremos uma conversinha nós dois quando o senhor quiser.

O jantar ficou carregado e frio. O pai Goriot, absorto pela profunda dor que lhe causara a frase do estudante, não compreendeu que as disposições dos espíritos haviam mudado em relação a ele e que um rapaz disposto a impor silêncio à perseguição tomara a sua defesa.

– Então o sr. Goriot – perguntou a sra. Vauquer em voz baixa – seria agora o pai de uma condessa?

– E de uma baronesa – replicou-lhe Rastignac.

– É tudo o que ele tem a fazer – disse Bianchon a Rastignac. – Medi-lhe a cabeça: ele só tem uma bossa, a da paternidade, será um Pai *Eterno*.

Eugène estava sério demais para que a brincadeira de Bianchon o fizesse rir. Ele queria fazer bom uso dos conselhos da sra. de Beauséant e se perguntava onde e como conseguiria dinheiro. Preocupou-se observando as savanas do mundo que se apresentavam a seus olhos simultaneamente vazias e cheias; todos o deixaram sozinho na sala de jantar quando acabou a refeição.

– Então esteve com minha filha? – perguntou-lhe Goriot com a voz emocionada.

Despertado de sua meditação pelo homenzinho, Eugène segurou-lhe a mão e, contemplando-o com uma espécie de ternura, respondeu:

– O senhor é um homem bravo e digno. Falaremos mais tarde sobre suas filhas.

Levantou-se sem querer ouvir o pai Goriot e retirou-se para o quarto, onde escreveu a sua mãe a seguinte carta:

"Minha querida mãe, veja se não tem um terceiro seio a me oferecer. Estou numa posição de fazer fortuna bem depressa. Preciso de duzentos francos – e preciso deles de qualquer maneira. Não diga nada a respeito de meu pedido a meu pai, ele talvez se oponha e, se eu não conseguir esse dinheiro, serei tomado por um desespero que me levaria a dar um tiro na cabeça. Tão logo a veja explicarei meus motivos, pois seria preciso escrever volumes inteiros para fazê-la compreender a situação na qual me encontro. Não estive jogando, minha boa mãe, não fiz dívidas; mas se quer conservar a vida que me deu é preciso que me consiga o dinheiro. Enfim, vou à casa da viscondessa de Beauséant, que me tomou sob sua proteção. Devo frequentar a sociedade e não tenho um tostão para conseguir luvas limpas. Comerei apenas pão, beberei apenas água, mas não posso dispensar as ferramentas com as quais se trabalha a terra aqui neste lugar. Trata-se para mim de construir meu caminho ou continuar na lama. Conheço todas as esperanças que vocês colocaram em mim e quero realizá-las de imediato. Minha boa mãe, venda algumas de suas joias antigas, logo as substituirei. Conheço bastante bem a situação de nossa família para saber apreciar tais sacrifícios, e deve acreditar que não é em vão que lhe peço para fazê-los, ou eu seria um monstro. Não veja em minha súplica senão o grito de uma necessidade imperiosa. Todo o nosso futuro está nesse subsídio, com o qual devo abrir a batalha, pois esta vida de Paris é um combate perpétuo. Se, para completar a quantia, não houver outro recurso senão vender as rendas de minha tia, diga-lhe que lhe enviarei outras mais bonitas." Etc.

Ele escreveu a cada uma de suas irmãs pedindo-lhes suas economias e, para arrancá-las sem que elas falassem em família do sacrifício que não deixariam de fazer por ele com alegria, cativou-lhes a gentileza atacando as cordas da honra que são tão bem esticadas e ressoam tão fortes nos corações jovens. Quando escreveu tais cartas, entretanto, ele sentiu uma involuntária trepidação: palpitava, estremecia. Esse jovem ambicioso conhecia a nobreza imaculada daquelas almas amortalhadas na solidão, sabia que sofrimentos causaria a suas duas irmãs e também quais seriam suas alegrias e com que prazer cuidariam em segredo daquele irmão bem-amado, no fundo do poço. Sua consciência ergueu-se luminosa e mostrou-lhe ambas contando em segredo seu pequeno tesouro: ele as viu, liberando o gênio malicioso de mocinhas para lhe mandarem às ocultas aquele dinheiro, praticando uma primeira dissimulação para serem sublimes. "O coração de uma irmã é um diamante de pureza, um abismo de ternura!", disse consigo mesmo. Sentia vergonha de lhes ter escrito. Como seriam poderosos seus votos, como seria puro o impulso de suas almas em direção ao céu! Com que voluptuosidade não se sacrificariam! Que dor atingiria sua mãe, se não conseguisse mandar todo o dinheiro! Aqueles belos sentimentos, aqueles terríveis sacrifícios lhe serviriam de trampolim para chegar a Delphine de Nucingen. Algumas lágrimas, últimos grãos de incenso atirados sobre o altar sagrado da família, saíram-lhe dos olhos. Andou de um lado para o outro, numa agitação cheia de desespero. O pai Goriot, vendo-o assim pela porta que ficara entreaberta, entrou e lhe disse:

– O que tem, senhor?

– Ah! Meu bom vizinho, sou ainda filho e irmão assim como o senhor é pai. Tem razão de temer pela condessa Anastásia, ela pertence a um sr. Maxime de Trailles, que vai levá-la à perdição.

O pai Goriot saiu balbuciando algumas palavras cujo sentido Eugène não percebeu. No dia seguinte, Rastignac foi levar suas cartas ao correio. Hesitou até o último instante, mas lançou-as na caixa dizendo: "Vou conseguir!" Palavras do jogador, do grande capitão, palavras fatalistas que perdem mais homens do que salvam. Alguns dias depois, Eugène foi à casa da sra. de Restaud e não foi recebido. Três vezes lá voltou, três vezes encontrou a porta fechada, ainda que se apresentasse em horas nas quais o conde Maxime de Trailles lá não estava. A viscondessa tivera razão. O estudante não estudou mais. Ia às aulas para responder à chamada e, uma vez atestada sua presença, escapava. Tinha raciocinado como faz a maioria dos estudantes. Guardava seu estudo para o momento em que se trataria de passar nas provas; decidira acumular suas cadeiras de segundo e terceiro ano e depois aprender Direito a sério e de uma só vez no último instante. Tinha assim quinze meses de lazer para navegar no oceano de Paris, para nele se entregar ao trato das mulheres ou nele pescar a sorte. Durante aquela semana, viu duas vezes a sra. de Beauséant, em cuja casa só ia no momento em que dali saía a carruagem do marquês d'Ajuda. Por alguns dias ainda essa ilustre mulher, a mais poética figura do Faubourg Saint-Germain, continuou vitoriosa e fez ser suspenso o casamento da srta. de Rochefide com o marquês d'Ajuda-Pinto. Mas os últimos dias, que o temor de perder sua felicidade tornou os mais ardentes de todos, deveriam precipitar a catástrofe. O marquês d'Ajuda, de comum acordo com os Rochefide, considerara aquela confusão e aquele ajuste como uma feliz circunstância: esperavam que a sra. de Beauséant se conformasse com a ideia daquele casamento e acabasse sacrificando suas matinês a um futuro previsto na vida dos homens. Apesar das mais sagradas promessas renovadas a cada dia, o sr. d'Ajuda fazia então o seu teatro, a viscondessa gostava de ser enganada. "Em vez de pular com nobreza pela janela, ela se deixava rolar pelas escadas", dizia a duquesa de Langeais, sua melhor amiga. Entretanto, aquelas últimas luzes brilharam por tempo suficiente para que a viscondessa ficasse em Paris e servisse a seu jovem parente ao qual dedicava uma espécie de afeição supersticiosa. Eugène mostrara-se cheio de dedicação e de sensibilidade para com ela, numa circunstância em que as mulheres não encontram piedade ou verdadeiro consolo em olhar algum. Se um homem lhes diz então palavras doces, só as diz por especulação.

Desejoso de conhecer por inteiro seu terreno antes de tentar a abordagem da mansão dos Nucingen, Rastignac quis se pôr a par da vida anterior do pai Goriot e recolheu informações corretas, que se podem reduzir ao seguinte:

Jean-Joachim Goriot era, antes da Revolução, um simples operário macarroneiro, hábil, econômico e empreendedor o bastante para ter comprado o patrimônio de seu patrão, que o acaso tornou vítima do primeiro levante de 1789. Estabelecera-se à Rue de la Jussienne, perto da Halle-aux-Blés, e tivera o enorme bom senso de aceitar a presidência de seu departamento, a fim de ter seu negócio protegido pelos mais influentes personagens daquela época perigosa. Tal sensatez fora a origem de sua fortuna que começou na escassez, verdadeira ou falsa, em consequência da qual os grãos atingiram um preço enorme em Paris. O povo se matava diante das padarias, enquanto algumas pessoas iam buscar sem reclamar massas italianas nos armazéns. Durante aquele ano, o cidadão Goriot reuniu o capital que mais tarde lhe serviu para fazer seus negócios com toda a superioridade que dá uma grande soma em dinheiro àquele que a possui. Aconteceu com ele o que acontece a todos os homens que só possuem uma aptidão relativa. Sua mediocridade salvou-o. Aliás, sua fortuna só se tendo tornado conhecida no momento em que não mais havia perigo em ser rico, ele não despertou qualquer inveja. O comércio de grãos parecia ter absorvido toda a sua inteligência. Tratando-se de trigo, farinha, granulados, de reconhecer suas qualidades, sua proveniência, de supervisionar sua conservação, prever seu curso, profetizar a abundância ou a penúria das colheitas, obter cereais a bom preço, fazer seu suprimento na Sicília ou na Ucrânia, ninguém superava Goriot. Vendo-o conduzir seus negócios, explicar as leis de exportação e importação de grãos, estudar-lhes o espírito, perceber-lhes os defeitos, um homem o teria considerado capaz de ser ministro de Estado. Paciente, ativo, enérgico, constante, rápido em suas expedições, ele tinha uma visão de águia, a tudo se adiantava, tudo previa, tudo sabia, tudo ocultava; diplomata para conceber, soldado para marchar. Fora de sua especialidade, de sua simples e obscura loja em cuja soleira permanecia durante suas horas de lazer, o ombro apoiado no batente da porta, voltava a ser o operário estúpido e grosseiro, o homem incapaz de compreender um raciocínio, insensível a todos os prazeres do espírito, o homem que adormecia nos espetáculos, um desses Dolibans[63] parisienses, versados somente em asneiras. Tais naturezas se parecem quase todas. No coração de quase todas encontraremos um sentimento sublime. Dois sentimentos exclusivos haviam tomado o coração do macarroneiro, dele haviam absorvido a umidade, enquanto o comércio de grãos ocupava toda a inteligência de seu cérebro. Sua mulher, filha única de um rico fazendeiro de Brie, foi para ele objeto de uma admiração religiosa, de um amor sem limites. Goriot admirara nela uma natureza frágil e forte, sensível e bela, que contrastava vigorosamente com a sua. Se há no coração do homem um sentimento inato, não é esse o orgulho da proteção exercida todo o tempo em favor de um ser fraco? Some-se a isso o amor, esse reconhecimento vivo de todas as almas francas pelo princípio de seus prazeres, e reconheceremos um sem-número de singularidades morais. Depois de sete anos de felicidade sem nuvens, Goriot, infelizmente para ele, perdeu sua mulher; ela começava a ter autoridade sobre ele fora da esfera dos sentimentos. Talvez tivesse ela cultivado aquela natureza inerte, talvez pudesse ter nela lançado

---

63. O sr. Oliban (e não Doliban) é o protagonista da comédia *O surdo*, de Choudart-Desforges, de 1790. Trata-se de um pai estúpido que está prestes a fazer a infelicidade de sua filha. (N.T.)

a perspicácia das coisas do mundo e da vida. Em tal situação, o sentimento da paternidade desenvolveu-se em Goriot até o desequilíbrio. Ele transferiu seus afetos enganados pela morte para suas duas filhas, que a princípio satisfizeram plenamente todos seus sentimentos. Por mais brilhantes que fossem as propostas que lhe foram feitas por comerciantes ou fazendeiros desejosos de lhe dar suas filhas, ele quis continuar viúvo. Seu sogro, o único homem pelo qual ele tivera consideração, afirmava saber com certeza que Goriot havia jurado não cometer infidelidade a sua mulher, mesmo morta. O pessoal do mercado, incapaz de compreender essa sublime loucura, dela zombava e deu a Goriot algum apelido grotesco. O primeiro que, bebendo vinho, teve a ideia de pronunciá-lo, recebeu do macarroneiro um soco no ombro que o mandou, a cabeça na frente, para o meio-fio da Rue Oblin. A devoção irrefletida, o amor sombrio e delicado que Goriot sentia por suas filhas eram tão conhecidos que um dia um de seus concorrentes, querendo fazê-lo sair do mercado para ficar dono da situação, disse a ele que Delphine acabara de ser derrubada por um cabriolé. O macarroneiro, abatido e lívido, saiu no mesmo instante. Esteve doente por muitos dias em consequência da reação dos sentimentos contraditórios aos quais o entregou aquele falso alarme. Se não aplicou seu tapa mortal no ombro daquele homem, expulsou-o do mercado forçando-o, numa circunstância crítica, a declarar falência. A educação de suas duas filhas foi naturalmente irracional. Rico, com mais de sessenta mil libras de renda e gastando consigo mesmo menos de duzentos francos, a felicidade de Goriot era satisfazer as fantasias das filhas: os mestres mais excepcionais foram encarregados de dotá-las dos talentos que marcam uma boa educação; elas tiveram uma dama de companhia; felizmente para elas, tratava-se de uma mulher de espírito e bom gosto; elas andavam a cavalo, tinham uma carruagem, viviam como teriam vivido as amantes de um velho senhor rico; bastava-lhes exprimir os mais dispendiosos desejos para ver seu pai apressando-se em realizá-los; por suas dádivas, tudo o que ele pedia em troca era uma carícia. Goriot punha suas filhas no nível dos anjos e necessariamente acima dele, pobre homem! Amava até o mal que elas lhes faziam. Quando suas filhas chegaram à idade de serem casadas, puderam escolher seus maridos como lhes aprouvesse: cada uma delas deveria ter como dote a metade da fortuna de seu pai. Cortejada por sua beleza pelo conde de Restaud, Anastasie tinha pendores aristocráticos que a levaram a deixar a casa paterna para se lançar nas altas esferas sociais. Delphine amava o dinheiro: desposou Nucingen, banqueiro de origem alemã que se tornou barão do Saint-Empire. Goriot continuou macarroneiro. Suas filhas e genros logo se chocaram ao vê-lo continuar em seu negócio, ainda que ele fosse toda a sua vida. Depois de aguentar por cinco anos sua insistência, ele consentiu em se aposentar com o produto de seu patrimônio e os lucros daqueles últimos anos; capital que a sra. Vauquer, em cuja casa foi se instalar, estimara trazer de oito a dez mil libras de renda. Ele se atirou naquela pensão como consequência do desespero pelo qual havia sido tomado ao ver suas duas filhas obrigadas pelos maridos a lhe recusar não apenas que morasse com elas, mas ainda a recebê-lo ostensivamente em casa.

Essas informações eram tudo o que sabia um certo senhor Muret a respeito do pai Goriot, cujo negócio havia comprado. As suposições que Rastignac ouvira da duquesa de Langeais estavam então confirmadas. Aqui termina a exposição dessa obscura, mas terrível tragédia parisiense.

Por volta do final daquela primeira semana do mês de dezembro, Rastignac recebeu duas cartas, uma de sua mãe, a outra de sua irmã mais velha. Aquelas letras tão conhecidas fizeram-no ao mesmo tempo palpitar de alívio e tremer de pavor. Aqueles dois papéis frágeis continham o poder de vida ou de morte sobre suas esperanças. Se concebia algum pavor lembrando-se da angústia de seus pais, havia conhecido bastante bem sua predileção para não recear ter aspirado suas últimas gotas de sangue. A carta de sua mãe era assim:

"Meu querido filho, envio o que você me pediu. Faça bom uso desse dinheiro, eu não poderia, quando se tratasse de salvar sua vida, conseguir pela segunda vez uma soma tão considerável sem que seu pai tomasse conhecimento, o que perturbaria a harmonia de nosso casamento. Para consegui-la, seríamos obrigados a dar como garantia a nossa terra. É para mim impossível julgar o mérito de projetos que não conheço, mas de que natureza são eles para que você receie confiá-los a mim? Essa explicação não exigiria dois volumes, pois a nós mães basta uma só palavra, e essa palavra teria evitado a angústia da incerteza. Eu não conseguiria ocultar a dolorosa impressão que sua carta me causou. Meu filho querido, qual é esse sentimento que o obrigou a lançar tal pavor em meu coração? Você deve ter sofrido muito ao me escrever, pois eu sofri muito ao lê-lo. Em que caminhos está entrando? Sua vida, sua felicidade dependeriam de parecer o que você não é, de frequentar lugares onde não poderia ir sem fazer despesas de dinheiro que não pode manter, sem perder um tempo precioso para o seus estudos? Meu bom Eugène, acredite no coração de sua mãe, as vias tortuosas não levam a nada grande. A paciência e a resignação devem ser as virtudes dos jovens que estão na sua situação. Não estou lhe fazendo um sermão, não gostaria de comunicar à nossa doação qualquer amargura. Minhas palavras são as de uma mãe tão confiante quanto previdente. Se você sabe quais são as suas obrigações, eu por minha vez sei o quanto seu coração é puro, o quão excelentes são suas intenções. Então posso dizer sem medo: Vai, filho bem-amado, caminha! Tremo porque sou mãe; mas cada um de seus passos será ternamente acompanhado por nossos votos e nossas bênçãos. Seja prudente, filho querido. Você deve ser sensato como um homem, o destino de cinco pessoas que lhe são caras repousam sobre sua cabeça. Sim, todas nossas fortunas estão com você, assim como sua felicidade é a nossa. Rogamos todos a Deus que o acompanhe em seus atos. Sua tia Marcillac foi, neste caso, de uma bondade extrema: chegou até a imaginar o que você me disse sobre suas luvas. Mas ela tem um fraco pelo mais velho, disse ela alegremente. Meu Eugène, ame muito sua tia, só direi o que ela fez por você quando você tiver chegado onde quer; de outro modo, o dinheiro dela lhe queimaria os dedos. Vocês, crianças, não sabem o que é sacrificar as lembranças! Mas o que não sacrificaríamos por vocês? Ela me encarrega de lhe dizer que lhe beija a testa e que gostaria de lhe transferir, com esse beijo, a força de ser feliz com frequência. Essa boa e excelente mulher teria escrito ela mesma se não tivesse os dedos tomados pela gota. Seu pai vai bem. A colheita de 1819 supera nossas esperanças.

"Adeus, filho querido! Nada direi de suas irmãs: Laura escreveu. Deixo a ela o prazer de tagarelar sobre os pequenos acontecimentos da família. Permita o céu que você tenha sucesso! Oh, sim! Tenha sucesso, meu Eugène, você me fez conhecer uma dor intensa demais para que eu possa suportá-la uma segunda vez. Eu soube o que era ser pobre, desejando a fortuna para dá-la a meu filho. Vamos, adeus. Não nos deixe sem notícias e recebe aqui o beijo que sua mãe envia."

Quando Eugène terminou a carta, estava aos prantos, pensava no pai Goriot torcendo seu *vermeil* e vendendo-o para ir pagar a dívida de sua filha. "Sua mãe torceu suas joias!", dizia a si mesmo. "Sua tia com certeza chorou vendendo algumas de suas relíquias! Com que direito você falaria mal de Anastasie? Pelo egoísmo de seu futuro, você acaba de imitar o que ela fez por seu amante! Quem, de vocês dois, vale mais?" O estudante sentiu suas entranhas roídas por uma intolerável sensação de calor. Queria renunciar à sociedade, não queria ficar com aquele dinheiro. Sentiu aqueles nobres e belos remorsos secretos cujo mérito é raramente apreciado pelos homens quando julgam seus semelhantes e que fazem muitas vezes com que o criminoso condenado pelos juristas da terra seja absolvido pelos anjos do céu. Rastignac abriu a carta de sua irmã cujas expressões inocentemente graciosas lhe refrescaram o coração.

"Sua carta chegou na hora certa, meu querido irmão. Agathe e eu queríamos empregar nosso dinheiro de tantas formas diferentes que não sabíamos mais por quais compras nos decidir. Você fez como o criado do rei da Espanha quando desregulou os relógios de seu senhor, você nos fez concordar. É verdade, estávamos o tempo todo discutindo sobre a qual de nossos desejos daríamos preferência e não tínhamos adivinhado, meu bom Eugène, o uso que realizaria todos eles. Agathe pulou de alegria. Enfim, ficamos como duas loucas o dia todo, *a ponto de* (estilo de titia) mamãe nos dizer com seu ar severo: 'Mas o que têm afinal essas minhas senhoritas?'. Se tivéssemos levado um pito, teríamos ficado, acho eu, ainda mais contentes. Uma mulher deve achar muito bom sofrer por aquele que ama! Só eu estava sonhadora e tristonha em meio a minha alegria. Serei sem dúvida uma péssima mulher, sou por demais gastadeira. Eu havia comprado duas faixas, uma bela ponteira para abrir as casas de meus cintos, umas bobagens, de modo que tinha menos dinheiro do que a gorda Agathe, que é econômica e amontoa seus tostões como uma pega. Ela possuía duzentos francos! Eu, meu pobre amigo, tenho apenas cinquenta escudos. Fui bem castigada, queria jogar minha faixa no poço, será sempre doloroso usá-la. Roubei você. Agathe foi encantadora. Ela me disse: "Vamos mandar os trezentos e cinquenta francos, por nós duas!" Mas não resisti a contar-lhe como as coisas se passaram. Sabe como fizemos para obedecer às suas ordens? Pegamos nosso glorioso dinheiro, saímos as duas a passear e, quando chegamos à rua principal, corremos a Ruffec, onde simplesmente entregamos a quantia ao sr. Grimbert, que dirige o escritório dos Transportes Reais! Estávamos leves como andorinhas quando voltamos. "Será que a felicidade nos deixa mais leves?", perguntou-me Agathe. Dissemos uma à outra mil coisas que não repetirei para você, senhor parisiense, era tudo a seu respeito. Ah! Querido irmão, nós o amamos muito, eis tudo em poucas palavras. Quanto ao segredo, de acordo com titia, figurinhas como nós são capazes de tudo, até mesmo de nos calarmos. Mamãe foi misteriosamente a Angoulême com titia e as duas silenciaram quanto aos grandes negócios de sua viagem, que só aconteceu depois de longas conferências das quais fomos banidas, bem como o senhor barão. Grandes conjecturas ocupavam as mentes no Estado de Rastignac. O vestido de musselina semeado de flores do dia que está sendo bordado pelas infantas para sua majestade a rainha avança no mais profundo segredo. Restam a fazer apenas dois panos. Ficou decidido que não se fará um muro dos lados de Verteuil, haverá uma sebe. O povinho miúdo perderá frutas e paliçadas, mas ganharemos uma bela paisagem para os estrangeiros. Se o herdeiro presuntivo tiver necessidade de lenços, fica prevenido de que a viúva de Marcillac, revirando seus tesouros e suas malas, designadas pelo nome de Pompeia e Herculano, descobriu uma peça de belo linho de Holanda, que nem se lembrava possuir; as princesas Agathe e Laure colocam a suas ordens sua linha, sua agulha, e mãos sempre um pouco vermelhas demais. Os dois jovens príncipes dom Henri e dom Gabriel conservaram o funesto hábito de empanturrarem-se de uvada, de deixarem furiosas suas irmãs, de nada quererem aprender, de se divertirem tirando pássaros dos ninhos, fazer algazarras e, apesar das leis do Estado, cortar vime para fazer chicotinhos. O núncio do papa, vulgarmente chamado senhor cura, ameaça excomungá-los se continuarem a trocar os santos cânones da gramática pelos cânones do sabugueiro belicoso. Adeus, querido irmão, nunca uma carta levou tantos votos para sua felicidade, nem tanto amor satisfeito. Você terá muita coisa a nos contar quando aqui vier! Dirá tudo a mim, sou a mais velha. Minha tia nos deixou suspeitar de que você faz sucesso na sociedade.

"Fala-se de uma dama e cala-se sobre todo o resto.

"Nós nos entendemos! Diga, Eugène, se você quisesse, poderíamos dispensar nossos lenços e faríamos camisas para você. Responda depressa a respeito disso. Se você precisar rápido de belas camisas bem costuradas, seremos obrigadas a começar imediatamente; e se houver em Paris modas que não conhecemos, você nos mandaria um modelo, sobretudo para os punhos. Adeus, adeus! Beijo sua fronte do lado esquerdo, sobre a têmpora que me pertence com exclusividade.

"Deixo a outra folha para Agathe, que me prometeu nada ler do que lhe digo. Mas, para ter certeza, ficarei perto dela enquanto ela escrever. Sua irmã que o ama.

"Laure de Rastignac".[64]

---

64. Laure de Rastignac, personagem de *A comédia humana* (*Ilusões perdidas*). (N.T.)

"Oh! Com certeza", falou Eugène consigo mesmo. "Com certeza, a fortuna a qualquer preço! Tesouros não pagariam essa dedicação. Eu gostaria de lhes levar toda a felicidade possível. Quinhentos e cinquenta francos!", pensou depois de uma pausa. "É preciso que cada moeda valha a pena! Laure tem razão! Santas mulheres! Só tenho camisas de tecido grosseiro. Pela felicidade do outro, uma mocinha se torna tão astuta quanto um ladrão. Inocente por si mesma e previdente por mim, ela é como o anjo do céu que perdoa os erros da terra sem compreendê-los."

O mundo era dele! Logo seu alfaiate havia sido convocado, sondado, conquistado. Ao ver o sr. de Trailles, Rastignac compreendera a influência que exercem os alfaiates na vida dos jovens. Infelizmente não há meias medidas entre os dois extremos: ou um alfaiate é um inimigo mortal ou um amigo criado pela fatura. Eugène encontrou no seu um homem que compreendera a paternidade de seu negócio e que se considerava como uma ligação entre o presente e o futuro dos jovens. E Rastignac, reconhecido, fez a fortuna desse homem por uma daquelas frases pelas quais mais tarde ficou famoso:

– Eu conheço – dizia ele – duas calças dele que fizeram casamentos de vinte mil libras de renda.

Mil e quinhentos francos e ternos sob medida! Naquele momento o pobre sulista de nada mais duvidou e desceu para o almoço com aquele ar indeferível que dá a um rapaz a posse de alguma quantia. No instante em que o dinheiro se introduz no bolso de um estudante, ele constrói em si mesmo uma coluna fantástica na qual se apoia. Caminha melhor do que antes, sente dentro de si um ponto de apoio para sua alavanca, tem o olhar firme, direto, tem movimentos ágeis; na véspera, humilde e tímido, teria recebido pancadas; no dia seguinte, enfrentaria um primeiro-ministro. Ocorrem nele extraordinários fenômenos: ele quer tudo e pode tudo, deseja a torto e a direito, é alegre, generoso, expansivo. Enfim, o pássaro antes sem asas encontrou sua envergadura. O estudante sem dinheiro empunha uma pitada de prazer como um cão que agarra um osso através de mil perigos, quebra-o, suga-lhe o tutano e continua a correr; mas o rapaz que faz tilintar em seu porta-níqueis algumas fugidias moedas de ouro degusta seus prazeres, ele os conta, pendura-se no céu, não sabe mais o que significa a palavra *miséria*. Paris inteira lhe pertence. Idade em que tudo é brilhante, em que tudo cintila e resplandece! Idade de força feliz da qual ninguém se aproveita, nem o homem nem a mulher! Idade das dívidas e dos grandes temores que decuplicam todos os prazeres! Quem não frequentou a margem esquerda do Sena entre a Rue Saint-Jacques e a Rue des Saints-Pères nada conhece da vida humana!

– Ah! Se as mulheres de Paris soubessem – dizia a si mesmo Rastignac, devorando as peras cozidas a um tostão cada uma, servidas pela sra. Vauquer –, viriam até aqui para serem amadas.

Nesse momento, um carteiro dos Transportes Reais apresentou-se na sala de jantar, depois de ter tocado a campainha da porta com postigo. Perguntou pelo sr. Eugène de Rastignac, a quem entregou duas sacolas e um registro para rubricar. Rastignac foi então atingido como por uma chicotada pelo olhar profundo que lhe lançou Vautrin.

– Terá com que pagar lições de esgrima e seções de tiro – disse-lhe o homem.

– Chegaram os galeões – disse-lhe a sra. Vauquer olhando para as sacolas.

A srta. Michonneau receava lançar olhares para o dinheiro, por medo de mostrar sua cobiça.

– O senhor tem uma boa mãe – disse a sra. Couture.

– O senhor tem uma boa mãe – repetiu Poiret.

– É, Transportes Reais, a mamãe entregou tudo – disse Vautrin. – Agora o senhor vai poder fazer das suas, frequentar a sociedade, pescar dotes e dançar com condessas que usam flores de pessegueiro nos cabelos. Mas acredite em mim, rapaz, aprenda a atirar.

Vautrin fez o gesto de um homem que mira seu adversário. Rastignac quis dar uma gorjeta ao carteiro e nada encontrou nos bolsos. Vautrin vasculhou os seus e atirou vinte soldos ao homem.

– O senhor tem crédito – continuou, olhando para o estudante.

Rastignac foi obrigado a agradecer-lhe, embora, desde as palavras asperamente trocadas no dia em que voltara da casa da sra. de Beauséant, aquele homem lhe fosse insuportável. Durante aqueles oito dias Eugène e Vautrin se mantiveram em silêncio, quando juntos, e observavam-se um ao outro. O estudante perguntava-se em vão o porquê. Sem dúvida as ideias se projetam na razão direta da força com a qual são concebidas e vão bater lá para onde o cérebro as envia, por uma lei matemática comparável àquela que dirige as bombas quando saem do canhão. Diversos são seus efeitos. Se existem naturezas ternas nas quais as ideias se alojam e devastam, há também naturezas vigorosamente equipadas, crânios com armaduras de bronze sobre os quais as vontades dos outros se abatem e caem como balas diante de uma muralha; há ainda naturezas pastosas e algodoadas nas quais as ideias alheias vêm morrer como ocorre com as balas amortecidas pela terra mole das cidadelas. Rastignac tinha uma dessas cabeças cheias de pólvora que explodem ao menor golpe. Era excessivamente jovem e exuberante para não ser acessível a essa projeção de ideias, a esse contágio dos sentimentos dos quais tantos fenômenos bizarros nos atingem a nossa revelia. Sua visão moral tinha o alcance lúcido de seus olhos de lince. Cada um de seus duplos sentidos tinha esse comprimento misterioso, essa flexibilidade de ir e vir que nos maravilha nos seres superiores, esgrimistas hábeis em descobrir a falha de todas as couraças. Há um mês, aliás, haviam-se desenvolvido em Eugène tantas qualidades quantos defeitos. O mundo e o alcance de seus desejos crescentes criaram seus defeitos. Seus defeitos lhe vieram da sociedade e da realização de seus crescentes desejos. Entre suas qualidades encontrava-se aquela vivacidade meridional que faz ir diretamente ao encontro da dificuldade para resolvê-la e que não permite a um homem d'além-Loire permanecer em alguma incerteza; qualidade que os filhos do norte consideram um defeito: para eles, se foi essa a origem da fortuna de Murat[65], foi também a causa de

---

65. Joachim Murat (1767-1815), cunhado de Napoleão, foi marechal do Império e rei de Nápoles de 1808 a 1815. Fuzilado na Itália ao apoiar os independentistas. Sua intrepidez fez com que ganhasse fortuna, mas também a perdesse. (N.T.)

sua morte. Seria preciso concluir daí que, quando um meridional sabe unir a hipocrisia do Norte à audácia d'além-Loire, ele é completo e permanece rei da Suécia. Rastignac não podia então continuar por muito tempo sob o fogo das baterias de Vautrin sem saber se esse homem era seu amigo ou seu inimigo. A cada momento, parecia-lhe que aquele singular personagem penetrava em suas paixões e lia em seu coração, enquanto nele tudo era tão bem fechado que ele parecia ter a profundidade imóvel de uma esfinge que tudo sabe, tudo vê e nada diz. Sentindo-se com a carteira recheada, Eugène se amotinou.

– Faça-me o favor de esperar – disse a Vautrin que se levantava para sair, depois de ter saboreado os últimos goles de seu café.

– Por quê? – respondeu o quadragenário colocando seu chapéu de abas largas e apanhando uma bengala de ferro que girava com frequência, posando de homem que não teria medo de ser assaltado por quatro ladrões.

– Vou lhe pagar – continuou Rastignac que desfez rapidamente um pacote e contou cento e quarenta francos para a sra. Vauquer. – Boas contas fazem bons amigos – disse ele à viúva. – Estamos quites até a São Silvestre. Troque para mim estes cem soldos.

– Bons amigos fazem boas contas – repetiu Poiret olhando para Vautrin.

– Eis aqui vinte soldos – disse Rastignac estendendo uma moeda à esfinge de peruca.

– Pode-se dizer que tem medo de me dever alguma coisa! – exclamou Vautrin mergulhando um olhar divinatório na alma do rapaz ao qual lançou um daqueles sorrisos zombeteiros e diogênicos com os quais Eugène estivera a ponto de se aborrecer cem vezes.

– Mas... com certeza – respondeu o estudante que segurava suas duas sacolas na mão e se levantara para subir a seu quarto.

Vautrin saía pela porta que dava para o salão e o estudante se dispunha a sair por aquela que levava ao patamar da escada.

– Saiba, senhor marquês de Rastignacorama, que o que me diz não é exatamente polido – disse então Vautrin empurrando a porta do salão e indo até o estudante, que o olhou friamente.

Rastignac fechou a porta da sala de jantar, levando com ele Vautrin para o pé da escada, no patamar que separava a sala de jantar da cozinha, onde havia uma grande porta dando para o jardim e sobre o qual havia uma laje guarnecida de barras de ferro. Ali, o estudante disse, diante de Sylvie que saía de sua cozinha:

– *Senhor* Vautrin, eu não sou marquês e não me chamo Rastignacorama.

– Eles vão bater-se – disse a srta. Michonneau com ar indiferente.

– Bater-se! – repetiu Poiret.

– Não vão não – respondeu a sra. Vauquer acariciando sua pilha de escudos.

– Mas estão indo para debaixo das tílias – exclamou a srta. Victorine levantando-se para olhar para o jardim. – E entretanto tem razão esse pobre rapaz.

– Vamos subir, minha cara menina – disse a sra. Couture –, esses assuntos não nos dizem respeito.

Quando a sra. Couture e Victorine se ergueram, encontraram, na porta, a gorda Sylvie que lhes barrou a passagem.

– Qual que é agora? – disse ela. – O sr. Vautrin disse ao sr. Eugène "Vamos nos entender!" e então ele o pegou pelo braço e lá se vão os dois andando em nossas alcachofras.

Nesse momento apareceu Vautrin:

– Mamãe Vauquer – disse sorrindo –, não tenha medo, vou experimentar minhas pistolas debaixo das tílias.

– Oh! Senhor... Por que o senhor quer matar o sr. Eugène?

Vautrin deu dois passos para trás e contemplou Victorine.

– Isso é outra história – exclamou ele com uma voz zombeteira que fez corar a pobre menina. – É bem gentil esse rapaz, não é? – continuou. – A senhorita me deu uma ideia. Farei a felicidade de vocês dois, minha bela criança.

A sra. Couture segurara sua pupila pelo braço e a puxara dizendo-lhe ao ouvido:

– Mas, Victorine, você está impossível esta manhã.
– Não quero que se deem tiros de pistola em minha casa – disse a sra. Vauquer. – Vocês não vão apavorar toda a vizinhança e me trazer a polícia, a esta hora!
– Vamos, calma, mamãe Vauquer – respondeu Vautrin. – Ali, ali, tudo bem, tudo bem, iremos ao tiro. – Foi ao encontro de Rastignac, que segurou com familiaridade pelo braço: – Quando eu lhe tiver provado que a 35 passos acerto cinco vezes seguidas minha bala num ás de ouros – disse –, isso não lhe tirará a coragem. O senhor me parece estar um pouco raivoso e não se deixaria matar como um imbecil.
– O senhor está recuando – disse Eugène.
– Não me provoque a bílis – respondeu Vautrin. – A manhã não está fria, vamos nos sentar ali – disse apontando as cadeiras pintadas de verde. – Ali ninguém nos ouvirá. Preciso conversar com o senhor. O senhor é um bom rapazinho a quem não quero mal. Gosto do senhor, palavra de Egana-mor... (mas que droga!), palavra de Vautrin. Porque gosto, vou lhe dizer. Além disso, eu o conheço como se o tivesse feito, e vou provar isso. Coloque aqui suas sacolas – continuou, apontando a mesa redonda.

Rastignac depositou seu dinheiro sobre a mesa e sentou-se, preso de uma curiosidade que nele desenvolveu ao máximo a mudança súbita ocorrida nas maneiras daquele homem que, depois de ter falado em matá-lo, posava agora de seu protetor.

– Gostaria muito de saber quem eu sou, o que fiz, ou o que faço – continuou Vautrin. – É muito curioso, meu filho. Vamos, calma. Vai ouvir muita coisa. Passei por dificuldades. Escute-me primeiro, responderá depois. Eis minha vida pregressa em três palavras. Quem sou eu? Vautrin. O que faço? O que me agrada. Vamos em frente. Quer conhecer meu modo de ser? Sou bom com aqueles que me fazem bem e cujo coração fala ao meu. A esses, tudo é permitido, podem me dar pontapés nos ossos das pernas sem que eu lhes diga: *Cuidado!* Mas, ora bolas, sou mau como o diabo com os que me atrapalham, ou que não me agradam! E é bom que saiba que me preocupo com o fato de matar um homem com isso! – disse ele lançando um jato de saliva.

– Só que me esforço para matá-lo adequadamente, quando absolutamente necessário. Sou o que se chama de um artista. Li as Memórias de Benvenuto Cellini[66], assim como está me vendo, e em italiano ainda por cima! Aprendi com esse homem, que era um homem de verdade, a imitar a Providência que nos mata ao acaso e a amar o belo onde quer que se encontre. Não é, aliás, uma bela jogada essa de estar sozinho contra todos os homens do mundo e ter sorte? Refleti bastante sobre a constituição atual de sua desordem social. Meu filho, o duelo é uma brincadeira de criança, uma bobagem. Quando, de dois homens vivos, um deve desaparecer, é preciso ser imbecil para deixar as coisas ao acaso. O duelo? Cara ou coroa, eis tudo. Eu ponho cinco balas seguidas num ás de espadas, enfiando uma bala sobre a outra, e isso a 35 passos! Quando se é dotado desse talentozinho, pode-se ter certeza de abater seu homem. Pois muito bem, atirei num homem a vinte passos, errei! O palhaço nunca na vida tinha segurado numa pistola. Veja – disse aquele homem extraordinário desabotoando seu colete e mostrando seu peito peludo como as costas de um urso, mas coberto por uma pelagem ruiva que causava um misto de nojo e de horror – aquele fedelho me queimou o pelo – acrescentou metendo o dedo de Rastignac num buraco que tinha no peito. – Mas naquele tempo eu era um garoto, tinha a sua idade, 21 anos. Ainda acreditava em alguma coisa, no amor de uma mulher, num monte de besteiras nas quais você vai se enredar. Teríamos duelado, não é? Você poderia ter me matado. Suponha que eu esteja por terra, onde estaria você? Seria preciso dar no pé, ir para a Suíça, comer o dinheiro do papai, que não tem nenhum. Vou esclarecer-lhe a respeito da posição em que está; mas vou fazê-lo com a superioridade de um homem que, depois de ter examinado as coisas daqui de baixo, viu que só havia dois partidos a tomar: ou uma estúpida obediência, ou a revolta. Não obedeço a coisa alguma, está claro? Sabe do que precisa, no ritmo em que vai? Um milhão, e depressa; sem o que, com nossa cabecinha, poderíamos ir flanar pelas redes de

---

66. Benvenuto Cellini (1500-1571), escultor e ourives italiano. (N.T.)

Saint-Cloud[67], a ver se existe um Ser Supremo. Esse milhão, vou lhe dar. – Ele fez uma pausa, olhando para Eugène. – Ah-ha! Agora está olhando para o paizinho Vautrin com outra cara. Ao ouvir essas palavras, você é como uma mocinha a quem se diz "Até a noite" e que se arruma lambendo-se como um gato que bebe leite. Até que enfim. Vamos em frente! A nós dois! Eis aqui seus cálculos, rapaz. Temos por lá papai, mamãe, tia-avó, duas irmãs (dezoito e dezessete anos), dois irmãozinhos (quinze e dez anos), aí está o levantamento da tripulação. A tia educa suas irmãs. O cura vem ensinar latim aos dois irmãos. A família come mais mingau de castanhas do que pão branco, papai economiza as calças, mamãe só se oferece um vestido de inverno e um de verão, nossas irmãs fazem o que podem. Eu sei de tudo, estive no Sul. As coisas são assim na sua casa, se lhe mandam duzentos francos por ano e sua colheita só rende três mil francos. Temos uma cozinheira e um criado, é preciso manter o decoro, papai é barão. Quanto a nós, nós temos ambição, temos os Beauséant como aliados e andamos a pé, queremos a fortuna e não temos um tostão, comemos os refogados da mamãe Vauquer e gostamos dos belos jantares do Faubourg Saint-Germain, dormimos num catre e queremos um palacete! Não censuro seus desejos. Ter ambição, meu queridinho, não é para qualquer um. Pergunte às mulheres que homens elas procuram, são os ambiciosos. Os ambiciosos têm os rins mais fortes, o sangue mais rico em ferro, o coração mais quente do que o dos outros homens. E a mulher fica tão feliz e tão bela nas horas em que é forte, que prefere a todos os homens aquele cuja força é enorme, ainda que corra o risco de ser destruída por ele. Faço o inventário de seus desejos a fim de lhe fazer uma pergunta. A pergunta aqui está. Temos uma fome de lobo, nossos dentinhos são pontiagudos, como faremos para encher a marmita? Temos que comer primeiro o Código, não é divertido e nada nos ensina, mas é preciso. Que seja. Tornamo-nos advogados para virmos a ser presidentes de um tribunal, condenarmos aos trabalhos

---

67. As redes estendidas de uma margem a outra do Sena na altura de St. Cloud retinham os cadáveres que desciam o rio. (N.T.)

forçados uns pobres-diabos que valem mais do que nós com T.F. tatuado sobre os ombros[68], para provar aos ricos que eles podem dormir em paz. Não é divertido e, além disso, é demorado. Primeiro, dois anos nos aborrecendo em Paris, olhando, sem tocar, os *docinhos* que nos dão água na boca. É cansativo desejar o tempo todo sem nunca se satisfazer. Se o senhor fosse pálido e da natureza dos moluscos, nada teria a temer; mas temos o sangue febril dos leões e um apetite de fazer vinte bobagens por dia. Vai então sucumbir a esse suplício, o mais horrível que já vimos no inferno do bom Deus. Admitamos que seja sensato, que beba leite e que faça elegias; será preciso, generoso como o senhor é, começar, depois de muitos aborrecimentos e privações capazes de enraivecer um cão, por ser o substituto de algum fulano, num buraco de cidade onde o governo vai lhe atirar mil francos de salário, como se atira uma sopa a um buldogue de açougueiro. Lata para os ladrões, pleiteie a favor dos ricos, mande guilhotinar gente de bem. Muito obrigado! Se não tiver protetores, vai apodrecer em seu tribunal do interior. Aos trinta anos, será juiz, com mil e duzentos francos por ano, se ainda não tiver jogado longe a toga. Quando chegar aos quarenta, vai se casar com a filha de algum moleiro, com cerca de seis mil libras de renda. Obrigado! Tendo protetores, será procurador do rei aos trinta anos, com mil escudos de salário, e se casará com a filha do prefeito. Se fizer algumas pequenas baixezas políticas, como ler num boletim Vitel[69] em vez de Manuel (dá rima, deixa a consciência tranquila[70]), será, aos quarenta anos, procurador-geral e poderá se tornar deputado. Observe, meu caro menino, que teremos arranhado nossa conscienciazinha, que teremos tido vinte anos de aborrecimentos, de misérias secretas, e que nossas irmãs terão ficado para titias. Tenho a honra de lhe fazer

---

68. T.F. é a abreviação de "travaux forcés", trabalhos forçados, que era inscrita no ombro dos prisioneiros das galés. (N.T.)
69. No original, Villèle. Optamos pela mudança de grafia para que o texto (a rima logo a seguir mencionada) faça sentido para o leitor brasileiro. (N.T.)
70. Ou seja, substituir nas cédulas de voto o nome de um candidato liberal pelo de um candidato legitimista. O ano de 1919, em que se passa essa história, foi de eleições gerais. (N.T.)

observar também que há apenas vinte procuradores-gerais na França e que vocês são vinte mil aspirantes ao posto, entre os quais há os trapaceiros que venderiam a família para subir um grau. Se a profissão o desgosta, vejamos outra coisa. O barão de Rastignac quer ser advogado? Ah! Muito bem. É preciso penar por dez anos, gastar mil francos por mês, ter uma biblioteca, um gabinete, frequentar a sociedade, beijar a toga de um promotor para conseguir causas, varrer o palácio com a língua. Se tal profissão lhe desse sucesso, eu não diria que não; mas encontre em Paris cinco advogados que, aos cinquenta anos, ganham mais de cinquenta mil francos por ano. Ah! Em vez de me enfraquecer assim o ânimo, eu preferiria me tornar corsário. Aliás, onde conseguir dinheiro? Tudo isso não tem graça. Temos uma fonte no dote de uma mulher. Você quer se casar? Será amarrar uma pedra ao pescoço; além disso, casando-se por dinheiro, o que acontece com nossos sentimentos de honra, nossa nobreza? Mais vale começar hoje sua revolta contra as convenções humanas. Não seria nada se deitar como uma serpente diante de uma mulher, lamber os pés da mãe, cometer baixezas que enojariam uma porca, blergh! Se você ao menos encontrasse a felicidade. Mas você será infeliz como as pedras do esgoto com uma mulher com quem tiver se casado desse jeito. Ainda vale mais guerrear com os homens do que lutar com sua mulher. Aí está a encruzilhada da vida, rapaz, escolha. Você já escolheu: você foi à casa de nossa prima de Beauséant e lá farejou o luxo. Você foi à casa da sra. de Restaud, a filha do pai Goriot, e lá farejou a parisiense. Naquele dia, você voltou com uma palavra escrita na testa, e que eu soube ler muito bem: *Vencer!* Vencer a qualquer preço. Bravo!, disse eu, aí está um tipo que me agrada. Você precisou de dinheiro. Onde conseguir? Você sangrou suas irmãs. Todos os irmãos *espoliam* um pouco suas irmãs. Seus quinhentos francos arrancados, Deus sabe como, num país onde se encontram mais castanhas do que moedas de cem tostões, vão voar como soldados na hora da pilhagem! E depois, vai fazer o quê? Vai trabalhar? O trabalho, concebido como você o concebe agora, consegue, nos velhos dias, um apartamento na casa da mamãe Vauquer aos fulanos da estirpe de Poiret. Uma fortuna rápida é o problema ao qual os cinquenta mil jovens que estão em sua situação se dedicam. Você é uma unidade desse total aí. Imagine os esforços que tem pela frente e a fúria do combate. Vocês terão que se comer uns aos outros como aranhas num pote, considerando que não existem cinquenta mil boas colocações. Sabe como alguém abre seu caminho por aqui? Pelo brilho do gênio ou pela habilidade da corrupção. É preciso entrar nessa massa de homens como uma bala de canhão, ou por ela se imiscuir como uma peste. A honestidade de nada serve. Todos se dobram sob o poder do gênio, detestam-no, tentam caluniá-lo, porque ele toma sem dividir, mas todos se dobram se ele persiste; numa palavra, adoram-no de joelhos quando não conseguiram enterrá-lo na lama. A corrupção está em alta, o talento é raro. Assim, a corrupção é a arma da mediocridade que abunda, e você sentirá sua presença em toda parte. Verá mulheres cujos maridos têm, quando muito, seis mil francos de paga e que gastam mais de dez mil francos com suas roupas. Verá empregados a duzentos francos comprarem terras. Verá mulheres se prostituírem para subir na carruagem de um par de França, que pode correr em Longchamp[71] pela pista do meio. Você viu o pobre coitado do pai Goriot obrigado a pagar a letra de câmbio endossada pela filha, cujo marido tem cinquenta mil libras de renda. Eu o desafio a dar dois passos em Paris sem encontrar complôs infernais. Eu apostaria minha cabeça contra um pé desse alface como você vai cair nas malhas da primeira mulher que o agradar, se ela for rica, bela e jovem. Todas elas são mestres em subterfúgios, em guerra com seus maridos a propósito de qualquer coisa. Eu não acabaria mais se tivesse que lhe explicar os tráficos que são feitos em nome dos amantes, de rendas, de filhos, da casa ou da vaidade, raramente da virtude, pode estar certo. E o homem honesto é o inimigo comum. Mas o que você acha que seja o homem honesto? Em Paris, o homem honesto é aquele que se cala e se recusa a dividir. Não estou falando desses pobres coitados que por toda parte cumprem seu dever sem jamais

---

71. Hipódromo de Paris, inaugurado por Napoleão III em abril de 1857. (N.T.)

serem recompensados por seu trabalho e que chamo de confraria dos chinelos do bom Deus. Sem dúvida, ali está a virtude em toda a flor de sua asneira, mas ali está a miséria. Vejo daqui a careta dessa boa gente se Deus nos fizesse a brincadeira de mau gosto de estar ausente no juízo final. Então, se quiser a fortuna rapidamente, é preciso já ser rico, ou parecer ser. Para enriquecer, trata-se aqui de fazer grandes jogadas; ou então dar calotes, e estamos conversados! Se, entre as cem profissões que se pode abraçar, há dez homens que logo têm sucesso, o público os chama de ladrões. Tire suas conclusões. Eis a vida como ela é. Nada disso é mais bonito do que a cozinha, fede tanto quanto, e é preciso sujar as mãos se queremos nos regalar; saiba apenas limpá-las direito: aí está toda a moral da nossa época. Se lhe falo assim da sociedade é porque ela me deu esse direito, eu a conheço. Acha que estou criticando? De modo algum. Ela sempre foi assim. Os moralistas jamais a mudarão. O homem é imperfeito. Às vezes ele é mais ou menos hipócrita, e os ingênuos dizem então que ele tem ou não tem modos. Não estou acusando os ricos em favor do povo: o homem é o mesmo em cima, embaixo, no meio. Em cada milhão desse grande rebanho se encontram dez compadres que se colocam acima de tudo, até das leis; estou entre eles. Você, se for um homem superior, ande em linha reta e de cabeça erguida. Mas vai ser preciso lutar contra a inveja, a calúnia, a mediocridade, contra o mundo todo. Napoleão encontrou um ministro da guerra que se chamava Aubry[72] e que quase o mandou para as colônias. Observe-se! Veja se poderá se levantar todas as manhãs com mais força de vontade do que tinha na véspera. Nessas circunstâncias, vou lhe fazer uma proposta que ninguém recusaria. Escute bem. Eu, veja só, tenho uma ideia. Minha ideia é ir viver a vida patriarcal numa grande propriedade, quinhentos mil acres, por exemplo, nos Estados Unidos, no sul. Quero me fazer agricultor, ter escravos, ganhar alguns bons

---

72. François Aubry (1747-1798), membro do Comitê de Salvação pública depois do Nove Terminador e sucessor de Lazare Carrot na Direção da guerra, promoveu Napoleão Bonaparte do comando da artilharia para as forças armadas da Itália. No entanto, Aubry nunca foi ministro como menciona Balzac. (N.T.)

milhõezinhos vendendo meus bois, meu fumo, vivendo como um soberano, fazendo minhas vontades, levando uma vida que não se imagina por aqui, onde a gente se encolhe num ninho de gesso. Eu sou um grande poeta. Minhas poesias, não as escrevo: elas consistem de ações e sentimentos. Possuo neste momento cinquenta mil francos que mal me darão quarenta negros. Preciso de duzentos mil francos, porque quero duzentos negros, a fim de satisfazer meu gosto pela vida patriarcal. Os negros, o senhor sabe, são filhos vindos prontos dos quais se faz o que se quer, sem que um curioso procurador do rei venha lhe pedir contas. Com esse capital negro, em dez anos eu terei três ou quatro milhões. Se tiver sucesso, ninguém me perguntará "Quem é você?". Serei o senhor Quatro-Milhões, cidadão dos Estados Unidos. Terei cinquenta anos, ainda não estarei podre, irei me divertir a meu modo. Em duas palavras, se eu lhe conseguir um dote de um milhão, você me dará duzentos mil francos? Vinte por cento de comissão, hein, é muito caro? Você se fará amar por sua mulherzinha. Uma vez casado, dará mostras de inquietação, de remorsos, fará papel de triste durante quinze dias. Uma noite, depois de algumas macaquices, declarará a sua mulher, entre dois beijos, duzentos mil francos de dívidas, dizendo: "Meu amor!". Essa comédia é representada todos os dias pelos rapazes mais distintos. Uma jovem mulher não recusa sua bolsa àquele que lhe ocupa o coração. Acredita que se perderá? Não. Você irá encontrar o meio de reganhar seus duzentos mil francos num negócio. Com seu dinheiro e seu espírito, reunirá uma fortuna tão considerável quanto puder desejar. Assim terá feito, num prazo de seis meses, a sua felicidade, a de uma mulher amável e a de seu papai Vautrin, sem contar a de sua família que assopra os dedos, no inverno, por falta de lenha. Não se espante nem com o que lhe proponho nem com o que lhe peço! Em sessenta belos casamentos que têm lugar em Paris, há 47 que dão vez a negócios semelhantes. A Câmara dos Notários forçou o senhor...

– O que preciso fazer? – perguntou avidamente Rastignac interrompendo Vautrin.

– Quase nada – respondeu aquele homem deixando escapar um movimento de alegria semelhante à surda expressão de um pescador que sente um peixe na ponta de sua linha. – Escute bem! O coração de uma pobre moça infeliz e miserável é a esponja mais ávida a se encher de amor, uma esponja seca que se dilata tão logo nela cai uma gota de sentimento. Fazer a corte a uma jovem que se encontra em condições de solidão, de desespero e de pobreza sem que ela desconfie de sua fortuna vindoura! Na mosca! É ter um jogo excelente nas mãos, é conhecer os números da loteria, é jogar com a renda conhecendo as notícias. Você edificará sobre *pilotis* um casamento indestrutível. Cheguem milhões a essa moça e ela os atirará a seus pés, como se fossem cascalho. "Tome, meu bem-amado! Tome, Adolphe, Alfred! Tome, Eugène!", dirá ela se Adolphe, Alfred ou Eugène tiverem tido a boa ideia de se sacrificar por ela. O que entendo por sacrifícios é vender um velho terno a fim de ir ao Cadran-Bleu para comerem juntos pão com champignons; de lá, à noite, ao Ambigu-Comique; é penhorar seu relógio para lhe dar um xale. Não lhe falo dos rabiscos de amor nem das tolices às quais tanto valor dão as mulheres, como, por exemplo, salpicar gotas d'água sobre o papel de carta à guisa de lágrimas quando se está longe delas: o senhor me parece conhecer muito bem a gíria do coração. Paris, veja o senhor, é como uma floresta do Novo Mundo na qual se agitam vinte espécies de tribos selvagens, os Illinois, os Hurons, que vivem do produto que dão as diferentes classes sociais; você é um caçador de milhões. Para obtê-los, você usa armadilhas, estratagemas, artifícios. Há diversas maneiras de caçar. Uns caçam o dote e outros caçam a liquidação; os últimos pescam consciências e os primeiros cedem seus jornais com seus pés e mãos atados. Aquele que volta com sua algibeira bem fornida é saudado, festejado, recebido na boa sociedade. Façamos justiça a esse solo hospitaleiro, você está lidando com a cidade mais benevolente do mundo. Se os orgulhosos aristocratas de todas as capitais da Europa se recusam a admitir em suas fileiras um milionário infame, Paris lhe estende os braços, acorre a suas festas, come seus jantares e brinda com sua infâmia.

– Mas onde encontrar tal moça? – perguntou Eugène.
– Ela está a suas ordens, em sua frente!
– A srta. Victorine?
– Exatamente.
– Mas como?
– Ela já o ama, a sua baronezinha de Rastignac!
– Ela não tem um tostão – retrucou Eugène surpreso.
– Ah! Chegamos ao ponto. Mais duas palavras – disse Vautrin – e tudo ficará claro. O pai Taillefer é um velho malandro de quem se diz ter assassinado um de seus amigos durante a Revolução. É um desses tipos que têm opinião independente. Ele é banqueiro, principal associado da casa Frédéric Taillefer e companhia. Tem um filho único, para quem quer deixar seus bens, em detrimento de Victorine. Eu não gosto dessas injustiças. Sou como Dom Quixote, gosto de tomar a defesa do fraco contra o forte. Se a vontade de Deus fosse retirar-lhe o filho, Taillefer reconheceria sua filha; ele quer um herdeiro qualquer, uma bobagem que faz parte da natureza, e ele não pode mais ter filhos, disso eu sei. Victorine é doce e gentil, ela logo terá amolecido o pai e o fará rodar como um pião alemão, com a corda do sentimento! Ela será bastante sensível a seu amor para que se esqueça do senhor, o senhor a desposará. Eu me encarrego do papel da Providência, farei com que o bom Deus assim queira. Tenho um amigo a quem fui dedicado, um coronel do exército do Loire que acaba de ser admitido na guarda real. Ele me dá ouvidos e se fez ultramonarquista: não é um desses imbecis que mantêm suas opiniões. Se ainda tenho um conselho a lhe dar, meu anjo, é o de não dar maior importância a suas opiniões do que a suas palavras. Quando alguém lhe pedir, venda-as. Um homem que se vangloria de jamais mudar de opinião é um homem que se obriga a andar sempre em linha reta, um simplório que acredita na infalibilidade. Não há princípios, há apenas acontecimentos; não há leis, há apenas circunstâncias: o homem superior soma acontecimentos e circunstâncias para conduzi-los. Se houvesse princípios e leis fixas, os povos não os mudariam

como nós mudamos de camisa. O homem não deve ser mais sábio do que toda uma nação. O homem que menos serviu à França é um fetiche venerado por ter sempre visto tudo vermelho, ele é no máximo bom para ser posto no Conservatório[73], entre as máquinas, etiquetando La Fayette[74], enquanto o príncipe em que todos atiram pedras e que despreza a humanidade o bastante para lhe lançar na cara tantos juramentos quantos ela peça impediu a divisão da França no Congresso de Viena; devem-lhe coroas, jogam-lhe lama. Oh! Eu sei das coisas! Conheço os segredos de muitos homens! Chega! Terei uma opinião inquebrantável no dia em que tiver encontrado três cabeças que entrem em acordo quanto ao emprego de um princípio, e vou ter que esperar muito! Não se encontram nos tribunais três juízes que tenham a minha opinião sobre um artigo da lei. Volto a meu homem. Ele recolocaria Jesus Cristo na cruz se eu assim lhe dissesse. A uma só palavra de seu papai Vautrin, ele procurará briga com aquele engraçadinho que não manda nem dez tostões à sua pobre irmã, e... – Nesse ponto, Vautrin se levantou, pôs-se em guarda e fez o movimento de um mestre de armas que cai. – E... para a escuridão! – acrescentou.

– Que horror! – disse Eugène. – Está querendo brincar, sr. Vautrin?

– Ora, ora, muita calma – continuou o homem. – Não banque criança: entretanto, se isso o diverte, irrite-se! Excite-se! Diga que sou um infame, um celerado, um canalha, um bandido, mas não me chame nem de escroque nem de espião! Vamos, diga, perca o limite! Eu perdoo, é tão natural na sua idade! Eu já fui assim! Porém, reflita, você vai fazer pior algum dia. Vai se pavonear para alguma mulher bonita e receberá dinheiro com isso. Já pensou nisso? – perguntou Vautrin. – Pois, como terá sucesso, se não empenhar seu amor? A virtude, meu caro

---

73. Referência ao Conservatoire des Arts et Métiers, criado em 1794 e que possui coleções de autômatos, de relojoaria e de máquinas de todo tipo. (N.T.)
74. Marquês Marie-Paul-Yves-Roch-Gilbert du Motier La Fayette (1757-1834), general e político da Restauração. Participou da independência americana. (N.T.)

estudante, não se fraciona: ela é ou não é. Falam de nos penitenciarmos por nossos erros. Mais um belo sistema por meio do qual se fica livre de um crime com um ato de contrição! Seduzir uma mulher para conseguir se colocar num determinado patamar da escala social, semear a discórdia entre os filhos de uma família, enfim, todas as infâmias que se praticam no recesso de um lar ou então com um objetivo de prazer ou interesse pessoal, você acha que se trata de atos de fé, esperança e caridade? Por que dois meses de prisão para o dândi que, numa noite, tira de uma criança a metade de sua fortuna, e por que trabalhos forçados para o pobre-diabo que rouba uma nota de mil francos com circunstâncias agravantes? Eis suas leis. Não há um só artigo que não chegue ao absurdo. O homem de luvas e palavras amarelas cometeu assassinatos nos quais não se verte sangue, mas nos quais ele é dado; o assassino abriu uma porta com um pé de cabra: duas coisas obscuras! Entre o que lhe proponho e o que você fará um dia, a única diferença é o sangue. Você acredita que alguma coisa seja inquebrantável neste mundo? Desprezo os homens e veja as malhas através das quais se pode passar a rede do Código. O segredo das grandes fortunas sem causa aparente é um crime esquecido, porque foi bem feito.

— Silêncio, senhor, não quero ouvir mais, o senhor me fará duvidar de mim mesmo. Neste momento, o sentimento é toda a minha ciência.

— Como quiser, belo menino. Eu o imaginava mais forte – disse Vautrin –, nada mais lhe direi. Uma última palavra, entretanto – e ele olhou fixamente o estudante: – Você conhece o meu segredo.

— Um jovem que o recusa saberá perfeitamente esquecê-lo.

— Disse-o muito bem, isso me agrada. Outro qualquer, veja só, seria menos escrupuloso. Lembre-se do que quero fazer por você. Dou-lhe quinze dias. É pegar ou largar.

"Mas que cabeça de mula tem esse homem!", pensou Rastignac ao ver Vautrin se retirar tranquilo, a bengala debaixo do braço. "Ele me disse cruamente o que a sra. de Beauséant teria dito com muito mais leveza. Ele me despedaçou o coração com garras de aço. Por que quero ir à casa da sra. de Nucingen? Ele adivinhou meus motivos tão logo os concebi. Em poucas palavras, esse mau-caráter me disse mais coisas sobre a virtude do que já me disseram os homens e os livros. Se a virtude não admite capitulações, então roubei minhas irmãs?", pensou ele, atirando a sacola sobre a mesa. Sentou-se e lá ficou mergulhado numa terrível meditação. "Ser fiel à virtude, sublime martírio! Bolas! Todo o mundo acredita na virtude; mas quem é virtuoso? Os povos tomam a liberdade por ídolo, mas onde há sobre a terra um povo livre? Minha juventude é ainda azul como um céu sem nuvens: querer ser grande ou rico não é resolver-se a mentir, distorcer, rastejar, reerguer-se, adular, dissimular? Não é consentir a fazer o papel de criado daqueles que mentiram, distorceram, rastejaram? Antes de ser seu cúmplice, é preciso servi-los. Pois bem, não! Quero trabalhar com nobreza, com justiça; quero trabalhar dia e noite, dever a fortuna apenas a meu empenho. Será a mais lenta das fortunas, mas a cada dia minha cabeça descansará sobre meu travesseiro sem um pensamento maldoso. O que é mais belo do que contemplar sua vida e encontrá-la pura como um lírio? Eu e a vida somos como um rapaz e sua noiva. Vautrin me fez ver o que acontece depois de dez anos de casamento. Diabos! Minha cabeça se perde. Não quero pensar em coisa alguma, o coração é um bom guia."

Eugène foi tirado de seu devaneio pela voz da gorda Sylvie, que lhe anunciou seu alfaiate, diante do qual ele se apresentou tendo na mão as duas sacolas de dinheiro, e não ficou contrariado de que assim fosse. Depois que experimentou suas roupas de noite, recolocou sua nova vestimenta matinal que o metamorfoseava por completo. "Estou bem à altura do sr. de Trailles", pensou. "Tenho enfim o ar de um gentil-homem!"

– Senhor – disse o pai Goriot entrando nos aposentos de Eugène –, o senhor perguntou-me se eu conhecia as casas frequentadas pela sra. de Nucingen?

– Perguntei.

– Muito bem! Ela irá, na próxima segunda-feira, ao baile do marechal Carigliano. Se puder ir, o senhor me dirá se minhas duas filhas se divertiram bem, como estarão vestidas, enfim, tudo.

– Como soube disso, meu bom pai Goriot? – disse Eugène fazendo-o sentar-se junto ao fogo.

– A criada de quarto dela me disse. Sei de tudo o que elas fazem, por Thérèse e por Constance – continuou ele com ar feliz. O velhote parecia um amante ainda bastante jovem para ficar feliz com um estratagema que o põe em contato com sua amante sem que ela possa disso desconfiar. – O senhor irá vê-las! – disse ele, exprimindo com ingenuidade uma dolorosa inveja.

– Não sei – respondeu Eugène. – Irei à casa da sra. de Beauséant perguntar-lhe se ela pode me apresentar à esposa do marechal.

Eugène pensava com uma espécie de alegria interior em se mostrar em casa da viscondessa vestido como estaria dali em diante. O que os moralistas chamam de abismos do coração humano são apenas os pensamentos furtivos, os involuntários movimentos do interesse pessoal. Tais peripécias, objeto de tantas reclamações, tais retornos súbitos são cálculos feitos em benefício de nossos prazeres. Ao se ver bem-posto, bem-enluvado, bem-calçado, Rastignac esqueceu sua virtuosa resolução. A juventude não ousa se olhar no espelho da consciência quando pende para o lado da injustiça, enquanto a idade madura já se viu assim: aí jaz toda a diferença entre essas duas fases da vida. Há alguns dias, os dois vizinhos, Eugène e o pai Goriot, se tinham tornado bons amigos. Sua amizade secreta derivava das razões psicológicas que engendrara sentimentos contrários entre Vautrin e o estudante. O intrépido filósofo que quiser constatar os efeitos de nossos sentimentos no mundo físico encontrará sem dúvida mais de uma prova de sua efetiva materialidade nas relações que criam entre nós e os animais. Que fisiognomonista é mais capaz de adivinhar um temperamento do que um cão de saber se um desconhecido o ama ou não o ama? Os *átomos afins*, expressão proverbial da qual todos se servem, são um desses fatos que permanecem na linguagem para desmentir as tolices filosóficas das quais se ocupam aqueles que gostam de peneirar as películas das palavras primitivas. As pessoas sentem-se amadas. O sentimento se estampa em todas as coisas e atravessa os espaços. Uma carta é uma alma, é um eco tão fiel da voz que fala que os espíritos delicados a colocam entre os mais ricos tesouros do amor. O pai Goriot, cujo sentimento irrefletido o elevava até o sublime da natureza canina, havia farejado a compaixão, a entusiasta bondade, as simpatias juvenis que por ele se haviam emocionado no coração do estudante. Aquela união nascente, entretanto, não havia ainda levado a confidência alguma. Se Eugène mencionara o fato de ver a sra. de Nucingen, não o fizera por contar com o velhote para ser introduzido em casa dela; mas esperava que uma indiscrição lhe pudesse ser útil. O pai Goriot só lhe falara de suas filhas a propósito do que ele se permitira dizer em público no dia de suas duas visitas.

– Meu caro senhor – dissera ele na manhã seguinte –, como pôde acreditar que a sra. de Restaud lhe tenha querido mal por ter pronunciado meu nome? Minhas duas filhas me amam. Sou um pai feliz. Só que meus dois genros se conduziram mal em relação a mim. Eu não quis fazer sofrer essas criaturas queridas devido a meus desentendimentos com seus maridos e preferi vê-las em segredo. Esse mistério me traz mil prazeres que não compreendem os outros pais que podem ver suas filhas quando bem desejam. Eu não posso, compreende? Então eu vou, quando o tempo está bom, a Champs-Elysées, depois de perguntar às criadas de quarto se minhas filhas vão sair. Espero-as no caminho, o coração bate forte quando as carruagens chegam, eu as admiro em suas toaletes, elas me atiram ao passar um risinho que me ilumina a natureza como se ali caísse um raio de algum belo sol. E ali fico, elas devem voltar. Vejo-as outra vez! O ar lhes fez bem, elas estão rosadas. Ouço alguém dizer perto de mim: "Eis uma bela mulher!". Isso me aquece o coração. Não é o meu sangue? Amo os cavalos que as conduzem, e gostaria de ser o cãozinho que trazem no colo. Vivo de seus prazeres. Cada um tem sua forma de amar, a minha, entretanto, não causa mal a ninguém, por que o mundo se ocupa de mim? Sou feliz a minha maneira. É contra a lei que eu vá ver minhas filhas, à noite, no momento em que saem de suas casas para ir ao baile? Que tristeza para mim se chego tarde demais e me dizem: "A senhora já saiu". Um dia, esperei até as três horas da manhã para ver Nasie, que eu não via há dois dias. Quase morri de alegria! Eu lhe suplico, só fale de mim para dizer o quanto minhas filhas são boas. Elas querem me cumular de toda espécie de presentes; eu as impeço, eu lhes digo: "Guardem seu dinheiro! O que querem que eu faça com ele? Nada me falta". Na verdade, senhor, o que sou eu? Um mísero cadáver cuja alma está onde estiverem minhas filhas. Quando tiver visto a sra. de Nucingen, o senhor me dirá qual das duas prefere – disse o homenzinho depois de um instante de silêncio, vendo que Eugène se dispunha a partir para passear nas Tuileries esperando a hora de se apresentar em casa da sra. de Beauséant.

Aquele passeio foi fatal para o estudante. Algumas mulheres se interessaram. Ele estava tão belo, tão jovem e de uma elegância de tão bom gosto! Vendo-se objeto de uma atenção quase admirativa, ele não mais pensou em sua tia ou em suas irmãs espoliadas, nem em suas virtuosas repugnâncias. Vira passar acima de sua cabeça aquele demônio tão fácil de ser tomado por um anjo, aquele Satã de asas faiscantes, que semeia rubis, que atira suas flechas de ouro diante dos palácios, colore as mulheres, reveste de um tolo brilho os tronos, tão simples em sua origem; ouvira o Deus daquela vaidade crepitante cujo falso brilho nos parece ser um símbolo de poder. As palavras de Vautrin, por mais cínicas que tivessem sido, alojaram-se em seu coração como na memória de uma virgem se grava o perfil ignóbil de uma velha vendedora que lhe disse: "Ouro e amor a mancheias!". Depois de ter indolentemente flanado, por volta das cinco horas, Eugène apresentou-se em casa da sra. de Beauséant e lá recebeu um desses golpes terríveis contra os quais os corações jovens estão desprovidos de armas. Havia até então visto a viscondessa cheia daquela amenidade polida, daquela graça melíflua dada pela educação aristocrática e que só é completa se vem do coração.

Quando ele entrou, a sra. de Beauséant fez um gesto seco e lhe disse com voz apressada:

– Sr. de Rastignac, é impossível recebê-lo, ao menos neste momento! Estou tratando de negócios...

Para um observador, e Rastignac logo se tornara um deles, aquela frase, o gesto, o olhar, a inflexão da voz eram a história do caráter e dos hábitos da casta. Ele percebeu a mão de ferro sob a luva de veludo; a personalidade, o egoísmo, sob as maneiras; a madeira, sob o verniz. Ouviu enfim o EU O REI, que começa sob os penachos do trono e termina sob a cimeira do último gentil-homem. Eugène abandonara-se com demasiada facilidade a sua promessa de acreditar nas nobrezas da mulher. Como todos os infelizes, assinara de boa-fé o pacto delicioso que deve unir o benfeitor ao protegido e cujo primeiro artigo consagra entre os grandes corações uma total igualdade. A benevolência, que reúne dois seres num só, é uma paixão celeste tão incompreendida, tão rara, quanto o verdadeiro amor. Uma e outro são a prodigalidade das belas almas. Rastignac desejava chegar ao baile da duquesa de Carigliano e enfrentou aquela borrasca.

– Senhora – disse ele com voz emocionada –, não se tratasse de coisa importante e eu não teria vindo importuná-la. Seja amável o bastante para me permitir vê-la mais tarde, eu esperarei.

– Muito bem! Venha jantar comigo – disse ela um pouco confusa com a dureza que ela pusera em suas palavras; pois aquela mulher era realmente tão boa quanto grande.

Mesmo emocionado por aquela súbita reviravolta, Eugène se disse ao sair:

– Rasteje, suporte tudo. Como devem ser as outras se, num momento, a melhor das mulheres apaga as promessas de sua amizade, deixa você ali como um sapato velho? Cada um por si, então? É verdade que sua casa não é uma loja, e que estou errado precisando dela. É preciso, como diz Vautrin, ser bala de canhão.

As amargas reflexões do estudante foram logo dissipadas pelo prazer que se prometia jantando em casa da viscondessa.

Assim, por uma espécie de fatalidade, os menores acontecimentos de sua vida conspiravam para empurrá-lo para uma carreira na qual, segundo as observações da terrível esfinge da Casa Vauquer, ele deveria, como num campo de batalha, matar para não ser morto, enganar para não ser enganado; em cuja entrada deveria deixar sua consciência, seu coração, colocar uma máscara, dispor dos homens sem piedade e, como em Lacedemônia[75], agarrar sua sorte sem ser visto, para merecer a coroa. Quando voltou à casa da viscondessa, encontrou-a cheia daquela graciosa bondade que sempre lhe testemunhara. Foram os dois para uma sala de jantar na qual o visconde esperava sua mulher e onde resplandecia aquele luxo à mesa que sob a Restauração foi elevado, como todos sabem, a seu mais alto grau. O sr. de Beauséant, como tanta gente *blasé*, não tinha outros prazeres além daqueles da boa mesa; em termos de gastronomia, aliás, ele pertencia à escola de Louis XVIII[76] e do duque de Escars[77]. Sua mesa oferecia então um duplo luxo, o do invólucro e o do conteúdo. Nunca tal espetáculo ofuscara os olhos de Eugène, que jantava pela primeira vez numa daquelas casas em que as grandezas sociais são hereditárias. A moda acabava de suprimir as ceias que encerravam outrora os bailes do Império, quando os militares precisavam ganhar forças para se preparar para todos os combates que os esperavam tanto dentro quanto fora. Eugène só havia até então comparecido a bailes. A desenvoltura que tanto o distinguiu mais tarde, e de que começava a dar mostras, impediu-o de se deslumbrar ingenuamente. Mas, ao ver aquela prataria cinzelada e os mil requintes de uma mesa suntuosa, ao admirar pela primeira vez um serviço feito sem ruídos, era difícil para um homem de imaginação ardente não preferir aquela vida

---

75. Também conhecida como Lacônia: região do Peloponeso (porção sul da Grécia no continente europeu) na qual se situa a histórica cidade de Esparta. (N.T.)
76. Louis XVIII (1755-1824), regente do trono de 1793 a 1795, proclama-se rei da França em 1814 e reina até 20 de março de 1815. Com a derrota de Napoleão, volta a governar a França em 8 de julho até a sua morte, em 1824. (N.T.)
77. Duque de Escars (1747-1822), primeiro maître de Louis XVIII. Morreu de indigestão e obteve de seu patrão real a seguinte oração fúnebre: "Esse pobre Escars! Possuo no entanto um estômago melhor do que o dele!" (N.T.)

constantemente elegante à vida de privações que pela manhã desejara abraçar. Seu pensamento atirou-o por um momento na pensão burguesa; sentiu então tão profundo horror que jurou a si mesmo deixá-la no mês de janeiro, tanto para se alojar numa casa decente quanto para fugir de Vautrin, cuja grande mão sentia sobre seu ombro. Pondo-se a pensar nas mil formas que em Paris assume a corrupção, falada ou muda, um homem de bom senso pergunta-se por que aberração o Estado ali coloca escolas, reúne jovens, como as belas mulheres são respeitadas, como o ouro exposto pelos cambistas não evapora magicamente de suas bacias. Mas quando se pensa que há poucos exemplos de crimes, inclusive delitos cometidos pelos jovens, com que respeito não se deve olhar para esses pacientes Tântalos que combatem a si mesmos, e que saem quase sempre vitoriosos! Se fosse bem descrito em sua luta com Paris, o pobre estudante forneceria um dos temas mais dramáticos de nossa civilização moderna. A sra. de Beauséant olhava em vão para Eugène para convidá-lo a falar, ele nada quis dizer na presença do visconde.

– Vai me levar hoje à noite ao Italiens? – perguntou a viscondessa a seu marido.

– Não pode duvidar do prazer que teria em obedecê-la – respondeu o marquês com uma galanteria zombeteira que o estudante não percebeu –, mas devo me encontrar com alguém no Variétés[78].

"Sua amante", pensou ela.

– Você não estará com d'Ajuda esta noite? – perguntou o visconde.

– Não – respondeu ela de mau humor.

– Pois bem! Se precisa absolutamente de um braço, tome o do sr. de Rastignac.

A viscondessa olhou Eugène com um sorriso.

– Será bastante comprometedor para o senhor – disse ela.

– "*O francês gosta do perigo, porque nele encontra a glória*", disse o sr. de Chateaubriand – respondeu Rastignac inclinando-se.

---

78. O Théâtre des Variétés apresentava na época sobretudo vaudevilles, comédia que combina pantomima, dança e canções. (N.T.)

Alguns momentos depois foi levado, ao lado da sra. de Beauséant, em um cupê rápido ao teatro da moda e acreditou-se em um sonho qualquer ao entrar em um camarote central e ao ver-se na mira de todos os binóculos ao lado da viscondessa, cuja toalete estava deliciosa. Ia de encantamento em encantamento.

– O senhor deve falar comigo – disse-lhe a sra. de Beauséant. – Ah! Tome, veja aqui a sra. de Nucingen a três camarotes do nosso. Sua irmã e o sr. de Trailles estão do outro lado.

Dizendo essas palavras, a viscondessa olhou para o camarote onde deveria estar a srta. Rochefide e, não vendo o sr. d'Ajuda, seu rosto ganhou um brilho extraordinário.

– Ela é adorável – disse Eugène depois de ter visto a sra. de Nucingen.

– Ela tem os cílios brancos.

– Sim, mas que bela cinturinha!

– Ela tem mãos grossas.

– Que olhos mais lindos!

– Ela tem o rosto comprido.

– Mas a forma alongada tem sua distinção.

– Que bom para ela que tenha essa distinção... Veja como ela pega e larga seu binóculo! O Goriot evidencia-se em todos os movimentos – disse a viscondessa para o grande espanto de Eugène.

Com efeito, a sra. de Beauséant contemplava a sala através de seu binóculo e parecia não prestar atenção à sra. de Nucingen, da qual não perdia um só gesto. A assembleia era deliciosamente bela. Delphine de Nucingen estava bastante lisonjeada em ocupar exclusivamente a atenção do jovem, do belo, do elegante primo da sra. de Beauséant, ele só tinha olhos para ela.

– Se continuar a cobri-la de olhares, vai causar um escândalo, sr. de Rastignac. Não conseguirá nada se lançar assim na cabeça das pessoas.

– Minha cara prima – disse Eugène –, a senhora já me protegeu demais; se quiser concluir sua obra, não lhe peço outra coisa além de me fazer um favor que lhe dará pouco trabalho e me fará um bem enorme. Sou prisioneiro.

– Já?

– Já.

– E dessa mulher?

– Minhas pretensões teriam sido ouvidas em outro lugar? – perguntou lançando um olhar penetrante a sua prima. – A sra. duquesa de Carigliano está ligada à duquesa de Berry[79] – continuou depois de uma pausa –, a senhora deveria ir falar com ela, tenha então a bondade de me introduzir em sua casa e de levar-me ao baile que ela dará na segunda-feira. Ali encontrarei a sra. de Nucingen e farei minha primeira escaramuça.

– Com prazer – respondeu ela. – Se ela já lhe agrada, seus negócios do coração vão muito bem. Eis ali de Marsay no camarote da princesa Galathionne[80]. A sra. de Nucingen está vivendo um suplício, despeita-se. Não há momento melhor para abordar uma mulher, sobretudo uma mulher de banqueiro. Todas essas mulheres de Chaussée-d'Antin adoram a vingança.

– O que a senhora faria numa situação parecida?

– Sofreria em silêncio.

Nesse momento, o marquês d'Ajuda apresentou-se no camarote da sra. de Beauséant.

– Conduzi mal meus negócios a fim de vir encontrar com a senhora – disse – e a informo para que não seja um sacrifício.

O brilho do rosto da viscondessa ensinou Eugène a reconhecer as expressões de um amor verdadeiro e a não confundi-los com a afetação do coquetismo parisiense. Admiriou sua prima, ficou mudo e cedeu seu lugar ao sr. d'Ajuda suspirando. "Que amor, que criatura sublime é uma mulher que ama dessa maneira!", pensou, "e esse homem a traiu por uma boneca. Como alguém pode

---

79. Duquesa de Berry (1798-1870), casa-se com Charles-Ferdinand d'Artois, duque de Berry, filho de Charles X. Menos de dois anos depois da queda de seu sogro, lidera um grupo de ativistas legitimistas que sonham em repor no trono seu jovem filho, o duque de Chambord. Sua operação fracassa, e a duquesa é presa na fortaleza de Blaye, onde dá à luz uma menina. Vê-se assim obrigada a tornar público seu segundo casamento, que ocorrera em 1831 com Hector Lucchesi Palli. (N.T.)

80. Princesa Galathionne, personagem de *A comédia humana* (*Uma filha de Eva*). (N.T.)

traí-la?" Sentiu no seu coração uma raiva de criança. Gostaria de rolar aos pés da sra. de Beauséant, desejava o poder dos demônios a fim de ganhar seu coração, como uma águia leva das campinas para seu ninho um cabritinho branco que ainda mama. "Ter uma amante e uma posição quase real", dizia-se ele, "é o signo do poder!" E olhou para sra. de Nucingen como um homem insultado olha para seu adversário. A viscondessa se virou para ele para dirigir-lhe, discretamente, mil agradecimentos em um piscar de olhos. O primeiro ato havia terminado.

– O senhor conhece o bastante a sra. de Nucingen para apresentá-la ao sr. de Rastignac? – perguntou ela ao marquês d'Ajuda.

– Ela ficará encantada em conhecê-lo – disse o marquês.

O belo português se levantou, tomou o braço do estudante que, num piscar de olhos, se encontrou ao lado da sra. de Nucingen.

– Sra. baronesa – disse o marquês –, tenho a honra de lhe apresentar o cavaleiro Eugène de Rastignac, um primo da viscondessa de Beauséant. A senhora causou-lhe uma tal impressão que quis completar a felicidade dele aproximando-o de seu ídolo.

Essas palavras foram ditas com um certo tom de troça que as tornavam um pouco brutais, mas que, bem ditas, não desagradam jamais a uma mulher. A sra. de Nucingen sorriu e ofereceu a Eugène o lugar de seu marido que acabara de sair.

– Não ouso propor-lhe que fique comigo, senhor – ela disse. – Quando se tem a alegria de estar junto à sra. de Beauséant, deve-se permanecer em sua companhia.

– Ora – disse em voz baixa Eugène. – Parece-me, senhora, que, se quero agradar a minha prima, devo permanecer com a senhora. Antes da chegada do sr. marquês, falávamos justamente da senhora e de sua distinção – disse em voz alta.

O sr. d'Ajuda se retirou.

– O senhor realmente vai ficar? Poderemos então nos conhecer melhor, a sra. Restaud já havia me dado um grande desejo de vê-lo.

– Então ela é muito falsa, proibiu-me de entrar em sua casa.
– Como?
– Senhora, terei a honestidade de dizer-lhe o motivo; mas peço toda sua indulgência ao confiar-lhe um segredo como esse. Sou vizinho do senhor seu pai. Eu ignorava que a sra. de Restaud fosse sua filha. Tive a imprudência de falar de maneira bastante inocente e aborreci a senhora sua irmã e seu marido. A senhora não poderia adivinhar o quanto a sra. duquesa de Langeais e minha prima acharam essa apostasia familiar de mau gosto. Eu lhes contei a cena, elas riram como loucas. Foi então que, fazendo um paralelo entre a senhora e sua irmã, a sra. de Beauséant me falou em ótimos termos da senhora e me disse o quanto era maravilhosa para com meu vizinho, o sr. Goriot. E como a senhora não o amaria? Ele a ama tão apaixonadamente que já estou até com ciúmes. Falamos da senhora esta manhã durante duas horas. Depois, repleto com tudo aquilo que seu pai me contou, esta noite, ao jantar com minha prima, disse-lhe que não poderia ser tão bela quanto era amorosa. Querendo sem dúvida favorecer uma admiração tão calorosa, a sra. de Beauséant me trouxe aqui, dizendo-me com sua graça habitual que eu a veria.

– Como, senhor – perguntou-lhe a mulher do banqueiro –, então já lhe devo a minha gratidão? Mais um pouco e iremos nos tornar velhos amigos.

– Embora sua amizade deva ser um sentimento pouco vulgar – disse Rastignac –, não quero nunca ser seu amigo.

Essas bobagens estereotipadas usadas por iniciantes parecem sempre adoráveis às mulheres e são pobres apenas quando lidas a frio. O gesto, o tom, o olhar de um rapaz dão a essas palavras um valor incalculável. A sra. de Nucingen achou Rastignac adorável. Depois, como todas as mulheres, não podendo dizer nada a respeito de questões colocadas de maneira tão vigorosa pelo estudante, respondeu outra coisa.

– Sim, minha irmã está errada na forma como se conduz com esse pobre pai, que realmente foi um deus para nós. Foi preciso que o sr. de Nucingen me ordenasse de maneira categórica que eu só visse meu pai pela manhã para que eu cedesse nesse ponto. Mas, durante muito tempo, fiquei muito triste. Chorava. Essas violências vindas depois das brutalidades do casamento foram uma das razões que mais perturbaram minha vida conjugal. Sou certamente a mulher mais feliz de Paris, a mais feliz aos olhos da sociedade, a mais infeliz na realidade. O senhor pensará que sou louca por falar-lhe dessa forma. Mas o senhor conhece meu pai e, por isso, não é um estranho para mim.

– Nunca encontrou ninguém – disse-lhe Eugène – que estivesse animado do mais vivo desejo de pertencer-lhe. O que buscam todas as mulheres? A felicidade – continuou com uma voz que tocava a alma. – Pois bem, se, para uma mulher, a felicidade é ser amada, adorada, ter um amigo a quem possa confiar seus desejos, suas fantasias, suas tristezas, suas alegrias; mostrar-se na nudez de sua alma, com seus lindos defeitos e suas belas qualidades, sem temer ser traída; acredite, aquele coração devotado, sempre ardente, não pode ser encontrado senão num homem jovem, repleto de ilusões, que pode morrer a um mero sinal seu, que nada sabe do mundo e que nada quer saber porque a senhora se tornou o mundo para ele. Veja eu, por exemplo, a senhora rirá de minha ingenuidade, mas chego de uma província distante, inteiramente novato, tendo conhecido apenas almas boas, e eu contava permanecer sem amor. Aconteceu que encontrei com minha prima, que me tem muito perto de seu coração; ela fez-me adivinhar os mil tesouros da paixão, sou como Querubim, o amante de todas as mulheres, esperando que possa me entregar a uma delas. Ao vê-la, quando entrei, senti-me atraído pela senhora como se fosse levado por uma correnteza. Já pensara tanto na senhora! Mas, em meus sonhos, não era tão bela quanto na realidade. A sra. de Beauséant ordenou-me que não a olhasse tanto. Ela não sabe o que há de tão atraente em contemplar seus belos lábios vermelhos, sua pele branca, seus olhos tão doces. Eu também estou lhe dizendo loucuras, mas deixe-me dizê-las.

Nada agrada mais as mulheres do que ouvir despejarem-lhe elogios. A mais severa devota os ouve, mesmo quando não deve respondê-los. Depois de ter começado assim, Rastignac disse-lhe, com uma voz propositalmente velada, tudo que guardava em seu coração; e a sra. de Nucingen encorajava Eugène através de sorrisos, olhando de tempos em tempos de Marsay, que não deixava o camarote da princesa Galathionne. Rastignac ficou junto da sra. de Nucingen até o momento em que seu marido veio buscá-la.

– Senhora – disse-lhe Eugène –, terei prazer em vê-la antes do baile da duquesa de Carigliano.

– *Chá gue a senhorra o gonvidou* – disse o barão, um alsaciano espesso cujo rosto redondo anunciava uma finesse perigosa –, *bote terr cerrteça que serrá muito pem-findo!*

"Meus negócios começaram bem, pois ela não se intimidou ao ouvir-me dizer-lhe: 'Gostará de mim?'. O meu animal está bem determinado, agora é pular e dominá-lo", pensou Eugène indo saudar a sra. de Beauséant que se levantou e se retirou com d'Ajuda.

O pobre estudante não sabia que a baronesa estava distraída, esperando uma carta decisiva de de Marsay, daquelas que partem o coração. Todo feliz com seu novo sucesso, Eugène acompanhou a viscondessa até o peristilo, onde cada um espera seu carro.

– Seu primo mudou muito – disse o português rindo à viscondessa quando Eugène foi embora. Vai explodir o banco. Ele é ágil como uma enguia, creio que irá longe. Só a senhora poderia escolher a dedo uma mulher no momento em que é preciso consolá-la.

– Mas – disse a sra. de Beauséant – é preciso saber se ela ainda gosta daquele que a abandona.

O estudante voltou a pé do Théâtre-Italien à Rue Neuve-Sainte-Geneviève, fazendo os mais doces projetos. Ele notara a atenção com que a sra. de Restaud o examinara, seja no camarote da viscondessa, seja no da sra. de Nucingen, e presumiu que a porta da condessa não estaria mais fechada para ele. Assim, quatro relações importantes, já contando agradar à esposa do marechal, seriam conquistadas no coração da alta roda parisiense. Sem dar muitas explicações quanto aos meios, adivinhava por antecedência que, no jogo complicado dos interesses dessa sociedade, deveria agarrar-se a uma engrenagem para se encontrar no alto da máquina e sentia ter a força para emperrar a roda.

– Se a sra. de Nucingen se interessa por mim, a ensinarei a governar seu marido. Esse marido faz negócios com ouro, poderia me ajudar a recolher rapidamente uma fortuna.

Não pensava nisso cruamente, ainda não era político o bastante para decifrar uma situação, apreciá-la e calculá-la; essas ideias flutuavam no horizonte sob a forma de nuvens leves, e, apesar de não terem a violência das de Vautrin, se tivessem sido submetidas à consciência não teriam resultado em nada de muito puro. Os homens chegam, por uma série de transações desse gênero, a essa moral moderada que é a da época atual, onde se encontram com mais raridade do que em outros tempos aqueles homens corretos, essas boas vontades que nunca se dobram ao mal, a quem o menor desvio da linha parece um crime: magníficas imagens da probidade que nos valeram duas obras-primas, Alceste de Molière[81] e, mais recentemente, Jenny Deans[82] e seu pai, na obra de Walter Scott. Talvez a obra oposta, a pintura das sinuosidades pelas quais um homem mundano, um ambicioso, conduz sua consciência, tentando caminhar rente ao mal, a fim de chegar a seu fim mantendo as aparências, não seria nem mais bela, nem menos dramática. Ao chegar à entrada da pensão, Rastignac estava apaixonado pela sra. de Nucingen, ela lhe pareceu esbelta, fina como uma andorinha. A embriagadora doçura de seus olhos, o tecido delicado e sedoso de sua pele sob a qual ele acreditava ter visto a cor do sangue, o som encantador de sua voz, seus cabelos louros, lembrava-se de tudo; e talvez a caminhada, acrescentando sangue e movimento, ajudava-o nesse fascínio. O estudante bateu rudemente na porta do pai Goriot.

– Meu vizinho – disse –, vi a sra. Delphine.
– Onde?

---

81. Alceste é personagem da peça *O misantropo* (1666), do dramaturgo francês Molière (1622-1673). (N.T.)
82. Jeanie Deans é personagem do romance *The heart of Midlothian* (*O coração de Midlothian*) (1818) de Walter Scott (1771-1832). (N.T.)

– No Italiens.

– Ela estava se divertindo? Entre, por favor – e o bom homem que se levantou só de camisa abriu sua porta e logo voltou a deitar-se.

– Então, fale-me um pouco sobre ela – pediu.

Eugène, que se encontrava pela primeira vez no quarto do pai Goriot, não pôde impedir um movimento de estupefação ao ver a espelunca onde morava o pai depois de ter admirado a toalete da filha. A janela estava sem cortina; o papel de parede se descolava em diversos pontos por efeito da umidade e se encarquilhava em vários lugares, deixando ver o gesso amarelado pela fumaça. O bom homem jazia sobre uma cama desconfortável e tinha apenas uma coberta fina e um acolchoado feito com pedaços de velhos tecidos da sra. Vauquer. O ladrilho estava úmido e repleto de poeira. Na frente da vidraça, via-se uma dessas velhas cômodas bojudas em pau-rosa, puxadores de cobre torcido em forma de parreira decorada com folhas ou flores; um velho móvel com tampo de madeira sobre o qual se encontrava um jarro de água em sua bacia e todos os utensílios necessários para fazer a barba. Num canto, os sapatos; na cabeceira da cama, um criado-mudo sem porta nem mármore; no canto da lareira, onde não havia traço de fogo, encontrava-se a mesa quadrada em nogueira, cuja barra havia servido ao pai Goriot para desvirtuar a sua tigela de *vermeil*. Uma escrivaninha horrenda sobre a qual se encontrava o chapéu do pobre homem, uma poltrona forrada de palha e duas cadeiras completavam esse mobiliário miserável. A cabeceira da cama, amarrada ao teto por um farrapo, sustentava uma faixa de tecido miserável xadrez vermelho e branco. O mais pobre empregado não teria em seu sótão mobílias tão ruins quanto as do pai Goriot na casa da sra. Vauquer. O aspecto desse quarto causava calafrios e apertava o coração, parecia o mais triste dos alojamentos de uma prisão. Felizmente, Goriot não notou a expressão que se pintou sobre a fisionomia de Eugène quando esse colocou sua vela sobre o criado-mudo. O velhote virou-se para ele, permanecendo coberto até o queixo.

– De quem você gosta mais, da sra. de Restaud ou da sra. de Nucingen?

– Prefiro a sra. Delphine – respondeu o estudante –, porque ela gosta mais do senhor.

A essas palavras proferidas calorosamente, o velhote tirou seu braço da cama e apertou a mão de Eugène.

– Obrigado, obrigado – respondeu o velho emocionado. – O que ela lhe disse sobre mim?

O estudante repetiu as palavras da baronesa embelezando-as, e o velho ouviu como se escutasse a voz de Deus.

– Meu filho! Sim, sim ela gosta muito de mim. Mas não acredite nela no que diz a respeito de Anastasie. As duas irmãs têm ciúmes uma da outra, você entende? É mais uma prova do afeto delas. A sra. de Restaud também gosta muito de mim. Eu sei. Um pai está com seus filhos como Deus está conosco, vai até o fundo do coração para julgar as intenções. Ambas são igualmente amorosas. Ah! Se eu tivesse tido bons genros, teria sido muito feliz. Não há felicidade completa neste mundo. Se eu vivesse com elas... Mas o simples fato de ouvir suas vozes, de saber que elas estão ali, de vê-las andar, sair, como quando eu as tinha em minha casa, isso faria meu coração saltar. Elas estavam bem-vestidas?

– Estavam – respondeu Eugène. – Mas, sr. Goriot, como é que, tendo filhas tão bem de vida como as suas, o senhor pode viver numa espelunca como esta?

– Realmente – disse com um ar aparentemente despreocupado –, de que me serviria estar num lugar melhor? Não consigo explicar-lhe esse tipo de coisa. Não consigo dizer duas palavras seguidas corretamente. Tudo está aqui – disse, batendo no peito. – A minha vida está em minhas duas filhas. Se elas se divertem, se elas estão felizes, bem-vestidas, se elas caminham sobre tapetes, que importa o tecido com que me visto e como é o lugar em que durmo? Não sinto frio se elas estão aquecidas, não me chateio nunca se elas sorriem. Minhas únicas contrariedades são as delas. Quando o senhor for pai, quando exclamar, ouvindo o cochicho de seus filhos: "Saíram de mim!", quando sentir essas criaturinhas ligadas a cada gota de seu sangue, do qual elas foram a fina flor, pois é assim mesmo, o senhor se acreditará impulsionado pelos passos delas! Suas vozes me estão por toda parte. Um olhar triste de minhas filhas paralisa meu sangue. Um dia, o senhor saberá que ficamos muito mais felizes com a felicidade delas do que com a nossa. Não posso explicar-lhe isso: são movimentos interiores que espalham o bem-estar por toda parte. Enfim, vivo três vezes. Quer que eu lhe conte uma coisa estranha? Pois bem, quando fui pai, entendi Deus! Todo ele está por toda parte porque a criação saiu dele. Sou assim com minhas filhas, senhor. Com a diferença que amo minhas filhas mais do que Deus ama o mundo, pois o mundo não é tão belo quanto Deus e minhas filhas são mais belas do que eu. Elas são tão ligadas a minha alma que eu sabia que o senhor as veria essa noite. Meus Deus! Se um homem fizesse minha pequena Delphine tão feliz quanto pode ser uma mulher amada, eu engraxaria suas botas, faria suas provisões. Soube por sua criada de quarto que esse pequeno senhor de Marsay é uma besta. Deu-me vontade de torcer-lhe o pescoço. Não amar uma joia de mulher, uma voz de rouxinol e tão bem feita como um manequim! O que ela viu nesse brutamontes alsaciano? Todas as duas mereceriam jovens bem amáveis. Enfim, foram elas que escolheram...

O pai Goriot estava sublime. Eugène jamais pudera vê-lo iluminado pelos fogos de sua paixão paterna. Algo digno de nota é o poder de infusão que possuem os sentimentos. Por mais grosseira que seja uma criatura, assim que ela exprime uma afetação forte e verdadeira, ela exala um fluido particular que modifica a fisionomia, anima o gesto, colore a voz. Frequentemente o ser mais estúpido chega, sob o esforço da paixão, à mais alta eloquência da ideia, ou até mesmo da linguagem, e parece se mover em uma esfera luminosa. Havia nesse momento na voz, nos gestos do velho, o poder comunicativo que marca o grande ator. Mas nossos belos sentimentos não são poesias da vontade?

– Ora! Talvez o senhor não fique chateado em saber – disse-lhe Eugène – que ela vai romper sem dúvida com esse de

Marsay. Esse homem a trocou pela princesa Galathionne. Quanto a mim, esta noite, apaixonei-me pela sra. Delphine.

– Puxa! – disse o pai Goriot.

– É. Eu não a desagradei. Falamos sobre o amor durante uma hora, e devo ir vê-la depois de amanhã, sábado.

– Oh! Como eu gostaria do senhor, meu caro, se lhe agradasse. O senhor é bom, não a atormentaria. Se eu a traísse, cortaria seu pescoço, em primeiro lugar. Uma mulher não tem dois amores, você entende? Meu Deus! Estou falando bobagens, senhor Eugène. Está frio aqui para o senhor. Meu Deus! Então a ouviu, o que disse sobre mim?

"Nada", pensou consigo Eugène. – Disse-me – respondeu em voz alta – que lhe mandava um grande beijo de filha.

– Adeus, meu bom vizinho, durma bem, tenha bons sonhos; os meus já estão feitos com essas palavras. Que Deus o proteja em todos os seus desejos! O senhor foi para mim como um anjo bom, trouxe-me o ar de minha filha.

"Pobre homem", pensou Eugène deitando-se, "ele conseguiria tocar corações de pedra. Sua filha mal pensa nele."

Depois dessa conversa, o pai Goriot viu em seu vizinho um confidente inesperado, um amigo. Estabeleceu-se entre ambos uma relação pela qual esse velho podia finalmente se ligar a um outro homem. As paixões nunca calculam mal. O pai Goriot se via um pouco mais perto de sua filha Delphine; via-se mais bem recebido, se Eugène se tornasse caro à baronesa. Aliás, ele havia lhe confiado uma de suas dores. A sra. de Nucingen, cuja felicidade desejava mil vezes por dia, não conhecera as doçuras do amor. É verdade que Eugène era, para usar sua própria expressão, um dos jovens mais gentis que já conhecera, parecia pressentir ele que lhe daria todos os prazeres do qual fora privada. O bom homem sentiu então por seu vizinho uma amizade crescente e sem o qual seria, sem dúvida, impossível conhecer o desfecho desta história.

Na manhã seguinte, à hora do café, a afetação com a qual o pai Goriot olhava Eugène, perto de quem se sentou, as palavras que lhe dirigiu e a mudança de sua fisionomia, ordinariamente parecida com uma máscara de gesso, surpreenderam os pensionistas. Vautrin, que revia o estudante pela primeira vez desde sua conversa, parecia querer ler em sua alma. Lembrando-se do projeto desse homem, Eugène, que, antes de adormecer, medira, durante a noite, o vasto campo que se abria para ele, pensou necessariamente no dote da srta. Taillefer e não pôde se impedir de ver Victorine como o mais virtuoso dos rapazes olha para uma herdeira riquíssima. Por acaso, seus olhares se encontraram. A pobre moça não deixou de achar Eugène atraente em sua roupa nova. O olhar que eles trocaram foi significativo o bastante para que Rastignac não duvidasse ser para ela objeto desses desejos confusos que sentem todas as moças e que elas relacionam ao primeiro sedutor. Uma voz gritava-lhe: "Oitocentos mil francos!". Mas, de repente, voltou a suas lembranças da véspera e pensou que sua paixão de encomenda pela sra. de Nucingen era o antídoto para seus maus pensamentos involuntários.

– *O barbeiro de Sevilha*, de Rossini, foi apresentado ontem no Italiens. Nunca tinha ouvido uma música tão deliciosa – disse. – Meu Deus! Que maravilha ter um camarote no Italiens.

O pai Goriot tomou essas palavras no ar como um cão segue os movimentos de seu dono.

– Vocês homens têm uma vida boa, fazem tudo o que lhes dá na telha.

– Como voltou? – perguntou Vautrin.

– A pé – respondeu Eugène.

– Eu – prosseguiu o tentador –, eu não gostaria de meios-prazeres; gostaria de ir lá com meu carro, em meu camarote e voltar confortavelmente. Tudo ou nada! Eis meu lema.

– E que está muito certo – continuou a sra. Vauquer.

– Talvez irá ver a sra. de Nucingen – falou baixinho a Goriot. – Ela o receberá certamente de braços abertos; pedirá ao senhor mil detalhes a meu respeito. Fiquei sabendo que ela faria tudo no mundo para ser recebida na casa de minha prima, a sra. viscondessa de Beauséant. Não esqueça de que a amo demais para não pensar em oferecer-lhe essa satisfação.

Rastignac saiu prontamente para a Escola de Direito, queria ficar o mínimo de tempo possível naquela casa odiosa. Flanou durante todo o dia, vítima dessa febre que conhecem os jovens afetados por esperanças fortíssimas. Os raciocínios de Vautrin o faziam pensar na vida social no momento em que encontrou seu amigo Bianchon no Jardin de Luxembourg.

– De onde você tomou esse ar grave? – perguntou-lhe o estudante de Medicina, tomando seu braço para passear diante do palácio.

– Estou sendo atormentado por ideias más.

– De que tipo? As ideias têm cura.

– Como?

– Sucumbindo-se a elas.

– Você está rindo sem saber do que se trata. Já leu Rousseau?

– Já.

– Lembra daquela passagem em que pergunta a seu leitor o que faria se pudesse enriquecer matando na China um velho mandarim sem arredar o pé de Paris?

– Lembro.

– E então?

– Puxa! Estou no meu trigésimo terceiro mandarim.

– Não brinque. Se lhe provassem que a coisa é possível e que basta dar o sinal, você o faria?

– O mandarim é velho? Mas ora! Jovem ou velho, paralítico ou não, realmente... Diacho! Ora, não.

– Você é um bom rapaz, Bianchon. Mas se amasse uma mulher que lhe virasse a alma do avesso e que lhe fosse preciso muito dinheiro para sua toalete, para seu carro, para todas suas fantasias, enfim?

– Mas você me tira a razão e quer que eu raciocine?

– Ora, Bianchon, estou louco, cure-me! Tenho duas irmãs que são anjos de beleza e candura e quero que sejam felizes. De onde tirar duzentos mil francos para seus dotes daqui a cinco anos? Existem, você vê, circunstâncias na vida em que é preciso apostar alto e não desperdiçar a alegria para ganhar uns tostões.

– Mas você está colocando a questão que aparece a todo mundo no início da vida e está querendo cortar o nó górdio com a espada. Para agir dessa forma, meu caro, é preciso ser Alexandre, senão se é condenado a trabalhos forçados. Quanto a mim, estou feliz com a pequena existência que terei na província, onde simplesmente sucederei a meu pai. As afetações do homem se satisfazem no menor dos círculos tão plenamente quanto em uma enorme circunferência. Napoleão não jantava duas vezes e não podia ter mais amantes do que um estudante de Medicina quando residente no Capucins. Nossa felicidade, meu caro, estará sempre entre a planta dos nossos pés e o occipício; e, que custe um milhão por ano ou cem luíses, a percepção intrínseca é a mesma dentro de nós. Concluo pela vida do chinês.

– Obrigado, você me fez muito bem, Bianchon! Seremos amigos para sempre.

– Então me conte – continuou o estudante de Medicina saindo do curso de Cuvier[83] para o Jardin des Plantes, acabo de flagrar a Michonneau e o Poiret conversando num banco com um senhor que vi nos tumultos do ano passado nos arredores da Câmara dos Deputados e que me pareceu ser um homem da polícia disfarçado de bom burguês que vive de rendas. Estudemos esse casal: vou dizer-lhe por quê. Adeus, vou responder à chamada das quatro horas.

Quando Eugène voltou à pensão, encontrou o pai Goriot, que o esperava.

– Tome – disse o velho – uma carta dela. Que bela caligrafia, hein?

Eugène abriu a carta e leu.

Senhor
Meu pai me disse que gosta de música italiana. Ficaria feliz se quisesse me dar o prazer de aceitar um lugar em meu camarote. Teremos no sábado Fodor e Pellegrini, portanto tenho certeza de que não recusará. O sr. de Nucingen junta-se a

---
83. Barão Cuvier (1769-1832), naturalista francês, conselheiro de Estado, professor de História Natural no prestigioso Collège de France. (N.T.)

mim para convidá-lo para jantar conosco sem cerimônias. Se aceitar, o fará muito feliz por não ter de cumprir o dever conjugal acompanhando-me. Não me responda, venha e receba meus cumprimentos.

D. de N.

– Mostre-me a carta – pediu o velho a Eugène quando ele terminou de lê-la. – Irá, não é? – completou depois de ter cheirado o papel. – Que cheiro bom! Seus dedos realmente o tocaram!

– Uma mulher não se joga dessa forma sobre um homem – refletiu o estudante. – Quer me usar para trazer de volta de Marsay. Nada senão o despeito leva a esse tipo de atitude.

– Ora – exclamou o pai Goriot –, no que está pensando?

Eugène não conhecia o delírio de vaidade que tomava algumas mulheres nesses momentos e não sabia que, para abrir uma porta no Faubourg Saint-Germain, a mulher de um banqueiro seria capaz de qualquer sacrifício. Nessa época, a moda começava a colocar acima de tudo as mulheres que eram admitidas na sociedade do Faubourg Saint-Germain, chamadas de "damas do Petit Château", entre as quais a sra. de Beauséant, sua amiga a duquesa de Langeais e a duquesa de Maufrigneuse ocupavam o primeiro lugar. Apenas Rastignac ignorava o furor que tomava as mulheres de Chaussée-d'Antin para entrar no círculo superior em que brilhavam as constelações de seu sexo. Mas sua desconfiança lhe foi útil, deu-lhe sangue-frio e o triste poder de impor condições em vez de recebê-las.

– Sim, irei – respondeu.

Assim, era a curiosidade que o levava à casa da sra. de Nucingen, ao passo que, se essa mulher o tivesse desdenhado, talvez fosse conduzido pela paixão. No entanto, esperava o dia seguinte e a hora de partir com uma certa impaciência. Para um rapaz, existe em sua primeira intriga tantos charmes quanto no primeiro amor. A certeza de vencer gera mil alegrias que os homens não confessam e que emprestam todo charme de certas mulheres. O desejo não nasce menos da dificuldade do que da facilidade dos triunfos. Todas as paixões dos homens são certamente excitadas ou entretidas por uma dessas duas causas que dividem o império amoroso. Talvez essa divisão seja uma consequência da grande questão dos temperamentos, que domina, apesar de tudo, a sociedade. Se os melancólicos precisam do tônico dos coquetismos, talvez as pessoas nervosas ou de sangue quente descampem se a resistência dura muito. Em outros termos, a elegia é tão essencialmente linfática quanto o ditirambo é biliar. Ao fazer sua toalete, Eugène saboreou todas essas pequenas alegrias das quais os jovens não ousam falar, de medo que zombem deles, mas que lisonjeiam seu amor-próprio. Arrumou seus cabelos pensando que o olhar de uma bela mulher se coloria sob seus cachos pretos. Permitiu-se fazer macaquices infantis como teria feito uma moça ao vestir-se para o baile. Olhou complacentemente para sua cintura fina ao alisar suas roupas.

– Com certeza se pode encontrar coisa pior!

Depois, quando todos frequentadores da pensão estavam sentados à mesa, desceu e recebeu com alegria as aclamações que seus trajes elegantes geraram. Uma característica particular às pensões burguesas é o assombro que causa uma toalete bem cuidada. Ninguém pode colocar uma roupa nova sem que alguém diga uma palavra.

– Pocotó, pocotó, pocotó – fez Bianchon estalando a língua contra o céu da boca, como se excitasse um cavalo.

– Está parecendo um duque ou um par da França! – exclamou a sra. Vauquer.

– O senhor vai partir à conquista? – observou a srta. Michonneau.

– Cocoricó! – gritou o pintor.

– Meus cumprimentos à senhora sua esposa – disse o empregado do Museu.

– O senhor tem uma esposa? – interrogou Poiret.

– Uma esposa com compartimentos, que boia na água, com uma bela tez garantida, com preços entre 25 e quarenta, de motivos xadrez da última moda, que pode ser lavada, de bom caimento, de linha, algodão e lã, sarando de uma dor de dente e outras doenças aprovadas pela Academia Real de Medicina! Excelente, aliás, para os filhos! Melhor ainda contra as dores de cabeça, as repleções e outros males do esôfago, olhos e ouvidos! – gritou Vautrin com a volubilidade cômica e a pronúncia de um operador. – "Mas quanto custa essa maravilha?", os senhores me perguntarão. Dois tostões? Não. Absolutamente nada. É um resto das provisões feitas no Grand Mongol, e que todos os soberanos da Europa, inclusive o grrrrrrrrrão-duque de Bade quiseram ver! Entrem bem em frente e passem ao pequeno escritório! Vamos, música! Bruuuuum, lá-ri-lá-lá, trimm, la-ri-lá bum-bum! Senhor da clarineta, você está desafinando – retomou com uma voz rouca –, vou bater em seus dedos.

– Meu Deus! Como esse homem é agradável – disse a sra. Vauquer à sra. Couture –, eu nunca me aborreceria com ele.

Em meio aos risos e às brincadeiras cujo sinal foi esse discurso pronunciado de maneira cômica, Eugène pôde captar o olhar furtivo da srta. Taillefer que se inclinou à orelha da sra. Couture, em cuja orelha cochichou algumas palavras.

– O cabriolé chegou – disse Sylvie.

– Onde será que vai jantar? – perguntou Bianchon.

– Na casa da sra. baronesa de Nucingen.

– A filha do sr. Goriot – respondeu o estudante.

A essas palavras, os olhares se voltaram ao antigo macarroneiro, que contemplava Eugène com uma espécie de inveja.

Rastignac chegou à Rue Saint-Lazare, em uma dessas casas leves, com colunas finas, pórticos mesquinhos, que constituem o *belo* em Paris, uma verdadeira casa de banqueiro, repleta de detalhes caros, estuques, vãos de escadas com mosaicos de mármore. Encontrou a sra. de Nucingen em uma saleta com pinturas italianas cuja decoração era parecida com a dos cafés. A baronesa estava triste. Os esforços que fez para esconder sua tristeza tanto mais interessaram Eugène pois nada tinham de fingido. Acreditava fazer uma mulher feliz por sua presença e a encontrava em desespero. Esse desapontamento feriu seu amor-próprio.

– Tenho pouquíssimos direitos a sua confiança, senhora – disse depois de haver cavocado sua preocupação –, mas se eu a incomodo, conto com sua boa-fé, para que me diga francamente.

– Fique – respondeu ela –, ficarei sozinha se for embora. Nucingen janta fora e não gostaria de ficar só, preciso de distração.

– Mas o que tem?

– Seria a última pessoa a quem eu diria – gritou.

– Quero saber, ou então devo ter algo a ver com esse segredo.

– Talvez! Mas é claro que não – continuou. – São brigas conjugais que devem ser enterradas no fundo do coração. Não lhe disse anteontem? Não sou feliz. As correntes de ouro são as mais pesadas.

Quando uma mulher diz a um rapaz que está infeliz, se esse rapaz é espirituoso, bem-posto, se tem mil e quinhentos francos de ócio em seu bolso, deve pensar no que se dizia Eugène e tornar-se um fátuo.

– O que a senhora poderia desejar? – rebateu. – É bela, jovem, amada, rica.

– Não falemos de mim – disse ela fazendo um movimento sinistro de cabeça. – Jantaremos juntos, a sós, ouviremos a música mais deliciosa. Estou a seu gosto? – continuou levantando-se e mostrando seu vestido de casimira branco com desenhos persas da mais rica elegância.

– Gostaria que fosse só minha – disse Eugène. – Está lindíssima.

– O senhor teria uma triste propriedade – disse sorrindo com amargura. – Nada aqui lhe anuncia a desgraça e, no entanto, apesar das aparências estou desesperada. Minhas tristezas me tiram o sono, acabarei tornando-me feia.

– Ah! Isso é impossível – disse o estudante. – Estou curioso para saber quais são sofrimentos que um amor devotado não apagaria?

– Se eu o confiasse ao senhor, fugiria de mim. Por enquanto, ama-me apenas pela galanteria que é de praxe nos homens; mas se me ama realmente, cairia num desespero profundo. Como vê, é melhor calar-me. Por favor, falemos de outra coisa. Venha conhecer minha casa.

– Fiquemos, fiquemos aqui – respondeu Eugène sentando-se em uma conversadeira diante do fogo, perto da sra. de Nucingen, cuja mão pegou com segurança.

Ela deixou que ele a pegasse e até mesmo apoiou-a sobre a do rapaz por um desses movimentos de força concentrada que traem emoções fortes.

– Escute – disse-lhe Rastignac –, se tem desgostos, deve confiá-los a mim. Posso provar-lhe que a amo pelo que é. Ou me dirá quais são seus sofrimentos para que eu possa dissipá-los, nem que para isso seja preciso matar seis homens, ou sairei para não mais voltar.

– Pois bem! – exclamou tomada pelo desespero que a fez dar um tapa na própria testa, vou testá-lo agora mesmo. "É", disse para si mesma, "só resta esse meio."

Tocou a campainha.

– A carruagem do senhor está atrelada? – perguntou a seu criado.

– Está, sim senhora.

– Vou usá-la. Dará a ele a minha e meus cavalos. Só servirá o jantar às sete horas.

– Vamos, venha – disse a Eugène, que imaginou estar sonhando ao ver-se no cupê do sr. de Nucingen, ao lado daquela mulher.

– Palais-Royal – disse ao cocheiro –, perto do Théâtre-Français.

Durante o trajeto, pareceu agitada e recusou responder às mil perguntas de Eugène, que não sabia o que pensar dessa resistência muda, compacta, obtusa.

"Ela me escapa em um instante", pensava.

Quando o carro parou, a baronesa olhou para o estudante com um ar que impunha silêncio a suas palavras insanas; pois ele havia se arrebatado.

– Gosta muito de mim? – ela perguntou.

– Gosto – respondeu, escondendo a inquietação que tomava conta dele.

– Não pensará nenhum mal de mim independentemente do que eu lhe pedir?

– Não.

– Está disposto a obedecer-me?

– Cegamente.

– Já jogou alguma vez? – ela perguntou com uma voz trêmula.

– Nunca.

– Ah! Que alívio. Gostará muito. Aqui está minha bolsa – ela disse. – Pegue-a! Há cem francos, é tudo o que esta mulher tão feliz possui. Entre em uma casa de jogo, não sei onde elas ficam, mas sei que existem algumas aqui no Palais-Royal. Aposte os cem francos em um jogo que chamamos de roleta, perca tudo ou traga-me seis mil francos. Vou lhe contar meus pesares quando voltar.

– Que o diabo me carregue se estou entendendo algo do que vou fazer, mas vou obedecê-la com uma alegria causada pelo seguinte pensamento: "Ela está se comprometendo comigo, nada poderá me recusar".

Eugène pega a bela bolsa, corre ao número NOVE depois de obter a informação com um vendedor de roupas sobre a casa de jogo mais próxima. Sobe, deixa que peguem seu chapéu; mas entra e pergunta onde está a roleta. Para o espanto dos frequentadores, o rapaz da sala o conduz a uma mesa comprida. Eugène, seguido pelos olhares dos espectadores, pergunta sem embaraço onde é preciso colocar a aposta.

– Se colocar um único luís sobre um desses 36 números e ele for sorteado, terá 36 luíses – disse-lhe um velho respeitável de cabelos brancos.

Eugène joga os cem francos sobre o número equivalente a sua idade, 21. Um grito de surpresa é proferido sem que tenha tempo de perceber. Ganhou sem notá-lo.

– Retire seu dinheiro – aconselha o velho senhor –, nunca se ganha duas vezes dessa maneira.

Eugène pega um rodo que o velho lhe estendeu, puxa para si os 3.600 francos e, ainda sem nada saber do jogo, coloca-os sobre o vermelho. As pessoas olham-no com inveja, vendo que continua a jogar. A roda gira, ganha novamente, e o banqueiro joga-lhe mais três mil e seiscentos francos.

– O senhor tem sete mil e duzentos francos – disse-lhe no ouvido o velho senhor. – Ouça-me, vá embora, o vermelho já caiu oito vezes. Se é caridoso, reconhecerá esse bom conselho aliviando a miséria de um antigo prefeito de Napoleão que se encontra em grandes dificuldades.

Atordoado, Rastignac deixa que o velho de cabelos brancos pegue seis luíses e desce com os sete mil francos, ainda sem entender nada do jogo, mas estupefato com sua sorte.

– Pois bem! Para onde me levará agora? – perguntou mostrando os sete mil francos à sra. de Nucingen quando a porta foi fechada.

Delphine apertou-o com um abraço insano e beijou-o vivamente, mas sem paixão.

– O senhor me salvou!

Lágrimas de alegria escorreram em abundância sobre seu rosto.

– Vou contar-lhe tudo, meu amigo. Será meu amigo, não é? Vê-me rica, opulenta, nada me falta ou aparento que nada me falte! Pois bem! Ora, pois saiba que o sr. de Nucingen não me dá um tostão: paga todas as despesas da casa, meus carros, meus camarotes; concede para minha toalete uma quantia insuficiente, reduz-me a uma miséria secreta por cálculo. Sou muito orgulhosa para implorar-lhe. Não seria eu a última das criaturas se comprasse seu dinheiro ao preço que quer me vendê-lo? Como é que eu, rica de setecentos mil francos deixei-me espoliar? Por orgulho, por indignação. Somos tão jovens, tão ingênuas, quando começamos a vida conjugal! A palavra pela qual era preciso pedir dinheiro a meu marido me dilacerava a boca; nunca ousava fazê-lo, usava o dinheiro de minhas economias e o que me dava meu pobre pai; a seguir, endividei-me. O casamento é para mim a mais horrível das decepções, mal posso lhe contar: basta dizer que me jogaria pela janela se fosse preciso viver com Nucingen de outra forma que não fosse cada um em seus aposentos. Quando tive que lhe contar sobre minhas dívidas de jovem esposa, das joias, das fantasias (meu pobre pai nos havia acostumado a nada nos recusar), sofri como um mártir; mas, enfim, tive a coragem de contar. Eu não possuía afinal uma fortuna? Nucingen irritou-se, disse-me que eu o arruinaria, disse horrores! Gostaria de estar morta e enterrada. Como ele havia tomado meu dote, pagou as dívidas; mas estipulando, a partir de então, uma pensão para minhas despesas pessoais, à qual me resignei a fim de ter paz. Depois, quis responder ao amor-próprio de alguém que conhece – continuou. – Se fui enganada por ele, devo fazer justiça à nobreza de seu caráter. Mas, enfim, deixou-me de maneira indigna! Não *se* deve jamais abandonar uma mulher à qual se jogou, num mau dia, um punhado de ouro! Deveria ser amada para sempre! O senhor, bela alma de 21 anos, jovem e puro, pergunta-me como uma mulher pode aceitar ouro de um homem? Meu Deus! Não é natural dividir tudo com o homem ao qual devemos nossa felicidade? Quando nos damos por inteiro, quem poderia se preocupar com uma parte desse todo? O dinheiro só se torna alguma coisa no momento em que o sentimento deixou de existir. Afinal, não se está ligado para toda vida? Quem é que pode prever uma separação quando se crê amado? Os senhores juram-nos um amor eterno, como então se pode ter interesses distintos? Não sabe o quanto sofri hoje, quando Nucingen me recusou categoricamente seis mil francos, logo ele que dá essa quantia a sua amante, uma moça da Ópera! Eu queria me matar. As ideias mais loucas me passaram pela cabeça. Houve momentos em que invejava a sorte de uma serviçal, de minha criada de quarto. Ir encontrar o meu pai, que loucura! Anastasie e eu o degolamos: meu pobre pai teria se vendido se valesse seis mil francos. Seria desesperá-lo em vão. O senhor salvou-me da vergonha e da morte, estava ébria de dor. Ah! Senhor, eu lhe devia essa explicação: fui bastante desvairadamente louca com o senhor. Quando me deixou e que o perdi de vista, queria fugir a pé... Para onde? Não sei. Eis a vida da metade das mulheres de Paris: um luxo exterior, preocupações cruéis na alma. Conheço pobres criaturas ainda mais infelizes do que eu. Há, no entanto, mulheres obrigadas a pedir faturas falsas a seus fornecedores. Outras são forçadas a roubarem seus maridos: uns acreditam que uma casimira de cem luíses é vendida por quinhentos francos, outros que uma casimira de quinhentos francos vale cem luíses. Encontram-se pobres mulheres que fazem seus filhos passarem fome e fazem todo tipo de negócio para terem um vestido. Eu estou pura dessas enganações odiosas. Eis minha última angústia. Se algumas mulheres se vendem a seus maridos para governá-los, eu, pelo menos, estou livre! Poderia cobrir-me de ouro por Nucingen, mas prefiro chorar com a cabeça apoiada nos ombros de um homem que posso estimar. Ah! Esta noite o sr. de Marsay não terá o direito de olhar-me como uma mulher a quem pagou. – Colocou o rosto entre as mãos para não mostrar suas lágrimas a Eugène, que tomou seu rosto para contemplá-la, estava sublime assim. – Misturar dinheiro e sentimentos, isso não é horrível? O senhor não poderia amar-me – afirmou.

Essa mistura de bons sentimentos que tornam as mulheres tão grandiosas e os erros que a constituição atual da sociedade as forçam a cometer transtornaram Eugène, que dizia palavras agradáveis e consoladoras, admirando aquela bela mulher, tão ingenuamente imprudente em seu grito de dor.

– Não se armará disso tudo contra mim – disse. – Prometa-me.

– Ah, senhora! Eu seria incapaz – disse.

Ela lhe tomou a mão e colocou-a sobre o coração com um movimento cheio de reconhecimento e de gentileza.

– Graças ao senhor, eis-me livre e alegre. Vivia oprimida por uma mão de ferro. Quero agora viver modestamente, não gastar nada. O senhor me achará bem como eu for, meu amigo, não é? Guarde isso – disse, pegando apenas seis notas de dinheiro. – Estou consciente que lhe devo dois mil escudos, pois considero que mereça a metade.

Eugène defendeu-se como uma virgem, mas a baronesa disse:

– Eu o verei como um inimigo se não for meu cúmplice – e ele pegou o dinheiro.

– Será uma reserva em caso de desgraça.

– Eis a palavra que eu temia – exclamou empalidecendo. – Se quer que eu seja algo para o senhor, jure-me que nunca mais voltará a jogar. Meus Deus! Corrompê-lo, eu morreria de dor!

Haviam chegado. O contraste da miséria e da opulência atordoava o estudante, em cujas orelhas retumbaram as palavras sinistras de Vautrin.

– Acomode-se ali – disse a baronesa, entrando em seu quarto e mostrando uma conversadeira perto do fogo. – Vou escrever uma carta bastante difícil! Aconselhe-me.

– Não escreva – disse-lhe Eugène –, embrulhe o dinheiro, coloque o endereço e envie-o por intermédio de sua criada de quarto.

– Mas o senhor é um amor de homem – respondeu. – Ah! Isso é que é ter tido uma boa educação! Isso é uma atitude puramente Beauséant – afirmou sorrindo.

"Ela é adorável", pensou Eugène, que se apaixonava cada vez mais.

Olhava para aquele quarto onde respirava a elegância voluptuosa de uma rica cortesã.

– É de seu agrado? – disse ela tocando a campainha para chamar sua criada de quarto.

– Thérèse, leve isso em mãos ao sr. de Marsay. Se não o encontrar, deverá trazer-me a carta de volta.

Thérèse não saiu sem antes lançar um olhar malicioso a Eugène. O jantar estava servido. Rastignac deu o braço à sra. de Nucingen, que o conduziu a uma sala de jantar deliciosa, onde encontrou o mesmo luxo à mesa que admirara na casa de sua prima.

– Nos dias do Italiens, virá jantar comigo e me acompanhará.

– Acabaria me acostumando a esta vida confortável se ela devesse durar, mas sou um pobre estudante que tem sua fortuna por fazer.

– Ela se fará – disse rindo. – O senhor vê, tudo se resolve: não esperava estar tão feliz.

Faz parte da natureza das mulheres provar o impossível pelo possível e destruir os fatos pelos pressentimentos. Quando a sra. de Nucingen e Rastignac entraram no camarote do Bouffons, ela tinha um ar de contentamento que a tornava tão bela que todos se permitiram aquelas caluniazinhas contra as quais as mulheres são indefesas e que frequentemente fazem com que se acredite em desordens inventadas a torto e a direito. Quando conhecemos Paris, não acreditamos em nada do que ali dizem e não dizemos nada do que ali fazem. Eugène tomou a mão da baronesa e ambos se falaram por meio de pressões mais ou menos vivas, comunicando as sensações que lhe davam a música. Para eles, aquela noite foi inebriante. Saíram juntos, e a sra. de Nucingen quis reconduzir Eugène até Pont-Neuf, recusando-lhe, durante todo o trajeto, um dos beijos que ela havia tão calorosamente prodigalizado no Palais-Royal. Eugène censurou-lhe essa inconsequência.

– Esta tarde – respondeu – era reconhecimento por um devotamento inesperado; agora seria uma promessa.

– E a senhora não quer me fazer nenhuma, sua ingrata.

E ofendeu-se. Fazendo um desses gestos de impaciência que encantam um amante, ela lhe ofereceu sua mão ao beijo, que ele tomou com uma má vontade que a encantou.

– Até segunda-feira no baile – ela disse.

Ao voltar a pé sob um belo luar, Eugène caiu em sérias reflexões. Estava ao mesmo tempo feliz e contrariado: feliz com uma aventura cujo desfecho provável lhe dava uma das mais belas e elegantes mulheres de Paris, objeto de seus desejos, mas contrariado ao contemplar seus projetos de fortuna revirados, e foi então que experimentou a realidade dos pensamentos aos quais se entregou na antevéspera. O insucesso acusa-nos frequentemente de nossas pretensões. Quanto mais Eugène desfrutava da vida parisiense, menos queria permanecer obscuro e pobre. Amarrotava sua nota de mil francos em seu bolso, fazendo-se mil objeções capciosas para apoderar-se dela. Finalmente chegou à Rue Neuve-Sainte-Geneviève, e quando chegou ao alto da escada, viu uma luz. O pai Goriot deixara a porta aberta e sua vela acesa, a fim de que o estudante não esquecesse de *contar-lhe sobre sua filha*, de acordo com sua expressão. Eugène nada lhe escondeu.

– Essa não! – exclamou o pai Goriot em um violento acesso de ciúme. – Elas acham que estou arruinado: ainda tenho mil e trezentas libras de renda! Meus Deus, a pobrezinha, por que não veio aqui?! Teria vendido minhas letras, teríamos trocado por capital e, quanto ao resto, teria transformado em título de renda vitalícia. Por que não veio confiar-me a dificuldade dela, meu bom vizinho? Como teve coragem de arriscar no jogo seus cem francos? É de cortar o coração. Os meus genros são assim mesmo! Ora, se os pegasse iria torcer-lhes o pescoço. Meu Deus! Ela chorou?

– Com a cabeça sobre o meu colete.

– Oh! Dê-o para mim – pediu o pai Goriot. – Como! Então aqui caíram lágrimas de minha filha, de minha querida Delphine, que nunca chorava quando criança! Oh! Eu compraria um outro para o senhor, não o use mais, deixe-o para mim. Ela deve, de acordo com seu contrato, usufruir de seus bens. Ah! Amanhã vou logo procurar Derville[84], um advogado. Vou exigir o investimento da fortuna dela. Conheço as leis, sou uma raposa velha, vou recuperar meus dentes.

– Tome, pai, eis aqui mil francos que ela quis me dar sobre nosso ganho. Guarde isso no colete.

Goriot olhou para Eugène, estendeu a mão para tocar a dele, sobre a qual deixou cair uma lágrima.

– Terá sucesso na vida – disse-lhe o velho. – Deus é justo, sabe? Entendo de probidade e posso assegurar-lhe que há poucos homens que se parecem com o senhor. Quer então ser também meu filho querido? Vamos, vá dormir. O senhor pode dormir, pois ainda não é pai. Ela chorou, fico sabendo disso ao passo que eu estava comendo tranquilamente, comendo como um imbecil enquanto ela sofria; logo eu, que venderia o Pai, o Filho e o Espírito Santo para evitar uma lágrima de cada uma delas.

---

84. Sr. Derville, personagem de *A comédia humana* (*Gobseck, Coronel Chabert, Um caso tenebroso, César Birotteau, Esplendores e misérias das cortesãs, Uma estreia na vida, A casa Nucingen*). (N.T.)

"Por Deus", pensou Eugène indo deitar-se, "acho que serei honesto toda minha vida. Existe um prazer em seguir as inspirações de sua consciência."

Apenas os que acreditam em Deus fazem o bem em segredo, e Eugène acreditava em Deus. No dia seguinte, à hora do baile, Rastignac foi à casa da sra. de Beauséant, que o conduziu para apresentar-lhe à duquesa de Carigliano. Recebeu a mais amável recepção da mulher do marechal, na casa de quem encontrou a sra. de Nucingen. Delphine se embelezara com a intenção de agradar a todos para agradar ainda mais a Eugène, de quem esperava com impaciência um olhar, acreditando esconder sua impaciência. Para aqueles que sabem adivinhar as emoções de uma mulher, esse momento é repleto de delícias. Quem nunca se divertiu fazendo aguardarem sua opinião, disfarçando com coquetismo seu desejo, buscando confissões na inquietação que causamos, desfrutando dos temores que dissiparemos por um sorriso? Durante essa festa, o estudante mediu imediatamente a amplitude de sua posição e compreendeu que possuía uma condição eminente na sociedade por ser primo da sra. de Beauséant. A conquista da sra. de Nucingen, que já era dada por certa, colocava-o tão em relevo que todos os rapazes lançavam-lhe olhares de inveja; surpreendendo alguns deles, experimentou os primeiros prazeres da fatuidade. Passando de um salão a outro, atravessando os grupos, ouviu exaltarem sua felicidade. As mulheres prediziam-lhe todo seu sucesso. Delphine, temendo perdê-lo, prometeu-lhe não lhe recusar à noite o beijo que tanto se negara a conceder na antevéspera. Nesse baile, Rastignac recebeu inúmeros convites. Foi apresentado pela prima a algumas mulheres com pretensão à elegância e cujas casas passavam por agradáveis; viu-se lançado na maior e na mais bela sociedade de Paris. Essa noite teve então para ele o charme de um começo brilhante, e ele deveria lembrar-se dela até o fim de seus dias, como uma moça se lembra do baile em que teve triunfos. No dia seguinte, ao tomar seu café da manhã, contou seus sucessos ao pai Goriot diante dos pensionistas. Vautrin sorria de maneira diabólica.

— E acredita – exclamou o lógico feroz – que um rapaz da moda possa permanecer na Rue Neuve-Sainte-Geneviève, na Casa Vauquer, certamente pensão infinitamente respeitável em todos os sentidos, mas que nada tem de elegante? É opulenta, bela em sua abundância, orgulhosa de ser a mansão momentânea de um Rastignac; mas, enfim, fica na Rue Neuve-Sainte-Geneviève e ignora o luxo, pois é puramente *patriarcalorama*. Meu jovem amigo – prosseguiu Vautrin, com um ar paternalmente brincalhão –, se quer fazer boa figura em Paris, precisa de três cavalos e um tílburi para a manhã, um cupê para a noite, no total nove mil francos para o veículo. Seria indigno de seu destino se não gastasse três mil francos com seu alfaiate, seiscentos francos com o perfumista, cem escudos com o boteiro, cem escudos com o chapeleiro. Quanto a sua lavadeira, irá custar-lhe mil francos. Os rapazes da moda não podem se dispensar de serem muito fortes na questão da roupa de cama, mesa e banho: não é o que mais se examina neles? O amor e a Igreja valem belas toalhas sobre seus altares. Já estamos em catorze mil. Não lhe falo do que perderá no jogo, em apostas, em presentes; é impossível não contar com dois mil francos para as pequenas despesas. Já levei essa vida, conheço o que se precisa desembolsar. Acrescente a essas primeiras necessidades trezentos luíses para a comida, mil francos em moradia. Vamos, meu pequeno, temos 25 mil por ano sobre os ombros, ou caímos na lama, fazemos com que zombem da gente e somos destituídos de nosso futuro, de nossos sucessos, de nossas amantes! Esqueço o criado de quarto e vrummmm! Ou é Christophe que levará suas cartas de amor? Vai escrevê-las no papel que usa agora? Seria suicídio na certa. Acredite num velho cheio de experiência! – continuou, fazendo um *rinforizando* com sua voz grave. – Ou é deportado para uma mansarda virtuosa e se casa com o trabalho, ou pega um outro caminho.

E Vautrin piscou o olho olhando de soslaio para a srta. Taillefer de maneira a lembrar e resumir nesse olhar os argumentos sedutores que havia semeado no coração do estudante para corrompê-lo. Vários dias se passaram durante os quais

Rastignac levou a vida mais dissipada. Jantava quase sempre com a sra. de Nucingen, que acompanhava na sociedade. Voltava às três ou quatro horas da madrugada, levantava ao meio-dia para fazer sua toalete, ia passear no Bois com Delphine quando tinha sol, desperdiçando seu tempo sem conhecer seu preço e aspirando a todos ensinamentos, a todas as seduções do luxo com o ardor que envolve o cálice da tamareira fêmea ao receber o pólen fecundante de seu himeneu. Apostava alto, perdia ou ganhava muito e acabou por acostumar-se à vida exorbitante dos rapazes parisienses. Dos seus primeiros ganhos, enviara mil e quinhentos francos a sua mãe e a suas irmãs, acompanhando sua restituição de belos presentes. Embora tenha anunciado querer deixar a Casa Vauquer, estava ainda nos últimos dias do mês de janeiro e não sabia como fazer para sair. Os jovens, quase todos submetidos a uma lei de aparência inexplicável, mas cuja razão vem de sua própria juventude e da espécie de fúria com a qual se precipitam no prazer. Ricos ou pobres, nunca têm dinheiro para as necessidades da vida, ao passo que sempre encontram algum para seus caprichos. Pródigos de tudo que se pode comprar a crédito, são avaros em relação àquilo que se deve pagar no ato e parecem vingar-se daquilo que não têm, dissipando tudo o que podem ter. Assim, para colocar a questão de maneira clara, um estudante tem muito mais cuidado com seu chapéu do que com seu fraque. A enormidade do ganho torna o alfaiate essencialmente um credor, enquanto a modicidade da soma que se paga ao chapeleiro faz dele um dos seres mais intratáveis entre os quais se é forçado a negociar. Se o rapaz sentado na galeria de um teatro oferece aos binóculos das belas mulheres coletes impressionantes, é duvidoso que estivesse calçando meias; o comerciante de malhas é outra traça de seus bolsos. Rastignac estava nesse ponto. Sempre vazia para a sra. Vauquer, sempre cheia para as exigências da vaidade, sua bolsa tinha revezes e sucessos lunáticos em desacordo com os pagamentos mais naturais. A fim de deixar a pensão fétida, ignóbil onde periodicamente suas pretensões se humilhavam, não seria preciso comprar móveis para seu apartamento de janota? Era sempre algo impossível. Se, para obter dinheiro necessário a seu jogo, Rastignac sabia muito bem levar ao penhor, esse amigo sombrio e discreto da juventude, os relógios e as correntes de ouro comprados de seu joalheiro e pagos com seus ganhos, encontrava-se sem criatividade e sem audácia quando se tratava de pagar seu alimento, sua moradia, ou comprar as ferramentas indispensáveis à exploração da vida elegante. Uma necessidade vulgar, dívidas contraídas pelas necessidades satisfeitas não o inspiravam mais. Como a maioria daqueles que conheceram essa vida por acaso, esperava o último momento para saldar suas dívidas, sagradas aos olhos dos burgueses, como fazia Mirabeau[85], que apenas pagava seu pão quando se apresentava sob a forma ameaçadora de uma letra de câmbio. Por essa época, Rastignac perdera seu dinheiro e endividara-se. O estudante começava a compreender que seria impossível continuar com essa vida sem recursos fixos. Mas, sempre gemendo aos danos incômodos de sua situação precária, sentia-se incapaz de renunciar aos gozos excessivos dessa vida e queria continuar levando-a a qualquer preço. Os acasos com os quais contara para sua fortuna tornavam-se quiméricos, e os obstáculos reais aumentavam. Ao iniciar-se nos segredos domésticos do sr. e da sra. de Nucingen, dera-se conta de que, para converter o amor em instrumento de fortuna, era preciso ter bebido toda vergonha e renunciado às ideias nobres que são a absolvição dos erros da juventude. Havia desposado essa vida exteriormente esplêndida corroída por todas as *tênias* do remorso e cujos prazeres fugitivos eram duramente expiados por angústias persistentes, como o Distraído de La Bruyère[86], desposara uma cama no lodo da fossa; mas, como o Distraído, não sujava senão suas roupas.

– Então matamos o mandarim? – perguntou-lhe um dia Bianchon, saindo da mesa.

---

85. Marquês Honoré-Gabriel Riqueti de Mirabeau (1749-1791), deputado, escritor e grande orador da Revolução Francesa. Foi preso por dívidas, a pedido de seu pai. (N.T.)

86. La Bruyère (1645-1696), moralista francês. Ménalque, o distraído, é personagem de *Caracteres ou les moeurs de ce siècle* (*Os personagens ou os costumes desse século*). (N.T.)

– Ainda não – respondeu –, mas ele está nas últimas.

O estudante de Medicina tomou essas palavras por uma brincadeira, mas não eram. Eugène, que pela primeira vez em muito tempo jantara na pensão, mostrou-se pensativo durante a refeição. Em vez de sair na sobremesa, ficou na sala de jantar sentado perto da srta. de Taillefer, à qual lançou longos olhares expressivos. Alguns pensionistas ainda estavam à mesa e comiam nozes, outros passeavam continuando discussões já começadas. Como ocorre praticamente todas as noites, cada um seguia sua imaginação, de acordo com o grau de interesse que tinha na conversa, ou de acordo com a digestão mais leve ou mais pesada. No inverno, era raro que a sala de jantar fosse inteiramente evacuada antes das oito horas, momento em que as quatro mulheres permaneciam sozinhas e vingavam-se do silêncio que seu sexo lhes impunha em meio a essa reunião masculina. Impressionado com a preocupação da qual Eugène era vítima, Vautrin permaneceu na sala de jantar, apesar de que, em princípio, parecia apressado em sair, e procurou constantemente não ser visto por Eugène, que poderia acreditar que partira. A seguir, em vez de acompanhar os últimos pensionistas a saírem, parou dissimuladamente na sala. Lera a alma do estudante e pressentia um sintoma decisivo. Rastignac encontrava-se, com efeito, numa situação perplexa que muitos jovens provavelmente conheceram. Afetuosa ou coquete, a sra. de Nucingen fizera Rastignac passar por todas as angústias de uma verdadeira paixão, usando contra ele os recursos da diplomacia feminina em voga em Paris. Depois de ter-se comprometido aos olhos do público fixando a seu lado o primo da sra. de Beauséant, hesitou a dar-lhe realmente os direitos que parecia ter. Depois de um mês, irritou tanto os sentidos de Eugène que acabou por atacar o coração. Se, nos primeiros momentos de sua ligação, o estudante acreditou-se o dominador, a sra. de Nucingen se tornou a mais forte com ajuda daquela artimanha que colocava em movimento em Eugène todos os sentimentos, bons ou maus, dos dois ou três homens que habitam a alma de um jovem de Paris. Tratava-se de um cálculo? Não, as mulheres são sempre verdadeiras, mesmo em meio de suas maiores falsidades, porque cedem a algum sentimento natural. Talvez Delphine, depois de deixar esse jovem ter tanto poder sobre ela e de ter-lhe demonstrado tanta afeição, ela obedecia a um sentimento de dignidade que a fazia ou voltar atrás em suas concessões, ou suspendê-las por diversão. É muito natural que uma parisiense, no momento preciso em que é levada pela paixão, que ela hesite em sua queda e deteste o coração daquele a quem vai entregar seu futuro. Todas as esperanças da sra. de Nucingen haviam sido traídas uma primeira vez, e sua fidelidade por um jovem egoísta acabara de ser desprezada. Estava portanto em seu direito ser desconfiada. Talvez tivesse percebido, nas maneiras de Eugène, cujo sucesso rápido o tornara presunçoso, uma espécie de subestima causada pelas estranhezas de sua situação. Ela desejava sem dúvida parecer imponente a um homem dessa idade e achar-se grande diante dele depois de ter sido durante tanto tempo pequena diante daquele que a abandonara. Não queria que Eugène a tomasse por uma conquista fácil, precisamente porque ele sabia que ela pertencera a de Marsay. Enfim, depois de ter sofrido os prazeres degradantes de um verdadeiro monstro, um jovem libertino, ela experimentava a doçura de passear pelas regiões floridas do amor. Era sem dúvida agradável para ela admirar todos seus aspectos, ouvir durante muito tempo seus estremecimentos e deixar-se acariciar longamente por brisas castas. O verdadeiro amor pagava pelo mau. Esse contrassenso será, infelizmente, frequente enquanto os homens não souberem quantas flores são ceifadas na alma de uma mulher nos primeiros golpes da traição. Fossem quais fossem suas razões, Delphine desfrutava de Rastignac e divertia-se brincando com ele, sem dúvida porque se sabia amada e certa de fazer cessar os desgostos de seu amante a seu bel-prazer de mulher. Por amor-próprio, Eugène não queria que seu primeiro combate se terminasse por uma derrota, e persistia em sua perseguição, como um caçador que quer matar uma perdiz de qualquer maneira em sua primeira festa de Saint-Hubert. Suas ansiedades, seu amor-próprio ofendido, seus desesperos, falsos ou verdadeiros, o ligavam cada vez mais àquela mulher. Toda Paris dava-lhe a sra. de Nucingen, junto da qual não avançara mais do que no primeiro dia em que a vira. Ignorando ainda que o coquetismo de uma mulher oferece algumas vezes mais benefícios do que o prazer que seu amor dá, caía em cóleras tolas. Se a estação durante a qual uma mulher briga com o amor oferecia a Rastignac o saque de suas primícias, estas se tornavam também muito custosas, na medida em que eram verdes, azedinhas e deliciosas de se saborear. Por vezes, vendo-se sem um tostão, pensava, apesar da voz de sua consciência, em um casamento com a srta. Taillefer. Ora, encontrava-se então em um momento em que sua miséria falava tão alto que ele cedeu quase que involuntariamente aos artifícios da terrível esfinge pelos olhares da qual se fascinou frequentemente. No momento em que Poiret e srta. Michonneau subiram a seus aposentos, Rastignac, acreditando-se sozinho entre a sra. Vauquer e a sra. Couture, que tricotava mangas de lã cochilando em frente ao aquecedor, contemplou a srta. Taillefer de uma maneira suficientemente terna para fazê-la baixar os olhos.

– Teria alguma contrariedade, sr. Eugène? – perguntou-lhe Victorine depois de um momento de silêncio.

– Que homem não tem suas contrariedades? – respondeu Rastignac. – Se tivéssemos certeza, nós rapazes, de sermos amados com uma dedicação que nos recompensasse dos sacrifícios que estamos sempre dispostos a fazer, talvez nunca tivéssemos contrariedades.

A srta. Taillefer lançou, em resposta, um olhar que não deixava dúvidas.

– A senhorita estaria certa de seu coração no dia de hoje; mas poderia dizer que nunca mudará?

Um sorriso veio errar sobre os lábios da pobre menina, como um raio jorrando de sua alma, e fez seu rosto reluzir tão bem que Eugène ficou assustado por ter provocado uma explosão de sentimento tão viva.

– Então?! Se amanhã fosse rica e feliz, se uma imensa fortuna lhe caísse das nuvens, amaria ainda o rapaz pobre que a senhorita agradava durante seus dias de infortúnio?

– Um rapaz bem infeliz?

Novo sinal.

– Que bobagens estão dizendo aí? – exclamou a sra. Vauquer.

– Deixe-nos – respondeu Eugène –, nós nos entendemos.

– Haveria então uma promessa de casamento entre o sr. cavaleiro Eugène de Rastignac e a srta. Victorine de Taillefer? – perguntou Vautrin com sua voz grave, mostrando-se de repente à porta da sala de jantar.

– Ah! O senhor me assustou – disseram ao mesmo tempo a sra. Couture e a sra. Vauquer.

– A escolha poderia ser pior – respondeu rindo Eugène, a quem a voz de Vautrin causou a emoção mais cruel que jamais sentira.

– Chega de brincadeiras de mau gosto – disse a sra. Couture. – Minha filha, vamos subir a nossos aposentos.

A sra. Vauquer seguiu suas duas pensionistas a fim de economizar sua vela e seu fogo, passando parte da noite com elas. Eugène viu-se sozinho diante de Vautrin.

– Sabia muito bem que chegaria lá – disse-lhe esse homem, guardando um sangue-frio imperturbável. – Mas, escute! Tenho delicadezas como qualquer outro, tenho sim. Não se decida neste momento, não está em seu estado normal. Está com dívidas. Não quero que seja a paixão, o desespero, mas que a razão o decida a recorrer a mim. Talvez precise de alguns milhares de escudos. Tome, o senhor os quer?

Esse demônio pegou em seu bolso uma carteira e tirou três notas de dinheiro que fizeram com que os olhos do estudante piscassem. Eugène estava na mais cruel das situações. Devia ao marquês d'Ajuda e ao conde de Trailles cem luíses pedidos sob palavra. Não dispunha dessa soma e não ousava passar a noite em casa da sra. de Restaud, onde esperavam por ele. Era uma dessas noites sem cerimônias, em que se comem bolinhos e se bebe chá, mas se pode perder seis mil francos no uíste.

– Senhor – respondeu Eugène, escondendo com dificuldade uma tremedeira convulsiva –, depois do que me contou, deve compreender que é impossível para mim ter obrigações para com o senhor.

— Ora, teria me causado pena falar de outra forma – continuou o tentador. – É um belo rapaz, delicado, orgulhoso como um leão e doce como uma moça. Seria uma bela presa para o diabo. Gosto dessa qualidade nos jovens. Ainda algumas duas ou três reflexões de alta política e verá o mundo como ele é. Desempenhando nele algumas cenas de virtude, o homem superior ali satisfaz todas suas fantasias sob os grandes aplausos dos ingênuos da plateia. Em poucos dias será nosso. Ah! Se quisesse se tornar meu aluno, faria com que conseguisse de tudo. Não teria um desejo que não fosse satisfeito imediatamente, seja o que pudesse desejar: honra, fortuna, mulheres. Toda a civilização seria transformada em iguaria para o senhor. Seria nosso filho mimado, nosso Benjamin, exterminaríamos todos pelo senhor com prazer. Tudo que lhe servisse de obstáculo seria destruído. Se conservar seus escrúpulos, então me considera um celerado? Pois bem, um homem que tinha tanta probidade quanto o senhor acredita ter ainda, o sr. de la Turenne[87], sem acreditar-se comprometido, pequenos negócios com bandidos. Não quer ser grato a mim, hein? Pouco importa – prosseguiu Vautrin deixando escapar um sorriso. – Pegue esses trapos e coloque ali – disse tirando um selo. – Ali, na transversal: *Aceito pela soma de três mil e quinhentos francos pagáveis em um ano*. E coloque a data! Os juros são bastante altos para evitar qualquer escrúpulo; o senhor pode me chamar de judeu e ver-se livre de qualquer compromisso. Permito-lhe que hoje ainda me despreze, certo de que mais tarde verá em mim aqueles imensos abismos, aqueles vastos sentimentos concentrados que os ingênuos chamam de vícios; mas nunca me achará nem covarde nem ingrato. Enfim, não sou nem um peão nem bispo, mas torre, meu menino.

— Que espécie de homem é o senhor, então? – exclamou Eugène. – Foi criado para me atormentar.

---

87. Visconde de la Turenne ou Henri de la Tour-d'Auvergne (1611-1675), marechal e general francês. (N.T.)

– Mas é claro que não, sou um homem que quer sujar suas mãos para que o senhor esteja livre da lama até o fim de seus dias. O senhor se pergunta por que essa dedicação? Pois bem, um dia, eu lhe assoprarei o motivo ao ouvido. Primeiramente, surpreendi-o mostrando-lhe o carrilhão da ordem social e o jogo da máquina; mas seu primeiro pavor passará como o do recruta no campo de batalha, e se acostumará à ideia de considerar os homens como soldados decididos a morrer pelo serviço daqueles que se autoproclamam reis. Os tempos são bastante difíceis. Antigamente dizia-se a um valentão: "Tem aqui cem escudos, mate-me o sr. Fulano de Tal", e ia-se cear tranquilamente depois de ter eliminado um homem por um sim ou por um não. Hoje, proponho dar-lhe uma bela fortuna a um simples aceno que em nada nos compromete e o senhor hesita. Este século é muito mole.

Eugène assinou a letra, trocando-a por duas notas de dinheiro.

– Pois bem! Vejamos, usemos a razão – prosseguiu Vautrin. – Quero partir daqui a alguns meses para a América para plantar meu tabaco. Vou enviar a você o charuto da amizade. Se me tornar rico, o ajudarei. Se eu não tiver filhos (o que é bem provável, já que não tenho a menor curiosidade de ser replantado a partir de uma muda), pois bem, legarei ao senhor minha fortuna! Isso é ser amigo de um homem? Mas eu gosto mesmo do senhor. Tenho paixão de dedicar a outro. Já o fiz antes. Veja, meu menino, vivo numa esfera mais elevada do que a de outros homens. Considero as ações como meios e vejo apenas os fins. O que é um homem para mim? Isso! – disse, estalando a unha de seu polegar em um de seus dentes. – Um homem é tudo ou nada. É menos do que nada quando se chama Poiret: pode-se esmagá-lo como um percevejo, é achatado e fede. Mas um homem é um deus quando se parece com o senhor: não é uma máquina coberta de pele, mas um teatro em que se agitam os mais belos sentimentos e vivo apenas para os sentimentos. Pois um sentimento não é o mundo em um pensamento? Veja o pai Goriot: suas duas filhas são para ele todo o universo, são o fio com o qual ele se dirige na criação. É isso mesmo! Para mim, que muito ralei na vida, existe apenas um sentimento real, uma amizade de homem a homem. Pierre e Jaffier[88], eis uma paixão. Sei de cor *A salvação de Veneza*. Conheceu muitas pessoas suficientemente peludas para, quando um camarada diz: "Vamos enterrar um corpo?" ir sem dar um pio nem aborrecê-lo com moralismos? Pois eu faço isso. Não falaria dessa forma com todo mundo. Mas o senhor é um homem superior, pode-se lhe dizer tudo, pode compreender tudo. Não chafurdará muito tempo no pântano onde vivem os sapos que nos cercam aqui. Pois está dito. O senhor vai casar-se. Ataquemos cada um com suas armas. A minha é de ferro e não amolece nunca, rá, rá, rá!

Vautrin saiu sem querer ouvir a reposta negativa do estudante, a fim de deixá-lo à vontade. Parecia conhecer o segredo dessas pequenas resistências, desses pequenos combates dos quais os homens se vangloriam para si mesmos e que lhes servem de justificativa para suas ações repreensíveis.

"Que ele faça como bem entender, não me casarei com a srta. Taillefer", pensou Eugène.

Depois de ter sofrido o mal-estar de uma febre interior causada pela ideia de um pacto firmado com esse homem do qual tinha horror, mas que crescia a seus olhos pelo próprio cinismo de suas ideias e pela audácia com que estreitava a sociedade entre eles, Rastignac vestiu-se, pediu um carro e foi à casa da sra. de Restaud. Havia alguns dias, essa mulher redobrara seus cuidados para com um rapaz cujos passos representavam um progresso rumo ao centro da alta sociedade e cuja influência parecia tornar-se temível um dia. Pagou os srs. Trailles e d'Ajuda, jogou uíste uma parte da noite e ganhou aquilo que perdera. Supersticioso como a maioria dos homens cujo caminho está por ser traçado e que são mais ou menos fatalistas, quis ver em sua alegria uma recompensa do céu por sua perseverança em permanecer no bom caminho. Na manhã seguinte, apressou-se em perguntar a Vautrin se ainda possuía a letra de câmbio. A

---

88. Pierre e Jaffier são personagens de *A salvação de Veneza* (1682), tragédia de Thomas Otway (1652-1685). (N.T.)

uma resposta afirmativa, devolveu-lhe os três mil francos, manifestando um prazer bastante natural.

– Está tudo bem – disse-lhe Vautrin.
– Mas não sou mais seu cúmplice – retrucou Eugène.
– Eu sei, eu sei – respondeu Vautrin interrompendo-o. – Ainda está fazendo criancices. Prende-se em bobagens.

Dois dias depois, Poiret e a srta. Michonneau se encontravam sentados em um banco, sob o sol numa alameda solitária do Jardin des Plantes, e conversam com o senhor que parecera, a justo título, suspeito ao estudante de Medicina.

– Senhorita – dizia o sr. Gondureau[89] –, não vejo de onde vêm seus escrúpulos. Sua excelência, o senhor ministro da Polícia Geral do Reino...

– Ah! sua excelência, o senhor ministro da Polícia Geral do Reino... – repetiu Poiret.

– Sim, sua excelência está cuidando desse caso – confirmou Gondureau.

A quem não pareceria inverossímil que Poiret, antigo funcionário, sem dúvida com virtudes burguesas, embora desprovido de ideias, continuasse a ouvir o pretenso homem de rendas da Rue de Buffon, no momento em que pronunciava a palavra "polícia", deixando assim antever a fisionomia de um agente da Rue de Jerusalém[90] através sua máscara de homem honesto? No entanto, nada era mais natural. Todos entenderiam melhor a espécie particular à qual pertencia Poiret dentro da grande família dos tolos depois de uma constatação já feita por certos observadores, mas que até o presente ainda não foi publicada. É uma nação plumista, com o orçamento comprimido entre o primeiro grau de latitude, que comporta os vencimentos de mil e duzentos francos, espécie de Groelândia administrativa, e o terceiro grau, onde começam os vencimentos um pouco

---

89. Sr. Gondureau, disfarce de Bibi-Lupin, personagem de *A comédia humana* (*Esplendores e misérias das cortesãs*). (N.T.)
90. A Rue de Jerusalém desembocava no Quais des Orfèvres, na altura de onde se encontrava o Palácio da Polícia. (N.T.)

mais quentes, de três a seis mil, região temperada onde a gratificação se aclimata e onde essa floresce, apesar das dificuldades da cultura. Um dos traços característicos que melhor trai a estreiteza doente dessa gente subalterna é uma espécie de respeito involuntário, maquinal, instintivo, por aquele grande Dalai Lama de qualquer ministério, reconhecido por seu empregado por meio de uma assinatura ilegível e sob o nome de SUA EXCELÊNCIA, O SENHOR MINISTRO, cinco palavras que equivalem a *Il Bondo Cani* do *Calife de Bagdad*[91] e que, aos olhos desse povo achatado, representa um poder secreto irremediável. Como o papa para os cristãos, o "senhor" é administrativamente infalível aos olhos do empregado; o olhar que lança se comunica com seus atos, com suas falas e com as frases ditas em seu nome; cobre tudo com suas artimanhas e legaliza as ações que ordena; seu nome "excelência", que atesta a pureza de suas intenções e a santidade de seus desejos, serve de passaporte às ideias menos admissíveis. O que essa pobre gente não faria em seu próprio interesse apressa-se em cumprir assim que as palavras "sua excelência" são pronunciadas. As repartições têm sua obediência passiva, assim como as forças armadas têm a sua: o sistema que sufoca a consciência, aniquila um homem e acaba, com o tempo, por adaptá-lo, como um parafuso ou uma porca, à maquina governamental. Assim, o sr. Gondureau, que parecia conhecer bem os homens, distinguiu prontamente em Poiret um desses tolos burocráticos e lançou mão do *Deus ex machina*, a palavra talismânica de "sua excelência", no momento propício e revelou seus planos para impressionar Poiret, que lhe parecia o macho de Michonneau, como Michonneau parecia a fêmea do Poiret.

– A partir do momento em que sua excelência em pessoa, sua excelência, o senhor o... Ah! É muito diferente – disse Poiret.

– O senhor está ouvindo esse senhor em cujo julgamento parece confiar – prosseguiu o falso homem de rendas dirigindo-se à srta. Michonneau. – Pois bem! Sua excelência tem agora

---

91. *Calife de Bagdad* é uma ópera de Boieldieu, livreto de Godard d'Aucourt de Saint-Juste, de 1800. Il Bondo Cani é a alcunha usada pelo califa Isauun ao percorrer fantasiado, à noite, as ruas de Bagdá. (N.T.)

a certeza mais completa que o pretenso Vautrin, residente na Casa Vauquer, é um forçado evadido das galés de Toulon, onde é conhecido pelo nome de *Engana-morte*.

– Ah! Engana-morte! – exclamou Poiret. – Ele é muito feliz se mereceu esse apelido.

– Pois é – prosseguiu o agente. – Essa alcunha se deve à felicidade que teve de nunca perder a vida nos empreendimentos extremamente audaciosos que executou. Esse homem, como podem ver, é perigoso! Ele tem qualidades que o tornam extraordinário. Sua condenação é inclusive algo que lhe deu uma honra infinita...

– Então é um homem honrado? – perguntou Poiret.

– À sua maneira. Consentiu em assumir o crime de outro, uma falsificação perpetrada por um belíssimo rapaz de quem gostava muito, um jovem italiano, jogador incurável que desde então entrou para o serviço militar, onde aliás tem se comportado perfeitamente bem.

– Mas se sua excelência o ministro da polícia tem certeza de que o sr. Vautrin seja o Engana-morte, por que então precisaria de mim? – perguntou a srta. Michonneau.

– Ah sim! – disse Poiret. – Se, com efeito, o ministro, como o senhor nos concedeu a honra de nos contar, tem uma certeza qualquer...

– Certeza não é a palavra; apenas suspeitamos. Irão entender do que se trata. Jacques Collin, apelidado de Engana-morte, tem toda confiança das três prisões de trabalhos forçados, que o escolheram para ser seu agente e seu banqueiro. Ganha muito cuidando desse tipo de negócio, que necessariamente exige um homem de *marca*.

– Ah! Ah! A senhorita entendeu o trocadilho? – perguntou Poiret. – Esse senhor disse um homem de *marca* porque ele foi marcado.

– O falso Vautrin – continuou o agente – recebe os capitais dos forçados, aplica-os, conserva esse dinheiro para eles, mantendo-o à disposição daqueles que se evadem, ou de suas famílias, quando dispõem de um testamento, ou de suas amantes, quando mandam que ele entregue a elas.

– Suas amantes?! O senhor quis dizer de suas mulheres – observou Poiret.

– Não, senhor. O forçado geralmente tem apenas esposas ilegítimas, que chamamos de concubinas.

– Então vivem em estado de concubinagem?

– Consequentemente, sim.

– Puxa! – exclamou Poiret. – Eis alguns horrores que o senhor ministro não deveria tolerar. Já que terá a honra de ver sua excelência, cabe ao senhor, que me parece ter ideias filantrópicas, esclerecê-lo sobre a conduta imoral dessas pessoas, que dão um péssimo exemplo à sociedade.

– Mas, senhor, o governo não os coloca ali para oferecerem o modelo de todas as virtudes.

– Correto. No entanto, senhor, permita-me...

– Ora, deixe o senhor falar, meu docinho – disse a srta. Michonneau.

– A senhorita entende – prosseguiu Gondureau. – O governo pode ter um grande interesse em colocar as mãos em um caixa ilícito que dizem chegar a um total bastante importante. Engana-morte ganha valores consideráveis ao receptar não apenas a quantia possuída por alguns de seus camaradas, mas ainda aquelas que provêm da Sociedade dos Dez Mil...

– Dez mil ladrões! – exclamou Poiret assustado.

– Não, a Sociedade dos Dez Mil é uma associação de pessoas que só fazem trabalhos grandes e não se metem em nenhum negócio que não lhes renda pelo menos dez mil francos. Essa sociedade é composta pelo que há de mais distinto entre nossos homens, que vão diretamente para o tribunal criminal. Conhecem o código criminal e não se arriscam jamais a serem condenados à pena de morte se forem pegos. Collin é seu homem de confiança, seu conselheiro. Com ajuda de seus imensos recursos, esse homem soube formar sua própria polícia, relações muito extensas envolvidas de um mistério impenetrável. Embora, há um ano, o mantenhamos cercado de espiões, ainda não conseguimos flagrá-lo em seu jogo. Seu caixa e seus talentos servem, no entanto, para alimentar o vício, para financiar o crime e mantêm em estado de alerta um exército de bandidos que estão em perpétuo estado de guerra com a sociedade. Capturar Engana-morte e apoderar-se de seu banco seria cortar o mal pela raiz. Essa operação também se tornou uma questão de Estado e de alta política, suscetíveis de honrar aqueles que cooperarão com seu sucesso. O senhor mesmo poderia novamente ser empregado na administração, tornar-se secretário de um comissário de polícia, funções que não impediriam que continuasse recebendo sua pensão de aposentadoria.

– Mas por que – perguntou a srta. Michonneau – Engana-morte não foge com esse dinheiro?

– Oh! – exclamou o agente. – Onde quer que fosse, seria seguido por um homem encarregado de matá-lo se roubasse das galés. Além disso, um caixa não se rouba com a facilidade com que se sequestra uma moça de boa família. Aliás, ele seria incapaz de cometer tal gesto, ia acreditar-se desonrado.

– Senhor – disse Poiret –, tem razão, estaria totalmente desonrado.

– Tudo isso não explica por que o senhor não vem simplesmente apoderar-se dele – observou a srta. Michonneau.

– Pois eu lhe explico, senhorita... Mas – disse-lhe ao ouvido – impeça o seu senhor de interromper-me, ou nunca chegaremos ao fim. Esse velho deve ter uma fortuna imensa para que seja ouvido. Engana-morte, ao vir aqui, fez-se passar por um senhor de bem, posa de bom burguês parisiense, mora numa pensão sem aparência; é esperto, convenhamos! Nunca o pegaremos desprevenido. Aliás, o sr. Vautrin é um homem considerado, que faz negócios consideráveis.

– Naturalmente – pensou Poiret.

– O ministro, se nos enganássemos prendendo um Vautrin de verdade, não quer ter nem o comércio de Paris, nem a opinião pública contra ele. O senhor chefe de polícia hesita, tem alguns inimigos. Se houvesse um erro, os que querem seu lugar se aproveitariam das maledicências e das gritarias liberais para fazê-lo perder seu lugar. Trata-se de proceder como no caso de Cogniard[92], o falso conde de Sainte-Hélène; se tivesse sido um verdadeiro conde de Sainte-Hélène, não mais estaríamos limpos. É preciso verificar tudo.

– Sim, mas o senhor precisa de uma bela mulher – disse vivamente a srta. Michonneau.

– Engana-morte não se deixaria abordar por uma mulher – disse o agente. – Fiquem sabendo de um segredo: ele não gosta de mulheres.

– Mas então não vejo em que eu serei útil para uma operação semelhante, que eu aceitaria por dois mil francos.

– Nada mais simples – disse o desconhecido. – Entregarei à senhorita um frasco contendo uma dose de licor preparado para causar uma congestão, que não tem o menor perigo e que simula uma apoplexia. Essa droga também pode ser misturada ao vinho e ao café. Imediatamente, deverá transportá-lo para uma cama e despi-lo a fim de examiná-lo. No momento em que estiver sozinha, deve dar-lhe um tapa sobre o ombro, pof! Veria então se as letras reaparecem.

– Mas isso não é nada! – disse Poiret.

– Pois bem, consente? – perguntou Gondureau à solteirona.

– Mas, meu caro senhor – perguntou a srta. Michonneau –, caso ele não tenha letra alguma, terei direito aos dois mil francos?

– Não.

– Então qual será a indenização?

– Quinhentos francos.

– Fazer uma coisa dessas por tão pouco. A dor de consciência é a mesma, e tenho a minha consciência a tranquilizar, senhor.

– Afirmo-lhe – disse Poiret – que a senhorita é muito consciencíosa, além de ser uma pessoa adorável e bastante capaz.

– Então muito bem – continuou a srta. Michonneau –, dê-me três mil francos se for Engana-morte e nada se for um burguês.

---

92. Pierre Coignard (e não Cogniard) é um forçado evadido que se tornou tenente sob a identidade usurpada do conde de Sainte-Hélène. Foi reconhecido por um ex-companheiro de prisão e preso por Vidocq. (N.T.)

— Combinado – disse Gondureau –, mas com a condição de que o negócio seja feito amanhã.

— Ainda não, meu caro senhor. Preciso consultar meu confessor.

— Espertinha! – disse o agente levantando-se. – Até amanhã então. E se tiver urgência em falar comigo venha à Rue Sainte-Anne, nos fundos do pátio da Sainte-Chapelle. Há apenas uma porta sob a cúpula, peça para falar com o sr. Gondureau.

Bianchon, que voltava das aulas de Cuvier, captou no ar as palavras bastante originais de "Engana-morte" e ouviu o "Tudo bem" do célebre chefe da polícia de segurança.

— Por que não faria isso, seriam trezentos francos de renda vitalícia – disse Poiret à srta. Michonneau.

— Por quê? – rebateu ela. – Ora, é preciso pensar a respeito. Se o sr. Vautrin fosse esse tal de Engana-morte, talvez fosse mais vantajoso arranjar-se com ele. No entanto, pedir-lhe dinheiro seria o mesmo que avisá-lo, e ele seria o tipo de homem que iria embora correndo. Seria uma manobra abominável.

— Mesmo se for avisado – prosseguiu Poiret –, esse senhor não nos disse que ele estava sendo vigiado? A senhorita perderia tudo.

— Aliás – pensou a srta. Michonneau –, eu não gosto desse homem! Ele só sabe dizer-me coisas desagradáveis.

— Ora – continuou Poiret –, a senhorita faria melhor, como disse esse senhor, que aliás me parece uma pessoa muito de bem, além de estar muito bem-vestido... É uma questão de obediência às leis livrar a sociedade de um criminoso, por mais virtuoso que ele seja. Passarinho que na água se cria sempre por ela pia. E se lhe desse na telha de assassinar todos nós? Mas que diabos! Seríamos culpados desses assassinatos, sem contar que seríamos as primeiras vítimas.

A preocupação da srta. Michonneau não lhe permitiu ouvir as frases caindo uma a uma na boca de Poiret, como gotas d'água que pingam pela torneira mal fechada de uma pia. Uma vez que, quando o velhote começou a sua série de frases, a srta. Michonneau não o interrompeu, ele continuava falando, como se tivessem lhe dado corda. Depois de ter começado um primeiro assunto, era levado por seus parênteses a todos seus opostos, sem nada concluir. Ao chegar à Casa Vauquer, insinuara-se em uma série de passagens e de citações transitórias que o levaram a contar sua deposição do julgamento do sr. Ragoulleau e da dama Morin[93], ao qual havia comparecido na qualidade de testemunha de defesa. Ao entrar, sua companheira não deixou de observar Eugène de Rastignac empenhado com a srta. Taillefer em uma conversa íntima cujo interesse era tão palpitante que o casal não deu atenção alguma à passagem dos dois velhos pensionistas quando atravessaram a sala de jantar.

– Isso deveria acabar por aí – disse a srta. Michonneau a Poiret. – Eles têm trocado olhares de arrancar a alma há oito dias.

– É – respondeu ele. – Ela também foi condenada.

– Quem?

– A sra. Morin.

– Mas estou lhe falando da srta. Victorine – disse Michonneau, entrando sem dar-se conta no quarto de Poiret –, e o senhor me responde por sra. Morin. Quem é essa mulher?

– De que seria culpada então a srta. Victorine? – perguntou Poiret.

– Ela é culpada de amar o sr. Eugène de Rastignac e segue em frente sem saber aonde isso vai levá-la, pobre inocente!

Eugène fora, durante a manhã, reduzido ao desespero pela sra. de Nucingen. No fundo, abandonara-se completamente a Vautrin, sem querer sondar nem os motivos da amizade que esse homem extraordinário tinha por ele, nem o futuro de tal união. Era preciso um milagre para tirá-lo do abismo em que já havia colocado os pés uma hora atrás, trocando com a srta. Taillefer as mais doces promessas. Victorine pensava estar ouvindo a voz de um anjo, os céus se abririam a ela, a Casa Vauquer ganhava as tintas fantásticas que os decoradores dão aos palácios de teatros: ela amava, ela era amada, ou ao menos acreditava

---

93. A viúva Morin foi condenada a vinte anos de trabalhos forçados em 1812 por tentativa de extorsão de assinatura e tentativa de assassinato de Ragoulleau. (N. T.)

nisso! E que mulher, como em seu lugar, não teria acreditado vendo Rastignac, ouvindo-o durante essa hora desprovida de todos os espiões da casa? Debatendo-se contra sua consciência, sabendo que agia mal e querendo agir mal, dizendo-se que compensaria esse pecado perdoável pela felicidade de uma mulher, embelezara-se de seu desespero e resplandecia de todos os fogos do inferno que tinha no coração. Felizmente para ele, o milagre ocorreu: Vautrin entrou alegremente e leu na alma dos dois jovens que havia unido pelas combinações de seu gênio infernal, mas cuja alegria perturbou de repente, ao cantar com sua grossa voz zombadora:

Minha Fanchette é adorável
Em sua simplicidade...

Victorine fugiu levando consigo uma alegria tão grande quanto a soma das desgraças de sua vida. Pobre menina! Um aperto de mão, sua face tocada de leve pelos cabelos de Rastignac, uma palavra dita tão perto de seu ouvido que ela sentira o calor dos lábios do estudante, o aperto de sua cintura por um braço trêmulo, um beijo em seu pescoço, foram o noivado de sua paixão, que a vizinhança da gorda Sylvie, ameaçando entrar nessa sala de jantar radiante, tornou mais ardente, mais viva, mais insinuante que os mais belos testemunhos de dedicação contados nas mais belas histórias de amor. Essas coisas fúteis, de acordo com uma bela expressão de nossos antigos, pareciam crimes a uma menina piedosa que se confessava a cada quinze dias! Nessa hora, havia dissipado mais tesouros de alma que mais tarde, rica e feliz, ela teria dado ao entregar-se por inteira.

– O negócio está feito – disse Vautrin a Eugène. – Nossos dois janotas lutaram. Tudo ocorreu da melhor forma possível. Questão de opinião. Nosso pombo insultou meu falcão. Até amanhã, no reduto de Clignancourt. Às oito horas e meia, a srta. Taillefer herdará o amor e a fortuna de seu pai, enquanto ela estiver ali, mergulhando tranquilamente o pão com manteiga em seu café. Não é engraçado dizê-lo? Esse pequeno Taillefer é muito bom na espada, é confiante como uma trinca dupla; mas será atingido por um golpe que inventei, uma maneira de levantar a espada e atingir a testa do adversário. Vou mostrar-lhe esse bote, pois ele é furiosamente útil.

Rastignac ouvia com um ar estúpido e não conseguia responder nada. Nesse momento o pai Goriot, Bianchon e alguns outros pensionistas chegaram.

– O senhor está como eu queria – disse-lhe Vautrin. – Sabe o que está fazendo. Bem, minha aguiazinha! Governará os homens; é forte, largo, peludo; o senhor tem a minha estima.

Quis dar-lhe a mão. Rastignac retirou vivamente a sua e caiu numa cadeira empalidecendo; acreditava ver um mar de sangue diante dele.

– Ah! Ainda temos algumas fraldas manchadas de virtude – disse Vautrin em voz baixa. – Papai d'Oliban tem três milhões, conheço sua fortuna. O dote o tornará branco como um vestido de casamento, e a seus próprios olhos.

Rastignac não mais hesitou. Resolveu ir prevenir durante a noite os senhores Taillefer pai e filho. No momento em que Vautrin foi embora, o pai Goriot disse-lhe ao ouvido:

– Está triste, meu filho! Vou alegrá-lo então. Venha! – e o velho macarroneiro acendeu uma vela. Eugène seguiu-o emocionadíssimo de curiosidade.

– Entremos em seu quarto – disse o velho, que pedira a chave do estudante a Sylvie. – Hoje de manhã, o senhor pensou que ela não o amava, hein! – continuou. – Ela o mandou embora, e você saiu aborrecido, desesperado. Bobalhões! Ela estava me esperando. Está entendendo? Deveríamos ir terminar de aprontar uma joia de apartamento no qual o senhor vai morar daqui a três dias. Não me entregue. Ela quer fazer-lhe uma surpresa; mas não posso lhe esconder por mais tempo o segredo. Irá morar na Rue d'Artois, a dois passos da Rue Saint-Lazare. Viverá como um príncipe. Escolhemos os móveis como se fosse para uma esposa. Fizemos muitas coisas há um mês sem nada lhe dizer. Meu advogado já começou a trabalhar, minha filha terá seus 36 mil francos por ano, o juro de seu dote, e vou exigir a aplicação desses oitocentos mil francos em bens de qualidade ao sol.

Eugène estava mudo e passeava, com os braços cruzados, indo e vindo em seu pobre quarto em desordem. O pai Goriot aproveitou um momento em que o estudante lhe deu as costas para colocar sobre a lareira uma caixa em marroquim vermelho, sobre a qual estavam impressos em ouro as armas de Rastignac.

– Meu caro filho – disse o pobre velho –, estou metido nisso até o pescoço. Mas observe que em mim havia muito egoísmo, estou interessado em sua mudança de bairro. Não recusará se eu lhe pedir alguma coisa, não é?

– O que o senhor quer?

– Acima de seu apartamento, no quinto andar, há um quarto que depende dele, eu poderia ficar ali, não poderia? Estou ficando velho, estou muito longe de minhas filhas. Não o atrapalharia. Apenas estaria ali. Você me falará dela todas as noites. Isso não o contraria, não é? Quando, de minha cama, ouvir o senhor chegar, pensarei comigo: acaba de ver a minha pequena Delphine. Levou-a ao baile, é feliz graças a ele. Se estivesse doente, seria como um bálsamo no coração escutá-lo voltar, deslocar-se, sair. Teria tanto de minha filha no senhor! Estaria a um passo de Champs-Elysées, onde elas passam todos os dias, poderei então vê-las, ao passo que agora às vezes chego tarde demais. E, ainda por cima, talvez ela virá a sua casa! Poderei ouvi-la, a verei em suas roupas matinais, saltitando, andando gentilmente como uma gatinha. Voltou a ser, há um mês, o que era antes, uma moça alegre, graciosa. Sua alma está convalescente, ela lhe deve a felicidade. Eu faria o impossível pelo senhor! Ela me dizia há pouco: "Papai, estou muito feliz!". Quando me dizem cerimoniosamente *Meu pai*, deixam-me paralisado; mas quando dizem *papai*, parece que as estou vendo pequeninhas, trazem de volta todas as minhas lembranças. É como se eu fosse mais ainda pai delas. Parece que elas ainda não são de mais ninguém! – o velho esfregou os olhos, estava chorando. – Fazia muito tempo que eu não ouvia essa frase, muito tempo que ela não me dava o braço. Oh, sim! Lá se vão bons dez anos que não caminho ao lado de uma de minhas filhas. Como é bom esfregar-se em seu vestido, acompanhar seus passos, dividir seu calor! Enfim, essa manhã levei Delphine por toda parte. Entrei com ela nas lojas. Levei-a de volta para casa. Ah, deixe-me ficar perto do senhor. Se a gota desse alsaciano brutamontes pudesse subir-lhe ao estômago, minha pobre filha seria feliz! O senhor seria meu genro, seria ostensivamente seu marido. Minha nossa, ela está tão infeliz de nada conhecer dos prazeres deste mundo que eu perdoo tudo. O bom Deus deve estar ao lado dos pais que amam demais! Ela o ama muito! – disse sacudindo a cabeça depois de uma pausa. – No caminho, conversava comigo sobre o senhor: "Não, é meu pai, que ele é bom, que tem um bom coração?! Ele fala de mim às vezes?". Puxa, contou-me tantas coisas da Rue d'Artois até a Passage des Panoramas! Enfim, ela derramou seu coração no meu. Durante toda esta manhã, eu não era mais um velho, não pesava uma onça. Disse-lhe que o senhor me devolveu uma nota de mil francos. Oh! A minha querida chorava de emoção. O que o senhor tem aí sobre a sua lareira? – perguntou enfim o pai Goriot que morria de impaciência vendo Rastignac imóvel.

Eugène, completamente atordoado, contemplava seu vizinho com um ar estúpido. Aquele duelo, anunciado por Vautrin para o dia seguinte, contrastava tão violentamente com a realização de suas mais caras esperanças que experimentava todas as sensações de um pesadelo. Voltou-se para a lareira, notou a caixinha quadrada, abriu-a e encontrou dentro um papel que cobria um relógio Breguet. No papel, estavam escritas as seguintes palavras:

"*Quero que pense em mim a toda hora,* porque...
Delphine"

Essa última palavra aludia provavelmente a uma cena que ocorrera entre eles. Eugène enterneceu-se. Suas armas estavam interiormente esmaltadas no ouro da caixa. Essa joia invejada por tanto tempo, a pulseira, a chave, seu feitio, os desenhos respondiam a todos seus votos. O pai Goriot estava radiante. Prometera sem dúvida a sua filha relatar-lhe os mínimos efeitos da surpresa que seu presente causaria em Eugène, pois era estrangeiro a essas emoções jovens e não parecia dos menos felizes. Já gostava de Rastignac por sua filha e por ele mesmo.

– Irá vê-la esta noite, ela o está esperando. O brutamontes do alsaciano vai cear com sua bailarina. Ah, ah! Ficou bem confuso quando meu advogado lhe disse o que estava acontecendo. Pois ele não afirma que ama minha filha à devoção? Que ele toque nela, que eu o mato. A ideia de saber que a minha Delphine está... (suspirou) me faria cometer um crime; mas não seria um homicídio, é uma cabeça de bezerro em um corpo de porco. Vão levar-me com vocês não é?

– Sim, meu bom pai Goriot, sabe bem que eu gosto do senhor...

– Sei, o senhor não tem vergonha de mim! Deixe-me beijá-lo – e abraçou o estudante. – O senhor a fará muito feliz, prometa! Irá esta noite, não é?

– Oh, vou sim! Mas devo sair para resolver negócios inadiáveis.

– Posso fazer alguma coisa pelo senhor?

– Ah, realmente pode! Enquanto eu for à casa da sra. de Nucingen, vá à casa do sr. Taillefer, o pai, dizer-lhe de me conceder uma hora durante a noite para que eu lhe fale de um negócio importantíssimo.

– Então é verdade, rapaz? – perguntou o pai Goriot mudando de expressão – Estaria fazendo a corte a essa moça, como dizem esses imbecis ali embaixo? Por Deus! Não sabe o que é uma bofetada à Goriot. E enganar-nos, será o caso de uma punhalada. Oh! Não é possível.

– Juro-lhe que amo uma só mulher neste mundo – disse o estudante –, descobri-o há pouco.

– Ah! Que alegria! – exclamou o pai Goriot.

– Mas – prosseguiu o estudante – o filho de Taillefer vai lutar amanhã, e ouvi falar que seria morto.

— E o que o senhor tem a ver com isso?

— Ora, é preciso dizer-lhe que impeça seu filho de comparecer... – exclamou Eugène.

Nesse momento, foi interrompido pela voz de Vautrin que cantava à porta:

Ó Richard, ó meu rei!
O universo te abandona...

Brum! brum! brum! brum! brum!

Durante muito tempo percorri o mundo!
E me viram...

Trá-lá-lá-lá-lá...

— Senhores – gritou Christophe –, a sopa os espera e todo mundo já está à mesa.

— Tome – disse Vautrin –, venha tomar uma garrafa de meu vinho de Bordeaux.

— O senhor acha o relógio bonito? – perguntou o pai Goriot. – Ela tem bom gosto, hein?!

Vautrin, o pai Goriot e Rastignac desceram juntos e se encontraram, depois de seu atraso, sentados um ao lado do outro à mesa. Eugène fez com que Vautrin notasse sua grande frieza, embora nunca esse homem, tão amável aos olhos da sra. Vauquer, tenha se mostrado tão espirituoso. Teve tiradas brilhantes e soube divertir os convivas. Essa segurança, esse sangue-frio consternavam Eugène.

— Por onde andou hoje? – perguntou-lhe a sra. Vauquer. – Está alegre como uma cigarra.

— Sempre que faço bons negócios fico feliz.

— Negócios? – disse Eugène.

— Pois sim! Entreguei uma parte de mercadorias que me renderão boas comissões. – Srta. Michonneau – disse ao notar que a solteirona o examinava. – Tenho na cara algum traço que a desagrade, que faz como que me lance um *olho clínico*? É preciso dizê-lo! EU mudaria para ser-lhe agradável. Poiret, não nos aborreceremos por isso, hein? – disse, olhando de esguelha o velho empregado.

– Ora, bolas! Deveria posar de Hércules-Farsante – disse o jovem pintor a Vautrin.

– Realmente, tudo bem! Se a srta. Michonneau quiser posar de Vênus do Père-Lachaise – respondeu Vautrin.

– E Poiret! – disse Bianchon.

– Ora, Poiret posará de Poiret. Será o deus dos jardins – exclamou Vautrin. – Deriva de pera...

– Ora! – continuou Bianchon. – Então ficará entre a pera e o queijo.

– Tudo isso é bobagem – disse a sra. Vauquer. – Seria melhor que nos dessem um pouco de seu vinho de Bordeaux cuja garrafa estou vendo! Vai nos manter alegres, além de que é bom para o *estômaco*!

– Senhores – disse Vautrin –, a sra. presidente pede ordem. A sra. Couture e a srta. Victorine não se chocarão com seus discursos brincalhões; mas respeitem a inocência do pai Goriot. Proponho-lhes uma pequena garraforama de vinho de Bordeaux, que o nome de Laffitte[94] torna duplamente ilustre, sem alusões políticas, diga-se de passagem. Vamos, chinês! – disse olhando para Christophe, que não se mexia. – Aqui, Christophe! Como é que não ouve seu nome? Chinês, traga os líquidos!

– Tome, senhor – disse Christophe mostrando-lhe a garrafa.

Depois de ter enchido o copo de Eugène e do pai Goriot, serviu-se lentamente de algumas gotas, que degustou enquanto seus dois vizinhos também bebiam, e, de repente, fez uma careta.

– Diabos! Diabos! Está com gosto da rolha. Tome esta para você, Christophe, e vá buscar outras; à direita, sabe? Somos dezesseis, desça oito garrafas.

---

94. O banqueiro liberal Jacques Laffitte (1767-1844) terá seu momento de glória mais tarde. O célebre domínio vinícola, na realidade, não tem relação alguma com o banqueiro. (N.T.)

– Já que é por sua conta – disse o pintor –, pago uma centena de castanhas.
– Eba! Eba!
– Buuuuuuu!
– Prrrr!
Cada um soltou exclamações que partiram como foguetes de uma girândola.
– Vamos, vamos, mamãe Vauquer, dois champanhes – gritou-lhe Vautrin.
– Mas que história é essa? Por que não pedir a casa? Dois champanhes! Mas isso custa doze francos! Eu não ganho isso não! Mas se o sr. Eugène quer pagar o champanhe, eu ofereço o licor cassis.
– Lá vem ela com seu cassis que purga como maná – disse o estudante de Medicina em voz baixa.
– Quer calar a boca, Bianchon? – exclamou Rastignac.
– Não consigo ouvir falar de purgante sem que o estômago se revire... Sim, busque o champanhe que eu o pago – acrescentou o estudante.
– Sylvie – disse a sra. Vauquer –, traga os biscoitos e os bolinhos.
– Seus bolinhos são grandes demais – disse Vautrin – e eles estão velhos. – Mas quanto aos biscoitos, pode trazê-los!
Rapidamente, o vinho de Bordeaux passou a circular, os convivas animaram-se, as alegrias redobraram. Foram risos ferozes, em meio dos quais explodiram algumas imitações de diversas vozes de animais. O funcionário do Museu atrevera-se a reproduzir os gritos de feirantes parisienses que se pareciam com os miados de um gato apaixonado, e logo oito vozes berraram as seguintes frases:
– Afiam-se facas!
– Olha o alpiste para passarinhos!
– Prazer, minhas senhoras, olha o prazer!
– Cola-se fiança!
– A dúzia, a dúzia!
– Bata em suas mulheres, bata suas roupas!

– Roupas velhas, velhos galões, velhos chapéus à venda!
– Cerejas docinhas!

A condecoração ficou com Bianchon com o sotaque nasal com o qual gritou:

– Vendedor de guarda-chuvas!

Em alguns instantes era uma confusão só, uma conversa cheia de disparates, uma verdadeira ópera que Vautrin conduzia como um maestro, vigiando Eugène e o pai Goriot, que já pareciam bêbados. Com as costas apoiadas sobre a cadeira, ambos contemplavam essa desordem inabitual com um ar grave, bebendo um pouco; ambos estavam preocupados com o que tinham de fazer durante a noite e, no entanto, eram incapazes de levantar-se. Vautrin, que acompanhava as mudanças de suas fisionomias olhando-os de esguelha, captou o momento em que seus olhos vacilaram e pareciam querer fechar-se para inclinar-se à orelha de Rastignac e dizer-lhe:

– Meu rapazinho, não somos suficientemente astuciosos para lutar com o nosso papai Vautrin, e ele gosta muito do senhor para deixá-lo fazer bobagens. Quando decido fazer uma coisa, só o bom Deus pode me impedir! Ah! Queríamos então prevenir o pai Taillefer, cometer erros básicos! O forno está quente, a farinha amassada, o pão já está na pá; amanhã faremos voar as migalhas por cima de nossa cabeça ao mordê-lo; e íamos impedir que fosse colocado no forno?... não, não tudo será cozido! Se possuímos alguns pequenos remorsos, a digestão vai levá-los embora. Enquanto tiramos um cochilo, o coronel conde Franchessini[95] vai abrir ao senhor a herança de Michel Taillefer com a ponta de sua espada. Ao receber a herança de seu pai, Victorine terá a módica soma de quinze mil francos de renda. Já me informei e sei que a herança da mãe chega a mais de trezentos mil...

Eugène ouviu essas palavras sem que pudesse respondê-las: sentia sua língua colada ao céu da boca e encontrava-se tomado por uma sonolência invencível; não conseguia mais

---

95. Coronel conde de Franchessini, personagem de *A comédia humana* (*Gobseck*, *O lírio do vale*). (N.T.)

enxergar a mesa e os rostos dos convivas senão através de uma bruma luminosa. O barulho logo diminuiu, os pensionistas se foram um por um. Depois, quando só restara a sra. Vauquer, a sra. Couture, a srta. Victorine, Vautrin e o pai Goriot, Rastignac percebeu, como se fosse um sonho, a sra. Vauquer pegando os restos das garrafas para usá-los para encher outras.

– Ah! São loucos, são jovens! – dizia a viúva.

Foi a última frase que Eugène conseguiu escutar.

– Só mesmo o sr. Vautrin para fazer esse tipo de farsa! – disse Sylvie. – Vamos, eis aí Christophe que ronca como um porco.

– Adeus, mamãe – disse Vautrin. – Vou ao bulevar admirar o sr. Marty[96] em *Le mont sauvage*, uma grande peça inspirada em *O solitário*[97]. Se a senhora quiser, a levo comigo, assim como as outras senhoras.

– Agradeço-lhe – disse a sra. Couture.

– Como, minha vizinha! – exclamou a sra. Vaquer. – A senhora recusa-se a assistir a uma peça inspirada em *O solitário*, uma obra feita por Atala de Chateaubriand e que tanto gostamos de ler, que é tão linda que choramos como madalenas arrependidas sob as *tírias* no verão passado, enfim, uma obra moral que poderia ser tão suscetível de instruir a sua menina?

– Estamos proibidas de ir ao teatro – respondeu Victorine.

– Vamos, lá se foram esses aqui – disse Vautrin mexendo de uma maneira cômica a cabeça do pai Goriot e a de Eugène.

Acomodando a cabeça do estudante sobre a cadeira para que pudesse dormir comodamente, beijou-lhe calorosamente a testa, cantando:

Durmam, meus caros amores!
Velarei-os para sempre.

– Temo que esteja doente – disse Victorine.

---

96. Jean-Baptiste Marty (1779-1863), ator e diretor do Théâtre de la Gaité. (N.T.)
97. *O solitário*, melodrama inspirado no romance do visconde d'Arlincourt, produzido somente em 1821. O sucesso da peça foi grande, embora muitos críticos a tenham considerado de mau gosto. (N.T.)

– Fique para cuidar dele – respondeu Vautrin. – Esse é – assoprou-lhe no ouvido – seu dever de mulher submissa. Este rapaz a adora, e a senhorita será sua mulherzinha, posso prevê-lo. Enfim – disse em voz alta –, *foram admirados em todo o reino, viveram felizes para sempre e tiveram muitos filhos*. Eis como acabam todas as histórias de amor. Vamos, mamãe – disse voltando-se para a sra. Vauquer, que abraçou com força – coloque o chapéu, o belo vestido florido, a echarpe da condessa. Vou buscar um fiacre para a senhora – e saiu cantando:

– Meu Deus! Pois então, sra. Couture, esse homem aí me faria viver lépida e faceira. Vamos – disse voltando-se para o macarroneiro –, eis aí o pai Goriot que se vai. Esse velho aí nunca cogitou me levar a lugar *ninhum*. Mas vai cair no chão, meus Deus! É indecente para um homem de idade perder a razão! A senhora me dirá que não se perde o que não se tem. Sylvie, leve-o para seu quarto.

Sylvie segurou o homem pelo braço, fez com que caminhasse e jogou-lhe vestido mesmo em sua cama, como se fosse um pacote.

– Pobre rapaz – dizia a sra. Couture afastando os cabelos de Eugène, que caíam nos seus olhos –, é como uma menina, não sabe o que é um excesso.

– Ah! Posso muito bem dizer que, durante os 31 anos que mantenho minha pensão, passaram-me por entre as mãos, como se diz, muitos rapazes, mas nunca tinha visto um tão gentil, tão distinto como o sr. Eugène. Como é belo quando está dormindo! Coloque a cabeça dele sobre seu ombro, sra. Couture. Nossa! Ele caiu sobre o da srta. Victorine: há um deus para as crianças. Mais um pouco e ele racha sua cabeça no apoio da cadeira. Os dois fariam um belo casal.

– Minha vizinha, cale-se por favor – exclamou a sra. Couture –, a senhora diz cada coisa...

– Ora! – fez a sra. Vauquer. – Ele não está ouvindo nada. – Vamos, Sylvie, venha me vestir. Vou pôr meu grande espartilho.

– Ah, sim senhora! Seu grande espartilho depois de ter jantado – disse Sylvie. – Ah, não, procure outra pessoa para apertá-la, não serei eu o seu assassino. Cometeria uma imprudência que pagaria com a vida.

– Tanto faz, é preciso honrar o sr. Vautrin.

– Então a senhora gosta muito de seus herdeiros?

– Vamos, Sylvie, não discuta – disse a viúva, saindo.

– Em sua idade – disse a cozinheira mostrando sua patroa à Victorine.

A sra. Couture e sua pupila, sobre os ombros da qual Eugène dormia, ficaram sozinhas na sala de jantar. Os roncos de Christophe ressoavam na casa silenciosa e ressaltavam o sono tranquilo de Eugène, que dormia com a graça de uma criança. Feliz de poder permitir-se a um desses atos de caridade por meio dos quais se revelam todos os sentimentos da mulher e que a fazia sentir, sem maldade, o coração do jovem batendo sobre o seu, Victorine possuía algo de maternalmente protetor que a tornava orgulhosa. Por mil pensamentos que lhe surgiam no coração, percebia um movimento de volúpia tumultuoso que a troca de um calor jovem e puro excitava.

– Pobre menina querida! – disse a sra. Couture apertando-lhe a mão.

A velha admirava esse rosto cândido e sofredor onde a auréola da alegria se depositara. Victorine parecia-se com uma dessas pinturas ingênuas da Idade Média na qual todos os acessórios são negligenciados pelo artista, que reservou a magia de um pincel calmo e orgulhoso para o rosto de tom amarelado, em que o céu parece se refletir com tonalidades douradas.

– E, no entanto, ele não bebeu mais de dois copos, mamãe – disse Victorine passando seus dedos na cabeleira de Eugène.

– Mas se fosse um depravado teria suportado bem o vinho como todos os outros. Sua embriaguez serve-lhe de elogio.

O barulho de um carro ressoou na rua.

– Mamãe – disse a moça –, eis aí o sr. Vautrin. Segure o sr. Eugène. Não gostaria de ser vista deste jeito por esse homem, ele tem expressões que mancham a alma e olhares que embaraçam uma mulher como se lhe tirassem o vestido.

– Não – disse a sra. Couture –, você se engana! O sr. Vautrin é um bom homem, um pouco como o sr. Couture, brusco, mas bom, um rude salutar.

Naquele momento, Vautrin entrou bem devagarzinho e olhou para o quadro formado por essas duas crianças que pareciam ser acariciadas pelo clarão da lâmpada.

– Ora – exclamou cruzando os braços –, eis algumas cenas que teriam inspirados belas páginas a esse bom Bernardin de Saint-Pierre, autor de *Paul e Virginie*. A juventude é muito bela, sra. Couture. Pobre criança, dorme – disse contemplando Eugène –, o bem ressurge algumas vezes quando se dorme. Senhora – continuou, dirigindo-se à viúva –, o que me atrai nesse rapaz, o que me comove, é saber que a beleza de sua alma está em harmonia com a de seu rosto. Veja, não é um querubim colocado sobre os ombros de um anjo? É digno de ser amado, esse aí! Se fosse mulher, ia querer morrer (não, não tanto idiota!), viver por ele. Admirando-os assim, senhora – disse inclinando-se ao ouvido da viúva –, não posso me impedir de pensar que Deus os criou para pertencerem um ao outro. A Providência tem caminhos bem tortuosos, sonda os rins e os corações – exclamou em voz alta. – Vendo-os unidos, meus filhos, unidos por uma igual pureza, por todos os sentimentos humanos, digo-me que é impossível que algum dia no futuro eles se separem. Deus é justo. Mas – disse à moça – tenho a impressão de ter visto linhas de prosperidade em suas mãos, srta. Victorine? Entendo de quiromancia, acertei inúmeros destinos. Vamos, não tenha medo. Oh, o que estou vendo?! Por Deus, será em pouco tempo uma das mais ricas herdeiras de Paris. Satisfará plenamente de alegria aquele que a ama. Seu pai a chamará junto dele. Irá casar-se com um homem com título de nobreza, jovem, belo, que a adora.

Nesse momento, os passos pesados da viúva vaidosa que descia interromperam as profecias de Vautrin.

– Vejam só a mamãe Vauquerre bela como um astrrrro, toda amarrada como uma cenoura. Não estaríamos sufocando um pouco? – perguntou-lhe, colocando sua mão na parte de cima da armação. – A dianteira está bem apertada, mamãe. Se chorarmos, haverá explosão; mas catarei os cacos com o cuidado de um antiquário.

– Ele conhece a linguagem da galantaria francesa esse aí! – disse a viúva, inclinando-se ao ouvido da sra. Couture.

– Adeus, crianças – retomou Vautrin, voltando-se para Eugène e Victorine. – Eu os abençoo – disse-lhes, impondo-lhes suas mãos sobre suas cabeças. – Acredite, senhorita, os votos de um homem honesto servem para alguma coisa, devem trazer-lhe alegria, Deus os ouve.

– Adeus, minha cara amiga – disse a sra. Vauquer a sua pensionista. – Acredita – acrescentou em voz baixa – que o sr. Vautrin tenha intenções com relação a minha pessoa?

– Hã... hã...

– Ah! Minha cara mãe – disse Victorine suspirando e contemplando suas mãos, quando as duas mulheres se encontraram sozinhas –, se esse bom sr. Vautrin dissesse a verdade!

– Mas para isso basta uma coisa – respondeu a velha senhora –, basta que o monstro de seu irmão caia do cavalo.

– Oh, mamãe!

– Meu Deus, talvez seja pecado desejar o mal a seu inimigo – continuou a viúva. – Ora! Farei penitência. Na realidade, levarei de bom grado flores a sua tumba. Coração cruel! Ele não tem a coragem de defender sua mãe, de cuja herança se apossou aproveitando-se de uma intriga e ainda a deixou de lado. Minha prima tinha uma bela fortuna. Para sua desgraça nunca se pensou em mencionar sua parte no contrato de casamento.

– Minha felicidade seria difícil de suportar se custasse a vida de alguém – respondeu Victorine. – E, se for preciso que meu irmão desapareça para que eu seja feliz, prefiro ficar aqui para sempre.

– Meu Deus, como dizia esse bom sr. Vautrin que, como você vê, é muito religioso – continuou a sra. Couture –, tive o prazer de saber que ele não é incrédulo como os outros, que falam de Deus com menos respeito do que o Diabo. Ora, quem é que pode saber quais as vias que a Providência pretende tomar para conduzir-nos?

Auxiliadas por Sylvie, as duas mulheres acabaram por transportar Eugène até seu quarto, deitaram-no sobre sua cama e a cozinheira tirou suas roupas para deixá-lo à vontade. Antes de partir, quando sua protetora estava de costas, Victorine deu um beijo na testa de Eugène com toda alegria que esse furto criminoso deveria lhe proporcionar. Contemplou seu quarto, juntou em um só pensamento as mil alegrias desse dia e construiu com elas um quadro que contemplou longamente e adormeceu como a mais feliz das criaturas de Paris. O festejo em favor do qual Vautrin fez com que Eugène e o pai Goriot bebessem o vinho narcotizado decidiu o infortúnio desse homem. Bianchon, um pouco embriagado, esqueceu de perguntar à srta. Michonneau sobre Engana-morte. Se tivesse pronunciado esse nome, teria certamente despertado a prudência de Vautrin, ou para chamá-lo por seu verdadeiro nome, Jacques Collin, uma das celebridades das galés. Além disso, o apelido de Vênus do Père-Lachaise fez com que a srta. Michonneau decidisse entregar o fugitivo, quando, confiante da generosidade de Collin, calculava se não seria melhor avisá-lo e fazê-lo fugir durante a noite. Acabara de sair, acompanhada de Poiret, para irem ao encontro do famoso chefe da polícia de segurança, na pequena Rue Sainte-Anne, acreditando ainda estarem em contato com um empregado superior chamado Gondureau. O diretor da polícia judiciária recebeu-a bem. A seguir, depois de uma conversa em que tudo foi detalhado, a srta. Michonneau pediu a poção que deveria utilizar para poder proceder à verificação da marca. Ao gesto de contentamento que fez o diretor na pequena Rue Sainte-Anne, procurando um frasco na prateleira de seu escritório, a srta. Michonneau adivinhou que havia nessa captura algo de mais importante do que o encarceramento de um simples forçado. De tanto refletir, suspeitou que a polícia esperava, depois de algumas revelações feitas por traidores das galés, chegar a tempo para pôr a mão em valores consideráveis. Quando exprimiu suas conjeturas àquela raposa, essa se pôs a sorrir tentando desviar as suspeitas da solteirona.

– A senhorita está enganada – respondeu. – Collin é a *sorbonne* mais perigosa que já se viu pelas bandas dos ladrões. Nada mais. Os patifes sabem bem disso; ele é a bandeira, o suporte, o Bonaparte deles, enfim, todos o adoram. Esse engraçadinho nunca deixará que levem seu *tronco* à praça de execução.

A srta. Michonneau não tendo compreendido, Gondureau explicou-lhe as duas gírias que usara. *Sorbonne* e *tronco* são duas expressões enérgicas da linguagem dos bandidos, que, em primeiro lugar, sentiram a necessidade de considerar a cabeça humana sob dois aspectos. A *sorbonne* é a cabeça do homem vivo, seu aconselhamento, seu pensamento. O *tronco* é uma palavra de desprezo destinada a expressar o quanto a cabeça vira pouca coisa quando é cortada.

– Collin está brincando conosco. Quando nos deparamos com esses homens como barras de ferro, temos o recurso de matá-los se, durante sua detenção, atrevem-se a fazer a menor resistência. Contamos com algumas opções para matar Collin amanhã de manhã. Evitaremos assim o processo, as despesas com sua guarda e alimentação e ainda livramos a sociedade desse homem. Os procedimentos, as intimações das testemunhas, suas indenizações, a execução, tudo de que precisamos para nos desfazermos legalmente dessas pestes custa mais do que os mil escudos que a senhorita ganhará. Há economia de tempo. Dando um golpe de baioneta na pança de Engana-morte, impediríamos uma centena de crimes e evitaríamos a corrupção de cinquenta maus sujeitos que ficarão bem comportados nos arredores da penitenciária. Eis uma polícia eficaz. De acordo com os verdadeiros filantropos, conduzir-se assim é prevenir crimes.

– É servir seu país – disse Poiret.

– Ora – replicou o chefe –, o senhor está dizendo coisas sensatas hoje à noite. Sim, é verdade que estamos servindo nosso país. O mundo também é muito injusto com relação a nós. Prestamos grandes serviços à sociedade que são ignorados. Enfim, faz parte das atribuições de um homem superior colocar-se acima dos preconceitos e das de um cristão adotar as desgraças que o bem arrasta consigo quando não é feito de acordo com ideias preconcebidas. Paris é Paris, a senhorita entende? Essa palavra explica minha vida. Tenho a honra de saudá-la, senhorita. Estarei com meus homens no Jardin du Roi amanhã. Mande Christophe à Rue de Buffon, a casa do sr. Gondureau, aquela em que eu me encontrava. Senhor, estou a sua disposição. Se alguma vez lhe roubarem seja lá o que for, venha falar comigo para recuperar o objeto, estou a seu dispor.

– Viu só! – disse Poiret à srta. Michonneau. – Há imbecis que se embaralham à simples menção da palavra polícia. Esse senhor é muito amável, e o que ele está lhe pedindo é simples como dar bom-dia.

O dia seguinte deveria ser um dos dias mais extraordinários da Casa Vauquer. Até então, o acontecimento mais marcante fora o meteórico aparecimento da falsa condessa de l'Ambermesnil. Mas tudo ia tornar-se insignificante diante das peripécias desse grande dia que voltaria frequentemente às conversas da sra. Vauquer. Primeiro, Goriot e Eugène de Rastignac dormiram até às onze horas. A sra. Vauquer, que voltou à meia-noite do Gaîté, ficou até às dez e meia na cama. O sono prolongado de Christophe, que terminara o vinho oferecido por Vautrin, causou atrasos no serviço da casa. Poiret e srta. Michonneau não reclamaram que o café da manhã estivesse atrasado. Quanto a Victorine e à sra. Couture, elas descansaram toda a manhã. Vautrin saiu antes das oito horas e voltou no momento em que o café da manhã estava sendo servido. Dessa forma, ninguém reclamou quando, por volta das 11h15, Sylvie e Christophe foram bater em todas as portas, dizendo que o café da manhã estava na mesa. Enquanto Sylvie e o criado se ausentaram, a srta. Michonneau desceu primeiro, derramou o licor no copo de prata que pertencia a Vautrin e no qual o leite para seu café estava sendo aquecido em banho-maria, junto com todos os outros. A solteirona contara com essa particularidade da pensão para planejar seu golpe. Não foi sem alguma dificuldade que os sete pensionistas se encontraram reunidos. No momento em que Eugène, que se espreguiçava, desceu por último, um emissário entregou-lhe uma carta da sra. de Nucingen. Essa carta fora concebida da seguinte maneira:

"*Não sinto nem falsa vaidade nem cólera a seu respeito, meu amigo. Esperei-o até às duas horas depois da meia-noite. Esperar um ser que amamos! Quem conheceu esse suplício não o impõe a ninguém. Vejo bem que ama pela primeira vez. O que houve? A inquietação tomou conta de mim. Se não temesse mostrar os segredos de meu coração, teria ido saber o que ocorria de feliz ou infeliz com o senhor. Mas sair a essa hora, seja a pé, seja de carro, não seria perder-se? Senti a infelicidade de ser mulher. Tranquilize-me, explique-me por que não veio depois de tudo que lhe disse meu pai. Eu ficaria aborrecida, mas o perdoaria. O senhor está doente? Por que morar tão longe? Uma palavra, piedade. Até breve, não é? Uma palavra bastaria se está ocupado. Diga: 'estou indo' ou 'estou doente'. Mas se o senhor não estivesse bem, meu pai teria vindo contar-me! Então o que teria acontecido?...*"

– Sim, o que será que houve? – exclamou Eugène que se precipitou na sala de jantar amassando a carta antes de terminá-la. – Que horas são?

– Onze e meia – disse Vautrin adoçando seu café.

O forçado evadido lançou a Eugène o olhar friamente fascinante que alguns homens eminentemente magnéticos têm o dom de lançar e que, dizem, acalma os loucos mais coléricos nos hospícios. Eugène tremeu todo. O barulho de um fiacre foi ouvido na rua, e um empregado enviado pelo sr. Taillefer, que reconheceu imediatamente a sra. Couture, entrou precipitadamente com um ar perturbado.

– Senhorita – gritou –, o senhor seu pai a está chamando. Uma grande desgraça ocorreu. O sr. Frédéric disputou um duelo, foi ferido com a espada na testa, os médicos o desenganaram; mal terá tempo de dizer-lhe adeus, ele não está mais lúcido.

– Pobre rapaz! – exclamou Vautrin. – Como é que alguém entra numa briga quando tem trinta libras de renda? Decididamente, a juventude não sabe se comportar.

– Senhor – gritou-lhe Eugène.

– Ora, o que é, meu rapaz? – perguntou Vautrin terminando de beber seu café tranquilamente, operação que a srta.

Michonneau acompanhava com muita atenção para emocionar-se com o evento extraordinário que aterrorizava todo mundo.
– Afinal não há duelos todas as manhãs em Paris?

– Vou junto, Victorine – disse a sra. Couture.

E essas duas mulheres saíram voando, sem xale nem chapéu. Antes de sair, Victorine, com os olhos cheios de lágrimas, lançou um olhar para Eugène que lhe dizia: não esperava que nossa felicidade fosse me fazer chorar!

– Nossa! Então o senhor é profeta, sr. Vautrin? – perguntou a sra. Vauquer.

– Sou tudo – disse Jacques Collin.

– É estranho! – prosseguiu a sra. Vauquer, acrescentando uma série de frases sobre o acontecimento. – A morte nos surpreende sem nos consultar. Os jovens se vão frequentemente antes dos velhos. Nós mulheres somos felizes de não estarmos sujeitas ao duelo; mas temos outras doenças que os homens não têm. Somos nós que fazemos os filhos, e o mal de mãe dura muito tempo! É a sorte grande para Victorine, seu pai se verá obrigado a adotá-la.

– Pronto! – disse Vautrin contemplando Eugène. – Ontem ela não tinha um tostão, hoje de manhã ficou rica de muitos milhões.

– Diga-me, sr. Eugène – exclamou a sra. Vauquer –, o senhor colocou a mão no lugar certo.

A essa interpelação, o pai Goriot olhou para o estudante e viu em sua mão a carta amassada.

– Nem a terminou! O que isso quer dizer? O senhor seria como os outros? – perguntou-lhe.

– Senhora, não me casarei nunca com a srta. Victorine – disse Eugène dirigindo-se à sra. Vauquer com um sentimento de horror que surpreendeu os que assistiam à cena.

O pai Goriot tomou a mão do estudante e apertou-a. Queria tê-la beijado.

– Oh, oh! – fez Vautrin. – Os italianos têm uma boa palavra para isso: *col tempo!*

– Estou à espera da resposta – disse a Rastignac o emissário da sra. de Nucingen.

– Diga que irei.

O homem se foi. Eugène encontrava-se num violento estado de irritação que não lhe permitia que fosse prudente.

– O que fazer? – dizia em voz alta, falando consigo mesmo. – Não há provas!

Vautrin se pôs a rir. Nesse momento, a poção absorvida pelo estômago começou a fazer efeito. No entanto, era tão forte que se levantou, olhou Rastignac e disse-lhe com uma voz rouca:

– Rapaz, o bem nos vem quando dormimos.

E caiu morto.

– Ora! O que tem então esse pobre sr. Vautrin?

– Uma apoplexia – gritou a srta. Michonneau.

– Sylvie, vamos minha filha, vá chamar o médico – gritou a viúva. – Ah! Sr. Rastignac, corra para chamar o sr. Bianchon; pode ser que Sylvie não encontre o nosso médico, sr. Grimprel.

Rastignac, feliz de encontrar um pretexto para deixar aquela caverna assustadora, saiu correndo.

– Christophe, vamos, vá pedir ao boticário alguma coisa para apoplexia.

Christophe saiu.

– Vamos, pai Goriot, ajude-nos a transportá-lo lá para cima, a seu quarto.

Vautrin foi erguido, carregado pelas escadas e colocado em sua cama.

– Não posso fazer mais nada por vocês, vou ver minha filha – disse o pai Goriot.

– Velho egoísta! – exclamou a sra. Vauquer – Vá, vá, desejo que morra como um cachorro.

– Vá ver se tem éter – pediu à sra. Vaquer a srta. Michonneau que, auxiliada por Poiret, havia tirado as roupas de Vautrin.

A sra. Vauquer desceu e deixou a srta. Michonneau sozinha, dona do campo de batalha.

– Vamos lá, tire a sua camisa e vire-o rápido! Trate de ser útil para alguma coisa evitando-me de ver sua nudez – disse a Poiret. – O senhor está completamente atordoado.

Quando Vautrin foi virado, a srta. Michonneau deu um tapa fortíssimo no ombro do doente e as duas letras fatais reapareceram em branco em meio ao local vermelho.

– Veja só! Ganhou habilmente sua gratificação de três mil francos – exclamou Poiret mantendo Vautrin em pé enquanto a srta. Michonneau lhe recolocava sua camisa. – Ufa! Ele é pesado – continuou enquanto o deitava.

– Cale-se! E se houvesse um cofre? – perguntou vivamente a solteirona cujos olhos pareciam atravessar as paredes, de tanto que examinava com avidez os mínimos móveis do quarto. – Se pudéssemos abrir essa escrivaninha sob um pretexto qualquer! – exclamou.

– Talvez não fosse correto – respondeu Poiret.

– Não. O dinheiro tendo sido roubado de todo mundo, não pertence a ninguém. Mas não temos mais tempo – respondeu ela. – Estou esperando Vauquer.

– Aqui está o éter – disse a sra. Vauquer. – Hoje é o dia das aventuras. Deus, esse homem aí não pode estar doente, está branco como um frango.

– Como um frango? – repetiu Poiret.

– Seu coração está batendo regularmente – disse a viúva colocando-lhe a mão no coração.

– Regularmente? – perguntou Poiret espantado.

– Ele está muito bem.

– A senhora acha? – perguntou Poiret.

– Nossa! Parece estar dormindo. Sylvie foi buscar um médico. Olhe, srta. Michonneau, ele está aspirando o éter. Ó, é um *espiasmo* (espasmo). Seu pulso está bom. É forte como um touro. Veja só, senhorita, como ele é peludo na barriga; esse homem aí viverá cem anos! Sua peruca está bem firme, apesar de tudo. Veja, é colada, tem cabelos ruivos. Dizem que são totalmente bons ou totalmente maus os ruivos! Será que ele é bom, será?

– Bom para ser enforcado – disse Poiret.

– Quer dizer no pescoço de uma bela mulher! – exclamou vivamente a srta. Michonneau. – Vá embora, vá, sr. Poiret. Cabe a nós mulheres cuidarmos dos senhores quando estão doentes.

Aliás, vá fazer aquilo que sabe, vá passear, vá – acrescentou ela. – A sra. Vauquer e eu cuidaremos bem desse caro sr. Vautrin.

Poiret foi embora devagarzinho e sem murmurar, como um cão cujo dono dá um pontapé. Rastignac havia saído para caminhar, tomar ar, estava sufocando. Queria ter impedido na véspera aquele crime premeditado. O que teria acontecido? O que deveria fazer? Tremia pelo fato de ser cúmplice. O sangue-frio de Vautrin ainda o aterrorizava.

– Se pelo menos Vautrin morresse sem dizer nada – pensava Rastignac.

Caminhava através das aleias do Luxembourg, como se estivesse sendo acossado por uma matilha de cães, parecia inclusive ouvir seus latidos.

– Ora! – gritou-lhe Bianchon – Leu *Le Pilote*?

Le Pilote era um jornal radical, dirigido pelo sr. Tissot[98], que fornecia à província, algumas horas depois dos jornais matutinos, uma edição com as notícias do dia que tinha então nos departamentos 24 horas de avanço em relação às outras folhas.

– Há uma história interessante – disse o residente do hospital Cochin. – O filho Taillefer duelou com o conde Franchessini, da velha guarda, que lhe enfiou duas polegadas de ferro na testa. E assim a pequena Victorine se tornou um dos ricos partidos de Paris. Hein, se soubéssemos disso? A morte é mesmo um jogo! É verdade que Victorine o olhava com bons olhos, não é?

– Cale-se Bianchon. Nunca me casarei com ela. Amo uma mulher deliciosa, sou amado, eu...

– Diz isso como se estivesse se torturando para não ser infiel. Mostre-me então uma mulher que valha o sacrifício da fortuna do sr. Taillefer.

– Todos os demônios estão me rodeando? – exclamou Rastignac.

– Mas o que você tem afinal de contas? Está louco? Dê-me sua mão para que eu possa medir seu pulso. Está com febre – disse Bianchon.

---

98. Pierre-François Tissot (1768-1854): professor do respeitado Collège de France e jornalista. (N.E.)

– Então vá à casa da mãe Vauquer – disse-lhe Eugène –, esse celerado do Vautrin acaba de cair como morto.

– Ah! – disse Bianchon, que deixou Rastignac sozinho. – Você confirma minhas suspeitas, que quero verificar.

O longo passeio do estudante de Direito foi solene. De algum modo, deu a volta em sua consciência. Se é verdade que flutuou, que examinou, que hesitou, ao menos sua probidade saiu intocada daquele áspera e terrível discussão, como uma barra de ferro que resiste a todas as tentativas. Lembrou-se das confidências que o pai Goriot lhe fizera na véspera, lembrou-se do apartamento escolhido para ele perto de Delphine, na Rue d'Artois; tomou novamente a carta dela, releu-a, beijou-a.

"Um amor assim é minha âncora de salvação", pensou. "Esse pobre velho tem muitas tristezas no coração. Não conta suas desgraças, mas quem não as adivinharia? Ora! Cuidaria dele como se fosse um pai, daria a ele mil alegrias. Se ela me ama, virá frequentemente a minha casa passar o dia perto dele. Essa grande condessa de Restaud é uma infame, transformaria seu pai num porteiro. Delphine querida! Ele é a melhor com relação ao bom homem, é digna de ser amada. Ah! Essa noite então serei feliz." Tirou o relógio e contemplou-o.

– Tudo deu certo! Quando duas pessoas se amam muito para sempre, podem ajudar-se. Por isso pude receber isso. Aliás, certamente triunfarei e poderei devolver-lhe centuplicado. Não existe nessa ligação nem crime nem nada que possa desagradar a virtude mais severa. Quantos homens fazem uniões semelhantes?! Não estamos enganando ninguém, e o que nos avilta é a mentira. Mentir não seria abdicar? Há muito tempo que ela se separou de seu marido. Aliás, eu mesmo direi a esse alsaciano que me ceda uma mulher que lhe é impossível fazer feliz.

O combate de Rastignac durou muito tempo. Embora a vitória se devesse às virtudes da juventude, às quatro e meia, com o cair da noite, foi no entanto trazido de volta por uma curiosidade irresistível à Casa Vauquer, a qual jurou para si mesmo deixar para sempre. Queria saber se Vautrin estava morto. Depois de ter tido a ideia de administrar-lhe um vomitivo, Bianchon conduziu as matérias expelidas por Vautrin a fim de fazer uma análise química. Ao ver a insistência da srta. Michonneau em jogá-las fora, suas dúvidas se fortaleceram. Vautrin ficou aliás muito prontamente estabelecido para que Bianchon não suspeitasse de algum complô contra o alegre brincalhão da pensão. À hora em que Rastignac voltou, Vautrin já se achava de pé perto do aquecedor da sala de jantar. Atraídos mais cedo do que de costume pela notícia do duelo de Taillefer filho, os pensionistas, curiosos para saberem os detalhes da história e a influência que tivera no destino de Victorine, achavam-se reunidos, com exceção do pai Goriot, e conversaram sobre essa aventura. Quando Eugène chegou, seus olhos encontraram com os do imperturbável Vautrin, cujo olhar penetrou tão fundo em seu coração e mexeu com tanta força em algumas fibras que ele estremeceu.

– Ora! Caro menino – disse-lhe o forçado evadido –, a morte não me leva tão fácil assim. Segundo essas senhoras, tive uma congestão que poderia ter matado um boi.

– Ah! O senhor pode dizer um touro – exclamou a viúva Vauquer.

– O senhor estaria contrariado de me ver vivo? – interrogou Vautrin ao ouvido de Rastignac, cujos pensamentos acreditava adivinhar. – Seria um homem extremamente forte!

– Ah, realmente – disse Bianchon –, a srta. Michonneau falava ontem em um homem apelidado de Engana-morte; esse nome lhe cairia bem.

Essas palavras produziram em Vautrin o efeito de um raio: empalideceu e vacilou, seu olhar magnético caiu como um raio de sol sobre a srta. Michonneau, que ficou imobilizada. A solteirona se deixou cair sobre uma cadeira. Poiret, compreendendo que ela estava em perigo pela expressão significativamente feroz do forçado, que deixou cair sua máscara benigna sob a qual escondia sua verdadeira natureza, colocou-se entre ambos. Ainda sem nada compreender sobre esse drama, todos os pensionistas permaneceram pasmos. Nesse momento, ouviram-se os passos de diversos homens e o barulho de alguns fuzis de soldados soaram na rua. No momento em que Collin buscava maquinalmente uma saída, olhando para as janelas e as paredes, quatro homens mostraram-se à porta da sala. O primeiro era o chefe da polícia de segurança, os três outros eram oficiais de paz.

– Em nome da lei e do rei – disse um dos oficiais, cujo discurso foi coberto por um murmúrio de espanto.

O silêncio logo voltou a reinar na sala de jantar, os pensionistas se separaram para dar passagem a três desses homens que estavam com a mão no bolso lateral e seguravam uma pistola armada. Dois guardas que seguiam os agentes se colocaram à porta da sala e dois outros na que dava para a escada. O passo e os fuzis de diversos soldados ecoaram no pavimento de pedra que ladeava a fachada. Toda esperança de fuga desapareceu para Engana-morte, sobre o qual todos os olhares se fixaram irresistivelmente. O chefe foi diretamente em sua direção, começou por dar-lhe um tapa tão forte na cabeça que fez voar a peruca dando à cabeça de Collin toda sua honra. Acompanhada de cabelos vermelho-tijolo curtos, que lhe davam uma impressão assustadora de força misturada com astúcia, essa cabeça e essa cara, em harmonia com o busto, eram inteligentemente iluminadas como que pelo fogo do inferno. Todos compreenderam Vautrin por inteiro, seu passado, seu presente, seu futuro, suas doutrinas implacáveis, a religião de seu bom prazer, a soberania que o cinismo de seus pensamentos, de seus atos e a força que uma organização pronta para tudo lhe davam. O sangue subiu-lhe ao rosto, e seus olhos brilharam como os de um gato selvagem. Saltou com um movimento marcado por uma energia tão feroz, rugiu de modo a arrancar gritos de terror de todos os pensionistas. A esse gesto de leão e apoiando-se no clamor geral, os agentes sacaram suas pistolas. Collin compreendeu o perigo que corria ao ver o brilho do cano de cada uma das armas e deu, de repente, a prova da mais alta potência humana. Que horrível e majestoso espetáculo! Sua fisionomia apresentou um fenômeno que não pode ser comparado senão ao de uma caldeira repleta daquele vapor fumegante capaz de levantar montanhas e que dissolve em um piscar de olhos uma gota de água fria. A gota d'água que esfriou a sua raiva foi uma reflexão rápida como um raio: pôs-se a sorrir e contemplou sua peruca.

– Você não está em seus dias de cortesia – disse ao chefe de polícia de segurança. E estendeu suas mãos aos guardas chamando-os com um sinal de cabeça.

– Senhores guardas, coloquem-me as algemas ou os grilhões. Tomo as pessoas presentes como testemunhas de que eu não estou resistindo.

Um murmúrio admirativo arrancado pela prontidão com a qual a lava e o fogo saíram e entraram nesse vulcão humano retumbaram na sala.

– Isso o impressiona, senhor descobridor – retomou o forçado olhando para o célebre diretor da polícia judiciária.

– Vamos, tire a roupa – disse-lhe o homem da pequena Rue Sainte-Anne com um ar cheio de desprezo.

– Por quê? – perguntou Collin. – Há senhoras aqui. Não nego nada e me rendo.

Fez uma pausa, olhou para sua plateia, como um orador que vai dizer coisas surpreendentes.

– Escreva, papai Lachapelle – disse dirigindo-se a um velhote de cabelos brancos que se sentara na ponta da mesa depois de ter tirado da carteira o mandado de prisão. – Reconheço ser Jacques Collin, conhecido como Engana-morte, condenado a vinte anos de trabalhos forçados; e acabo de provar que não roubei meu apelido. Se tivesse apenas levantado a mão – disse aos pensionistas –, esses três dedos-duros aí espalhariam meu sangue sobre o solo doméstico de mamãe Vauquer. Esses engraçadinhos adoram armar ciladas!

A sra. Vauquer sentiu-se mal ao ouvir essas palavras.

– Meu Deus! Isso é de adoecer; logo eu que estive ontem no Gaité com ele – disse a Sylvie.

– Filosofia, mamãe – retomou Collin. – Foi mesmo uma infelicidade ter ido a meu camarote ontem no Gaité?! – exclamou. – A senhora é por acaso melhor do que nós? Temos menos infâmia nas costas do que a senhora no coração, membro flácido de uma sociedade corrompida: o melhor dos senhores não resistiria a mim.

Seus olhos pousaram-se sobre Rastignac, ao qual dirigiu um sorriso gracioso que contrastava singularmente com a rude expressão de seu rosto.

– Nosso negócio continua de pé, meu anjo, só se o senhor aceitar, é claro! O senhor sabe, não é?

E cantou:

Minha Fanchette é adorável
Em sua simplicidade.

– Não fique embaraçado – retomou –, eu sei como ser restituído. – Temem-me demais para me passarem a perna!

O prisioneiro, com seus modos e sua linguagem, com suas transições bruscas do espirituoso ao terrível, sua espantosa grandeza, seu atrevimento, sua baixeza, foi de repente representado por inteiro nessa interpelação e por esse homem, que deixou de ser um para tornar-se o protótipo de toda uma nação degenerada, de um povo selvagem e lógico, brutal e ágil. Rapidamente, Collin tornou-se um poema infernal em que foram pintados todos os sentimentos humanos, com exceção de um, o arrependimento. Seu olhar era o de um arcanjo decaído que sempre quer guerra. Rastignac baixou os olhos, aceitando essa semelhança criminal como uma expiação de seus maus pensamentos.

– Quem me traiu? – perguntou Collin percorrendo a plateia com seu olhar terrível e pousando-o sobre a srta. Michonneau. – Foi você – disse-lhe –, sua velha vendida, provocou-me uma falsa apoplexia, sua curiosa! Em poucas palavras, eu poderia cortar seu pescoço em apenas oito dias. Eu a perdoo, sou cristão. Aliás, não foi você quem me vendeu. Mas quem foi? Rá, Rá! Estão inspecionando lá em cima? – exclamou ao ouvir os oficiais da polícia judiciária abrindo seus armários e apoderando-se de suas coisas. – Os passarinhos voaram, abandonando o ninho ontem. E não saberão de nada. Meus livros de registro comercial estão aqui ó – disse, batendo na testa. – Agora eu sei quem me vendeu. Só poderia ser o patife do Fio de Seda. Não é verdade, papai esbofeteador? – perguntou ao chefe de polícia.

– Isso combina bem demais com a estada de nossas cédulas bancárias lá em cima. E era isso, meus pequenos dedos-duros. Quanto a Fio de Seda, ele será *enterrado* em quinze dias, ainda que seja vigiado por todo seu batalhão. Quanto deram a Michonneauzinha? – perguntou aos agentes da polícia. – Alguns milhares de escudos? Eu valia muito mais do que isso, Ninon cariada, Pompadour esfarrapada[99], Vênus do Père-Lachaise. Se você tivesse me avisado, eu teria lhe dado seis mil francos. Ah, você nem pensou nisso, sua velha vendedora de carne, senão teria me dado preferência. Sim, teria pagado para evitar uma viagem que me desagrada e que me faz perder dinheiro – falou enquanto lhe colocavam as algemas. – Essas pessoas aí vão ter o prazer de me arrastar por um tempo infinito só para me *encher*. Se me enviassem imediatamente às galés, logo estaria de volta a minhas ocupações, apesar dos bisbilhoteiros dos Orfèvres. Todos lá vão se virar do avesso para liberar seu general, o bom Engana-morte! Há alguém aqui que seja rico como eu, possuindo mais de dez mil irmãos prontos a fazer de tudo por vocês? – perguntou com orgulho. – Tenho algo de bom – disse batendo no peito –, nunca traí ninguém! Veja, sua vendida, olhe bem para eles – disse dirigindo-se à velha solteirona. – Olham-me com terror, mas você lhes dá náuseas de desgosto. É o que merece.

Fez uma pausa enquanto contemplava os pensionistas.

– Vocês são idiotas! Nunca viram um forçado? Um forçado do calibre de Collin, aqui presente, é um homem menos covarde do que tantos outros e que protesta contra as decepções profundas do contrato social, como disse Jean-Jacques, do qual me orgulho de ser aluno. Enfim, estou sozinho contra o governo com seus montes de tribunais, de guardas, de orçamentos, e eu os enrolo.

– Diacho – exclamou o pintor –, ele é incrivelmente bom para ser desenhado!

– Diga-me, donzel do senhor carrasco, governador da *Viúva* (nome repleto de poesia terrível que os forçados dão à

---

99. Ninon Lenclos (1620-1705) e marquesa de Pompadour (1721-1764) foram duas célebres cortesãs francesas. (N.T.)

guilhotina) – acrescentou, virando-se para o chefe da polícia de segurança –, seja um bom menino e diga-me se foi Fio de Seda que me entregou! Não gostaria que ele pagasse pelo crime de outro, não seria justo.

Nesse momento, os agentes que haviam aberto todas as coisas e inventariado tudo no quarto dele, entraram e falaram em voz baixa ao chefe da expedição. O mandado de prisão havia terminado.

– Senhores – disse Collin, dirigindo-se aos pensionistas –, eles vão me levar embora. Os senhores foram muito amáveis comigo durante minha estadia aqui, serei grato. Recebam o meu adeus. Vou enviar-lhes figos da Provence – deu alguns passos e se voltou para olhar Rastignac. – Adeus, Eugène – disse-lhe com uma voz doce e triste que contrastava singularmente com o tom brusco de seus discursos. – Se estiver em apuros, pode contar com este amigo dedicado.

Apesar das algemas, pôs-se em guarda, fez um sinal de mestre de esgrima e gritou:

– Um, dois! – e colocou-se numa posição de ataque. – Em caso de problema, dirija-se a mim. Homem ou dinheiro, pode dispor de tudo.

Esse personagem singular deu a essas palavras um tom tão burlesco que apenas Rastignac e ele puderam compreendê--las. Quando a casa foi evacuada pelos soldados e pelos agentes de polícia, Sylvie, que esfregava vinagre nas têmporas de sua patroa, olhou para os pensionistas estupefatos.

– Ora – disse –, apesar de tudo era um homem bom.

Essa frase rompeu o encanto que os sentimentos excitados pela afluência e a diversidade dessa cena produziram em cada um dos presentes. Nesse momento, os pensionistas, depois de se entreolharem, contemplaram a srta. Michonneau delgada, seca e fria, como uma múmia, dissimulada perto do fogo, com os olhos baixos, como se temesse que a sombra do abajur não fosse suficientemente forte para esconder a expressão de seus olhares. Essa figura, que lhes era antipática há tanto tempo, explicou--se de repente. Um murmúrio que, por sua perfeita unidade de som, traía um desgosto unânime, ressoou surdamente. A srta. Michonneau ouviu-o e não se mexeu. Bianchon foi o primeiro a falar, inclinando-se para seu vizinho.

– Dou o fora se essa mulher continuar a jantar conosco – disse baixinho.

Em um piscar de olhos, todos, menos Poiret, aprovaram a proposição do estudante de Medicina, que, devido à adesão geral, avançou rumo ao velho pensionista.

– O senhor está particularmente ligado à srta. Michonneau – disse-lhe –, faça-lhe entender que precisa partir agora mesmo.

– Agora mesmo? – repetiu Poiret impressionado.

Depois, foi até a velha e disse-lhe algumas palavras ao ouvido.

– Mas a minha estada está paga, estou aqui por uma questão de dinheiro, como todo mundo – disse lançando um olhar de víbora aos pensionistas.

– Não seja por isso, dividiremos as despesas para dar-lhe o dinheiro de volta – disse Rastignac.

– Esse senhor apoia Collin – respondeu lançando um olhar venenoso e interrogador ao estudante –, não é difícil saber por quê.

A essas palavras, Eugène deu um pulo como se fosse atacar a solteirona para estrangulá-la. Esse olhar, cuja perfídia compreendeu, acabara de iluminar de forma horrível sua alma.

– Largue-a! – exclamaram os pensionistas.

Rastignac cruzou os braços e ficou mudo.

– Acabemos com a srta. Judas – disse o pintor dirigindo-se à sra. Vauquer. – Senhora, se não colocar a Michonneau na rua todos nós deixaremos o seu barraco e espalharemos que aqui só têm espiões e forçados. Caso contrário, nos calaremos sobre esse fato que, afinal de contas, poderia acontecer nas melhores sociedades até que decidam marcar os condenados das galés na testa e que sejam proibidos de se fantasiarem de burgueses parisienses e que todos deixem de ser os farsantes que são.

A esse discurso, a sra. Vauquer se recuperou miraculosamente, endireitou-se, cruzou os braços, abriu seus olhos claros e sem sinal de lágrimas.

– Meu caro senhor, então quer a ruína de minha pensão? Repare no que aconteceu com o sr. Vautrin... Oh, meu Deus! – pensou interrompendo-se – Não consigo impedir-me de chamá-lo por seu nome de homem honesto! Vejam – retomou –, um apartamento vazio, e querem que eu fique com dois a mais para alugar numa época em que todo mundo está quebrado.

– Senhores, peguemos nossos chapéus e vamos jantar na Place de la Sorbonne, no Flicoteaux – conclamou Bianchon.

A sra. Vauquer calculou de uma só vez a escolha mais vantajosa e dirigiu-se à srta. Michonneau.

– Vamos, minha queridinha linda, não quer a agonia de meu estabelecimento, não é? Veja a que ponto esses senhores me obrigam a chegar. Suba para seu quarto apenas por esta noite.

– De jeito nenhum! – gritaram os pensionistas – Queremos que ela saia agora mesmo.

– Mas essa pobre senhorita nem jantou – disse Poiret com um tom piedoso.

– Ela jantará onde bem entender! – gritaram diversas vozes.

– No olho da rua, sua dedo-duro!

– No olho da rua, seus dedos-duros!

– Senhores – exclamou Poiret, que se elevou de repente à altura da coragem que o amor empresta aos cordeiros –, respeitem uma pessoa do sexo frágil!

– Os dedos-duros não têm sexo – rebateu o pintor.

– Célebre sexorama!

– No olho da ruorama!

– Cavalheiros, isso é indecente. Quando se manda as pessoas embora, é preciso ter regras. Nós pagamos, nós ficamos – disse Poiret, colocando sua boina e sentando-se numa cadeira ao lado da srta. de Michonneau, a quem a sra. Vauquer tentava convencer.

– Malvado – disse-lhe o pintor com um ar cômico –, seu malvadinho!

– Vamos, se não forem embora, somos nós que iremos – disse Bianchon.

E os pensionistas fizeram um movimento conjunto rumo à sala.

– Senhorita, o que está querendo, hein? – exclamou a sra. Vauquer. – Estou arruinada. Não podem ficar aqui, eles vão acabar se tornando violentos.

A srta. Michonneau se levantou.

– Ela vai embora!
– Ela não vai!
– Ela vai!
– Ela não vai!

Essas palavras ditas alternadamente e a hostilidade das afirmações que lhe foram dirigidas forçaram a srta. Michonneau a deixar a pensão, depois de algumas estipulações feitas em voz baixa com a proprietária.

– Vou à pensão da sra. Buneaud – disse com um ar ameaçador.

– Vá aonde bem entender, senhorita – disse a sra. Vauquer, que tomou como uma injúria cruel a escolha de uma casa com a qual rivalizava e que, consequentemente, era-lhe odiosa. – Vá para a pensão dos Buneaud, lá terá o vinho que faz dançar as cabras e terá refeições de segunda!

Os pensionistas se colocaram em duas filas no mais completo silêncio. Poiret olhou para a srta. Michonneau de maneira tão terna, mostrou-se tão ingenuamente indeciso, sem saber se devia segui-la ou ficar, que os pensionistas, felizes com a partida da srta. Michonneau, se puseram a rir enquanto se olhavam.

– Poctó, poctó, Poiret – gritou-lhe o pintor. – Vamos, upa, upa!

O empregado do Museu se pôs a cantar comicamente esse início de uma romança conhecida:

De partida à Síria
O jovem e belo Dunois...

– Vamos lá, está morrendo de vontade, *trahit sua quemque voluptas* – disse Bianchon.

– Cada um segue sua particular tradução livre de Virgílio – explicou o repetidor.

A srta. Michonneau, tendo feito o gesto de tomar o braço de Poiret ao contemplá-lo, ele não pôde resistir a esse apelo e foi dar seu apoio à velha. Aplausos irromperam e houve uma explosão de risos.

– Bravo, Poiret!
– Esse velho Poiret!
– Apolo-Poiret!
– Marte-Poiret!
– Corajoso Poiret!

Nesse momento um comissário entrou, entregou uma carta à sra. Vauquer, que se deixou cair em sua cadeira depois de tê-la lido.

– Mas só falta queimarem a casa, os raios estão caindo sobre ela. O filho Taillefer morreu às três horas. Estou sendo rigorosamente punida por ter desejado o bem dessas mulheres em detrimento desse pobre rapaz. A sra. Couture e Victorine estão pedindo seus pertences e vão ficar na casa do pai dessa. O sr. Taillefer permite a sua filha manter a sra. Couture como dama de companhia. Quatro apartamentos livres, cinco pensionistas de menos! Sentou-se e parecia querer chorar. – A infelicidade está em minha casa! – exclamou.

O barulho de uma carruagem que freou ressoou de repente na rua.

– Mais surpresas – disse Sylvie.

Goriot exibiu de repente uma fisionomia brilhante e colorida pela alegria que poderia fazer acreditar em sua regeneração.

– Goriot num fiacre – disseram os pensionistas –, é o fim do mundo.

O velho dirigiu-se diretamente a Eugène, que permaneceu pensativo em um canto, e tomou-o pelo braço:

– Venha – disse-lhe com um ar jovial.

– Então o senhor não sabe o que está acontecendo? – perguntou-lhe Eugène. – Vautrin é um forçado que acabam de prender, e Taillefer filho morreu.

– Ora! E o que nós temos a ver com isso? – respondeu o pai Goriot. – Vou jantar com a minha filha na casa do senhor, compreende? Ela está lhe esperando, venha.

Ele puxou Rastignac tão violentamente pelo braço que o fez caminhar à força e parecia raptá-lo como se fosse sua amante.

– Vamos jantar! – gritou o pintor.

Todos pegaram suas cadeiras e se colocaram à mesa rapidamente.

– Que coisa – disse a gorda Sylvie –, tudo está dando errado hoje, meu guisado de carneiro grudou todo na panela. Puxa, terão que comê-lo queimado mesmo, azar!

A sra. Vauquer não teve forças para dizer uma só palavra vendo apenas dez pessoas em vez de dezoito em torno de sua mesa; mas todos procuraram consolá-la e alegrá-la. Se de início os pensionistas externos conversaram sobre Vautrin e sobre os acontecimentos do dia, não tardaram a se deixar levar pela forma sinuosa de sua conversa e se puseram a falar dos duelos, das galés, da justiça, das leis a serem refeitas, das prisões. Logo se encontravam a mil léguas de Jacques Collin, de Victorine e de seu irmão. Embora não passassem de dez, gritavam como se fossem vinte e pareciam mais numerosos do que de costume; essa foi a única diferença com relação a esse jantar e ao jantar da véspera. A despreocupação habitual desse mundo egoísta que, no dia seguinte, deveria encontrar nos acontecimentos cotidianos de Paris uma outra presa para devorar, logo voltou ao normal, e a própria sra. Vauquer se deixou acalmar pela esperança que contagiou a voz da gorda Sylvie.

Esse dia deveria permanecer como uma fantasmagoria até o cair da noite para Eugène, que, apesar de sua força de caráter e da bondade de sua mente, não sabia como classificar suas ideias, quando se encontrou no fiacre ao lado do pai Goriot, cujo discurso traía uma alegria inabitual e ecoava em seu ouvido, depois de tantas emoções, como palavras que ouvimos em sonhos.

– Está acertado desde hoje de manhã. Vamos jantar os três juntos, juntos! O senhor entende? Lá se vão quatro anos que não janto com a minha Delphine, minha pequena Delphine. Ela vai ser minha durante uma noite inteira. Estamos em sua casa desde hoje de manhã. Trabalhei como um operário em mangas de camisa. Ajudei a transportar os móveis, ah, ah! O senhor não sabe como ela será gentil à mesa, cuidará de mim: "Tome, papai, prove isso, está muito bom". E eu nem terei vontade de comer. Puxa, faz muito tempo que não fico sossegadamente com ela como ficaremos essa noite!

– Afinal de contas – disse-lhe Eugène –, hoje o mundo está de cabeça para baixo?

– De cabeça para baixo? – disse o pai Goriot. – Mas o mundo nunca esteve melhor do que está agora. Vejo apenas rostos alegres nas ruas, pessoas que se dão as mãos e que se beijam; pessoas felizes como se todas fossem jantar na casa de suas filhas e *filar* um bom jantar que ela encomendou em minha frente ao cozinheiro do Café des Anglais. Puxa vida! Perto dela o fel seria doce como o mel.

– Tenho a sensação de estar voltando à vida – disse Eugène.

– Ande, cocheiro – gritou o pai Goriot abrindo o vidro da frente. – Vá mais rápido, eu lhe darei cem vinténs de gorjeta se me levar em dez minutos lá aonde você sabe.

Contando com essa promessa, o cocheiro atravessou Paris com a rapidez de um raio.

– Esse cocheiro não avança – disse o pai Goriot.

– Mas para onde o senhor está me levando? – perguntou Rastignac.

– Para sua casa – respondeu o pai Goriot.

O carro parou na Rue d'Artois. O velho desceu primeiro e jogou dez francos ao cocheiro com a prodigalidade de um viúvo que, no paroxismo de seu prazer, não toma cuidado com nada.

– Vamos subir – disse a Rastignac, a quem fez atravessar um pátio e conduziu à porta de um apartamento situado no terceiro andar, nos fundos de uma casa nova e de bela aparência. O pai Goriot não precisou tocar a campainha. Thérèse, a criada de quarto da sra. de Nucingen, abriu-lhes a porta. Eugène viu-se num aconchegante apartamento de rapaz composto de um *hall* de entrada, uma pequena sala, um quarto e um escritório com vista para o jardim. Na salinha, cujo mobiliário e cuja decoração sustentavam a comparação com o que havia de mais belo, de mais gracioso, percebeu, através da luz de velas, Delphine, que se levantou de uma conversadeira, perto do fogo, colocou a tela de proteção na lareira e disse com uma entonação carregada de ternura:

– Então foi preciso ir buscá-lo, senhor que não entende nada.

Thérèse saiu. O estudante tomou Delphine entre seus braços, abraçou-a vivamente e chorou de alegria. Esse último contraste entre o que ele estava vendo e o que acabara de ver nesse dia em que tantas irritações haviam cansado seu coração e sua cabeça causaram em Rastignac um acesso de sensibilidade nervosa.

– Eu sabia muito bem que ele a amava – sussurrou o pai Goriot a sua filha enquanto que Eugène, abatido, jazia sobre a conversadeira sem poder pronunciar uma palavra nem se dar conta ainda da maneira como esse último encanto ocorrera.

– Mas então venha ver – disse-lhe a sra. de Nucingen tomando-o pela mão e conduzindo-o a um quarto cujos tapetes, móveis e os mínimos detalhes lembravam-lhe, em menores proporções, os de Delphine.

– Aqui falta uma cama – disse Rastignac.

– Sim, senhor – disse-lhe ela enrubescendo e apertando-lhe a mão.

Eugène contemplou-a e compreendeu, jovem ainda, tudo o que havia de pudor verdadeiro no coração de uma mulher apaixonada.

– A senhora é uma dessas criaturas que devemos adorar para sempre – disse-lhe ao ouvido. – Sim, ouso dizer-lhe isso já que nos entendemos tão bem: quanto mais vivo e sincero for o amor, mais ele deve ser velado, misterioso. Não revelemos nosso segredo a ninguém.

– Oh! Então eu sou ninguém?! – resmungou o pai Goriot.

– Ah, o senhor sabe muito bem que o senhor faz parte de *nós*...

– Ah, era isso que eu queria ouvir. Não me darão atenção, não é? Sairei e voltarei como um espírito bom que está em todos os lugares e que sabemos que está por aí mesmo sem o vermos. Pois bem, Delphinette, Ninette, Dedel! Eu não estava certo quando lhe disse: "Há um belo apartamento na Rue d'Artois, vamos mobiliá-lo para ele!". Você não queria. Ah, sou eu o autor de sua alegria. Os pais devem sempre dar para se sentirem felizes. Dar sempre, é isso que faz da gente um pai.

– Como? – interrogou Eugène.

– É, ela não queria, tinha medo de que os outros dissessem bobagens, como se o mundo valesse mais do que felicidade! Mas todas as mulheres sonham em fazer o que ela fez.

O pai Goriot estava falando sozinho, a sra. de Nucingen havia levado Rastignac ao escritório, onde o estalo de um beijo ressoou, apesar da leveza com que foi dado. Esse cômodo estava em harmonia com a elegância do apartamento, no qual aliás nada faltava.

– Os seus desejos foram adivinhados? – perguntou ela voltando à sala para sentar-se à mesa.

– Foram, perfeitamente! Infelizmente, eu sinto que tudo isso, esse luxo tão completo, esses belos sonhos realizados, todas as poesias de uma vida jovem, elegante... está acima de mim e que não mereço. Mas não posso aceitá-los da senhora, e ainda sou pobre demais para...

– Ah, ah, já está se safando de mim! – disse ela com um ar de autoridade brincalhona, fazendo um desses muxoxos que as mulheres fazem quando querem zombar de algum escrúpulo para melhor dissipá-lo.

Eugène se questionou muito e de maneira solene durante esse dia, e a prisão de Vautrin, ao mostrar-lhe a profundidade do abismo no qual ele quase se precipitara, acabou por corroborar bem demais seus sentimentos nobres e sua delicadeza para que ele cedesse a essa refutação tentadora de suas ideias generosas. Uma profunda tristeza tomou conta dele.

— Como?! – exclamou a sra. de Nucingen. – O senhor recusaria? Sabe o que significaria uma recusa como essa? Tem medo do futuro, não ousa ligar-se a mim. Então tem medo de trair minha afeição? Se me ama, se eu... o amo, por que recuaria diante de obrigações tão ínfimas? Se o senhor conhece o prazer que eu tenho em cuidar de todo esse apartamento de rapaz, não hesitaria em me pedir perdão. Eu tinha um dinheiro que era seu e eu o empreguei bem, eis tudo. O senhor acredita ser grande, mas é pequeno. Quer muito mais... (Ah! – disse ela captando um olhar apaixonado de Eugène) e cria problemas por bobagens. Se não me ama, oh, sim, nesse caso não aceite. Meu destino está inscrito em uma palavra. Diga! Papai, dê-lhe algumas boas razões – acrescentou ela, voltando-se a seu pai depois de uma pausa. – Será que ele acha que sou menos suscetível do que ele com relação a nossa honra?

O pai Goriot tinha o sorriso fixo de um teriaki[100] ao ver e ouvir essa bela querela.

— Criança! Está no começo da vida – prosseguiu ela, pegando a mão de Eugène. – Depara-se com um obstáculo insuperável para muitos, uma mão de mulher o ajuda e o senhor recua! O senhor vencerá, fará uma fortuna brilhante, o sucesso está escrito em sua bela testa. O senhor não poderá então me devolver o que estou lhe emprestando hoje? Antigamente, as damas não davam a seus cavaleiros armaduras, espadas, capacetes, cota de malha, cavalos a fim de que eles pudessem combater em seu nome nas competições? Pois bem, Eugène, o que estou lhe oferecendo são as armas da nossa época, ferramentas necessárias a quem quer se tornar alguma coisa. O sótão em que se encontra é bonito, se se parece com o quarto de papai. O que estamos esperando, não vamos jantar? Quer me deixar triste? Responda logo! – disse sacudindo a sua mão. – Meu Deus, papai, decida ou então saio e não verei Eugène nunca mais.

— Vou fazer com que ele se decida – disse o pai Goriot saindo de seu êxtase. – Meu caro sr. Eugène, vai pedir um empréstimo aos judeus, não é?

---

100. Nome dado no Oriente aos comedores e fumadores de ópio. (N.T.)

– Não vejo outra saída – respondeu.

– Bem, então peguei-o – continuou o homem tirando uma carteira de couro de má qualidade toda gasta. – Aqui está. Não deve um vintém para tudo o que se encontra aqui. Não é uma grande quantia, no máximo cinco mil francos. Eu mesmo lhe empresto! Não me recusaria isso, não sou uma mulher. Fará um reconhecimento de dívida numa folha de papel e me devolverá o dinheiro mais tarde.

Algumas lágrimas rolaram simultaneamente pelo rosto de Eugène e pelo de Delphine, que se olharam surpresos. Rastignac estendeu a mão ao velho e apertou-o.

– Mas o quê? Não são meus filhos? – perguntou Goriot.

– Mas, meu pobre pai – disse a sra. de Nucingen –, como fez?

– Ah, chegamos então à questão – respondeu. – Quando vi que você estava decidida a ficar com ele, quando vi que estava comprando coisas como se fosse uma noiva, eu pensei: "Ela vai ter dificuldades financeiras!" O advogado acredita que o processo a mover contra seu marido para fazê-lo devolver sua fortuna pode levar mais de seis meses. Bem, vendi minhas mil e trezentas libras de rendas perpétuas; com quinze mil francos, consegui mil e duzentos francos de rendas vitalícias bem hipotecadas e paguei os seus credores com o resto do capital, meus filhos. Quanto a mim, tenho ali em cima um quarto de cinquenta escudos por ano, posso viver como um príncipe com quarenta soldos por ano e ainda me sobrará. Não gasto com nada e praticamente não preciso de roupas. Há quinze dias que estou rindo sozinho dizendo-me: "Como eles serão felizes!". E então, não estão contentes?

– Oh! Papai, papai! – exclamou a sra. de Nucingen, pulando no colo de seu pai.

Ela o cobriu de beijos, acariciando suas bochechas com seus cabelos loiros e derramando lágrimas sobre aquele rosto satisfeito, brilhante.

– Querido pai, o senhor é um pai! Não, não existem dois pais na terra como o senhor. Eugène já gostava muito do senhor antes, o que não será agora?

– Meus filhos – disse o pai Goriot que há dez anos não sentiu o coração de sua filha bater sobre o seu –, Delphinette, você quer me fazer morrer de prazer?! Meu pobre coração está se partindo. Vamos, sr. Eugène, já estamos quites!

E o velho apertou a filha num abraço tão selvagem, tão delirante, que ela disse:

– Ai, você está me machucando.

– Machucando? – perguntou empalidecendo.

Olhou-a com um ar de dor sobre-humana. Para pintar corretamente a fisionomia desse Cristo da paternidade, seria preciso ir buscar comparações nas imagens que os príncipes das paletas inventaram para pintar a paixão sofrida em benefício dos mundos pelo Salvador dos homens. O pai Goriot beijou muito suavemente a cintura que seus dedos haviam apertado demais.

– Não, não a machuquei; não – retomou, inquerindo-a com um sorriso. – Foi você quem me machucou com seu grito. Isso custa mais caro – disse no ouvido de sua filha, beijando-a com precaução –, mas precisamos convencê-lo, senão ficará aborrecido.

Eugène estava petrificado pela inesgotável dedicação desse homem, e contemplava-o, exprimindo essa admiração ingênua que é a fé dos mais jovens.

– Serei digno de tudo isso – exclamou.

– Oh, meu Eugène, é lindo o que acaba de dizer.

E a sra. de Nucingen beijou o estudante na testa.

– Ele recusou por você a srta. de Taillefer e seus milhões – disse o pai Goriot. – Sim, ela gostava do senhor, a pequena; e, com a morte de seu irmão, ela ficou rica como Creso[101].

– Oh, para que lhe contar isso? – exclamou Rastignac.

– Eugène – disse-lhe Delphine ao ouvido –, agora tenho um remorso para essa noite. Ah! Eu, eu o amarei muito, e para sempre!

– Eis o dia mais lindo desde o casamento de vocês – exclamou o pai Goriot. – O bom Deus pode me fazer sofrer o quanto

---

101. Creso, lendário rei da Lídia no século VI a.C., que acumulou uma imensa fortuna com incêndios e guerras. (N.T.)

quiser, desde que não seja por causa de vocês, que eu direi para mim mesmo: em fevereiro deste ano fui, durante um tempo, mais feliz do que os homens poderiam ser durante uma vida inteira. Olhe para mim, Fifine – pediu a sua filha. – Ela está lindíssima, não está? Diga-me, encontrou muitas mulheres que tenham sua bela cor e sua covinha? Tenho certeza que não. Pois é, sou eu que fiz este amor de mulher. A partir de agora, estando feliz com o senhor, ficará ainda mil vezes mais bela. Eu posso ir para o inferno, meu vizinho – disse –, se lhe for preciso a minha parte do paraíso, eu a darei ao senhor. Vamos comer, vamos comer – continuou, não sabendo mais o que estava dizendo –, tudo nos pertence.

– Esse pobre pai!

– Se você soubesse, minha filha – disse levantando-se e indo até ela, pegando sua cabeça e beijando-a no meio de suas tranças –, como você pode me fazer feliz com pouco! Venha me ver algumas vezes, estarei ali em cima, terá apenas um passo a dar. Promete-me isso?

– Sim, meu caro pai.

– Diga de novo.

– Sim, meu bom pai.

– Cale-se. Faria você repeti-lo cem vezes se me ouvisse. Vamos jantar.

A noite inteira foi-se em criancices, e o pai Goriot não se mostrou o menos bobo dos três. Ajoelhou-se aos pés de sua filha para beijá-los; olhou-a nos olhos durante muito tempo; esfregou sua cabeça em seu vestido; enfim, fez loucuras que fariam o amante mais jovem e mais terno.

– O senhor está vendo? – perguntou Delphine a Eugène. – Quando meu pai estiver conosco, é preciso estar sempre a sua disposição. Será bastante incômodo às vezes.

Eugène, que já experimentara diversas vezes movimentos de ciúmes, não podia condenar essas palavras, que encerravam o princípio de toda ingratidão.

– Quando o apartamento ficará pronto? – perguntou Eugène olhando em torno do quarto. – Vamos ter de nos separar esta noite?

– Vamos, mas amanhã o senhor virá jantar comigo – disse-lhe com um ar esperto. – Amanhã é dia do Italiens.

– Irei à plateia – disse o pai Goriot.

Era meia-noite. O carro da sra. de Nucingen estava esperando. O pai Goriot e o estudante retornaram à casa Vauquer falando de Delphine com um entusiasmo tal que produziu um combate curioso de expressões entre essas duas paixões violentas. Eugène não podia esconder de si que o amor do pai, que não era manchado por nenhum interesse pessoal, esmagava o seu por sua persistência e por sua extensão. O ídolo era sempre puro e belo para o pai, e sua adoração se alimentava tanto do passado quanto do futuro. Encontraram a sra. Vauquer sozinha perto de seu aquecedor, entre Sylvie e Christophe. A velha anfitriã estava ali como Marius sobre as ruínas de Cartago[102]. Ela estava esperando os dois únicos pensionistas que lhe restavam, lamentando-se a Sylvie. Embora Lord Byron tenha emprestado lamentações bastante belas ao Tasso[103], elas estão bem longe da verdade profunda daquelas que escapavam da sra. Vauquer.

– Só haverá então três xícaras de café a preparar para amanhã de manhã, Sylvie. Puxa, minha pensão deserta, não é de partir o coração? O que é a vida sem meus pensionistas? Absolutamente nada. A vida está nos móveis. O que fiz ao céu para ter atraído todos esses desastres? Nossas provisões de vagem e de batatas são para vinte pessoas. A polícia em minha casa! Vamos passar a comer apenas batatas! Vou ter que demitir Christophe!

O saboiano que estava dormindo acordou de repente e disse:

– Senhora?

– Pobre rapaz! É como um cão – observou Sylvie.

– Uma estação morta, cada um foi para um lado. De onde surgirão novos pensionistas? Eu ficaria louca. E essa sibila da

---

102. Marius (157-86 a.C.), general e cônsul romano. Depois de ser proscrito por Sila, ganha a África e desembarca em Cártago. Quando tentam expulsá-lo, pronuncia a célebre frase ao mensageiro do pretor: "Diz ao pretor que viste Marius fugitivo sentado nas ruínas de Cartago". (N.T.)

103. Referência ao poema "Lamentações do Tasso", do poeta inglês Lord Byron (1788-1824). (N.T.)

Michonneau que levou embora junto com ela o Poiret! O que ela fez para se ligar a esse homem que a seguiu como um tótó?

– Ai, minha nossa! – exclamou Sylvie sacudindo a cabeça. – Essas solteironas são cheias de astúcias!

– Esse pobre sr. Vautrin que eles transformaram em forçado – prosseguiu a viúva. – Puxa, Sylvie, é mais forte do que eu, ainda não consigo acreditar. Um homem alegre daquele jeito, que tomava ponche a quinze francos por mês e que pagava em dia o aluguel!

– E que era tão generoso! – disse Christophe.

– Tem alguma coisa errada – acrescentou Sylvie.

– É claro que não, ele mesmo confessou tudo – continuou a sra. Vauquer. – E pensar que tudo isso aconteceu em minha casa, num bairro onde nem gato passa. Palavra de honra, estou sonhando. Pois, você vê, vimos Louis XVI ter seu acidente, vimos o Imperador cair, depois o vimos voltar e cair novamente, tudo isso ocorreu na ordem das coisas possíveis; ao passo que, contra as pensões burguesas, reveses dessa ordem não existem: pode-se ficar sem rei, mas sempre será preciso comer; e, quando uma mulher honesta, nascida de Coflans, serve no jantar o que há de melhor, a não ser que seja o fim do mundo... Mas é isso, é o fim do mundo.

– E pensar que a srta. Michonneau, que lhe aprontou tudo isso, vai receber, segundo dizem, mil escudos de renda – exclamou Sylvie.

– Nem me fale, ela não passa de uma celerada! – disse a sra. Vauquer. – E ainda por cima ela vai à pensão de Buneaud! Mas ela é capaz de tudo, deve ter feito horrores, matou e roubou em seu tempo. Deveria ir às galés no lugar desse pobre caro homem...

Nesse momento, Eugène e o pai Goriot tocaram a campainha.

– Ah! Eis os meus dois hóspedes fiéis – disse a viúva suspirando.

Os dois fiéis, que não tinham senão uma vaga lembrança dos desastres da pensão burguesa, anunciaram sem cerimônia a sua anfitriã que iriam morar em Chaussée-d'Antin.

– Ah, Sylvie! Lá se vai meu último trunfo. Vocês acabam de me dar o golpe de misericórdia, senhores. Atingiram-me na boca do estômago. É como se eu tivesse uma barra bem aqui. Eis um dia em que envelheço dez anos. Ficarei louca, palavra de honra! O que fazer das vagens? Ah, bem, se vou ficar sozinha aqui, Christophe partirá amanhã. Adeus, senhores, boa noite.

– O que será que ela tem? – Eugène perguntou a Sylvie.

– Minha nossa! Todo mundo se foi afinal de contas. Isso lhe confundiu a cabeça. Vamos, estou ouvindo que ela está chorando. Fará bem a ela *chourar*. Esta é a primeira vez que ela esvazia os olhos desde que estou a seu serviço.

No dia seguinte, a sra. Vauquer havia, segundo sua expressão, *sido trazida de volta à razão*. Se ela parecia aflita como uma mulher que perdera todos seus pensionistas e cuja vida estava transtornada, ela estava completamente lúcida e mostrou o que era a verdadeira dor, uma dor profunda, a dor causada pelo interesse ofendido, pelos hábitos rompidos. É verdade que o olhar que um amante lança sobre os lugares habitados por sua amada ao deixá-los não é mais triste do que o da sra. Vauquer sobre sua mesa vazia. Eugène consolou-a dizendo que Bianchon, cuja residência acabaria em alguns dias, viria sem dúvida substituí-lo; que o empregado do museu havia frequentemente manifestado o desejo de ter o apartamento da sra. Couture e que, em poucos dias, ela estaria com a casa cheia de hóspedes.

– Que Deus o ouça, meu caro senhor! Mas a desgraça se instalou aqui. Antes de dez dias, virá a morte, o senhor verá – disse-lhe ela lançando um olhar lúgubre sobre a sala de jantar. – Quem ela virá buscar?

– Ainda bem que estamos nos mudando – disse Eugène baixinho ao pai Goriot.

– Senhora – disse Sylvie acudindo espantada –, lá se vão três dias que não vejo Mistigris.

– Ah! Bem, se meu gato está morto, se ele nos deixou, eu...

A pobre viúva não concluiu a frase, juntou as mãos e jogou-se em sua poltrona, derrubada por esse prognóstico terrível.

Em torno do meio-dia, hora em que os carteiros chegavam ao bairro do Panthéon, Eugène recebeu uma carta envolvida num envelope elegante, colado com as armas de Beauséant. Ela continha um convite dirigido ao sr. e sra. de Nucingen para o grande baile anunciado há um mês, e que deveria ocorrer na casa da viscondessa. A esse convite foi anexado um bilhete para Eugène:

Pensei, senhor, que se encarregaria com prazer de ser o intérprete de meus sentimentos junto à sra. de Nucingen; envio-lhe o convite que me pediu e ficarei encantada em conhecer a irmã da sra. de Restaud. Traga-me então esse bela pessoa, e faça com que ela não tome toda sua afeição, o senhor deve-me muito em troca do que eu tenho feito pelo senhor.

Viscondessa de Beauséant

– Mas – pensou Eugène compreendendo o bilhete –, a sra. de Beauséant diz de maneira bastante clara que não quer nada com o barão de Nucingen.

Foi prontamente à casa de Delphine, feliz de lhe proporcionar uma alegria cujo retorno sem dúvida receberia. A sra. de Nucingen estava no banho. Rastignac esperou no toucador, vítima da impaciência natural a um rapaz ardente e apressado em tomar posse de uma amante, objeto de dois anos de desejo. São emoções que não se repetem na vida dos jovens. A primeira mulher realmente mulher à qual um homem se liga, ou seja, aquela que se apresenta a ele no esplendor dos requintes exigidos pela sociedade parisiense, essa nunca tem rival. O amor em Paris não se parece em nada com os outros amores. Nem os homens nem as mulheres ignoram as manifestações ornadas de lugares-comuns que cada um dispõe por decência em suas afeições ditas desinteressadas. Nessa capital, uma mulher não apenas deve satisfazer o coração e os sentidos, ela sabe perfeitamente que tem as maiores obrigações a cumprir com relação às mil vaidades que a vida comporta. Nisso sobretudo o amor é essencialmente fanfarrão, insolente, esbanjador, charlatão e faustuoso. Se todos as mulheres da corte de Louis XIV invejaram a srta. de la Vallière pela paixão que fez com que aquele grande príncipe esquecesse que seus punhos custavam cada um mil escudos quando ele os rasgou para facilitar a chegada do duque de Vermandois ao palco da sociedade[104], o que se pode esperar do resto da humanidade? Que sejam jovens, ricos e com título de nobreza, que sejam ainda melhores se puderem; quanto mais grãos de incenso trouxerem para queimar junto ao ídolo, mais esse lhe será favorável, isso se tiverem um ídolo. O amor é uma religião, e seu culto deve custar mais caro do que o de todas as outras religiões; ele passa rapidamente, passa como o moleque que faz questão de marcar sua passagem com devastações. O luxo do sentimento é a poesia dos sótãos; sem essa riqueza, o que seria do amor? Se existem exceções a essas leis draconianas do código parisiense, elas encontram-se na solidão, nas almas que não se deixaram levar pelas doutrinas sociais, que vivem perto de alguma fonte de águas claras, fugidias, mas incessantes; em almas que, fiéis às sombras verdes das árvores, felizes de ouvirem a linguagem do infinito escrita para elas em todas as coisas e que elas encontram também em si mesmas, esperam pacientemente suas asas, lamentando as da terra. Porém, Rastignac, semelhante à maioria dos rapazes, que, experimentou de antemão as grandezas, queria se apresentar armado nas liças da sociedade; sentia talvez a força para dominá-la, mas sem conhecer nem os meios nem os fins dessa ambição. Na falta de um amor puro e sagrado que preencha a vida, essa sede pelo poder pode tornar-se uma bela coisa; basta despojar-se de todo interesse pessoal e tomar como objeto a grandeza de um país. Mas o estudante ainda não chegara ao ponto em que o homem pode contemplar o curso da vida e julgá-la. Até então não havia nem sequer abalado as ideias frescas e suaves que envolvem, como se fossem uma folhagem, a juventude das crianças educadas na província. Havia hesitado continuamente em ultrapassar o rubicão parisiense. Apesar de suas ardentes curiosidades, sempre conservara algumas segundas intenções em relação à vida alegre

---

104. Referência ao parto do conde (e não duque, como afirma Balzac) de Vermandois, no qual o rei esteve presente dando seu apoio à sra. de la Vallière. (N.T.)

que leva o verdadeiro fidalgo em seu castelo. Porém seus últimos escrúpulos haviam desaparecido na véspera, quando se viu em seu apartamento. Usufruindo das vantagens materiais da fortuna, como usufruía havia muito tempo das vantagens morais que dá o nascimento, despojara sua pele de homem da província e se estabeleceu suavemente numa posição em que entrevia um belo futuro. Da mesma maneira, esperando Delphine, negligentemente nesse belo toucador que se tornava um pouco seu, via-se tão distante do Rastignac vindo no ano passado a Paris que, contemplando-o pelo ângulo da ótica moral, perguntava-se se naquele momento era ele mesmo.

– A senhora está no seu quarto – veio dizer-lhe Thérèse, fazendo-o sobressaltar.

Encontrou Delphine estendida em sua conversadeira, perto do fogo, fresca e descansada. Ao vê-la assim espalhada sobre vagas de musselina, era impossível não a comparar com as belas plantas da Índia cujo fruto brota na própria flor.

– Ora! Aqui estamos nós – disse ela com emoção.

– Adivinhe o que eu lhe trago – disse-lhe Eugène sentando-se perto dela e tomando seu braço para beijar-lhe a mão.

A sra. de Nucingen fez um movimento de alegria ao ler o convite. Virou-se para Eugène com os olhos molhados e jogou os braços em seu pescoço para puxá-lo em sua direção em um delírio de satisfação vaidosa.

– E é ao senhor (a você – disse-lhe ao ouvido – mas sejamos prudentes, Thérèse está no meu banheiro!), ao senhor que devo essa alegria. Obtido pelo senhor, não é mais um triunfo do amor-próprio? Ninguém quis me apresentá-la nesse mundo. Talvez me ache pequena, frívola neste momento, leviana como uma parisiense; mas pense, meu amigo, que estou pronta a sacrificar tudo pelo senhor e que, se desejo mais ardentemente do que nunca ir ao Faubourg Saint-Germain, é porque o senhor estará lá.

– A senhora não acha – disse Eugène – que a sra. de Beauséant está querendo nos dizer que não conta ver o barão de Nucingen em seu baile?

– É claro que sim – respondeu a baronesa entregando a carta a Eugène. – Esse tipo de mulher tem o gênio da impertinência. Mas não tem problema, irei assim mesmo. Minha irmã deverá estar lá, sei que ela está preparando uma toalete deliciosa. – Eugène – continuou em voz baixa –, ela vai para dissipar suspeitas assustadoras. Não está a par dos rumores sobre ela? Nucingen veio dizer-me hoje de manhã que ontem no Círculo falavam disso sem constrangimento. Ah, meu Deus, a honra das mulheres e das famílias é tão frágil! Senti-me atacada, machucada através de minha pobre irmã. Segundo algumas pessoas, o senhor de Trailles teria subscrito letras de câmbio chegando a cem mil francos, quase todas vencidas, pelas quais seria processado. A esse ponto, minha irmã teria vendido seus diamantes a um judeu, aqueles belos diamantes que o senhor teve a ocasião de ver e que vêm da sra. Restaud, mãe. Enfim, há dois dias, só se fala nisso. Estou achando que Anastasie tenha mandado fazer um vestido de lamê e queira chamar para si todos os olhares na casa da sra. de Beauséant, comparecendo com todo seu brilho e com seus diamantes. Mas não quero ficar abaixo dela. Ela sempre quis me espezinhar, nunca foi boa para mim, logo eu que lhe fiz tantos favores, que sempre lhe emprestava dinheiro quando ela não tinha. Mas deixemos a sociedade, hoje quero ser feliz.

À uma hora da manhã, Rastignac ainda encontrava-se à casa da sra. de Nucingen, que, prodigalizando-lhe o adeus dos amantes, aquele adeus repleto de alegrias vindouras, disse-lhe com uma expressão de melancolia:

– Sou tão medrosa, tão supersticiosa, dê a meus pressentimentos o nome que quiser, que temo pagar minha felicidade por alguma catástrofe assustadora.

– Criança – disse Eugène.

– Ah, sou eu que sou criança esta noite! – disse ela rindo.

Eugène voltou à Casa Vauquer com a certeza de sair dali no dia seguinte, abandonou-se então, no caminho, àqueles belos sonhos que todos os jovens têm quando ainda guardam nos lábios o gosto da alegria.

– E então? – perguntou-lhe o pai Goriot quando Rastignac atravessou a porta.

– Pois bem, lhe contarei tudo amanhã – respondeu Eugène.

– Tudo, não é? – gritou o velho. – Vá deitar-se. Começaremos amanhã nossa vida feliz.

No dia seguinte, Goriot e Rastignac esperavam apenas a boa vontade de um carregador para deixarem a pensão burguesa quando, por volta do meio-dia, o barulho de uma carruagem que parou precisamente à porta da Casa Vauquer ressoou na Rue Neuve-Sainte-Geneviève. A sra. de Nucingen desceu da carruagem, perguntou se seu pai ainda estava na pensão. À resposta afirmativa de Sylvie, ela subiu rapidamente a escada. Eugène estava em seu quarto sem que o vizinho o soubesse. Durante o almoço, pedira ao pai Goriot que levasse seus pertences, dizendo-lhe que se encontrariam às quatro horas na Rue d'Artois. Mas enquanto o velho foi chamar os carregadores, Eugène, tendo respondido prontamente à chamada na aula, voltou sem que ninguém notasse sua presença para acertar as contas com a sra. Vauquer, não querendo deixar essa carga ao pai Goriot, que, em seu fanatismo, teria sem dúvida pagado por ele. A anfitriã saíra, Eugène subiu a seu quarto para ver se não se esquecera de nada, e alegrou-se de ter pensado nisso ao encontrar, na gaveta de sua mesa, o aceite em branco subscrito a Vautrin, que jogara ali despreocupadamente no dia em que havia pagado o que devia. Sem dispor de fogo, ia cortá-lo em pedacinhos quando, reconhecendo a voz de Delphine, não quis fazer barulho algum, e parou para ouvi-la, pensando que ela não lhe escondia nada. Depois, desde as primeiras palavras, achou a conversa entre o pai e a filha interessante demais para não escutá-la.

– Ah, meu pai! – disse ela. – Deus queira que o senhor tivesse tido a ideia de pedir contas de minha fortuna a tempo para que eu não ficasse arruinada! Posso falar?

– A casa está vazia – disse o pai Goriot com uma voz alterada.

– O que está sentindo, meu pai? – prosseguiu a sra. de Nucingen.

– Você acaba de me dar uma machadada na cabeça. Deus a perdoe, minha criança! Não sabe o quanto a amo; se soubesse, não teria me dito bruscamente esse tipo de coisa, sobretudo se nada é desesperador. O que teria acontecido de tão urgente para que você venha buscar-me aqui sabendo que daqui a alguns minutos vamos nos mudar para a Rue d'Artois?

– Oh, meu pai, somos mestres de nossos primeiros movimentos em uma catástrofe? Estou louca! Seu advogado nos fez ver um pouco antes a desgraça que sem dúvida explodirá mais tarde. Sua velha experiência comercial vai nos ser necessária e corri até aqui para buscá-lo como nos agarramos a um galho quando estamos nos afogando. Quando o sr. Derville viu Nucingen opor-lhe mil litígios, ameaçou com um processo dizendo-lhe que a autorização do presidente do tribunal seria prontamente obtida. Nucingen veio falar comigo hoje de manhã para me perguntar se eu queria sua ruína e a minha. Disse-lhe que eu não entendia nada de tudo isso, mas que eu possuía uma fortuna e que tinha portanto o direito de estar em possessão dela e que tudo que estava ligado a essa discórdia dizia respeito a meu advogado, que eu não tinha conhecimento algum do assunto e que estava impossibilitada de conhecer qualquer coisa sobre isso. Não é o que me recomendou dizer?

– Muito bem – respondeu o pai Goriot.

– Pois bem – prosseguiu Delphine –, ele me colocou a par de seus negócios. Ele investiu seus capitais e os meus em empresas que estão começando, tendo ainda que completar com grandes somas para movimentar os negócios. Se eu o forçasse a devolver-me o dote, seria obrigado a decretar falência; ao passo que, se eu quiser esperar um ano, ele se compromete a devolver minha fortuna dobrada ou triplicada, investindo meus capitais em operações territoriais no final das quais serei dona de todos os bens. Meu caro pai, ele estava sendo sincero, chegou a assustar-me. Pediu-me perdão por sua conduta, devolveu-me a liberdade, permitiu-me que me conduzisse conforme eu bem entendesse, com a condição de deixá-lo livre para dirigir os negócios em meu nome. Prometeu-me, para provar-me sua boa-fé, chamar o sr. Derville sempre que eu quiser para que ele avalie se as escrituras em virtude das quais me instituirá proprietária estarão convenientemente redigidas. Enfim, colocou-se em minhas mãos com os pés e os punhos atados. Pediu ainda, que eu o deixasse conduzir os negócios da casa durante dois anos e suplicou que eu não gastasse comigo nada além do que ele me autorizasse. Provou-me que tudo que poderia fazer era conservar as aparências, que ele havia dispensado sua dançarina e que ficaria submetido à mais estrita e à mais surda economia, a fim de chegar ao fim de suas especulações sem perder nem alterar seu crédito. Eu o maltratei, duvidei de tudo que me disse a fim de colocá-lo contra a parede para que me desse mais detalhes: mostrou-me seus livros de contas, enfim, chorou. Nunca vi um homem em tal estado. Havia perdido a cabeça, falava em matar-se, delirava. Causou-me pena.

– E você acredita nessas bobagens? – exclamou o pai Goriot. – É um artista! Já fiz negócios com alemães: quase toda essa gente é de boa-fé, cheia de candura, mas quando, sob seu ar de franqueza e bonomia, põe-se a ser malandra e charlatã o é muito mais do que os outros. Seu marido a está enganando. Ele está se sentindo pressionado, está se fazendo de morto, quer ser mais senhor de seu nome do que do dele próprio. Vai aproveitar-se dessa circunstância para proteger-se dos acasos de seu negócio. Ele é tão perspicaz quanto pérfido, é um homem mau. Não, não irei para o Père-Lachaise deixando minhas filhas desprovidas de tudo. Ainda entendo um pouco de negócios. Ele disse que investiu seus fundos em empresas, ora, então seus interesses estão representados através de valores, de reconhecimentos, de acordos! Que ele os mostre e devolva sua parte. Escolheremos as melhores especulações, correremos riscos e teremos os títulos no nome de *Delphine Goriot, casada em separação de bens com o barão de Nucingen*. Mas esse aí está achando que somos imbecis? Ele acha que eu poderia suportar por dois dias a ideia de deixá-la sem fortuna, sem pão? Não o suportaria por um dia, uma noite, nem por duas horas! Se isso fosse verdade, não sobreviveria. Ora! Teria trabalhado quarenta anos de minha vida, teria carregado sacos nas minhas costas, teria suado bicas, teria me privado durante toda minha vida por vocês, meus anjos, que recompensam todo meu trabalho, todo fardo leve, para que hoje minha fortuna, minha vida virasse fumaça?! Isso me faria morrer furioso. Por tudo que existe de mais sagrado na terra como no céu, vamos tirar isso a limpo, verificar os livros de registro, o caixa, as empresas! Não dormirei, não me deitarei, não comerei enquanto não estiver provado que toda a sua fortuna está ali. Graças a Deus vocês estão casados em regime de separação de bens; o sr. Derville será seu advogado, felizmente ele é um homem honesto. Santo Deus! Você guardará um pequeno milhão, suas cinquenta mil libras de renda, até o fim de seus dias, ou então farei uma balbúrdia em Paris, ah, ah! Hei de dirigir-me às câmaras se os tribunais nos penalizarem. Saber que você está tranquila e feliz no que se refere ao dinheiro, esse pensamento aliviava todos os meus males e acalmava meus desgostos. O dinheiro é a vida. A moeda faz tudo. O que está nos preparando esse alsaciano brutamontes? Delphine, não faça concessão de um quarto de vintém a esse besta que a acorrentou e a fez infeliz. Se ele precisar de você, nós cuidaremos dele e faremos com que ande na linha. Meu Deus, estou com a cabeça em chamas, há algo que está queimando dentro do meu crânio. Minha Delphine na miséria! Oh, minha Fifine, você! Puxa vida, onde estão minhas luvas? Vamos embora, quero ver tudo, os livros de contabilidade, os negócios, o caixa, a correspondência, agora mesmo. Só ficarei mais tranquilo quando me provarem que sua fortuna não corre mais riscos e que eu a verei com meus próprios olhos.

– Meu caro pai! Vá com calma. Se colocar a menor veleidade de vingança nessa questão e se mostrar intenções muito hostis, estarei perdida. Ele o conhece, achou muito natural que, inspirada pelo senhor, eu me inquietasse com relação a minha fortuna; mas juro ao senhor, ele a tem em suas mãos e quer mantê-la. Ele é um homem que seria capaz de fugir com todos os capitais e a deixar-nos aqui, o celerado! Ele sabe muito bem que não desonrarei o próprio nome que levo processando-o. Ele é forte e fraco ao mesmo tempo. Examinei tudo muito bem. Se o acuarmos, estou perdida.

– Então ele é um velhaco?

– Pois é isso mesmo, meu pai – disse ela jogando-se sobre uma cadeira e chorando. – Eu não queria confessá-lo ao senhor para poupá-lo da dor de ter me casado com um homem dessa espécie! Os comportamentos secretos e a consciência, a alma e o corpo, tudo nele combina! É assustador: eu o detesto e o desprezo. É, não posso mais estimar esse vil Nucingen depois de tudo o que me disse. Um homem capaz de se lançar nas combinações comerciais de que me falou não tem a menor delicadeza e meus temores vêm do que li perfeitamente em sua alma. Ele me propôs claramente, ele, meu marido, a liberdade, o senhor sabe o que isso significa? Se eu quiser ser, em caso de desgraça, um instrumento em suas mãos, enfim, se quiser servi-lhe de testa de ferro.

– Mas as leis existem! Será que há uma guilhotina para os genros dessa espécie aí?! – exclamou o pai Goriot – Eu o guilhotinaria com minhas próprias mãos se não houvesse carrasco.

– Não, meu pai, não existem leis contra ele. Ouça em poucas palavras sua linguagem desprovida de rodeios: "Ou tudo está perdido e a senhora não tem um vintém, está arruinada; pois eu não poderia escolher por cúmplice ninguém além da senhora; ou então me deixa conduzir da melhor forma meus negócios". Ficou claro? Ele ainda está ligado a mim. Minha probidade de mulher o tranquiliza; ele sabe que deixarei sua fortuna e me contentarei com a minha. É uma associação desonesta e trapaceira à qual devo consentir sob pena de ver-me arruinada. Ele compra minha consciência e pega-a me deixando à vontade para ser a mulher de Eugène. "Permito que você cometa erros, deixe-me praticar crimes arruinando alguns pobres coitados!" Essa linguagem está clara agora? Sabe o que ele chama fazer operações? Compra terrenos em seu nome, depois constrói casas em nome de testas de ferro. Esses homens entregam a construção dos prédios a empreiteiros que pagam a prazo e consentem, mediante a uma soma módica, em entregar a quitação a meu marido, que se torna então proprietário das casas, ao passo que esses homens saldam suas dívidas com empreiteiros enganados que vão à falência. O nome da casa Nucingen serviu para enganar esses pobres construtores. Percebi isso. Percebi também que, para provar, em caso de necessidade, o pagamento de somas gigantescas, Nucingen enviou valores consideráveis a Amsterdã, Londres, Nápoles, Viena. Como o pegaríamos?

Eugène ouviu o som pesado dos joelhos do pai Goriot que, sem dúvida, caiu sobre o piso de seu quarto.

– Meu Deus, o que lhe fiz? Minha filha entregue a esse miserável, ele exigirá tudo dela se quiser. Perdão, minha filha! – gritou o velho.

– É, se estou num abismo talvez o senhor tenha uma parcela de culpa – disse Delphine. – Temos tão pouco juízo quando nos casamos! Por acaso conhecemos a sociedade, os negócios, os homens, os costumes? Os pais deveriam pensar nisso por nós. Meu caro pai, não estou lhe reprovando, perdoe-me por essas palavras. A culpa desta vez é toda minha. Não, não chore, papai – disse ela beijando a testa de seu pai.

– Você também não chore mais, minha pequena Delphine. Dê-me seus olhos que vou secá-los com um beijo. Vou esfriar a cabeça e desfazer o emaranhado que seu marido fez.

– Não, deixe-me fazê-lo; saberei como manobrá-lo. Ele me ama, pois bem, vou servir-me de meu império sobre ele para fazê-lo investir para mim prontamente alguns capitais em propriedade. Talvez faça com que compre em meu nome Nucingen, na Alsácia, ele aprecia esse tipo de coisa. Venha amanhã apenas para examinar os livros de contabilidade, os negócios dele. O senhor Derville não entende nada da parte comercial. Não, não venha amanhã. Não quero me incomodar. O baile da sra. de Beauséant é depois de amanhã, quero me cuidar para estar bonita, descansada e honrar a meu querido Eugène! Vamos ao quarto dele.

Nesse momento, uma carruagem parou na Rue Neuve-Sainte-Geneviève, e ouviu-se a voz da sra. de Restaud, que dizia a Sylvie:

– Meu pai está?

Essa circunstância salvou felizmente Eugène, que já estava pensando em jogar-se na sua cama e fingir que dormia.

– Ah, meu pai, contaram-lhe sobre Anastasie? – perguntou Delphine reconhecendo a voz de sua irmã. – Parece que na casa dela também estão ocorrendo coisas singulares.

– O quê? – exclamou o pai Goriot. – Então será o meu fim. Minha pobre cabeça não aguentará a uma dupla desgraça.

– Bom dia, meu pai – disse a condessa entrando. – Ah, você está aqui, Delphine.

A sra. de Restaud pareceu embaraçada de encontrar sua irmã.

– Bom dia, Nasie – disse a baronesa. – Então você acha minha presença extraordinária? Eu vejo meu pai todos os dias.

– Desde quando?

– Se você viesse saberia.

– Não me amole, Delphine – disse a condessa com uma voz lamentável. – Estou muito infeliz, estou perdida, meu pobre pai! Oh, bem perdida dessa vez!

– O que você tem, Nasie? – gritou o pai Goriot. – Conte-nos tudo, minha filha. Ela está empalidecendo. Delphine, vamos, sacuda-a, vamos, seja boa para ela, eu a amaria ainda mais se conseguisse!

– Minha pobre Nasie – disse a sra. de Nucingen fazendo sua irmã sentar-se –, fale. Tem em nós as duas únicas pessoas que a amariam o suficiente para perdoar tudo. Você sabe que as afeições de famílias são as mais seguras.

Fez com que cheirasse alguns sais e a condessa voltou a si.

– Morrerei disso – disse o pai Goriot. – Vamos – continuou, atiçando o fogo –, aproximem-se as duas. Estou com frio. O que você tem, Nasie? Diga logo, vai acabar me matando...

– Ora – exclamou a pobre mulher –, meu marido está sabendo de tudo. Imagine, meu pai, há algum tempo, o senhor se lembra daquela letra de câmbio de Maxime? Pois é, não era a primeira! Já havia pagado muitas outras. Lá pelo começo de janeiro, o sr. de Trailles me parecia muito triste. Não me dizia nada; mas é tão fácil de ler no coração das pessoas que amamos, um nada é suficiente. Além disso, há os pressentimentos. Enfim, ele estava mais apaixonado, mais terno do que nunca, eu estava cada vez mais feliz. Pobre Maxime! Em seus pensamentos dava-me adeus, contou-me; queria se matar. Enfim eu tanto o atormentei, tanto supliquei, fiquei duas horas de joelhos diante dele. Ele me disse que devia cem mil francos! Oh, papai, cem mil francos! Enlouqueci. O senhor não tinha, eu devorara tudo...

– Não – disse o pai Goriot –, não poderia obtê-los, a não ser que roubasse. Mas teria ido, Nasie! Irei.

A essas palavras jogadas de maneira lúgubre, como o gemido de um moribundo e que acusavam a agonia do sentimento paterno reduzido à impotência, as duas irmãs fizeram uma pausa. Que egoísmo teria permanecido frio a esse grito de desespero que, semelhante a uma pedra lançada num precipício, revelaria a sua profundeza?

– Encontrei-os dispondo de algo que não me pertencia, meu pai – disse a condessa derramando-se em lágrimas.

Delphine ficou emocionada e chorou, colocando a cabeça sobre o pescoço da irmã.

– Então é tudo verdade – disse.

Anastasie baixou a cabeça, a sra. de Nucingen tomou-a em seus braços e beijou-a ternamente apoiando-a sobre seu peito:

– Aqui, você sempre será amada sem ser julgada.

– Meus anjos – disse Goriot com uma voz fraca –, por que a união de vocês vem de uma desgraça?

– Para salvar a vida de Maxime, enfim, para salvar toda minha felicidade – prosseguiu a condessa encorajada por esses testemunhos de um carinho terno e palpitante –, levei a esse usurário que vocês conhecem, o sr. Gobseck, um homem fabricado pelo inferno que não se amolece com nada, os diamantes de família tão cara ao sr. de Restaud[105], os seus, os meus, eu vendi tudo. Vendidos! Vocês entendem? Ele foi salvo! Mas eu estou morta. Restaud descobriu tudo.

---

105. Conde de Restaud: personagem que aparece também em *Gobseck*. (N.E.)

– Quem lhe contou? Como? Que eu o mato – gritou o pai Goriot.

– Ontem, mandou me chamarem a seu quarto. Eu fui... "Anastasie", disse-me com uma voz... (oh, sua voz bastou para que eu adivinhasse tudo), "onde estão seus diamantes?". Comigo. "Não", disse ele olhando-me, "estão na minha cômoda." E mostrou-me o estojo que havia coberto com seu lenço. "Sabe de onde eles vêm?", perguntou-me. Caí a seus pés... chorei, perguntei como queria me matar.

– Você disse isso? – exclamou o pai Goriot. – Por Deus, aquele que fizer mal a uma de vocês duas enquanto eu estiver vivo, pode estar certo de que eu o queimarei em fogo baixo! Sim, eu o picarei como...

O pai Goriot calou-se, as palavras expiravam em sua garganta.

– Enfim, minha cara, ele me pediu algo mais difícil de fazer do que morrer. Que o céu poupe qualquer mulher de ouvir o que ouvi!

– Vou assassinar esse homem – disse o pai Goriot tranquilamente. – Mas ele tem uma só vida e me deve duas. Enfim, o que houve? – prosseguiu olhando para Anastasie.

– Ora! – disse a condessa continuando depois de uma pausa. – Ele me olhou: "Anastasie", disse-me, "vou soterrar tudo no silêncio, ficaremos juntos, temos filhos. Não matarei o sr. de Trailles, poderei errar o alvo e para me desfazer dele de outra forma poderia ter de enfrentar a justiça humana. Matá-lo em seus braços, seria desonrar as crianças. Mas, para não arruinar seus filhos, nem o pai deles, nem eu, imponho-lhe duas condições. Responda: um dos filhos é meu?". Disse-lhe que sim. "Qual deles?", perguntou. Ernest, o nosso filho mais velho. "Muito bem", disse. "Agora, jure obedecer-me numa única coisa." Jurei. "Assinará essa venda de seus bens quando eu lhe pedir."

– Não assine! – gritou o pai Goriot. – Nunca assine isso. Ah, ah! Sr. de Restaud, o senhor não sabe o que é fazer uma mulher feliz, ela vai buscar a felicidade onde ela está, e o senhor a pune por sua impotência simplória?... Eu estou aqui, alto lá! Ele me encontrará em seu caminho. Nasie, descanse. Ah, ele está preocupado com seu herdeiro! Muito bem, muito bem. Empunharei seu filho, que, afinal de contas, é meu neto. Posso ver o pirralho? Levá-lo-ei a meu vilarejo, cuidarei dele, fique bem tranquila. Farei com que esse monstro capitule dizendo-lhe: agora é entre nós dois. Se você quer reaver seu filho, devolva a minha filha o que é dela e deixa-a conduzir-se como bem entender.

– Meu pai!

– Sim, seu pai! Ah, sou um pai de verdade! Que esse estranho grande senhor nunca maltrate minhas filhas. Raios! Não sei o que tenho nas veias. Tenho o sangue de um tigre, queria devorar os dois homens. Oh, minhas filhas! É isso a vida de vocês? Estou morrendo. O que será de vocês quando eu não estiver mais aqui? Os pais deveriam viver tanto quanto seus filhos. Meu Deus, como seu mundo é malfeito! E você tem um filho no entanto, segundo o que nos dizem. Você deveria impedir-nos de sofrer através de nossos filhos. Meus caros anjos, é apenas a suas dores que devo a presença de vocês. Só me dão a conhecer suas lágrimas. Ora, vocês me amam, eu vejo. Venham, venham se lamentar aqui! Meu coração é grande, pode receber tudo. Sim, vocês podem arrombá-lo inutilmente, os cacos dele serão outros tantos corações de pai. Queria tomar as dores de vocês, sofrer no lugar de vocês. Ah, quando eram pequenas eram tão felizes!

– De bom tivemos apenas aqueles tempos – concordou Delphine. – Onde foram parar aqueles momentos em que despencávamos dos sacos no grande celeiro?

– Meu pai, isso não é tudo – fez Anastasie ao ouvido de seu pai que deu um pulo. – Os diamantes não foram vendidos por cem mil francos. Maxime está sendo perseguido. Restam-nos apenas doze mil francos a pagar. Prometeu-me comportar-se e parar de jogar. Só me resta no mundo o amor dele, e eu paguei caro demais para não morrer se ele me escapar. Sacrifiquei-lhe fortuna, honra, repouso, filhos. Oh, faça ao menos com que Maxime fique livre, honrado, que possa permanecer na sociedade e que saiba encontrar nela uma posição. Agora me deve apenas a felicidade, temos filhos que não terão fortuna. Tudo estará perdido se for colocado em Sainte-Pélagie[106].

– Eu não disponho dessa quantia, Nasie. Não tenho mais nada, nada, nada! É o fim do mundo. Oh, o mundo vai desmoronar, não há dúvida. Vão embora, salvem-se antes! Ah, ainda tenho as argolas de prata, seis talheres, os primeiros que adquiri na minha vida. Enfim, tenho apenas mil e duzentos francos de renda vitalícia....

– O que o senhor fez de suas rendas perpétuas?

– Vendi-as reservando-me esse pequeno rendimento para as minhas necessidades. Eram necessários doze mil francos para montar um apartamento para Fifine.

– Sua casa, Delphine? – perguntou a sra. de Restaud a sua irmã.

– Oh! O que é que tem?! – exclamou o pai Goriot. – Os doze mil francos estão investidos.

– Estou adivinhando – disse a condessa. – Para o sr. de Rastignac. Ah, minha pobre Delphine, pare agora. Você está vendo onde cheguei?

– Minha cara, o sr. de Rastignac é um rapaz incapaz de arruinar sua amante.

– Obrigada, Delphine. Na crise em que me encontro, esperava mais de você; mas nunca gostou de mim.

– É claro que ela a ama, Nasie – gritou o pai Goriot –, ela estava dizendo isso agora há pouco. Estávamos falando de você, ela defendia que você era bela e que ela era apenas bonita!

– Ela! – repetiu a condessa. – Ela é de uma beleza fria.

– Mesmo que fosse assim – disse Delphine enrubescendo –, como você se comportou em relação a mim? Renegou-me, fez com que todas as portas de todas as casas que eu desejava frequentar fossem fechadas para mim, enfim, você nunca perdeu a menor ocasião de me fazer sofrer. E eu, eu vim, como você, arrancar desse pobre pai, de mil em mil francos, toda sua fortuna

---

106. Sainte-Pélagie era a prisão reservada aos devedores. Situava-se na Rue de la Clef, perto de Casa Vauquer. (N.T.)

e reduzi-lo ao estado em que se encontra? Isso é obra sua, minha irmã. Eu vi o meu pai sempre que pude, não o coloquei na rua e não vim lamber-lhe as mãos quando precisava dele. Eu apenas não sabia que ele havia empregado esses doze mil francos por mim. Eu sou organizada, você o sabe. Aliás, toda vez que papai me deu presentes, eu nunca fui pedi-los.

– Você era mais feliz do que eu: o sr. de Marsay era rico, você sabia muito bem. Você sempre foi vil como o ouro. Adeus, não tenho nem mais irmã, nem...

– Cale-se, Nasie! – gritou o pai Goriot.

– Apenas uma irmã como você pode repetir o que nem mesmo a sociedade acredita mais, você é um monstro – disse-lhe Delphine.

– Minhas filhas, minhas filhas, calem-se ou então me mato diante de vocês.

– Vamos, Nasie, eu a perdoo – disse a sra. de Nucingen continuando –, você é uma desgraçada. Mas sou mais do que você. Dizer-me isso num momento em que eu me sentia capaz de fazer tudo para socorrê-la, até mesmo entrar no quarto de meu marido, o que eu não faria nem por mim nem por... Isso é digno de todo mal que você cometeu contra mim há nove anos.

– Minhas filhas, minhas filhas, beijem-se! – disse o pai. – Vocês são dois anjos.

– Não, deixe-me – gritou a condessa, que Goriot havia segurado pelos braços e que repeliu o abraço de seu pai. – Ela tem menos pena de mim do que teria meu marido. Não se diria que ela é a imagem de todas as virtudes!

– Ainda prefiro passar por alguém que deve dinheiro ao sr. de Marsay do que ter de confessar que o sr. de Trailles custa-me mais de duzentos mil francos – respondeu a sra. de Nucingen.

– Delphine! – gritou a condessa dando um passo em sua direção.

– Eu estou dizendo a verdade enquanto você me calunia – respondeu friamente a baronesa.

– Delphine você é uma...

O pai Goriot ergueu-se, reteve a condessa e a impediu de falar cobrindo-lhe a boca com sua mão.

– Meu Deus! Meu pai, no que você andou mexendo hoje de manhã? – perguntou-lhe Anastasie.

– Ora, sim, tem razão – disse o pobre pai limpando as mãos em suas calças. – Eu não sabia que vocês viriam, é que estou me mudando.

Ele estava feliz de ter atraído uma crítica que desviava para si a cólera de sua filha.

– Ah – prosseguiu ele sentando-se –, vocês partiram meu coração. Estou morrendo, minhas filhas! Minha cabeça está fervendo por dentro como se estivesse pegando fogo. Então sejam gentis e amem-se muito! Vocês me matam. Delphine, Nasie, vamos, vocês duas têm razão e vocês duas estão erradas. Vamos Dedel – prosseguiu dirigindo-se à baronesa com os olhos banhados de lágrimas –, ela precisa de doze mil francos, vamos encontrá-los. Não se olhem assim.

Colocou-se de joelhos diante de Delphine:

– Peça-lhe desculpas por mim – disse-lhe ao ouvido, ela é a mais infeliz.

– Minha pobre Nasie – disse Delphine apavorada com a expressão louca e selvagem que a dor imprimia no rosto do pai –, eu errei, vamos, me dê um beijo...

– Ah! Vocês estão colocando um bálsamo sobre meu coração – gritou o pai Goriot. – Mas onde encontrar doze mil francos? E se eu me propusesse a servir como substituto no exército?

– Ah, Meu pai! – exclamaram as duas filhas cercando-o. – Não, não.

– Deus o compensará por esse pensamento, nossas vidas não seriam suficientes, não é mesmo, Nasie? – continuou Delphine.

– E, além do mais, pobre pai, isso seria uma gota d'água no oceano – observou a condessa.

– Mas então o sangue da gente não serve para nada? – gritou o velho desesperado. – Eu me devotarei àquele que a salvar,

Nasie! Eu mataria um homem por você. Farei como Vautrin, irei para as galés! Eu... – e ele parou como se tivesse sido atingido por um raio. – Mais nada! – disse arrancando os cabelos. – Se eu soubesse aonde ir para roubar, mas, ainda por cima, é difícil de encontrar uma oportunidade. E, além do mais, seria preciso muita gente e muito tempo para assaltar um banco. Vamos, devo morrer, só me resta morrer. Sim, não sirvo para mais nada. Não sou mais pai! Não. Ela está me pedindo, ela está precisando! E eu, miserável, não tenho nada. Ah! Você adquiriu vendas vitalícias, seu velho celerado, e você tinha duas filhas! Mas então não as ama? Morra, morra como o cão que é! Sim, sou pior que um cão, um cão não se conduziria assim! Oh, minha cabeça, ela está fervendo!

– Mas, papai – gritaram as duas moças que o cercaram para impedir que ele batesse sua cabeça contra a parede –, seja razoável.

Ele soluçava. Eugène, apavorado, tomou a letra em favor de Vautrin, cujo selo comportava um valor maior; corrigiu o número, fez uma letra de câmbio regular de doze mil francos à ordem de Goriot e entrou.

– Aqui está o seu dinheiro, senhora – disse apresentando o papel. – Eu estava dormindo, sua conversa me acordou, assim pude saber o que eu estava devendo ao sr. Goriot. Podem descontar o título, não deixarei de honrá-lo fielmente.

Imóvel, a condessa segurava o papel.

– Delphine – disse pálida e tremendo de cólera, furor e raiva –, eu lhe perdoaria tudo, Deus é testemunha, mas isso não! Como?! O senhor estava aqui, você o sabia! Você teve a mesquinharia de se vingar deixando com que eu entregasse meus segredos, minha vida, a de meus filhos, minha vergonha, minha honra! Vamos, você não é mais nada para mim, eu a detesto, lhe faria todo o mal possível e imaginável, eu...

A cólera interrompeu-a e sua garganta ficou seca.

– Mas é meu filho, seu irmão, nosso filho, seu irmão, seu salvador – gritava o pai Goriot. – Beije-o, vamos, Nasie! Veja, eu o beijo – continuou apertando Eugène com uma espécie de furor. –

Oh, meu filho, serei mais do que um pai para você, quero ser uma família. Queria ser Deus, jogaria o universo a seus pés. Vamos lá, Nasie, beije-o! Não é um homem, mas um verdadeiro anjo!

– Deixe-a, meu pai, neste momento, ela está louca – disse Delphine.

– Louca, louca! E você, o que você é? – perguntou a sra. de Restaud.

– Minhas crianças, se vocês continuarem vou morrer – gritou o velho caindo em sua cama como que abatido por uma bala.

"Elas me matam!", pensou.

A condessa olhou Eugène que permanecia imóvel, impressionado com a violência da cena.

– Senhor – ela disse interrogando-o com um gesto, com a voz e com o olhar sem prestar atenção em seu pai, cujo colete foi rapidamente desabotoado por Delphine.

– Senhora, pagarei e me calarei – respondeu sem esperar a pergunta.

– Você matou nosso pai, Nasie! – disse Delphine mostrando o velho desmaiado à irmã, que fugiu.

– Eu a perdoo – disse o velhote ao abrir os olhos –, sua situação é horrível e deixaria qualquer um louco. Console Nasie, seja gentil com ela, prometa isso a seu pobre pai, que está morrendo – pediu a Delphine apertando-lhe a mão.

– Mas o que o senhor tem? – perguntou muito assustada.

– Nada – respondeu o pai –, vai passar. Tem alguma coisa que está pressionando a minha testa, uma enxaqueca. Pobre Nasie, que futuro!

Nesse momento, a condessa voltou, jogou-se aos joelhos de seu pai:

– Perdão – gritou.

– Ora – disse o pai –, assim você está me fazendo sofrer ainda mais.

– Senhor – disse a condessa a Rastignac com os olhos banhados de lágrimas –, a dor tornou-me injusta. O senhor será um irmão para mim – prosseguiu ela apertando-lhe a mão.

– Nasie – disse-lhe Delphine abraçando-a –, minha pequena Nasie, esqueçamos tudo isso.

– Não, eu me lembrarei!

– Anjos, vocês levantaram a cortina que eu tinha sobre os olhos. Suas vozes estão me reanimando. Beijem-se, beijem-se! Ora, Nasie, essa letra de câmbio a salvará realmente?

– Assim espero. Diga-me, papai, o senhor quer colocar sua assinatura?

– Que burrice esquecer disso! Mas eu estava muito mal. Nasie, não fique brava comigo. Mande dizer-me que você está livre de seus problemas. Não, eu irei pessoalmente. Ah, não, não irei, não consigo mais ver seu marido, eu certamente o mataria. Quanto à proteção de seus bens, cuidarei disso. Ande, rápido, minha filha, e faça com que Maxime se comporte.

Eugène estava boquiaberto.

– Essa pobre Anastasie sempre foi violenta – disse a sra. de Nucingen –, mas ela tem um bom coração.

– Ela voltou por causa do endosso – disse Eugène ao ouvido de Delphine.

– O senhor acha?

– Gostaria de poder não acreditar nisso. Desconfie dela – respondeu, levantando os olhos como que para confiar a Deus seus pensamentos que não ousava exprimir.

– É verdade que ela sempre foi um pouco teatral e meu pobre pai se deixa levar por suas dramatizações.

– Como o senhor vai, meu bom Goriot? – perguntou Rastignac ao velho.

Eugène ajudou Goriot a deitar-se. Depois, quando o velho adormeceu segurando a mão de Delphine, essa se retirou.

– Esta noite no Italiens – disse ela a Eugène – você me dirá como ele está. Amanhã o senhor vai se mudar. Vamos ver seu quarto. Oh, que horror! – exclamou ao entrar. – Mas o senhor estava num quarto ainda pior que o de meu pai. Eugène, o senhor se conduziu muito bem. Vou amá-lo ainda mais por isso, se é que isso é possível; minha criança, se quer fazer fortuna, não pode jogar assim doze mil francos pela janela. O conde de

Trailles joga. Mas minha irmã se recusa a admiti-lo. Ele deveria ir buscar seus doze mil francos ali onde ele sabe perder ou ganhar montes de ouro.

Um gemido fez com que voltassem ao quarto de Goriot, que encontraram aparentemente adormecido; mas, quando os dois amantes se aproximaram, ouviram as seguintes palavras:

– Elas não são felizes.

Que ele estivesse dormindo ou não, o tom dessa frase atingiu de maneira tão viva o coração de sua filha, que ela se aproximou do catre em que jazia seu pai e beijou sua testa. Ele abriu os olhos e disse:

– É Delphine!

– Ora, como você está? – ela perguntou.

– Bem – disse ele –, não se preocupe, vou sair. Vamos, vamos, meus filhos, sejam felizes.

Eugène acompanhou Delphine até sua casa, mas, inquieto com o estado no qual deixara Goriot, recusou jantar com ela e voltou à Casa Vauquer. Ele encontrou o pai Goriot de pé e pronto para sentar-se à mesa. Bianchon havia se sentado de maneira a poder examinar o rosto do macarroneiro. Quando ele o viu pegar seu pão e cheirá-lo para avaliar a farinha com a qual ele era feito, o estudante, tendo observado nesse movimento uma ausência total do que se poderia chamar de consciência do ato, fez um gesto sinistro.

– Venha cá, senhor interno no hospital Cochin – disse Eugène.

Bianchon se deslocou de boa vontade, já que assim ficaria mais perto do velho pensionista.

– O que ele tem? – perguntou Rastignac.

– A não ser que eu esteja enganado, ele já era! Deve ter ocorrido alguma coisa extraordinária com ele, parece estar sofrendo uma apoplexia serosa iminente. Embora a parte inferior do rosto esteja bastante calma, os traços superiores do rosto estão repuxados em direção à testa involuntariamente! Além do mais, os olhos encontram-se num estado particular que denota a invasão do sérum no cérebro. Não diríamos que estão repletos de uma poeira finíssima? Amanhã de manhã saberei um pouco mais.

– Teria algum remédio?

– Nenhum. Talvez pudéssemos retardar sua morte se encontrássemos os meios de obter uma reação nas extremidades, nas pernas; mas, se amanhã à noite os sintomas não cessarem, o pobre velho está perdido. Você sabe o que causou a doença? Deve ter recebido um golpe violento que fez seu moral sucumbir.

– É, sofreu – respondeu Eugène, lembrando que os olhos das duas filhas haviam batido sem parar no coração de seu pai.

"Pelo menos", pensava Eugène, "Delphine ama seu pai!"

À noite, no Italiens, Rastignac tomou algumas precauções a fim de não alarmar demais a sra. de Nucingen.

– Não se preocupe – respondeu ela às primeiras palavras que Eugène lhe disse –, meu pai é forte. Hoje de manhã, no entanto, nós o sacudimos um pouco. Nossas fortunas correm perigo, o senhor se dá conta da extensão dessa desgraça? Não poderia viver se sua afeição não me tornasse insensível àquilo que em outros tempos me causaria angústias mortais. Hoje, só existe um medo, uma única desgraça para mim: perder o amor que me fez sentir o prazer de viver. Fora desse sentimento, tudo me é indiferente. Não amo mais nada no mundo. Se sinto a alegria de ser rica, é apenas para agradá-lo ainda mais. Sou, para minha vergonha, mais amante do que filha. Por quê? Não sei. A minha vida inteira é sua. Meu pai deu-me um coração, mas o senhor fez com que ele batesse. O mundo inteiro pode me culpar, e o que me importa, se o senhor, que não tem o direito de me querer mal, de me absolver dos crimes aos quais um sentimento irresistível me condenou? Acha que sou uma filha desnaturada? Oh, não, é impossível não amar um pai tão bom como o nosso. Eu poderia, enfim, tê-lo impedido que visse a continuação natural de nossos casamentos deploráveis? Por que ele não os impediu? Hoje, eu sei, ele sofre tanto quanto nós; mas o que poderíamos fazer? Consolá-lo?! Não o consolaríamos de nada. Nossa resignação lhe causaria mais dor do que nossas censuras e nossas lamentações não lhe fariam mal algum. Há situações na vida em que tudo é amargura.

Eugène ficou mudo, tomado de ternura pela expressão ingênua de um sentimento verdadeiro. Se as parisienses são frequentemente falsas, ébrias de vaidade, individualistas, vaidosas, frias, é certo que, quando elas amam realmente, sacrificam mais sentimentos do que as outras mulheres a suas paixões; elas se amparam de todas as mesquinharias e tornam-se sublimes. Além do mais, Eugène ficou impressionado com o espírito profundo e judicioso do qual a mulher lança mão para julgar os sentimentos mais naturais, quando uma afeição privilegiada a separa deles, afastando-a. A sra. de Nucingen se chocou com o silêncio que mantinha Eugène:

– No que está pensando?

– É como se eu ainda estivesse ouvindo o que me disse. Até agora acreditava amá-la mais do que era amado.

Ela sorriu e armou-se contra o prazer que sentiu para poder manter a conversa nos limites impostos pela conveniência. Ela nunca entendera as expressões vibrantes de um amor jovem e sincero. Algumas palavras a mais e ela não mais seria capaz de conter-se.

– Eugène – ela disse mudando de assunto –, então o senhor não sabe o que está acontecendo? Toda Paris comparecerá amanhã à casa da sra. de Beauséant. Os Rochefide e o marquês d'Ajuda chegaram a um acordo para que nada se espalhasse; mas o rei vai assinar amanhã o contrato de casamento, e sua pobre prima ainda não sabe de nada. Ela não poderá se dispensar de receber, e o marquês não comparecerá a seu baile. Só se fala nessa aventura.

– E a sociedade ri de uma infâmia e se afunda nela! Então a senhora não sabe que a sra. de Beauséant morreria com essa notícia?

– Não – disse Delphine sorrindo –, o senhor não conhece esse tipo de mulher. Mas toda Paris virá a sua casa, e eu estarei lá! E devo essa alegria ao senhor.

– Mas – disse Rastignac – isso não seria um desses boatos absurdos como tantos outros que circulam em Paris?

– Saberemos a verdade amanhã.

Eugène não voltou à Casa Vauquer. Não conseguiu se resolver a não usufruir de seu novo apartamento. Se, na véspera, ele foi forçado a deixar Delphine à uma hora da madrugada, dessa vez foi Delphine que o deixou por volta das duas horas para voltar a sua casa. Ele dormiu até tarde no dia seguinte, esperou até o meio-dia pela sra. de Nucingen, que veio almoçar com ele. Os rapazes são tão ávidos por essas belas alegrias que ele praticamente esquecera do pai Goriot. Foi uma longa festa para ele habituar-se a cada uma dessas coisas elegantes que agora lhe pertenciam. A sra. de Nucingen estava ali, dando a tudo um preço novo. No entanto, em torno das quatro horas, os dois amantes pensaram no pai Goriot ao imaginar a alegria dele por vir morar naquela casa. Eugène observou que era necessário transportar o velho rapidamente, pois ele devia estar doente, e deixou Delphine para correr à Casa Vauquer. Nem o pai Goriot nem Bianchon estavam à mesa.

– Ora – disse o pintor –, o pai Goriot está estropiado. Bianchon está lá em cima junto dele. O velhote viu uma de suas filhas, a condessa de Restaurama. Depois quis sair e sua doença piorou. A sociedade vai ser privada de um de seus mais belos ornamentos.

Rastignac precipitou-se à escada.

– Ô, sr. Eugène!

– Sr. Eugène! A senhora está lhe chamando – gritou Sylvie.

– O sr. Goriot e o senhor deviam sair daqui no dia quinze de fevereiro. Lá se vão três dias que o dia quinze passou, estamos no dia dezoito, vai ter que me pagar um mês inteiro pelo senhor e por ele, mas, se quiser se responsabilizar pelo pai Goriot, sua palavra me bastará.

– Por que, não tem confiança?

– Confiança! Se o velhote perdesse a lucidez e morresse, suas filhas não me dariam um vintém e todas suas velharias não valem dez francos. Hoje de manhã ele levou seus últimos talheres, não sei por quê. Estava com uma aparência jovem. Deus me perdoe, mas acho que havia se maquiado. Pareceu-me rejuvenescido.

– Responsabilizo-me por tudo – disse Eugène arrepiando-se de horror e temendo uma catástrofe.

Subiu ao quarto do pai Goriot. O velho jazia em sua cama, e Bianchon estava a seu lado.

– Bom dia, pai – disse-lhe Eugène.

O velhote sorriu-lhe com doçura e respondeu revirando seus olhos vítreos.

– Como ela vai?

– Bem, e o senhor?

– Indo.

– Não o canse – disse Bianchon, levando Eugène a um canto do quarto.

– E então? – perguntou-lhe Rastignac.

– Só um milagre poderá salvá-lo. A congestão serosa ocorreu, ele está com sinapismos; felizmente ele os sente, eles estão agindo.

– Podemos transportá-lo?

– Impossível. É preciso deixá-lo aqui, evitar todo movimento físico, toda emoção...

– Meu bom Bianchon – disse Eugène –, nós dois cuidaremos dele.

– Já chamei o médico-chefe de meu hospital.

– Ah é?

– Ele se pronunciará amanhã sobre o assunto. Prometeu-me vir no final do dia. Infelizmente, esse velhote besta cometeu hoje de manhã uma imprudência que ele não quer explicar. Ele é mais cabeça-dura que uma mula. Quando falo com ele, finge não me ouvir e dorme para não ter que me responder; ou então, se está com os olhos abertos, começa a queixar-se. Saiu de manhã a pé por Paris, não sabemos aonde foi. Levou consigo tudo de valor que possuía, foi fazer algum tipo de tráfico que acabou esgotando suas forças. Uma de suas filhas veio aqui.

– A condessa? – perguntou Eugène. – Uma morena alta, com o olhar vivo e muito bem-feita, um pé lindo, uma cintura ágil?

– É.

– Deixe-me ficar um momento a sós com ele – pediu Rastignac. – Vou fazê-lo confessar, ele contará tudo para mim.

– Vou jantar enquanto isso. Tente apenas não cansá-lo; ainda temos alguma esperança.

– Fique tranquilo.

– Elas se divertirão muito amanhã – disse o pai Goriot a Eugène quando ficaram sozinhos. – Elas vão a um grande baile.

– Papai, o que o senhor fez hoje de manhã para estar tão doente à noite que precise ficar de cama?

– Nada.

– Anastasie veio aqui? – perguntou Rastignac.

– Veio – respondeu o pai Goriot.

– Ora, não me esconda nada. O que ela ainda lhe pediu?

– Ah! – continuou, juntando forças para falar. – Ela estava muito infeliz, vamos, minha criança! Nasie não tem um tostão desde a história dos diamantes. Ela havia encomendado para o baile um vestido de lamê que devia cair-lhe como uma joia. Sua costureira, uma mulher infame, não quis lhe dar crédito, e sua criada de quarto pagou adiantado mil francos pela vestimenta. Pobre Nasie, chegar a esse ponto! Isso parte meu coração. Mas a criada de quarto, vendo Restaud perder toda sua confiança em Nasie, teve medo de perder seu dinheiro e combinou com a costureira que ela não entregasse o vestido se os mil francos fossem devolvidos. O baile é amanhã, o vestido está pronto, Nasie está desesperada. Ela queria que eu lhe emprestasse os meus talheres para empenhá-los. Seu marido quer que ela vá ao baile para mostrar a Paris inteira os diamantes que dizem terem sido vendidos por ela. Ela pode dizer a esse monstro: "Devo mil francos, pague-os!"? Não pode. Percebi isso. Sua irmã Delphine vai ao baile com uma toalete magnífica. Anastasie não pode ficar para trás de sua caçula. E, além disso, ela está tão mergulhada em suas lágrimas, minha pobre filha! Senti-me tão humilhado por não ter os doze mil francos ontem que teria dado todo o resto de minha vida miserável para compensar esse erro. O senhor entende? Tive forças para suportar tudo, mas meu último problema financeiro destruiu-me o coração. Oh, oh! Não pensei duas vezes, dei logo um jeito, enfeitei-me todo; vendi então por seiscentos francos os talhares e as argolas, depois empenhei ao papai Gobseck, por um ano, meu título de renda vitalícia por quatrocentos francos. Ora, comerei pão! Isso me bastava quando era jovem, ainda poderá ser suficiente. Pelo menos ela terá uma noite inesquecível, minha Nasie. Ela estará deslumbrante. Estou com uma nota de mil francos sob a minha cabeceira. Faz-me bem saber que tenho aqui debaixo da minha cabeça aquilo que vai dar prazer à pobre Nasie! Ela poderá colocar na rua sua malvada Victoire. Onde já se viu domésticos que não tem confiança nos seus patrões?! Amanhã estarei bem. Nasie vem às dez horas. Não quero que elas achem que estou doente, deixariam de ir ao baile, ficariam cuidando de mim. Nasie me beijará amanhã como a seu filho, seus carinhos me curarão. De qualquer forma, eu não teria gastado mil francos com o boticário? Prefiro dá-los a minha cura-tudo, minha Nasie. Ao menos, poderei consolá-la em sua miséria. Isso compensa o erro de ter comprado um título vitalício. Ela está no fundo do poço, e eu não sou mais forte o bastante para tirá-la dali. Oh, vou voltar ao comércio. Irei a Odessa para comprar grãos. Lá, o trigo custa três vezes menos do que o nosso. Se a importação de cereais ao natural é proibida, os bravos homens que fazem as leis não pensaram em proibir os produtos feitos à base de trigo. He, he!... Descobri isso hoje de manhã! Há belíssimos negócios a fazer com os amidos.

"Ele está louco", pensou Eugène olhando para o velho.

– Vamos, descanse, não fale...

Eugène desceu para jantar quando Bianchon subiu. Depois, ambos passaram a noite alternando-se para cuidar do doente, um enquanto lia seus livros de Medicina e o outro enquanto escrevia a sua mãe e suas irmãs. No dia seguinte, os sintomas que se declararam no doente foram, segundo Bianchon, de um agouro favorável; mas exigiram cuidados contínuos que somente os dois estudantes eram capazes de dispensar e em cuja narrativa é impossível comprometer a pudica fraseologia da época. As sanguessugas colocadas sobre o corpo empobrecido do velhote foram acompanhadas de cataplasmas, de banhos de pés, de manobras médicas que exigiam, aliás, a força e a dedicação dos dois rapazes. A sra. de Restaud não veio, mandou um emissário ir buscar a quantia.

– Eu acreditava que ela viria pessoalmente. Mas não tem problema, ela teria se preocupado – disse o pai parecendo feliz com essa circunstância.

Às sete horas da noite, Thérèse veio trazer uma carta de Delphine.

"O que está fazendo, meu amigo? Mal começando a ser amada e já estaria sendo negligenciada? O senhor me mostrou, naquelas confidências despejadas de coração a coração, uma alma bela demais para não ser daqueles que permanecem fiéis para sempre ao ver o quanto os sentimentos têm nuances. Como o senhor disse ao ouvir a prece de Moisés[107]: "Para uns é uma mesma nota, para outros é o infinito da música!" Pense que o espero esta noite para ir ao baile da sra. de Beauséant. Efetivamente, o contrato de casamento do sr. d'Ajuda foi assinado hoje de manhã na corte, e a pobre viscondessa só ficou sabendo às duas horas. Toda Paris vai voltar-se para ela assim como o povo lota a praça da guilhotina quando há uma execução. Não é horrível ir conferir se essa mulher esconderá sua dor, se ela saberá morrer dignamente? Certamente não iria se já tivesse ido a sua casa; mas, sem dúvida, depois disso ela não receberá mais, e todos esforços que eu fiz teriam sido supérfluos. Minha situação é muito diferente da dos outros. Aliás, vou também pelo senhor. Estou esperando-o. Se não fosse estar perto de mim daqui a duas horas, não sei se perdoaria essa traição."

Rastignac pegou uma pluma e respondeu da seguinte forma:

"Estou esperando um médico para saber se seu pai sobreviverá. Ele está agonizando. Vou levar-lhe a sentença e temo que seja uma sentença de morte. Verá se poderá comparecer ao baile. Mil afetos."

---

107. Trata-se de *Mose in Egitto*, de Rossini. Essa ópera de 1818 foi encenada em Paris pelo grupo do Théâtre Italien no Louvois em 20 de outubro de 1822. (N.T.)

O médico apareceu às oito e meia e, sem dar um parecer favorável, não acreditou que a morte seria iminente. Anunciou alternância entre melhoras e recaídas, das quais a vida e a razão do velhote dependeriam.

– O melhor seria que ele morresse logo – foram as últimas palavras do médico.

Eugène confiou o pai Goriot aos cuidados de Bianchon e partiu para levar as tristes notícias à sra. de Nucingen que, em seu espírito imbuído de deveres de familiares, deveriam suspender sua alegria.

– Diga-lhe que ela se divirta mesmo assim – gritou-lhe o pai Goriot que parecia cochilar, mas que se ergueu quando Rastignac saiu.

O jovem apresentou-se desolado de dor a Delphine, e encontrou-a penteada, calçada, faltando apenas colocar o vestido. Mas, semelhantes às últimas pinceladas com as quais os pintores terminam seus quadros, os últimos preparativos exigiam mais tempo do que o próprio fundo da tela.

– O quê?! O senhor nem está vestido? – perguntou ela.

– Mas, senhora, seu pai...

– Ainda essa história de meu pai – exclamou interrompendo-o. – O senhor não vai me ensinar o que eu devo a meu pai. Conheço meu pai há muito tempo. Nem uma palavra, Eugène. Só o escutarei quando tiver feito sua toalete. Thérèse preparou tudo em sua casa; minha carruagem está pronta, pegue-a; depois volte para cá. Conversaremos sobre meu pai no caminho para o baile. É preciso sair cedo; se ficarmos presos na fila de carruagens, teremos de nos contentar em entrar às onze horas.

– Senhora!

– Vamos! Nem uma palavra – disse correndo a seu toucador para pegar um colar.

– Ora, sr. Eugène, ande logo, vai acabar aborrecendo a senhora – disse Thérèse empurrando o rapaz apavorado com esse elegante parricídio.

Foi vestir-se fazendo as reflexões mais tristes e as mais desencorajadoras. Via a sociedade como um oceano de lama no qual um homem mergulharia até o pescoço se afundasse o pé.

"Cometem-se aqui apenas crimes mesquinhos", pensou. "Vautrin é melhor." Ele antevira as três grandes expressões da sociedade: a Obediência, a Luta e a Revolta; a Família, o Mundo e Vautrin. E não ousava tomar partido. A Obediência era tediosa; a Revolta, impossível; e a Luta, incerta. Seu pensamento conduziu-o ao interior de sua família. Lembrou-se das puras emoções daquela vida calma, lembrou-se dos dias passados em meio a seres que o amavam. Conformando-se às leis naturais do lar doméstico, essas criaturas queridas encontrariam uma felicidade plena, contínua, sem angústias. Apesar desses bons pensamentos, não teve coragem de confessar a fé das almas puras a Delphine, ordenando-lhe a Virtude em nome do Amor. Sua educação começada já dava seus frutos. Já amava de maneira egoísta. Seu tato lhe havia permitido reconhecer a natureza do coração de Delphine. Pressentia que ela seria capaz de caminhar sobre o corpo de seu pai para ir ao baile, e ele não tinha nem a força para desempenhar o papel de pregador da moral, nem a coragem para desagradá-la, nem a virtude para deixá-la. "Ela jamais me perdoará por ter tido razão e não ela nessa circunstância", pensou. Depois, comentou as palavras dos médicos, agradou-lhe pensar que o pai Goriot talvez não estivesse tão perigosamente doente quanto pensava; enfim, amontoou pensamentos assassinos para justificar Delphine. Ela não sabia o estado em que se encontrava seu pai. O próprio velho lhe diria que fosse ao baile se ela fosse vê-lo. Frequentemente, a lei social, implacável em sua fórmula, condena justamente aquilo que o crime aparente desculpa pelas inúmeras modificações que a diferença de personalidades, a diversidade dos interesses e das situações introduzem no seio das famílias. Eugène queria enganar a si mesmo, estava pronto para sacrificar sua consciência por sua amante. Há dois dias, tudo havia mudado em sua vida. A mulher havia lhe jogado suas ordens, ela havia feito a família empalidecer, havia confiscado tudo em seu proveito. Rastignac e Delphine conheceram-se em condições ideais para sentirem um pelo outro os deleites mais puros. Sua paixão bem-preparada havia crescido graças àquilo que mata as paixões, o gozo. Ao possuir essa mulher, Eugène deu-se conta de que até então apenas a desejara, só a amara no dia seguinte à felicidade: o amor talvez seja apenas o reconhecimento do prazer. Infame ou sublime, adorava essa mulher pelas volúpias que lhe trouxera como dote e pelas outras que havia recebido; da mesma forma, Delphine amava Rastignac tanto quanto Tântalo teria amado o anjo que teria vindo matar sua fome ou a sede de sua garganta ressecada.

– E então, como vai meu pai? – perguntou-lhe a sra. de Nucingen quando ele voltou com roupa de baile.

– Extremamente mal – respondeu ele –; se quiser me dar uma prova de sua afeição correremos para visitá-lo.

– Então vamos – disse –, mas depois do baile. Meu bom Eugène, seja gentil, não me dê um sermão, venha.

Eles foram embora. Eugène permaneceu silencioso durante uma parte do caminho.

– O que tem? – ela perguntou.

– Ouço o gemido de seu pai – respondeu com um tom de contrariedade.

E ele se pôs a contar com a calorosa eloquência da juventude a ação feroz que a vaidade da sra. de Restaud empurrou-a a praticar, a crise mortal que a última dedicação do pai determinara e o quanto custara o vestido de lamê de Anastasie. Delphine estava chorando.

"Vou estar feia", pensou. Suas lágrimas secaram.

– Vou cuidar de meu pai, não deixarei sua cabeceira – prosseguiu.

– Ah, era assim que eu queria vê-la – exclamou Rastignac. As lanternas de quinhentos carros iluminaram os acessos ao palacete de Beauséant. De cada lado da porta iluminada havia um guarda a cavalo. A alta sociedade afluía com tanta abundância e todos tinham tanto empenho em ver essa grande mulher no momento de sua queda que os salões localizados no térreo do palacete já estavam lotados quando a sra. de Nucingen e Rastignac apresentaram-se. Desde que toda corte se precipitou à casa da Grande Mademoiselle cujo amante Louis XIV arrancara-lhe[108], nenhum desastre amoroso foi mais explosivo que o da sra. de Beauséant. Nessas circunstâncias, a última filha da quase real casa de Bourgogne mostrou-se superior a seu mal e dominou até o último momento o mundo cujas vaidades ela apenas aceitara para que servissem ao triunfo de sua paixão. As mais belas mulheres de Paris animavam os salões com suas toaletes e seus sorrisos. Os homens mais distintos da corte, os embaixadores, os ministros, as pessoas ilustres de todos os gêneros, carregadas de cruzes, de condecorações, de cordões multicolores, precipitaram-se em torno da viscondessa. A orquestra fazia com que os motivos de sua música ressoassem sob os lambris dourados desse palácio, deserto para sua rainha. A sra. de Beauséant estava de pé diante de seu primeiro salão para receber seus pretensos amigos. Vestida de branco, sem nenhum ornamento em seus cabelos, simplesmente trançados, ela parecia calma e não demonstrava nem dor, nem altivez, nem falsa alegria. Ninguém podia ler sua alma. Pode-se dizer uma Níobe de mármore. Seu sorriso a seus amigos íntimos foi por vezes zombador; mas ela pareceu a todos como sempre foi e mostrou-se tão bem como era quando a alegria a ornamentava com seus raios, que os mais insensíveis a admiraram, como os jovens romanos aplaudiam o gladiador que sabia sorrir ao expirar. A sociedade parecia ter se encarregado de dar seu adeus a uma de suas soberanas.

– Tremia de medo que o senhor não viesse – disse a Rastignac.

– Senhora – respondeu ele com uma voz emocionada, tomando essas palavras como uma censura –, vim para ser o último a ir embora.

– Muito bem – disse ela segurando-lhe a mão –, o senhor talvez seja aqui o único em quem posso confiar. Meu amigo, ame uma mulher que poderá amar para sempre. E nunca abandone uma mulher.

---

108. Louis XIV, em 1670, após ter consentido no casamento da "Grande Mademoiselle", sua prima, com o duque de Lauzu, voltou atrás três dias depois. (N.T.)

Ela tomou o braço de Rastignac e o conduziu a um sofá na sala em que jogavam.

– Vá à casa do marquês – disse-lhe ela. – Jacques, meu criado de quarto, o conduzirá até lá e irá confiar-lhe uma carta, em que eu lhe peço toda minha correspondência. Ele lhe dará todas as cartas, prefiro acreditar nisso. Se estiver com elas, suba a meu quarto. Irão me prevenir.

Ela se levantou para ir ao encontro da duquesa de Langeais, sua melhor amiga, que também estava chegando. Rastignac partiu, pediu que chamassem o marquês d'Ajuda no palacete de Rochefide, onde deveria passar a noite e onde efetivamente o encontrou. O marquês conduziu-o a sua casa, entregou uma carta ao estudante e disse-lhe:

– Estão todas ali.

Parecia querer falar com Eugène, seja para perguntar-lhe sobre os acontecimentos do baile e sobre a viscondessa, seja para confessar que talvez já estivesse desesperado com seu casamento, como de fato estaria mais tarde; mas um rasgo de orgulho brilhou em seus olhos, e ele teve a coragem deplorável de guardar em segredo seus mais nobres sentimentos.

– Não lhe diga nada a meu respeito, meu caro Eugène.

Apertou a mão de Rastignac em um movimento afetuosamente triste e fez um sinal para que partisse. Eugène voltou ao palacete de Beauséant e foi introduzido no quarto da viscondessa, em que viu os preparativos de uma partida. Sentou-se perto do fogo, olhou para a caixa de cedro e caiu em uma melancolia profunda. Para ele, a sra. de Beauséant tinha as proporções das deusas da *Ilíada*.

– Ah! Meu amigo – exclamou a viscondessa entrando e apoiando suas mãos sobre o ombro de Rastignac.

Ele se deparou com sua prima aos prantos, com os olhos levantados, uma mão trêmula e a outra para cima. Ela pegou a caixa de repente, colocou-a no fogo e viu-a queimando.

– Eles estão dançando! Absolutamente todos vieram, ao passo que a morte virá mais tarde. Shhhhh! Meu amigo – ela lhe disse colocando um dedo na boca de Rastignac, que estava pronto para dizer alguma coisa. – Nunca mais verei nem Paris nem a sociedade. Às cinco horas da manhã, partirei para me enterrar no fundo da Normandie. Às três horas da tarde, fui obrigada a fazer meus preparativos, assinar escrituras, ver alguns negócios; não podia enviar ninguém à casa de... – ela se interrompeu. – Era certo que o encontraríamos em casa de... – fez uma nova pausa esgotada de tanta dor. – Nesses momentos, tudo é sofrimento e certas palavras não podem ser pronunciadas. – Enfim – prosseguiu –, estava contando com o senhor para esse último favor. Gostaria de dar-lhe uma garantia de minha amizade. Pensarei muito no senhor, que me pareceu bom e nobre, jovem e cândido em meio a este mundo em que essas qualidades são tão raras. Desejo que pense em mim algumas vezes. Tome – disse ela lançando olhares em torno de si –, aqui está a caixa em que colocava minhas luvas. Todas as vezes em que a peguei antes de ir a um baile ou a um espetáculo eu me sentia bela porque estava feliz e só a tocava para depositar ali um pensamento gracioso: há muito de mim aqui dentro, há toda uma sra. de Beauséant que não existe mais. Aceite-a. Terei o cuidado de que a levem a sua casa, na Rue d'Artois. A sra. de Nucingen está muitíssimo bem esta noite, ame-a muito. Se não nos vermos mais, meu amigo, tenha certeza de que farei votos para o senhor, que foi tão bom para mim. Vamos descer, não quero que pensem que estou chorando. Tenho a eternidade diante de mim, estarei sozinha e ninguém pedirá explicações de minhas lágrimas – lançou mais um olhar para seu quarto. Parou. A seguir, depois de ter escondido os olhos com sua mão, ela os secou, banhou-os com água fresca e tomou o braço do estudante.

– Vamos! – disse.

Rastignac ainda não havia sentido uma emoção tão violenta quanto o contato com essa dor contida de maneira tão nobre. Ao voltar ao baile, Eugène deu uma volta com a sra. de Beauséant, última e delicada atenção daquela mulher graciosa.

Logo viu as duas irmãs, a sra. de Restaud e a sra. de Nucingen. A condessa estava magnífica, com todos seus diamantes expostos e que, para ela, eram sem dúvida ardentes, ela os estava usando pela última vez. Por mais poderosos que tenham sido seu orgulho e seu amor, ela não suportava bem os olhares de seu marido. Esse espetáculo não era de tornar os pensamentos de Rastignac menos tristes. Se havia revisto Vautrin no coronel italiano[109], reviu então, sob os diamantes das duas irmãs, o catre sobre o qual jazia o pai Goriot. Sua atitude melancólica enganou a viscondessa e ela retirou seu braço:

– Vá! Não quero custar-lhe um prazer – disse ela.

Eugène logo foi reclamado por Delphine, feliz com o efeito que ela estava produzindo e ansiosa para colocar aos pés do estudante as homenagens que ela estava recolhendo naquele mundo pelo qual esperava ser adotada.

– O que o senhor acha de Nasie? – perguntou-lhe.

– Ela já vendeu até a morte do pai – respondeu.

Por volta das quatro da manhã, a multidão dos salões começou a clarear. Em breve, a música não se fez mais ouvir. A duquesa de Langeais e Rastignac viram-se sozinhos no grande salão. A viscondessa, acreditando que ia encontrar apenas o estudante, veio em sua direção depois de ter dado adeus ao sr. de Beauséant, que estava indo deitar-se, repetindo-lhe:

– Está errada, minha cara, de ir isolar-se em sua idade! Fique conosco!

Ao ver a duquesa, a sra. de Beauséant não pôde conter uma exclamação.

– Adivinhei seus pensamentos, Clara – disse a sra. de Langeais. – Está partindo para não mais voltar, mas não partirá sem antes me ter ouvido e sem que tenhamos nos entendido. – Ela tomou sua amiga pelo braço, conduziu-a ao salão vizinho e, ali, olhou-a com lágrimas nos olhos, abraçou-a e beijou sua face.

– Não quero deixá-la friamente, minha cara, seria um remorso muito grande. Pode contar comigo como consigo mesma. Foi grandiosa essa noite, senti-me digna da senhora e quero

---

109. Em edições anteriores, Balzac incluíra uma cena em que Eugène de Rastignac encontra, no baile da sra. de Beauséant, o coronel Franchessini. Ao suprimir essa passagem na edição definitiva de suas obras completas, o autor esqueceu de retirar também essa menção ao personagem assassino de Taillefer. (N.T.)

provar-lhe isso. Cometi erros em relação à senhora, nem sempre me conduzi bem, perdoe-me, minha cara: retiro tudo o que possa tê-la machucado, gostaria de poder engolir minhas palavras. Uma dor semelhante reuniu nossas almas e não sei qual de nós duas será mais infeliz. O sr. de Montriveau não compareceu esta noite, a senhora entende o que estou dizendo? Quem a viu durante este baile não a esquecerá jamais, Clara. Eu estou tentando um último esforço. Se fracassar, entrarei para um convento. Para onde vai?

– Para Normandie, Courcelles, amar, rezar até o dia em que Deus me retirará do mundo.

– Venha, sr. de Rastignac – pediu a viscondessa com uma voz emocionada, pensando que esse jovem a esperava. O estudante ajoelhou-se, tomou a mão de sua prima e a beijou. – Antoinette, adeus – continuou a sra. de Beauséant –, seja feliz. Quanto ao senhor, ainda é jovem, pode acreditar em qualquer coisa – disse ao estudante. – Quando eu deixar este mundo, terei tido, como alguns moribundos privilegiados, sobretudo as religiosas, sinceras emoções em torno de mim!

Rastignac foi embora por volta das cinco horas, depois de ter visto a sra. de Beauséant em sua berlinda de viagem, depois de ter recebido seu último adeus molhado de lágrimas que provava que as pessoas mais elevadas não estão excluídas da lei do coração e não vivem sem desgostos, como algumas cortesãs do povo queriam fazer crer. Eugène voltou a pé à Casa Vauquer, sob um tempo úmido e frio. Sua educação chegava ao fim.

– Não poderemos salvar o pobre pai Goriot – disse-lhe Bianchon quando Rastignac entrou no quarto de seu vizinho.

– Meu amigo – disse-lhe Eugène depois de ter contemplado o velho adormecido –, vá perseguir o destino modesto ao qual limita seus desejos. Eu estou no inferno, e é preciso que nele permaneça. Seja qual for o mal que lhe disserem da sociedade, acredite! Não existe Juvenal que possa pintar o horror coberto de ouro e de pedras preciosas.

No dia seguinte, Rastignac foi acordado às duas horas da tarde por Bianchon, que, tendo que sair, pediu-lhe que cuidasse do pai Goriot, cujo estado piorara bastante durante a manhã.

– O velho não tem mais de dois dias, nem talvez seis horas de vida – comunicou-lhe o estudante de Medicina – e, no entanto, não podemos deixar de combater o mal. Será preciso dispensar-lhe tratamentos caros. Cuidaremos dele; mas não tenho um tostão. Revirei os bolsos dele, revistei-lhe os armários: zero no cotidiano. Interroguei-o, em um momento de lucidez, e ele me disse que não tinha mais um vintém. Quanto você tem?

– Restam-me vinte francos – respondeu Rastignac –, mas irei apostá-los, vou ganhar.

– Se você perder?

– Pedirei dinheiro a seus genros e a suas filhas.

– E se não lhe derem? – perguntou Bianchon. – O mais urgente neste momento não é encontrar o dinheiro, é preciso envolver o velho em um sinapismo ardente dos pés até a metade das coxas. Se gritar, é porque ainda tem uma saída. Você sabe como se faz isso. Aliás, Christophe vai ajudá-lo. Quanto a mim, vou passar no boticário e responderei por todos os medicamentos que ali buscarmos. Ele ficou triste que o pobre homem não foi transportado a nosso hospital, ele estaria melhor lá. Vamos, vou ajudá-lo a acomodar-se, e não saia daí antes de eu voltar.

Os dois jovens entraram no quarto onde jazia o velho. Eugène ficou assustado com a mudança do rosto convulsionado, branco e profundamente debilitado.

– E então, papai? – perguntou inclinando-se sobre o catre.

Goriot levantou seus olhos baços e olhou-o com muita atenção sem reconhecê-lo. O estudante aguentou aquele espetáculo e lágrimas umedeceram seus olhos.

– Bianchon, não seria preciso cortinas nas janelas?

– Não. As circunstâncias atmosféricas não o afetam mais. Seria bom demais se ele sentisse calor ou frio. No entanto, precisamos de fogo para preparar-lhe chás ou outras coisas. Mandarei-lhe gravetos até conseguirmos lenha. Ontem e durante esta noite, queimei os seus e os do pobre homem. Estava tão úmido que pingava água das paredes. Eu mal havia secado o quarto e Christophe varreu-o. Isso aqui é realmente uma estrebaria. Queimei zimbro, fedia muito.

- Meu Deus! - exclamou Rastignac. - E suas filhas!
- Tome, se ele pedir algo para beber, você lhe dará isso aqui - disse o residente mostrando a Rastignac um grande jarro branco. - Se ouvi-lo queixando-se e se o estômago estiver quente e duro, pedirá ajuda a Christophe para administrar-lhe... você sabe. Se tiver, por acaso, uma grande exaltação, se falar muito, se tiver um pouco de demência, deixe-o. Não será um mau sinal. Mas mande Christophe ao hospital Cochin. Nosso médico, meu camarada ou eu viremos aplicar-lhe moxas. Hoje de manhã, enquanto você dormia, fizemos uma grande consulta com um aluno do doutor Gall, médico-chefe do Hôtel-Dieu e do nosso. Esses senhores acreditaram reconhecer sintomas curiosos, e vamos acompanhar a progressão da doença, a fim de nos esclarecermos sobre diversos pontos científicos bastante importantes. Um desses senhores afirma que, se a pressão do soro atingir mais um órgão do que outro, poderá desenvolver fatos particulares. Ouça-o com atenção se por acaso vier a dizer alguma coisa, a fim de constatar a qual gênero de ideias pertenceriam esse discurso: se são efeitos de memória, de penetração, de julgamento; se ele se preocupa com materialidades ou sentimentos; se calcula; se volta-se para o passado; enfim, esteja pronto para nos fazer um relatório detalhado. É possível que a invasão ocorra em massa, então morrerá imbecil como se encontra neste momento. Tudo é muito estranho nesse tipo de doença! Se a bomba arrebentasse aqui - disse Bianchon mostrando o occipício do doente -, há exemplos de fenômenos singulares: o cérebro retoma algumas de suas faculdades, e sua morte é mais lenta para declarar-se. As serosidades podem desviar-se do cérebro, tomar caminhos cujo curso só reconheceremos pela autópsia. No Incurables, há um velho estúpido cuja difusão seguiu a coluna vertebral; ele sente muita dor, mas está vivo.
- Elas se divertiram bastante? - perguntou o pai Goriot, que reconheceu Eugène.
- Oh, ele só pensa em suas filhas - disse Bianchon. - Disse-me mais de cem vezes essa noite: "Elas estão dançando! Ela está com seu vestido!". Chamava-as pelo nome. Fez-me chorar,

que o diabo me carregue! Dizia com entonações impressionantes: "Delphine! Minha pequenina! Nasie!". Palavra de honra – disse o aluno de Medicina –, era de derreter-se em lágrimas.

– Delphine – disse o velho –, ela está aqui, não está? Eu sabia disso. E seus olhos se puseram a exercer uma atividade louca para olhar as paredes e a porta.

– Vou descer para dizer a Sylvie que prepare os sinapismos – gritou Bianchon –, o momento é desfavorável.

Rastignac ficou sozinho junto ao velho, sentado ao pé da cama, com os olhos fixos sobre essa cabeça assustadora e dolorosa de se ver.

– A sra. de Beauséant foge, esse aqui morre – disse. – As belas almas não podem ficar muito tempo neste mundo. Como é que os grandes sentimentos se aliariam, com efeito, a uma sociedade mesquinha, pequena, superficial?

As imagens da festa a que assistiu representaram-se em sua lembrança e contrastaram com o espetáculo daquele leito de morte. Bianchon voltou subitamente.

– Escute, Eugène, acabo de falar com nosso médico-chefe e vim correndo. Se sintomas de razão se manifestarem, se ele falar, deite-o sobre um longo sinapismo, de maneira a envolvê-lo de mostarda da nuca até o final dos rins, e mande chamar-nos.

– Querido Bianchon – disse Eugène.

– Oh, trata-se de um fato científico – prosseguiu o estudante de Medicina com todo ardor de um neófito.

– Vamos – disse Eugène –, serei o único a cuidar desse velho por afeição.

– Se tivesse me visto hoje de manhã não diria isso – responde Bianchon sem se ofender com a afirmação. – Os médicos que exerceram só veem a doença; quanto a mim, ainda vejo o doente, meu caro rapaz.

Ele se foi, deixou Eugène sozinho com o velho, apreendendo uma crise que não tardaria a declarar-se.

– Ah, é você, meu querido filho – disse o pai Goriot reconhecendo Eugène.

– O senhor está melhor? – perguntou o estudante tomando-lhe a mão.

– Sim, eu estava com a cabeça apertada como num torno, mas ela está se liberando. O senhor viu minhas filhas? Elas se precipitarão assim que souberem que estou doente, cuidaram tanto de mim na Rue de la Jussienne! Meu Deus! Gostaria que meu quarto estivesse limpo para recebê-las. Há um rapaz aí que queimou todos os meus gravetos.

– Estou ouvindo Christophe – disse-lhe Eugène. – Ele está trazendo para cima a lenha que aquele rapaz lhe mandou.

– Muito bem! Mas como pagar por essa lenha? Não tenho um tostão, meu filho. Dei tudo o que tinha. Estou nas mãos da caridade. O vestido de lamê era bonito ao menos? (Ah, sinto muita dor!) Obrigado, Christophe. Que Deus lhe pague, meu rapaz; quanto a mim, não tenho mais nada.

– Pode deixar que pagarei a você e a Sylvie – disse Eugène ao ouvido do rapaz.

– Minhas filhas disseram-lhe que viriam, não é, Christophe? Vá chamá-las de novo, vou dar a elas mais cem soldos. Diga-lhes que não estou me sentindo bem, que gostaria de beijá-las, vê-las ainda uma vez antes de morrer. Diga-lhes isso, mas sem assustá-las demais.

Christophe partiu a um sinal de Rastignac.

– Elas virão – retomou o velho. – Eu as conheço. Essa boa Delphine, se eu morrer, que tristeza lhe causarei! Nasie também. Não gostaria de morrer para não fazê-las chorar. Morrer, meu bom Eugène, é nunca mais vê-las. Para lá onde vamos me entediarei muito. Para um pai, o inferno é estar sem seus filhos, e eu fiz meu aprendizado desde que elas se casaram. Meu paraíso estava na Rue de la Jussienne. Então, se eu fosse para o paraíso poderia voltar à terra como espírito em torno delas. Ouvi falar nessas coisas. Será verdade? Creio vê-las agora como eram no tempo da Rue de la Jussienne. Elas desciam de manhã. "Bom dia, papai", diziam. Eu as pegava no colo, fazia mil provocações, pregava-lhes peças. Elas me acariciavam carinhosamente. Todas as manhãs, almoçávamos juntos. Quando elas estavam na

Rue de la Jussienne não pensavam, não sabiam nada do mundo, amavam-me muito. Meu Deus, por que elas não ficaram pequenas para sempre? (Oh, que dor, a minha cabeça está repuxando!) Ah! Ah! Perdão, meus filhos! Estou com muita dor, e deve ser uma dor de verdade pois vocês me deixaram muito resistente ao sofrimento. Meu Deus! Se eu tivesse apenas as mãos delas entre as minhas, não sentiria mais dor. O senhor acha que elas virão? Christophe é tão burro! Eu deveria ter ido pessoalmente. Ele vai vê-las. Mas o senhor foi ontem ao baile. Conte-me como elas estavam? Não sabiam nada de minha doença, não é? Não teriam dançado, as pobrezinhas! Oh, não quero mais estar doente. Elas ainda precisam muito de mim. Suas fortunas estão comprometidas. E a que maridos estão entregues! Precisamos curar-me! (Ai, que dor terrível, ai, ai!) O senhor vê, é preciso curar-me, pois elas precisam de dinheiro e sei como ganhar. Irei a Odessa fazer amido. Sou esperto, ganharei milhões. (Oh! Estou com muita dor!)

Goriot permaneceu em silêncio durante um momento, parecendo juntar todas suas forças para suportar a dor.

– Se elas estivessem aqui, não me lamentaria – disse. – Por que o faria?

Cochilou leve e durante muito tempo. Christophe voltou. Rastignac, que achava que o pai Goriot estava dormindo, deixou o rapaz prestar contas de sua missão em voz alta.

– Senhor, primeiro fui à casa da sra. condessa, com a qual me foi impossível falar, estava envolvida em grandes negócios com seu marido. Como insisti, o sr. de Restaud veio pessoalmente e disse o seguinte: "O sr. Goriot está morrendo, pois então! É o melhor que podia ocorrer. Preciso da sra. de Restaud para concluir negócios importantes, ela irá visitá-lo quando tudo estiver concluído". Ele parecia bravo, esse senhor. Eu estava para sair quando a senhora entrou na antecâmara por uma porta que eu não podia ver e me disse: "Christophe, diga a meu pai que estou conversando com meu marido e que não posso deixá-lo agora; trata-se de um assunto de vida ou de morte, de meus filhos; mas, assim que tudo estiver acabado, irei visitá-lo".

Quanto à sra. baronesa, é outra história! Nem a vi e não pude falar com ela. "Ah!", disse-me a criada de quarto, "a senhora voltou do baile às 5h15, ela está dormindo; se eu acordá-la antes do meio-dia, ela vai me repreender. Direi a ela que seu pai vai ainda pior quando ela me chamar. Sempre há tempo para dar uma má notícia." Pedi em vão para falar com o sr. barão, ele havia saído.

– Nenhuma de suas filhas virá – exclamou Rastignac. – Vou escrever a ambas.

– Nenhuma – respondeu o velho erguendo-se. – Elas têm negócios, elas estão dormindo, não virão mais. Eu sabia. É preciso morrer para saber o que se é para os filhos. Ah, meu amigo, não case, não tenha filhos. O senhor lhes dá a vida e eles lhes dão a morte. O senhor os faz entrar no mundo, eles o expulsam. Não, elas não virão! Eu sei disso há dez anos. Algumas vezes eu me dizia isso, mas não ousava acreditar.

Uma lágrima rolou de cada um de seus olhos nas bordas avermelhadas, sem chegar a cair.

– Ah! Se eu fosse rico, se eu tivesse guardado minha fortuna, se eu não lhes tivesse dado toda ela, elas estariam aqui, lamberiam minhas faces com seus beijos! Eu estaria num palacete, teria belos quartos, criados, fogo para mim; estariam chorosas, com seus maridos, seus filhos. Eu teria isso tudo. Mas que nada. O dinheiro compra tudo, até mesmo filhas. Oh, meu dinheiro! Onde ele está? Se eu tivesse tesouros para deixar, elas me medicariam, cuidariam de mim; eu as ouviria; eu as veria. Ah, meu caro filho, meu único filho, prefiro meu abandono e minha miséria! Pelo menos quando um desgraçado é amado pode ter certeza de que é para valer. Não, mas eu gostaria de ser rico, pelo menos as veria. No fundo, quem saberia? Ambas têm o coração de pedra. Eu tinha amor demais por elas para que elas me amassem. Um pai deve permanecer rico para sempre, deve manter seus filhos a rédeas curtas como cavalos hipócritas. E eu me ajoelhava diante delas. As miseráveis! Elas coroaram dignamente sua conduta com relação a mim há mais de dez anos. Se o senhor soubesse como eram atenciosas comigo no início de seus casamentos! (Oh, estou sofrendo um martírio cruel!) Eu acabara de dar a cada uma oitocentos mil francos, elas não podiam, nem seus maridos, ser rudes comigo. Recebiam-me em suas casas: "Meu pai" daqui, "meu caro pai" dali. Meu prato sempre estava posto em suas mesas. Enfim, eu jantava com seus maridos, que me tratavam com consideração. Eu tinha ares de ainda ter alguma coisa para dar. Por que isso? Eu não contara nada de meus negócios. Um homem que dá oitocentos mil a cada uma de suas filhas era um homem para ser bajulado. E o faziam, mas era pelo meu dinheiro. O mundo não é belo. Eu pude constatar isso! Levavam-me de carruagem aos espetáculos, e eu ficava à vontade nas festas. Enfim, elas se diziam minhas filhas e me admitiam como pai. Ora, ainda sou perspicaz, nada me escapou, tudo seguiu seu destino e partiu meu coração. Eu via muito bem que tudo era fachada; mas o mal não tinha remédio. Na casa delas eu só ficava à vontade na mesa de baixo. Não conseguia dizer nada. Além disso, algumas pessoas da sociedade perguntavam ao ouvido de meus genros: "Quem é aquele senhor ali?".

"É o dono do dinheiro, é rico." "Ah, diabos!", exclamavam, e olhavam-me com o respeito que se deve ao dinheiro. Mas se eu os constrangia algumas vezes um pouco, eu compensava muito bem os meus defeitos! Aliás, quem é perfeito? (Minha cabeça está sendo uma aflição!) Estou sofrendo neste momento o que é necessário sofrer para morrer, meu caro Eugène; ora, não é nada em comparação com a dor que me causou o primeiro olhar pelo qual Anastasie me deu a entender que eu acabara de dizer uma bobagem que a humilhava: seu olhar cortou-me os pulsos! Queria saber de tudo, mas o que aprendi muito bem é que eu estava sobrando nesse mundo. No dia seguinte, fui à casa de Delphine para consolar-me, e eis que fiz uma besteira que a deixou irritada. Fiquei como louco. Durante oito dias, não sabia mais o que devia fazer. Não ousei ir vê-las de medo de suas censuras. E eis que fui expulso das casas de minhas filhas. Oh, meu Deus, já que você conhece as misérias, os sofrimentos pelos quais eu passei; já que contou todas as punhaladas que recebi nesse tempo que me envelheceu, que me modificou, que me matou, me embranqueceu, por que está me fazendo sofrer hoje? Já paguei pelo pecado de amá-las demais. Elas se vingaram muito bem de minha afeição, elas me torturaram como carrascos. Puxa! Os pais são tão bestas! Eu as amava tanto que voltei como um jogador volta ao jogo. Minhas filhas são meu vício; elas eram minhas amantes, enfim, tudo! Precisavam de alguma coisa, de enfeites, por exemplo; as criadas de quarto me contavam, e eu dava-lhes o que desejavam para ser bem-recebido! Mas mesmo assim elas me deram algumas lições sobre a maneira de comportar-se na sociedade. Oh! Elas nem esperavam o dia seguinte. Elas começaram a ficar com vergonha de mim. É nisso que dá educar os filhos. Em meu tempo, no entanto, eu não pude ir à escola. (Que dor horrível, meu Deus! Médicos, médicos! Se abrissem minha cabeça não doeria tanto.) Minhas filhas, minhas filhas, Anastasie, Delphine! Quero vê-las. Mande a polícia buscá-las à força! A justiça está do meu lado, tudo está do meu lado, a natureza, o código civil. Eu protesto. A pátria ficará arruinada se os pais forem esmagados. Isso é claro. A sociedade, o mundo funcionam graças à paternidade, tudo desaba se as crianças não amam seus pais. Oh, vê-las, ouvi-las, não importa o que elas me disserem, desde que eu ouça suas vozes, isso acalmará as minhas dores, Delphine sobretudo. Mas quando elas estiverem aqui, diga-lhes que não me olhem friamente como fazem. Ah, meu bom amigo, sr. Eugène, não sabe o que é encontrar o ouro do olhar transformado de uma hora para outra em chumbo cinza. Desde o dia em que os olhos delas deixaram de brilhar para mim, estou sempre no inverno; só me resta o desgosto a devorar, eu os engoli! Vivi para ser humilhado, insultado. Amo-as tanto que engoli todas as afrontas por meio das quais elas me vendiam um pobre prazer vergonhoso. Um pai ter de esconder-se para ver suas filhas! Dei-lhes minha vida, elas não me darão nem uma hora hoje! Estou com sede, estou com fome, meu coração está queimando, elas não virão refrescar minha agonia, pois estou morrendo, eu sinto. Mas elas não sabem que estão caminhando sobre o cadáver de seu pai?! Há um Deus no céu, ele se vinga independentemente de nossa vontade, nossa, quero dizer, dos pais. Oh! Elas virão! Venham minhas queridas, venham ainda beijar-me, um último beijo, o viático de seu pai, que pedirá a Deus por vocês, que lhe dirá que vocês foram boas filhas, que as defenderá! Afinal, vocês são inocentes. Elas são inocentes, meu amigo! Diga a todo mundo que não me preocupo com esse assunto. Tudo é culpa minha, acostumei-as a me espezinharem. Eu até gostava disso. Ninguém tem nada a ver com isso, nem a justiça humana, nem a justiça divina. Deus seria injusto se as condenasse por minha causa. Eu não soube me conduzir, fiz a besteira de abdicar de meus direitos. Teria me desonrado por elas! O que o senhor quer?! O belo mais natural, as melhores almas teriam sucumbido à corrupção dessa facilidade paterna. Sou um miserável, estou sendo justamente punido. Eu sou o único causador das desordens de minhas filhas, eu as mimei. Hoje elas querem o prazer, como antes queriam balas. Sempre permiti que elas satisfizessem suas fantasias de meninas. Aos quinze anos, elas tinham uma carruagem! Nada resistia a elas. Sou o único culpado, mas culpado por amor. Suas vozes me abriam o coração. Eu as ouço, elas estão vindo. Oh, sim! Elas virão. A lei estipula que se venha ver o pai em seu leito de morte. A lei está do meu lado. Além disso, isso só lhes custará uma corrida. Eu posso pagar. Escreva-lhes que tenho milhões para lhes deixar! Palavra de honra. Irei fazer massas na Itália, em Odessa. Eu sabia a receita. Com meus planos, pode-se ganhar alguns milhões. Ninguém pensou nisso. Não se deteriorará no transporte como o trigo ou como a farinha. Eh, eh, o amido? Haveria milhões nisso aí! O senhor não estará mentindo. Diga milhões e elas virão por avareza, prefiro ser enganado, pelo menos eu as verei. Quero minhas filhas! Eu as fiz! Elas são minhas! – disse sentando-se e mostrando a Eugène uma cabeça cujos cabelos brancos despenteados eram ameaçadores.

– Vamos – disse-lhe Eugène –, deite-se, meu bom pai Goriot. – Vou escrever-lhes. Assim que Bianchon estiver de volta, eu irei se elas ainda não tiverem vindo.

– Se elas não tiverem vindo? – repetiu o velho soluçando. – Mas eu estarei morto, morto de um acesso de raiva, de raiva! A raiva está tomando conta de mim. Neste momento, vejo minha vida inteira. Sou tolo! Elas não me amam, nunca me amaram. Isso é tão óbvio. Se elas não vieram, não virão mais. Quanto mais demorarem, menos se resolverão a me dar esse prazer. Eu as conheço. Nunca souberam adivinhar nada de meus desgostos, de minhas dores, de minhas necessidades, portanto, não adivinharão melhor minha morte. Elas simplesmente não sabem o segredo de meu carinho. Sim, eu vejo, para elas o hábito de abrir minhas entranhas tirava o valor de tudo o que eu fazia. Teriam me pedido para vazar um olho, eu lhes diria: "Vaze-os!" Sou muito burro. Elas acham que todos os pais são como o delas. É preciso se valorizar. Os filhos delas me vingarão. Mas é de interesse delas vir até aqui. Diga-lhes então que estão comprometendo sua agonia. Cometem todos os crimes através de um só. Mas então vá, diga a elas que não vir é um parricídio! Elas cometeram parricídios o suficiente, sem contar este aqui. Grite como eu: "Hei, Nasie! Hei, Delphine! Venham ver seu pai que é tão bom para vocês e que está mal!". Nada, ninguém. Morrerei então como um cão? Eis minha recompensa, o abandono, sou amaldiçoado; vou levantar-me durante a noite de meu túmulo para amaldiçoá-las, pois, enfim, meus amigos, estou errado? Elas se conduzem muito mal, não é? O que estou dizendo? Não me advertiram que Delphine está aqui? É a melhor das duas. O senhor é meu filho, Eugène! Ame-a, seja um pai para ela. A outra está muito infeliz. E as fortunas delas?! Ai, meu Deus! Estou chegando ao fim, estou com dor demais! Corte-me a cabeça, deixe-me apenas o coração.

– Christophe, vá buscar Bianchon – exclamou Eugène apavorado com o caráter que adquiriam os lamentos e os gritos do velho –, e traga-me um cabriolé.

– Vou buscar suas filhas, meu bom pai Goriot. Vou trazê-las ao senhor.

– À força, à força! Chame a guarda, a tropa, tudo, tudo! – disse lançando a Eugène um último olhar em que a razão brilhava. – Diga ao governo, ao procurador do rei que me tragam minhas filhas, eu exijo!

– Mas o senhor as amaldiçoou.

– Quem é que disse isso? – respondeu o velho estupefato. – O senhor sabe muito bem que eu as amo, que eu as adoro! Ficarei curado se as ver... Vamos, meu bom vizinho, meu caro filho, vamos, o senhor é bom; gostaria de agradecer-lhe, mas não tenho mais nada a lhe oferecer além das bênçãos de um moribundo. Ah, queria ao menos ver Delphine para dizer-lhe que quite minha dívida com o senhor. Se a outra não puder, traga-me ao menos essa aí. Diga-lhe que não mais a amará se ela não puder vir. Ela o ama tanto que virá. Água, minhas entranhas estão queimando! Coloquem algo sobre a minha cabeça. A mão de minhas filhas, isso me salvará, eu sei... Meu Deus! Quem lhes refará a fortuna se eu me for? Quero ir a Odessa por causa delas, a Odessa, fazer massa.

– Beba isso – disse Eugène, levantando o moribundo e segurando-lhe pelo braço esquerdo, enquanto o outro segurava uma xícara cheia de chá.

– O senhor deve amar seu pai e sua mãe! – disse o velho apertando com suas mãos fracas a mão de Eugène. – O senhor entende que vou morrer sem ver minhas filhas? Estar constantemente com sede e nunca beber, eis como vivo há dez anos... Meus dois genros mataram minhas filhas. Sim, nunca mais tive filhas depois que elas se casaram. Pais, digam à Câmara para fazer uma lei sobre o casamento! Enfim, não casem suas filhas se as amarem. O genro é um celerado que estraga tudo em uma filha, ele quem contamina tudo. Fim dos casamentos! É isso que nos leva embora nossas filhas e não as temos mais quando morremos. Faça uma lei para a morte dos pais. Isso é assustador, isso! Vingança! São meus genros que as impedem de vir. Mate-os! Morte a Restaud, morte ao alsaciano, são eles meus assassinos! A morte ou minhas filhas! Ah, acabou, estou morrendo sem elas! Elas! Nasie, Fifine, andem, venham! Seu papai está indo embora...

– Meu bom pai Goriot, acalme-se, vamos, fique tranquilo, não se agite, não pense.

– Não vê-las, eis a agonia!
– O senhor vai vê-las.

— É verdade! – gritou o velho perturbado. – Oh! Vê-las! Vou vê-las, ouvir suas vozes. Morreria feliz. Ora, não peço mais para viver, não faço mais questão, meus sofrimentos só estavam aumentando. Mas vê-las, tocar o vestido delas, ah, apenas o vestido, é muito pouco, mas basta o fato de cheirar algo que pertença a elas! Pegue os cabelos delas para mim... belos...

A sua cabeça caiu sobre o travesseiro como se tivesse recebido uma cacetada. Suas mãos se agitaram sob a coberta como que para pegar os cabelos de suas filhas.

— Eu as abençoo – disse fazendo um esforço –, abençoo.

De repente, ele caiu. Bianchon, nesse momento, entrou.

— Encontrei com Christophe – disse. – Ele vai trazer-lhe uma carruagem.

Depois olhou o doente, levantou as pupilas dele à força e os dois estudantes viram um olho opaco e sem calor.

— Ele não voltará mais, não creio.

Tomou seu pulso, apalpou-o, colocou sua mão sobre o coração do velho.

— A máquina ainda funciona; mas em sua situação seria uma desgraça, seria melhor se morresse!

— É verdade – disse Rastignac.

— O que você tem? Está pálido como a morte.

— Meu amigo, acabo de ouvir gritos e lamentações. Existe um Deus! Oh, sim, sim! Há um Deus, e ele nos fez um mundo melhor ou então nossa terra é um absurdo. Se não fosse tão trágico, eu me derreteria em lágrimas, mas estou com o coração e o estômago terrivelmente apertados.

— Diga, serão necessárias várias providências; onde obter o dinheiro?

Rastignac tirou seu relógio.

— Tome, penhore-o rápido. Não quero parar no meio do caminho, pois temo perder um minuto sequer e estou esperando Christophe. Não tenho um vintém, terei que pagar meu cocheiro na volta.

Rastignac se precipitou até a escada e saiu em direção à Rue du Helder, na casa da sra. de Restaud. Durante o caminho, sua imaginação, chocada com o espetáculo horrível do qual fora testemunha, esquentou sua indignação. Quando chegou à antecâmara e que pediu para falar com a sra. de Restaud, disseram-lhe que ela não estava disponível.

– Mas – disse ele ao criado de quarto – estou vindo por causa de seu pai que está morrendo.

– Senhor, temos do sr. conde as ordens mais severas.

– Se o sr. Restaud está, diga-lhe qual é a circunstância em que se encontra seu sogro e previna-o de que preciso falar-lhe agora mesmo.

Eugène esperou durante muito tempo.

"Talvez neste instante mesmo esteja morrendo", pensou.

O criado de quarto introduziu-o na primeira sala em que o sr. de Restaud recebeu o estudante em pé, sem nem ao menos fazê-lo sentar-se, diante de uma lareira que não estava acesa.

– Sr. conde – disse Rastignac –, o senhor seu sogro está expirando neste momento numa espelunca infame, sem um vintém para comprar lenha; está realmente morrendo e pede para ver sua filha...

– Senhor – respondeu com frieza o conde de Restaud –, o senhor deve ter notado que tenho muito pouca estima pelo sr. Goriot. Ele comprometeu o caráter da sra. de Restaud, fez a desgraça da minha vida, vejo nele o inimigo de meu descanso. Que morra ou que viva, tudo me é perfeitamente indiferente, eis os meus sentimentos com relação a ele. O mundo poderá me repreender, eu desprezo a opinião alheia. Tenho agora coisas mais importantes a resolver do que me preocupar com o que pensarão de mim os estúpidos ou os indiferentes. Quanto à sra. de Restaud, ela não está em condições de sair de casa. Aliás, não quero que ela deixe esta casa. Diga ao pai dela que, assim que ela tiver cumprido seus deveres com relação a mim, a meu filho, ela irá visitá-lo. Se ela ama seu pai, poderá liberar-se em alguns instantes...

– Sr. conde, não cabe a mim julgar sua conduta, o senhor é soberano com relação a sua mulher; mas eu posso contar com sua lealdade? Prometa-me apenas dizer-lhe que não resta sequer um dia de vida ao pai dela e que ele já a amaldiçoou ao não encontrá-la em sua cabeceira!

– Diga-lhe o senhor mesmo – respondeu o sr. de Restaud, chocado com o sentimento de indignação que o tom de Eugène traía.

Conduzido pelo conde, Rastignac entrou na sala em que a condessa habitualmente ficava: encontrou-a afogada em lágrimas e mergulhada em uma poltrona como uma mulher que quisesse morrer. Ela causou-lhe pena. Antes de olhar para Rastignac, ela lançou a seu marido olhares receosos que anunciavam uma prostração completa das forças esmagadas por uma tirania moral e física. O conde fez um aceno com a cabeça, ela então se acreditou encorajada a falar.

– Senhor, ouvi tudo. Diga a meu pai que, se ele soubesse a situação em que me encontro, eu seria perdoada. Não contava com esse suplício, está acima de minhas forças, senhor, mas ficarei até o fim – disse ela a seu marido. – Sou mãe. Diga a meu pai que não tenho máculas com relação a ele, apesar das aparências – gritou com desespero ao estudante.

Eugène saudou os dois esposos, adivinhando a crise horrível em que se encontrava a mulher, e retirou-se estupefato. O tom do sr. de Restaud lhe demonstrara a inutilidade de sua iniciativa, e percebeu que Anastasie deixara de ser livre. Correu até a casa da sra. de Nucingen e encontrou-a de cama.

– Estou doente, meu pobre amigo – disse ela. – Peguei frio ao sair do baile, temo estar com um edema pulmonar, estou esperando o médico...

– Mesmo que tivesse a morte em seus lábios – disse-lhe Eugène –, seria preciso arrastar-se junto de seu pai. Ele está chamando-a! Se pudesse ouvir seus gritos mais suaves, não se sentiria doente.

– Eugène, talvez meu pai não esteja tão doente como o senhor está dizendo; mas eu ficaria desesperada de cometer o mínimo erro a seus olhos, e vou conduzir-me como quiser. Quanto a ele, eu sei que morrerá de dor se minha doença se tornasse mortal por causa dessa saída. Pois bem, irei assim que meu médico tiver vindo. Ah, por que o senhor não está usando seu relógio? – perguntou ela ao ver a corrente.

Eugène enrubesceu.

– Eugène! Eugène – se o senhor já o vendeu, perdeu... oh! Isso seria muito mal!

O estudante se debruçou sobre a cama de Delphine e disse-lhe ao ouvido:

– A senhora quer mesmo saber? Pois bem, fique sabendo! Seu pai não tem como comprar a mortalha na qual será envolvido hoje à noite. Seu relógio foi penhorado, eu não tinha mais nada.

Delphine saltou de repente de sua cama, correu a sua secretária, pegou sua bolsa, estendeu-a a Rastignac. Tocou a campainha e exclamou:

– Estou indo, estou indo, Eugène. Deixe eu me vestir; mas eu seria um monstro! Vá embora, chegarei antes do senhor! Thérèse – exclamou para sua criada de quarto –, diga ao sr. de Nucingen[110] subir para falar comigo agora mesmo.

Eugène, feliz de poder anunciar ao moribundo a presença de uma de suas filhas, chegou quase alegre à Rue Neuve-Sainte-Geneviève. Revirou a bolsa para poder pagar imediatamente o cocheiro. A bolsa dessa mulher tão rica, tão elegante, continha setenta francos. Ao chegar ao topo da escada, encontrou o pai Goriot segurado por Bianchon e sendo operado pelo cirurgião do hospital, sob a supervisão do médico. Estavam queimando-lhe as costas com moxas, último remédio da ciência, remédio inútil.

– O senhor está sentindo? – perguntou o médico.

O pai Goriot, tendo entrevisto o estudante, respondeu-lhe:

– Elas estão vindo não é?

– Ele poderá safar-se – disse o médico –, está falando.

– Virão – respondeu Eugène. – Delphine está vindo atrás de mim.

– Ora – disse Bianchon –, ele fala em suas filhas pelas quais grita como um homem empalado, pede água.

– Parem – disse o médico –, não há mais nada a fazer, não poderemos salvá-lo.

---

110. Frédéric de Nucingen: banqueiro, personagem fictício de *A comédia humana* e um dos principais personagens de *Ascensão e queda de César Birotteau* e *A casa Nucingen*. Aparece em vários outros títulos. (N.E.)

Bianchon e o cirurgião deitaram o moribundo novamente em seu catre infecto.

– Seria necessário trocar sua roupa de cama – disse o médico. – Embora não tenha nenhuma esperança, é preciso respeitar sua natureza humana. Já volto, Bianchon – disse ao estudante. – Se ainda queixar-se, coloque ópio sobre o diafragma.

O cirurgião e o médico saíram.

– Vamos, Eugène, seja corajoso, meu filho! – disse Bianchon a Rastignac quando ficaram sozinhos. – É preciso colocar-lhe uma camisa branca e fazer a cama. Vá dizer a Sylvie que traga lençóis e venha nos ajudar.

Eugène desceu e encontrou a sra. Vauquer colocando a mesa com Sylvie. Desde as primeiras palavras que Rastignac lhe disse, a viúva veio até ele com os ares azedamente adocicados de uma comerciante desconfiada que não quer nem perder seu dinheiro, nem incomodar o consumidor.

– Meu caro sr. Eugène – respondeu –, sabe tanto quanto eu que o pai Goriot não tem um tostão. Dar os lençóis a um homem que está revirando os olhos é perdê-los, tanto mais que será preciso sacrificar um deles para servir de mortalha. Dessa forma, o senhor já me deve 140 francos, coloque mais quarenta de lençóis e outras coisinhas, como a vela que Sylvie lhe dará, tudo isso vai custar pelo menos duzentos francos, quantia que uma pobre viúva como eu não pode perder. Por Deus! Seja justo, sr. Eugène, já perdi o bastante nesses cinco dias em que o azar se instalou nessa casa. Eu teria dado dez escudos para que esse velhote tivesse ido realmente embora, como o senhor havia dito. Isso choca meus pensionistas. Eu o teria levado para o hospital por uma coisa de nada. Enfim, coloque-se em meu lugar. Meu estabelecimento, antes de qualquer coisa, ele é a minha vida.

Eugène subiu rapidamente ao quarto do pai Goriot.

– Bianchon, onde está o dinheiro do relógio?

– Está ali sobre a mesa, sobraram 360 e poucos francos. Paguei com o que me deram tudo o que devíamos. O recibo do penhor está debaixo do dinheiro.

– Tome, senhora – disse Rastignac depois de ter descido a escada com horror –, acerte nossas contas. Ao sr. Goriot, não resta muito tempo a ficar em sua casa, quanto a mim...

– Sim, sairá daqui morto, pobre velhote – disse enquanto contava os duzentos francos com um ar meio alegre, meio melancólico.

– Vamos acabar logo com isso – disse Rastignac.

– Sylvie, dê-lhe os lençóis e vá ajudar esses senhores lá em cima.

– Não se esquecerá de Sylvie – disse a sra. Vauquer ao ouvido de Eugène –, lá se vão duas noites que ela não dorme.

Assim que Eugène virou as costas, a velha dirigiu-se à cozinheira:

– Pegue os lençóis virados, número sete. Por Deus, será sempre suficiente para um morto – disse-lhe ao ouvido.

Eugène, que já subira alguns degraus da escada, não ouviu essas palavras da velha anfitriã.

– Vamos vestir-lhe a camisa – disse-lhe Bianchon. – Segure-o firme.

Eugène pôs-se na cabeceira da cama e segurou o moribundo, enquanto Bianchon tirava sua camisa. O velho fez um gesto como que para guardar alguma coisa sobre o seu peito e deu gritos queixosos e desarticulados, como os animais quando exprimem uma dor imensa.

– Oh! Oh! – disse Bianchon. – Ele quer uma corrente de cabelos com um pequeno medalhão que lhe retiramos há pouco para aplicar-lhe as moxas. Pobre homem! É preciso colocá-la de volta. Está sobre a lareira.

Eugène foi pegar uma corrente trançada com os cabelos louros acinzentados, sem dúvida da sra. Goriot. Leu de um lado do medalhão: Anastasie; e, do outro: Delphine. Imagem de seu coração que ainda repousava sobre seu coração. Os cachos ali contidos eram de uma tal finura que só podiam ter sido cortados durante a primeira infância das duas meninas. Quando o medalhão tocou seu peito, o velho fez um *hummmm* prolongado que anunciava uma satisfação assustadora de contemplar-se.

Era um das últimas repercussões de sua sensibilidade que parecia se retirar para o centro desconhecido para onde partem e se dirigem nossas simpatias. Seu rosto convulsionado foi tomado por uma expressão de prazer doentio. Os dois estudantes, impressionados com aquela terrível explosão de uma força de sentimento que sobrevivia ao pensamento, deixaram cair lágrimas quentes sobre o moribundo que deu um grito de prazer agudo.

– Nasie! Fifine! – exclamou.

– Ainda está vivo – observou Bianchon.

– De que adianta? – disse Sylvie.

– Só para sofrer – respondeu Eugène.

Depois de ter feito um sinal a seu amigo para que ele o imitasse, Bianchon ajoelhou-se para passar seu braço sob as pernas do doente, enquanto Rastignac fazia o mesmo do outro lado da cama a fim de passar as mãos sob as costas. Sylvie estava ali, pronta para retirar os lençóis quando o moribundo fosse levantado a fim de trocá-los pelos que trouxera. Confundido sem dúvida pelas lágrimas, Goriot usou suas últimas forças para estender suas mãos ao encontro, de cada um dos lados da cama, dos dois estudantes e, segurando-os violentamente pelos cabelos, disse-lhes:

– Ah, meus anjos!

Duas palavras, dois murmúrios acentuados pela alma que levantava voo ao pronunciar essas palavras.

– Pobre homem querido – disse Sylvie –, enternecida com essa exclamação em que se esboçou um sentimento extremo que a mais horrível, a mais involuntária das mentiras exaltava pela última vez.

O último suspiro desse pai devia ser um suspiro de alegria. Esse suspiro foi a expressão de toda sua vida, mais uma vez, ele se enganara. O pai Goriot foi piedosamente recolocado em seu catre. A partir desse momento, sua fisionomia guardou a dolorosa marca do combate entre a vida e a morte em uma máquina que não mais tinha essa espécie de consciência cerebral que resulta no sentimento de prazer e na dor do ser humano. A destruição era apenas uma questão de tempo.

– Ele vai permanecer assim algumas horas e morrerá sem que nos demos conta, ele não vai nem mesmo gemer. O cérebro deve estar completamente invadido.

Nesse momento, ouvia-se na escada um passo de mulher ofegante.

– Ela está chegando tarde demais – disse Rastignac.

Não era Delphine, mas Thérèse, sua criada de quarto.

– Sr. Eugène – ela disse –, houve uma cena violenta entre o senhor e a senhora com relação ao dinheiro que essa pobre mulher pedia para seu pai. Ela desmaiou, o médico veio, foi preciso sangrá-la, ela gritava "Meu pai está morrendo, quero ver papai!". Enfim, eram gritos de partir o coração.

– Basta, Thérèse. Se vier agora será supérfluo, o sr. Goriot perdeu a consciência.

– Pobre senhor, está tão mal assim! – exclamou Thérèse.

– Se o senhor não precisa mais de mim, preciso ir ver o jantar, são quatro e meia – disse Sylvie, que quase deu de cara com a sra. de Restaud na escada.

Foi uma aparição grave e terrível a da condessa. Ela olhou para o leito de morte, mal iluminado por uma única vela, e derramou prantos ao ver o rosto de seu pai em que ainda palpitavam os últimos estremecimentos de vida. Bianchon retirou-se por discrição.

– Não consegui escapar-me em tempo – disse a condessa a Rastignac.

O estudante fez um sinal afirmativo com a cabeça, cheio de tristeza. A sra. de Restaud tomou a mão de seu pai e a beijou.

– Perdoe-me, meu pai! O senhor dizia que minha voz o lembraria o túmulo; pois bem, volte um momento à vida para abençoar sua filha arrependida. Escute-me. Isso é assustador! Sua bênção é a única que posso receber de agora em diante. Todo mundo me odeia, apenas o senhor me ama. Meus próprios filhos me odiarão. Leve-me consigo, eu o amarei, tomarei conta do senhor. Ele não pode mais ouvir, estou louca.

Ela caiu de joelhos e contemplou esse caco com uma expressão de delírio.

– Nada falta a minha desgraça – disse ela contemplando Eugène. – O sr. de Trailles foi embora deixando dívidas enormes, e fiquei sabendo que estava me traindo. Meu marido nunca me perdoará, e deixei-o dono de minha fortuna. Perdi todas minhas ilusões. Infelizmente! Por quem eu traí o único coração (ela apontou para seu pai) que me adorava! Eu o ignorei, eu o repeli, fiz-lhe mil males, como sou infame!

– Ele sabia disso – disse Rastignac.

Nesse momento, o pai Goriot abriu os olhos, mas por efeito de uma convulsão. O gesto que revelava a esperança da condessa não foi mais terrível de se ver do que o olho do moribundo.

– Será que ele me ouve? – gritou a condessa. "Não", pensou, sentando-se perto dele.

A sra. de Restaud, tendo manifestado o desejo de cuidar de seu pai, Eugène desceu para comer alguma coisa. Os pensionistas já estavam reunidos.

– E então – perguntou-lhe o pintor –, parece que temos um pequeno mortorama lá em cima?

– Charles – disse-lhe Eugène –, parece-me que deveria brincar com outro assunto menos lúgubre.

– Então não se pode mais rir aqui? – retomou o pintor. – O que é que tem, já que Bianchon disse que o velhote perdeu a consciência?

– Ora – disse por sua vez o funcionário do Museu –, ele morrerá da maneira que viveu.

– Meu pai está morto! – gritou a condessa.

A esse grito terrível, Sylvie, Rastignac e Bianchon subiram e encontraram a condessa desmaiada. Depois de a terem reanimado, a transportaram ao fiacre que a esperava. Eugène confiou-a aos cuidados de Thérèse, ordenando-lhe que a conduzisse à casa da sra. de Nucingen.

– É, ele está morto – disse Bianchon descendo.

– Vamos, senhores, à mesa – disse a sra. Vauquer –, a sopa vai esfriar.

Os dois estudantes se colocaram lado a lado.

– O que devemos fazer agora? – perguntou Eugène a Bianchon.

– Fechei seus olhos e o dispus de maneira conveniente. Quando o médico da prefeitura tiver feito o atestado do óbito que iremos declarar, o envolveremos em uma mortalha e o enterraremos. O que mais quer que aconteça?

– Ele nunca mais vai farejar o pão assim – disse um pensionista imitando a careta do velhote.

– Ora, senhores – disse outro –, deixem o pai Goriot de lado, não nos obriguem a ouvir falar nisso o jantar inteiro, faz uma hora que só se fala nisso. Um dos privilégios da boa cidade de Paris é que aqui se pode nascer, viver e morrer sem que ninguém preste atenção na gente. Aproveitem, portanto, das vantagens da civilização. Há sessenta mortos hoje, querem ficar com pena desse massacre parisiense? Que o pai Goriot tenha morrido, melhor para ele! Se o adoram, vão ficar com ele e deixem-nos comer tranquilamente.

– É verdade – disse a viúva –, melhor para ele que esteja morto! Parece que o pobre homem teve muitos dissabores durante toda sua vida.

Essa foi a única oração fúnebre para um ser que, para Eugène, representava a Paternidade. Os quinze pensionistas se puseram então a conversar como de hábito. Quando Eugène e Bianchon terminaram de comer, o barulho dos garfos, das colheres, os risos da conversa, as diversas expressões dessas figuras glutonas e indiferentes, sua despreocupação, tudo os paralisou de horror. Eles saíram para ir buscar um padre que velasse e rezasse durante a noite junto ao morto. Tiveram de calcular os últimos serviços a prestar para o velho com o pouco dinheiro de que ainda podiam dispor. Por volta das nove horas da noite, o corpo foi disposto num catre entre duas velas naquele quarto vazio e um padre veio sentar-se junto dele. Antes de deitar-se, Rastignac, tendo pedido informações ao eclesiástico sobre o preço do enterro e do séquito funerário, escreveu um bilhete ao barão de Nucingen e ao conde de Restaud, pedindo que enviassem alguém que se ocupasse de prover a todos os custos do enterro. Mandou-os por

Christophe e depois se deitou e adormeceu, esgotado de cansaço. Na manhã seguinte, Bianchon e Rastignac foram obrigados a ir eles mesmos declarar o óbito, constatado em torno do meio-dia. Duas horas depois, nenhum dos dois genros havia mandado dinheiro, ninguém se apresentara em nome deles, e Rastignac já se vira forçado a pagar os gastos com o padre. Sylvie tendo cobrado dez francos para cobrir o homem com a mortalha e costurá-la, Eugène e Bianchon calcularam que, se os parentes dos mortos não quisessem se comprometer com nada, mal teriam dinheiro para pagar as despesas. O estudante de Medicina se encarregou então de colocar ele mesmo o cadáver em um caixão de indigente que mandou que trouxessem de seu hospital, onde conseguiu obter um preço mais barato.

– Pregue uma peça nesses engraçadinhos – disse a Eugène. – Vá comprar um terreno para cinco anos no Père-Lachaise e encomende um serviço religioso de terceira classe à funerária. Se os genros e as filhas se recusarem a reembolsá-lo, você fará gravar sobre a tumba a seguinte inscrição: "Aqui jaz o sr. Goriot, pai da condessa de Restaud e da baronesa de Nucingen, enterrado com as despesas de dois estudantes".

Eugène apenas decidiu seguir o conselho de seu amigo depois de ter ido em vão à casa do sr. e da sra. de Restaud. Não conseguiu passar da porta. Os dois zeladores tinham ordens severas.

– O senhor e a senhora não estão recebendo ninguém; o pai da senhora está morto, e eles estão entregues à dor mais profunda.

Eugène tinha experiência suficiente do mundo parisiense para saber que não deveria insistir. Seu coração se apertou de modo estranho quando se viu na impossibilidade de ver Delphine.

"Venda uma joia", escreveu na casa do zelador, "para que seu pai seja decentemente conduzido a sua última morada."

Selou o bilhete e pediu ao zelador do barão que o entregasse a Thérèse para que ela, por sua vez, desse a sua patroa; mas o zelador o entregou ao barão de Nucingen, que o jogou ao fogo. Depois de ter feito todos os arranjos necessários, Eugène voltou pelas três horas à pensão burguesa e não pôde segurar uma lágrima quando viu o caixão mal e mal coberto por um lençol negro, perto da porta travessa, disposto entre duas cadeiras naquela rua deserta. Um aspersório barato, no qual ninguém ainda tocara, estava mergulhado em uma vasilha de cobre prateada cheia de água benta. A porta nem sequer fora forrada de preto. Era a morte dos pobres, que não tem nem luxo, nem seguidores, nem amigos, nem parentes. Bianchon, de plantão em seu hospital, escrevera um bilhete a Rastignac para explicar o que havia feito com relação à igreja. O residente explicou-lhe que uma missa era caríssima e que seria preciso se contentar com o serviço mais barato das vésperas e que havia enviado Christophe à funerária com um bilhete. Quando Eugène estava terminando de ler os rabiscos de Bianchon, viu nas mãos da sra. Vauquer o medalhão emoldurado de ouro em que estavam os cabelos de suas filhas.

– Como a senhora tem coragem de pegar isso? – perguntou-lhe.

– Claro! E deveríamos enterrá-lo com isso? – respondeu Sylvie. – É de ouro.

– Certamente! – continuou Eugène com indignação. – Que ao menos ele leve com ele a única coisa que possa representar suas duas filhas.

Quando o carro fúnebre chegou, Eugène fez com que levantassem o caixão, despregou-o e colocou religiosamente sobre o peito do velho uma imagem que remetia a um tempo em que Delphine e Anastasie eram jovens, virgens e puras e que não *replicavam*, como ele dissera em sua agonia. Rastignac e Christophe acompanharam sozinhos, com dois agentes funerários, o carro fúnebre que conduzia o pobre homem a Saint-Etienne-du-Mont, igreja próxima da Rue Neuve-Sainte-Geneviève. Chegando lá, o corpo foi exposto em uma pequena capela baixa e escura, em torno da qual o estudante procurou em vão as duas filhas do pai Goriot ou seus maridos. Viu-se sozinho com Christophe, que se achava na obrigação de prestar as últimas homenagens a um homem que o havia feito ganhar algumas boas gorjetas. Esperando os dois padres, o corista e o sacristão,

Rastignac apertou a mão de Christophe sem poder pronunciar sequer uma palavra.

– É, sr. Eugène – comentou Christophe –, era um homem bravo e honesto, que jamais levantou a voz para alguém, que não incomodava ninguém e que nunca fez mal algum.

Os dois padres, o corista e o sacristão vieram e deram tudo que se pode dar por setenta francos numa época em que a religião não é rica o suficiente para rezar de graça. Os clérigos cantaram um salmo, o *Libera*, o *De profundis*. O serviço religioso durou vinte minutos. Havia apenas uma única carruagem de luto para um padre e um corista que consentiram em levar com eles Christophe e Eugène.

– Como ninguém vai nos seguir – disse o padre –, poderemos nos apressar a fim de não demorar muito, já são cinco e meia.

No entanto, no momento em que o corpo foi colocado no carro fúnebre, duas carruagens com brasões, mas vazias, a do conde de Restaud e a do barão de Nucingen, apresentaram-se e seguiram o comboio até o Père-Lachaise. Às seis horas, o corpo do pai Goriot foi colocado em sua cova, em torno da qual estavam os representantes de suas filhas, que desapareceram junto com o clérigo assim que a curta oração que o dinheiro do estudante pôde pagar se terminou. Depois de terem jogado algumas pás de terra sobre o caixão para escondê-lo, os dois coveiros levantaram-se e um deles dirigiu-se a Rastignac pedindo-lhe uma gorjeta. Eugène revirou seus bolsos e, não encontrando nada, viu-se forçado a pedir emprestado vinte vinténs a Christophe. Esse fato, tão sem importância em si, causou em Rastignac um acesso horrível de tristeza. Com o cair do dia, um crepúsculo úmido irritava os nervos. Contemplou a sepultura e enterrou ali sua última lágrima de rapaz, lágrima arrancada pelas santas emoções de um coração puro, uma daquelas lágrimas que, ao tocarem a terra, tornam a subir ao céu. Cruzou seus braços, contemplou as nuvens e, ao vê-lo assim, Christophe deixou-o.

Rastignac ficou sozinho, deu alguns passos em direção à colina do cemitério e viu Paris tortuosamente deitada ao longo das duas margens do Sena onde as luzes começavam a brilhar. Seus olhos se prenderam quase que com avidez entre a coluna da Place Vendôme e a cúpula dos Invalides, lá onde vivia aquela bela sociedade na qual quisera penetrar. Lançou sobre essa colmeia ruidosa um olhar que parecia retirar-lhe o mel por antecedência, dizendo essas palavras grandiosas:

– Agora é entre nós dois!

E, na qualidade de primeira ação desse desafio que lançou à Sociedade, Rastignac foi jantar na casa da sra. de Nucingen.

Saché, setembro de 1834

Cronologia

1799 – 20 de maio: nasce em Tours, no interior da França, Honoré Balzac, segundo filho de Bernard-François Balzac (antes, Balssa) e Anne-Charlotte-Laure Sallambier (outros filhos seguirão: Laure, 1800, Laurence, 1802, e Henri-François, 1807).

1807 – Aluno interno no Colégio dos Oratorianos, em Vendôme, onde ficará seis anos.

1813-1816 – Estudos primários e secundários em Paris e Tours.

1816 – Começa a trabalhar como auxiliar de tabelião e matricula-se na Faculdade de Direito.

1819 – É reprovado num dos exames de bacharel. Decide tornar-se escritor. Nessa época, é muito influenciado pelo escritor escocês Walter Scott (1771-1832).

1822 – Publicação dos cinco primeiros romances de Balzac, sob os pseudônimos de lorde R'Hoone e Horace de Saint-Aubin. Início da relação com madame de Berny (1777-1836).

1823 – Colaboração jornalística com vários jornais, o que dura até 1833.

1825 – Lança-se como editor. Torna-se amante da duquesa de Abrantès (1784-1838).

1826 – Por meio de empréstimos, compra uma gráfica.

1827 – Conhece o escritor Victor Hugo. Entra como sócio em uma fundição de tipos gráficos.

1828 – Vende sua parte na gráfica e na fundição.

1829 – Publicação do primeiro texto assinado com seu nome, *Le Dernier Chouan* ou *La Bretagne en 1800* (posteriormente *Os Chouans*), de "Honoré Balzac", e de *A fisiologia do casamento*, de autoria de "um jovem solteiro".

1830 – *La Mode* publica *El Verdugo*, de "H. de Balzac". Demais obras em periódicos: *Estudo de mulher, O elixir da longa vida, Sarrasine* etc. Em livro: *Cenas da vida privada*, com contos.

1831 – *A pele de onagro* e *Contos filosóficos* o consagram como romancista da moda. Início do relacionamento com a marquesa de Castries (1796-1861). *Os proscritos, A obra-prima desconhecida, Mestre Cornélius* etc.

1832 – Recebe uma carta assinada por "A Estrangeira", na verdade Ève Hanska. Em periódicos: *Madame Firmiani, A mulher abandonada*. Em livro: *Contos jocosos*.

1833 – Ligação secreta com Maria du Fresnay (1809-1892). Encontra madame Hanska pela primeira vez. Em periódicos: *Ferragus*, início de *A duquesa de Langeais, Teoria do caminhar, O médico de campanha*. Em livro: *Louis Lambert*. Publicação dos primeiros volumes (*Eugénie Grandet* e *O ilustre Gaudissart*) de *Études des moeurs au XIXème siècle*, que é dividido em "Cenas da vida privada", "Cenas da vida de província", "Cenas da vida parisiense": a pedra fundamental da futura *A comédia humana*.

1834 – Consciente da unidade da sua obra, pensa em dividi-la em três partes: *Estudos de costumes, Estudos filosóficos* e *Estudos analíticos*. Passa a utilizar sistematicamente os mesmos personagens em vários romances. Em livro: *História dos treze* (menos o final de *A menina dos olhos de ouro*), *A busca do absoluto, A mulher de trinta anos*; primeiro volume de *Estudos filosóficos*.

1835 – Encontra madame Hanska em Viena. Folhetim: *O pai Goriot, O lírio do vale* (início). Em livro: *O pai Goriot*, quarto volume de *Cenas da vida parisiense* (com o final de *A menina dos olhos de ouro*). Compra o jornal *La Chronique de Paris*.

1836 – Inicia um relacionamento amoroso com "Louise", cuja identidade é desconhecida. Publica, em seu próprio jornal, *A missa do ateu, A interdição* etc. *La Chronique de Paris* entra em falência. Pela primeira vez na França um romance (*A solteirona*, de Balzac) é publicado em folhetins diários, no *La presse*. Em livro: *O lírio do vale*.

1837 – Últimos volumes de *Études des moeurs au XIXème siècle* (contendo o início de *Ilusões perdidas*), *Estudos filosóficos, Facino Cane, César Birotteau* etc.

1838 – Morre a duquesa de Abrantès. Folhetim: *O gabinete das antiguidades*. Em livro: *A casa de Nucingen*, início de *Esplendores e misérias das cortesãs*.

1839 – Retira candidatura à Academia em favor de Victor Hugo, que não é eleito. Em folhetim: *Uma filha de Eva, O cura da aldeia, Beatriz* etc. Em livro: *Tratado dos excitantes modernos*.

1840 – Completa-se a publicação de *Estudos filosóficos*, com *Os proscritos, Massimilla Doni* e *Seráfita*. Encontra o nome *A comédia humana* para sua obra.

1841 – Acordo com os editores Furne, Hetzel, Dubochet e Paulin para publicação de suas obras completas sob o título *A comédia humana* (17 tomos, publicados de 1842 a 1848, mais um póstumo, em 1855). Em folhetim: *Um caso tenebroso, Ursule Mirouët, Memórias de duas jovens esposas, A falsa amante*.

1842 – Folhetim: *Albert Savarus, Uma estreia na vida* etc. Saem os primeiros volumes de *A comédia humana*, com textos inteiramente revistos.

1843 – Encontra madame Hanska em São Petersburgo. Em folhetim: *Honorine* e a parte final de *Ilusões perdidas*.

1844 – Folhetim: *Modeste Mignon, Os camponeses* etc. Faz um *Catálogo das obras que conterá A comédia humana* (ao ser publicado, em 1845, prevê 137 obras, das quais 50 por fazer).

1845 – Viaja com madame Hanska pela Europa. Em folhetim: a segunda parte de *Pequenas misérias da vida conjugal, O homem de negócios*. Em livro: *Outro estudo de mulher* etc.

1846 – Em folhetim: terceira parte de *Esplendores e misérias das cortesãs, A prima Bette*. O editor Furne publica os últimos volumes de *A comédia humana*.

1847 – Separa-se da sua governanta, Louise de Brugnol, por exigência de madame Hanska. Em testamento, lega a madame Hanska todos os seus bens e o manuscrito de *A comédia humana* (os exemplares da edição Furne corrigidos à mão por ele próprio). Simultaneamente em romance-folhetim: *O primo Pons, O deputado de Arcis*.

1848 – Em Paris, assiste à Revolução e à proclamação da Segunda República. Napoleão III é presidente. Primeiros sintomas de doença cardíaca. É publicado *Os parentes pobres*, o 17º volume de *A comédia humana*.

1850 – 14 de março: casa-se com madame Hanska. Os problemas de saúde se agravam. O casal volta a Paris. Diagnosticada uma peritonite. Morre a 18 de agosto. O caixão é carregado da igreja Saint-Philippe-du-Roule ao cemitério Père-Lachaise pelos escritores Victor Hugo e Alexandre Dumas, pelo crítico Sainte-Beuve e pelo ministro do Interior. Hugo pronuncia o elogio fúnebre.

lepmeditores
www.lpm.com.br
o site que conta tudo

IMPRESSÃO:

PALLOTTI
GRÁFICA

Santa Maria - RS | Fone: (55) 3220.4500
www.graficapallotti.com.br